蛋镇诗社

朱山坡 著

SPM
南方传媒 花城出版社

中国·广州

图书在版编目（CIP）数据

蛋镇诗社 / 朱山坡著. -- 广州 ： 花城出版社，
2025. 6. -- ISBN 978-7-5749-0555-9

Ⅰ. Ⅰ247.5

中国国家版本馆CIP数据核字第2025M79B54号

蛋镇诗社
DANZHEN SHISHE

朱山坡／著

出 版 人	张　懿	
责任编辑	陈诗泳　　邱奇豪	
责任校对	梁秋华	
技术编辑	凌春梅	
封面设计	周伟伟	
封面插图	Stano	
内文版式	姚　敏	
内文插图	马钰涵	
出版发行	花城出版社	
经　　销	全国新华书店	
印　　刷	深圳市福圣印刷有限公司	
开　　本	880毫米×1230毫米　32开	
印　　张	13.25　6插页	
字　　数	290,000字	
版　　次	2025年6月第1版　2025年6月第1次印刷	
定　　价	68.00元	

谨以此书献给曾经一起捣鼓诗社的伙伴们

致敬所有给世界带来诗意的人

目录

前 言 [①]

蛋镇诗社成立于1988年3月28日，解散于当年8月28日。从开始到终结，只用了五个月。当时的文化站站长李前进不无嘲笑地说这是"作鸟兽散"。据金光闪[②]的考证，这是人类有史以来最短命的诗社，短得像一只蛾，几乎还不为人所知便一命呜呼，仿佛它从没有在此世上存在过，像那些一辈子从没有离开过蛋镇的愚昧而渺小的人。然而，我们坚信，生命的价值不在于长短，而在于它曾经存在过。何况，"蛋镇诗社"的牌匾至今仍然倔强地挂在蛋镇锯木厂的门口，虽然残破，字迹却依然清晰，尊严犹存。

2017年夏天，金光闪回忆起他的前半生[③]时，把曾经创建蛋镇诗社列为他做过的最有意义的事情。如果没有这件事，他的前

---

① 　此文由蛋镇诗社某君撰写，应大家的意见，不署名，视为集体创作（本集子中的注释除了标明"作者注"外，均为编者注）。

② 　金光闪（1970.5—2018.9）：蛋镇前进村人。蛋镇高中毕业。创办了蛋派木业集团有限公司。为蛋镇诗社创办人和社长。详见《金光闪年谱》。

③ 　那时候，金光闪还不相信甚至不知道自己竟然没有下半生。

半生将苍白得犹如阳光里的风的枯影。尽管段颂①早便萌发过成立蛋镇诗社的念头，但至死也没有弄成。是金光闪牵头成立的，他是创始人。但蛋镇诗社并非一个人的诗社，而是许多人的，大家的。它涉及了很多人，也有意无意之间影响了许多人。尽管许多人我们并不一定认识、知道，但感觉到他们无处不在。因此，金光闪建议我们组织编印《蛋镇诗社·三十年资料选编》，致敬悠悠岁月，留给后人，留给历史，留给蛋镇，也留给我们自己。为此，他还预支了一笔不菲的经费。

我们成立了编委会，负责组稿、审读、筛选、编辑。编委会拟写了"征稿启事"，向亲历者和见证者广发约稿函，在蛋镇各宣传橱窗张贴，并在《瓷县报》等媒体刊物，收集一切相关的文章和图片……我们事先已经意识到此事的繁杂和艰难，但结果还是远远超出了估计。一年间，我们收到了199篇来稿，其中大部分是旧文，也有新写的回忆文章，还有一些语焉不详的只言片语及图片。有些朋友和陌生人获知我们编写《蛋镇诗社·三十年资料选编》后十分欣喜，虽然没有提供文章，但给我们来信、打来了电话或发来了邮件，热情洋溢地赞扬了我们，给我们建议和鼓励。还有人为当年对蛋镇诗社和诗人们的误解、冷嘲热讽甚至蔑视、敌视表达了歉意。甚至有人建议我们恢复蛋镇诗社，继续倡导"全民写诗"、办诗报，并愿意慷慨解囊赞助我们……这一切都出乎意料，令我们感动。其实，现在我们的生活那么忙忙碌碌、平平淡淡、毫无诗意，当年我们也没有觉得办诗社、写诗有

---

① 段颂（1966.10—1987.8）：蛋镇养猪场职工。自称是世界上描写台风最多的诗人。后因失恋和不被人尊重在文化站前的树上自吊身亡。

多么了不起，有些举动可能还十分幼稚可笑，然而，三十年后再回首，并非没有意义。草木一秋，人生一世，日出日落，花开花谢，每个人、每一天都是有意义的。有些事情，注定要等到我们老去甚至濒临死亡时才觉得美好。

来稿的体裁、长短、风格各异，质量参差不齐。在编辑的时候，我们尽量做到来稿能用尽用，而且尽量保持原文的风貌，如有明显错误或疑问之处，我们根据考据和推测做出了注释。文中涉及的人和事，因为年代久远、当事人记忆模糊等原因无法做出真伪的判断，如有谬误或偏差，不应该由编者承担此责任。况且，在征稿启事中，我们已经明确声明，文责自负。又因为此书只是作为内部资料选编，不公开发行，故不做过多的审改。令人欣慰的是，各文的作者都同意编者对来稿做适当的删改，尽量隐去或模糊一些敏感的内容。因此，诸君不必有过多的担忧。因为各种原因，有些来稿不适宜收入本集子，我们已经跟作者私下解释了，在此再次恳请作者谅解。这些宝贵的资料将会得到妥善珍藏。

按照原计划，本集子应该在2018年4月前印行。但由于金光闪身患重疾，继而英年早逝，还有一些文稿需要重新增删、修改，以及内部准印证审批等问题，无法按计划正常推进。最遗憾的是，未能在金光闪去世前把集子赶印出来。还好，在2018年快要结束的时候，这集子正式跟大家见面了。翻开集子，捧读每一行文字，像品尝老酒、陈茶，那些曾经被风吹散的往事重新在眼前一一闪现，令人感慨。在编印集子的过程中，我们曾经把集子的大样送给金光闪提意见。彼时，他正在病榻之上，弥留之际，捧着它，翻看它，悲欣交集，涕泪俱下，叮嘱我们将来在他的墓前摆放一本。

这本资料选编是一群默默无闻者的集体回忆录，一堆杂乱无章的文字碎片的组合和芝麻琐事的汇总，一部小地方的野史杂记、小人物的心灵秘密档案。还有一些断章残篇，堪为吉光片羽。这里面也许没有一件事、一个人可以登大雅之堂，载入诸如县志、镇史之类的正史，但是它的价值和意义是打捞、唤醒、备忘，像当年金光闪跟我们描述的大粪坑那样，沉渣之中不可能全是粪便，也可能有金子。即使全是粪便，紧紧地黏合在一起也会碰撞、发酵，产生意想不到的效果。

鉴于编者水平有限，时间仓促，无法对稿件资料做专业性的整理和编排，紊乱在所难免。在编写的过程中，承蒙阙振邦、蝙蝠、姜美好、郭梅、荣夏天、漆光明、欧杰、谢敬逸、金英文、李提香、祝三易等君的大力响应和支持，在此一并谢过。特别鸣谢为该集子提供编印经费的金光闪。

日月经天，江河行地。美好和丑陋，善良和罪恶，光明和阴霾，伟大和渺小，快乐和哀伤……一切都会烟消云散，一切都将永垂不朽，像宇宙中的星球和尘埃。

致敬所有给世界带来诗意的人。

谨以此书献给蛋镇诗社三十周年诞辰。

《蛋镇诗社·三十年资料选编》编委会

2018 年 11 月 12 日

第一部分　场面调度 ①

---

① 由于稿件内容繁杂，为了方便阅读，编者对本集子做了简单分类。在给每个部分定标题的时候，几个编者争论不休，难以达成一致。最后，阙振邦翻阅了一下《世界电影史》，建议改用电影学名词做标题，得到了一致的认可。标题不一定恰当、准确，甚至与内容毫不相关，但我们都热爱电影，觉得这些名词高雅，有格调，于是暂且用之。场面调度：导演对画框内事物的安排，是一种重要的导演手段，它能使场景呈现出某种所需的戏剧意味，控制观众对场景的直观感受和看法。

我想成为你

金光闪

　　那时候镇上只有几条破破烂烂的大街，旧房子居多。最高的楼是五层的百货大楼。有时候，街道上还有牛群浩浩荡荡走过。牛粪和狗屎随处可见。据我考察和统计，镇上至少有十七户在自己家里养猪，还没有包括供销社的养猪场。每到圩日，熙熙攘攘，每条大街都能看到农民在兜售农产品。每个农民脸上挂着通俗易懂的表情，有时候在他们中间突然露出父母或亲戚的面孔。蛋镇是所有人的。

　　说实话，刚到镇上生活的时候，我内心里充满了忧伤。因为我得跟父母分开住了。我还有一个妹妹在乡下，她才六岁。蛋镇初中就在镇派出所的对面，跟中心小学混在一起。小学的教室是民国时期建的，古香古色。初中部是新建的楼房，去学生食堂得穿过小学部。食堂的伙食很差，每餐都是一块砖状米饭，一勺子青菜，偶尔会有零星肉末。尽管在乡下吃的食物也好不到哪里去，但好歹还能填饱肚子。而在这里我饿得直不起腰。父母似乎忘记了我，除了偶尔给我送来伙食费，我几乎见不到他们。我害怕干农活，除非长假，我一般不愿意回家。假日的学校食堂是不开膳的，幸好我有一个姑姑从清湾镇供销社调到了镇上，在东风旅社当服务员，负责拆洗被褥、打扫卫生，是国家正式工人。我就经常去她家蹭饭。正好她刚离了婚，没有子女，一个人生活。她看到我面黄肌瘦，又游手好闲，眼睛骨碌碌转动着寻找食物，心生痛感，便收留我，让我跟她一起生活。我才不能跟她生活在一起，因为她对我的管教比老师还严厉，啰唆得让我心烦。但我喜欢她做的饭和菜盘上的肉。父亲和姑姑的关系并不好，我在姑姑家蹭吃，他装作什么也不知道。

因而我成了一个镇上的人，对大街小巷了如指掌。有时候，我偷偷地躺在东风旅社舒适的床上，心里嘲笑那些在学校宿舍里两人挤在一张只有一米二宽的床的同学。我想邀请班上最漂亮的女同学跟我睡在洁白的床上……有时候，半夜里突然有旅客闯进来，尤其是年轻的女旅客，她惊叫着，把我吓得慌乱地起来穿衣服，在姑姑的责骂声中夺门而去。

我对学校越来越抗拒，经常逃课，像一个小混混在镇上漂着，只要姑姑不知道，就没有人管我。我也不知道自己在这块弹丸之地转悠到底是为了什么，找不到目标与方向，就是想把三年时间耗完，然后等姑姑退休，接她的班，成为东风旅社的员工。不出意料，我中考的成绩一团糟，只能进入蛋镇高中继续虚度时光。

蛋镇高中像是放牛班，出入自由，从没有人在乎你是否旷课。自由并不意味着快乐，尤其是无所事事的自由。我在镇上漫无目标地到处转悠，两只狗打架也能让我看上半天，哪家阳台上迎风飘扬的红裤衩也能让我长久驻足。我每天都必须把过于充裕的时间消耗掉。有时候，我也觉得空虚，不知道在世界上干什么，行走着有什么意义。

直到1988年春天的某一天，有个人对我说，你像狗一样嗅来嗅去，是不是在寻找诗意呀？我才恍然大悟：对，我就是在寻找诗意。

那是一个瞎子。一个青年人，不到三十岁。衣着得体，也很干净，甚至有点帅气。戴着一副茶色墨镜，在汽车站转角的一个垃圾池旁边，拐杖放在脚底下，右手探进垃圾池里，仿佛在摸索什么。偶尔直起腰来，借助左手分辨右手里的东西。眼睛对他而言是多余的，它无法参与判断事物。但他的心明亮得很，他知道垃圾池里装着什么。其实，水泥筑的垃圾池里只有一些脏纸屑、树叶、烂衣服、破鞋子、烟头和粪便。

我在一旁观察车站里的人，看他们到底要去哪里，为什么要离开这里。我有些羡慕他们。班车的尾气是香的，它扬起的尘埃的气味也是香的。一辆去往广州的班车离开了车站，我想我也应该离开车站了，转身时无意中踢中了瞎子的拐杖，把它和他的距离拉开了一米之远。犹豫了一下，我才把拐杖踢回到原来的位置。

瞎子把身子从垃圾池里抽出来，似乎看到了我，对我说："谢谢你。"

我默不作声。我好奇的是，一个瞎子怎么生活，怎么跟这个世界相处。

"你在寻找什么呢？"我问他。我以为他把什么贵重物品落在垃圾池里了，或者垃圾池里有什么贵重的东西等待着他。这个场景让我想起了自己曾经试图从大粪坑里捞取金银财宝的往事。何其相似。

"我在寻找食物。"他回答道，"我靠垃圾池养活。"

他手里抓着一小截甘蔗头①，没有削皮，根须又老又硬。但是一份好的食物。他啃了一口，惬意地笑了。看上去，它比什么都甜。

我想提醒他的是，垃圾池里还有一根更长更好的甘蔗，可是是别人啃剩下的，也只是半截。他以为他的眼睛已经正盯着我看，但实际上偏差很大。他的眼睛正前方是一根柱，柱上贴满了花花绿绿的小广告和留言纸条。柱的前面还有一根柱，然后就是芒果大街了。

"那你在寻找什么呢？"他问我。

我支支吾吾。这个时候我应该坐在教室里听英文课，但我无法忍受又老又丑又尖酸的英文老师。

"如果我没有猜错的话，你在寻找诗意。"他说。听起来他十分相信自己的判断。瞎子都是这样吗？

犹如醍醐灌顶，一语惊醒梦中人。我终于为自己的游手好闲找到了理由。

我说："是的。"

"我们是同行，要互相帮忙。我在蛋镇待了一个月了。我发现，这里什么都不缺，就缺诗意。"瞎子说。

---

① 指甘蔗的根部，既老又硬，人们一般不愿意啃。

我环顾四周，灰暗杂乱的街道，没有规则的墙，令人厌烦的扁桃①树、芒果树，十几年如一日的阳光，无所事事的人，确实无法看到与诗意有关的东西。什么也没有。

"蛋镇有一个诗人叫段颂，听说很有才华，我本来要跟他谈谈的，可惜他死了。怪不得这里连一点诗的屁味也没有，只有死亡的气息。"瞎子啃起那截甘蔗头。他的牙齿锋利，不到一句话的工夫便把坚固的甘蔗头啃了大半。

如果把食物的定义和标准放宽到这种地步，垃圾池确实能养活他。这一辈子，他将衣食无忧。因此，那一刻，我断定他就是传说的诗人。

"我要离开蛋镇了。到有诗意的地方去。"瞎子说。一辆发往高州的班车在鸣笛，广播里焦急地催促着，旅客们正在上车。瞎子俯首捡起拐杖，抖了抖身上并不存在的尘土，似乎是要动身了。

我说："再见，瞎子……先生。"

瞎子突然停下来，表情顿时显得很严肃，我以为我得罪他了，不免紧张，想跑。

"同行，刚才我说错了，蛋镇并非没有诗意，而是缺乏发现。你要记住，只要有一双善于发现的眼睛，即使是大粪坑，也能从中提炼出诗意来。"瞎子说。他说话的声音很和蔼，慢条斯理的，仿佛是袅袅炊烟。

---

① 扁桃和芒果长得很像，有"小芒果"之称。扁桃的果实只有鸡蛋大小，形状稍扁；芒果的果实较大，是扁桃的三到四倍大。芒果的果肉口感较甜，肉多；扁桃的果肉口感较酸，核大肉少。扁桃常常被人嫌弃，即使掉在地上也无人俯拾。

毫无疑问，段颂是蛋镇有史以来最杰出的诗人。我朗诵过他的诗篇，他是我唯一的偶像。别人对他臧否不一，甚至有不少人诋毁他、嘲笑他，说他是疯子，但一点也改变不了我对他的崇拜。在语文课上，老师不止一次提到他的名字，仿佛他是蛋镇的象征，一个高不可攀的人物。

我不止一次见过段颂。我甚至跟踪过他，想结交他，成为他的朋友。我并不是一个胆怯和害羞的人，反而我认为自己能言善辩，口若悬河，但没有机会说话，于是积攒在肚子里的话越来越多，像大粪坑里的水，经常翻江倒海。我觉得我应该是一个演讲天才，但奇怪的是，在段颂面前我竟然一句话也说不出来。我不敢贸然叫他。在我心目中，他像神一样存在，而我是凡人。我害怕自己的贸然搭讪让他受到惊吓，他会魂飞魄散，从此再也见不到他。我在南洋大街、芒果大街尾随过他，在灯光球场近距离闻过他身上的气味，确实是养猪的人，很熟悉很亲切的味道。有一个晚上，从电影院出来，我在芒果大街农贸市场的宵夜摊吃簸箕炊①，一抬头竟然发现他就坐在我的对面，同一张桌子。凌乱的

---

① "簸箕炊"是粤桂边地一种家喻户晓且盛行的糕点小吃。"簸箕"是一种竹编的扁圆形容器，"炊"是烧火做饭的意思。化州又称其为"格籺"或"簸箕籺"（与那种有馅的白籺不同）。簸箕炊的做法：把米磨成浆，置于簸箕当中，上锅蒸，待一层熟透后再逐渐添加，一般都有三层以上。待米浆全熟后，用小刀将其割成格状，其表面放上香油、芝麻与蒜鸡油即可（配料是其灵魂）。入口细腻富有弹性，软滑而不黏牙，香浓而不腻，而且相对便宜又能充饥。在20世纪80年代和90年代初，簸箕炊是乡下最令人嘴馋的零食之一。很多农民和孩子趁圩，吃簸箕炊是必不可少的环节。做簸箕炊买卖的商贩常常担着簸箕炊到村里去，村民没钱也可以拿米换，一斤米可以换一块簸箕炊。经常发生的事情是，小孩偷偷拿米去换簸箕炊被大人打骂，有时候连簸箕炊商贩一起骂。

头发遮住了他的眼睛，但他吃簸箕炊的速度是我见过最快的——狼吞虎咽，连汤都仰面一喝而干。然后，狠狠地叹息了一声，站起来，像是要吟诗的样子，但他一言不发地走开了。在这个过程中，我完全应该跟他搭讪，说几句话。但我始终没有说出口，甚至不敢直视他。我很懊悔。后来我安慰自己说，跟他第一次搭讪必须是一个特别的时刻、特别的场合和特别的心境。否则不如一言不发，擦肩而过。

我跟段颂第一次搭讪是在一个台风过后的傍晚，天色还没有暗，大街上异常狼藉，满地落叶和垃圾还没有来得及清理，也没什么行人。文化站旁边的街角转弯处，一只流浪狗正在觅食或在嗅闻异味。我远远看到段颂迎面走来。他头发凌乱，神情忧郁，双手反扣在背后，若有所思，仿佛在酝酿一部伟大的诗篇。

我有些激动。这一次，我下定了决心，一定要跟他说第一次话。他离我越来越近了，马上就要擦肩而过，但他没有抬头看我的意思。我想好了一百句跟他搭讪的短语，但他从我身边走过的时候，我竟然一句也说不出口。那一刻，我就是那么腼腆，笨拙，自卑。

他走远了，我才回过头来，沮丧地对着他轻轻地喊了一句："段诗人，您好！"

然而，意想不到的是，他竟听到了。他转过身，向我招了招手说："噢，有事吗？"

我语无伦次，最后说清楚了一句话："我崇拜您。我想跟您一样，成为一个诗人。"

我担心他听不明白，尽量简短地说："我想成为您。"

段颂愣住了，似乎在等待我迎上去跟他交谈，但我迈不开脚步。

"我要去创办蛋镇诗社。一起去吗？"一阵风刮过来，那是昨日台风的残余，它让我产生了耳鸣的感觉，以至于段颂说这一句话的时候，我恍惚了一下，没有听得很清楚，但又似乎听清楚了。我想跟他确认一下。只是在这一迟疑之间，他以为等不到我的回应，回过身，埋头朝新华书店方向走去，像一头孤傲的雄鹿，走向密林深处。但我明显感觉到他给我传递了什么，让我瞬间浑身发热，充满了能量。

是的，后来我醒悟过来了，是段颂默默地将诗歌的旗帜亲手交到了我的手上。那是一个简短而庄重的交接仪式。

然而，第二天，竟然接到了段颂自吊于文化站凤凰树的消息。我十分震惊，飞奔到文化站的时候，他仍躺在文化站的地坪上，身上潦草地盖着一些油毡纸。他悄无声息，整个世界都一片寂静。我本来气喘吁吁，但憋住了。

我内心里一下子塞满了自责和愧疚。我觉得自己对他的死负有最大的责任。是我谋杀了他。我想告诉所有人，但我不能告诉任何人。

1988年3月底，就快4月了，我宣布成立蛋镇诗社。看似是突发奇想，一时心血来潮，实际上"蓄谋已久"，并深思熟虑。从看到段颂僵直地躺在地上的那一刻开始，我便在酝酿诗社，让蛋镇成为一个遍地诗人、连瞎子都能看得见诗意的地方。而且，我们给段颂建立了一座纪念碑。从此，蛋镇便有了新的高度。

　　这一年，农历戊辰。

（原载《瓷县文学》1990 年第 2 期）

到人民中去寻找诗人

阙振邦 [①]

蝙蝠和大粪坑

我必须谦虚地承认，金光闪比我心细眼尖。他一眼便发现一百米开外的草丛中蹲着一个女人。这要比在一堆垃圾中分辨出一枚硬币的难度更大。

这是蛋镇芒果大街北面的尽头，往前便是菜稻相间的田地。地里零星晃动着几个正在干活的人。再往前便是群山。山前是弯弯曲曲、遮遮掩掩的蛋河。河水是群山的血，从亘古没有愈合过的伤口渗出，白白地流走。春天的原野总有一些雾气无规则地弥漫着。阳光不是均衡地洒落，有些地方看起很阴暗，有些地方明

[①]　阙振邦（1970.2—　　）：中国作家协会会员，瓷县作家协会副主席，瓷县乡贤文化基金会会长。曾任蛋镇诗社副社长。蛋镇国营锯木厂工人阙建业之子。蛋镇高中毕业后当过锯木厂学徒，后考上蛋镇广播站，两年后调瓷县政府办公室。现为瓷县方志办主任。出版有散文集《悠悠岁月》（中国文联出版社，2017年），参与编写了2018年版《瓷县县志》和《瓷县名门望族》《鬼门关历代诗词集》等。育有一女，女儿大学毕业后居深圳。

亮得像湖面。这是清晨，行人还没有从地里冒出来，鸡鸣犬吠正在重新激活这个世界。这是再平常不过的景象。在世界的其他地方，田园牧歌也不过如此吧。

那时候，也就是前一天，金光闪似乎受到了什么启迪，在大街上把我拦住，说我们一起做点正事吧。

金光闪是国营东风旅社职工金玉芬的侄子。原来是前进村的农民（或者说是农民的儿子），蛋镇初中毕业后便留在镇上跟随他姑姑生活，假期他不愿意回到乡下干农活。父母拿他没办法，因为他说他是要接姑姑班的，不能离开姑姑，怕一旦离开别人便来抢他的位置。金玉芬终身未育，丈夫跟她离婚，在另一个镇和另一个女人结婚生下了一个儿子。金玉芬把金光闪当成了自己的儿子，花了一笔不菲的价钱替他办了非农户口①，将来是要接她班的，但接班的日子还长着呢②。于是他进入蛋镇高中读书，以此度过无聊的待业期。我和他是蛋镇高中文科班的同学。蛋镇高中是普通高中，每个年级只有一个文科班和一个理科班。每个班六十人左右。学生素质差，录取几乎没有门槛。师资力量也差，

① 那时候，农业户口和非农业户口之间壁垒森严，待遇有天壤之别，尤其是招干、招工、当兵、入学等方面，非农业户口子弟优势明显。我们村里人做梦都想获得非农业户口。我的少年时代，在学校填写各种表格时最自卑的时刻便是在"农业/非农业户口"一栏选择"农业"。——作者注

② 以前的政策是：国营企业和事业单位的职工退休后可以由子女接替其岗位。我的一个小学同学就是接替他爸成为瓷县第三水泥厂职工。金光闪认定自己是姑姑岗位唯一的继承人。可是我高中还没有毕业，政策变了，公家企业单位没有接班这一说了，不能子承父业，女继母位。人人平等，进单位、企业得靠招考。也就是说，镇上这些待业的纨绔子弟白"待"了，除了拥有非农户口，其他待遇跟农村子弟是一样的。——作者注

教师都是老弱病残之类，或刚走上教师岗位的师范毕业生来这里度过菜鸟阶段。关键是校风差，基本上就是"放羊"状态。每天上课只有一半学生听课，课堂混乱，吸烟喝酒下棋打牌，打情骂俏说下流话开演唱会，互相骂娘甚至动手打架……乌合之众。老师管不了也不想管，因而学生常常中途溜掉一半。只有期末考试和毕业考试才差不多坐满座位。有些同学三年高中碰到一起的次数很少，数年后聚会碰头才知道原来曾经是同班。读这个高中的唯一目的是混个文凭以便更好地当兵或考干、进厂。每年通过高考预考的学生不超过三个，几乎没有学生应届考上过大学，除非转到县高中复读。但只要参加毕业考试，又不曾杀人放火，都能拿到高中毕业文凭。哪怕没有按时参加毕业考试，或不屑考试，但后来又想拿到毕业证，也无须解释原因，只要参加补考即可，而且补考的机会还不止一次，反正学校就是要想方设法把毕业证送到你的手上。毕业证上盖着"蛋镇高中"四平八稳的钢印，还有校长"龚志海"的蓝色签章，货真价实。

班上不少学生是一边工作一边上学。他们当中一些是个体户，一些是养殖户。他们衣着光鲜，戴电子手表。老师显得比他们寒碜。而我和金光闪比老师更寒碜，身上没有一件值钱的东西。金光闪很不服气，对浑身上下散发着铜臭味的同学不屑一顾，但心底里又有些羡慕。高一时，金光闪帮他的姑姑在芒果大街练摊，卖成衣，帮姑姑赚点外快。他还替姑姑去广州批发过成衣回镇上卖。他忙的时候让我帮一下忙，然后给我一点微薄的报酬。但好景不长，他姑姑被提拔为旅社的副经理，虽是芝麻小官，但工作忙，不练摊了。我爸是锯木厂锯木工，我也得等爸爸十一年后退休才能接班。我爸让我好好读书，甚至指望我能考上大学，就像我指望他能当上美国总统一样。英语老师刚从师范大学（专科）毕业分配到蛋高教我们班，长得漂亮，而且害羞，我们很喜欢看她有时候脸红的样子。除了隔三岔五到学校听一下英语课，其他时间我们很少到学校去。即使到了学校，也是中途逃课。我和金光闪整天闲得无聊，无所事事，既不像坏人，也不像好人。

我说想干吗？他说："蛋镇太没有诗意了，我们必须成立一个诗社①，就像在大粪坑里捞金子。"他迅速制止住我可能发出的嘲笑，一本正经地说："要成立诗社，首先得有诗人，就像要成立一个国家必须先得有国民一样。诗人是诗意的细菌、病毒，没有诗意也是可以制造出来的，星星之火，诗意可以蔓延，比细菌、病毒还要快。"问题是，我们都不是诗人，因为迄今为止，我们都没写过一首诗。那怎么办？他胸有成竹地说："我们去寻找诗人，就像我们有了森林必须引来鸟，挖了大粪坑必须招来拉屎的人……蛋镇至少隐藏着三千个诗人，他们像孤魂野鬼那样到处游走。我们得去找到他们，并提醒他们：你们是诗人。如果不

---

① 后来金光闪谈到要成立诗社的原因是前天在镇政府门卫室读到一份《参考消息》，有一篇文章说到"纽约一点诗意也没有，从头到脚流淌着庸俗和肮脏的东西"。他心里想，蛋镇不也是一个鸟样吗？蛋镇不应该跟纽约一样庸俗和愚昧。于是，他萌发了要给蛋镇增添诗意的念头。但我觉得他美化和拔高了自己的初衷，像那些名流口中高大上的言辞。我更相信的是，成立诗社纯粹是他临时起意，像突然要拉屎一样。——作者注

提醒他们，他们永远不会知道自己原来是诗人，一辈子都把写诗的才华浪费在喂猪、种地、数脚毛、挑大粪上。"

第二天，我们便在蛋镇寻找诗人。

金光闪突然兴奋起来，眼睛像长出了翅膀扑闪扑闪地扇动着。

"她太与众不同了！"金光闪喊道。

我不觉得那个女人有什么特别。她只是蹲着，披着长发，穿白色的衬衣，淡黄色的野菊和粉红的三角梅缠绕着她，仿佛要将她也变成一枝花。空旷的山野安静极了。她一动不动，不愿意破坏人世间的祥和、静谧。当然，她是躲着披着的，似乎不想让别人过多关注。但她的上半身明显地露了出来，脸也很坦荡，对我们没有刻意地遮掩和隐瞒。

"她跟菜行蹲着卖青菜的劳动妇女有什么区别？"我说。

"你没发现她在哭泣吗？她正在悲伤。"金光闪说。

我愕然。明亮的阳光打在女人年轻秀气的脸上。我敢肯定，她没有哭泣，不像哭的样子，但也许面部表情痛苦甚至有些扭曲，悬挂在额头上的哀愁和忧伤不堪重负，泪水随时夺眶而出。我看得不是很清晰，但有些事情不一定非要眼见为实。

"就目前而言，她没哭。她可能很坚强，不一定哭。"我坚定地说。

"难道你看不出来她在心里哭？哭在肚子里比哭在脸上更令人难受。"金光闪说。

好吧，即便如你所言，那说明什么呢？

"心里无缘无故地哭，说明她是一个悲苦的人，一个多愁善感的人。"金光闪说，"也就是说，她极可能是一个诗人。"

我心里笑了笑，同时佩服金光闪的脑子比我好使，跟我想的问题不一样。

估计是金光闪从我的脸上看到了疑惑和否定的表情。

"是不是诗人，我们问一下便知道。"金光闪说。我迟疑着，他催促我："我们必须勇敢一些，主动一些，我们不能等着她扑到我们的怀里哭。"

于是，我们迈着轻快的脚步朝女人走去。

这是一段还没来得及铺设水泥的未来街道，越走越荒芜，离街区越来越远。我们很快来到了女人的身后。她很专注于某事，对我们的到来毫无察觉，或者很不屑。

金光闪推了推我的右胳膊，示意我开口说话。可是我不知道说什么，迟迟张不开嘴。金光闪只好上前一步，对女人说："喂，诗人！"

女人转过脸来，略显惊惶、慌乱。

"什么诗人？"她警惕地诘问我们。

"我们看你像一个诗人。"金光闪说。

女人鄙夷地扫了我们一眼："神经病，你们两个都是。"

"的确，我们两个都是诗人。"金光闪说。

"你们全家都是诗人！"女人生气地说。

我争辩说："看起来你真的像诗人，无论从哪个角度。我们阅人无数，有经验，判断从不出差错。"

金光闪补充说："连一只从天空中飞过的鸟，我们也能判断它是不是诗人。"

女人说："这次你们看错人了。我什么鸟都不是。"

金光闪说："如果你不是诗人，为什么看上去那么多愁善感，还那么孤独和痛苦？"

我也赶紧补充说："你肯定是在春天的田野里寻找诗意，企图把蛋镇所有的诗意偷偷独占了，像供销社霸占了全镇的柴米油盐糖烟酒醋生意一样，然后写很多的诗。等你全世界出名了，我们都成为你的绿叶，将来蛋镇文学史里记载的，你是芒果，我们都只是扁桃。"

我突然变得能言善辩，出乎金光闪的意料。他赞赏地看着我，鼓励我继续说下去。他一肯定，我反而不会说话了。

"你肯定是诗人，只是你自己不知道而已。起初，我也不知道我自己是一个诗人。后来，我懂得从鸡飞狗跳的生活中发现诗意，我知道诗歌应该怎么写。"金光闪说。他是即兴发挥，其实他从来就没写过诗。后来也没有写诗。

"我不知道什么狗屁诗。我也不寻找诗意……蛋镇这个鬼地方，除了满大街粪便，什么也没有。"女人说。

金光闪觉得自己的好意被鄙视了，情绪受到了影响，不解地问女人："那……你为什么蹲在这里，还带着一副诗人才有的表情？"

"我只是在拉屎。"女人不慌不忙地站起来，提了提裤子，"早上吃了三碗猪血，肚子不舒服——我蹲在草丛里拉屎，不偷不抢，碍你们什么事了？我每天都要在不同的草丛里拉屎，你们管得着吗？”

女人的内裤是格子蓝，屁股也很白。

我们有些尴尬。此时她似乎看穿了我们，变得出奇地坦荡，并不慌乱，也不觉得羞耻，甚至有点心安理得。当然，我们并非第一次看见女人撒尿拉屎，在乡间地头，在路边，在树荫下，在枯水期的河床，经常有女人像男人一样毫无遮掩地排泄。大自然是一个巨大的粪坑，也是一座无墙的公共厕所，男人能干的事情，女人也可以。

但是，金光闪说，他第一次见到拉屎拉出诗意的女人。

他的审美也许有点重口味了，因为我实在看不出这个年轻而放荡不羁的女人拉屎时绽放了什么诗意。我只是觉得她对自己的行为习以为常而已。但金光闪恰恰认为诗意就隐藏在“习以为常”中。

因而，我对这个女人充满了好奇和期待。果然，我们没有看错，这个女人很快成为蛋镇有史以来第一个女诗人。她的名字被金光闪改为“蝙蝠”，一个神秘而意味深长的笔名。她的本名叫陈良芬。我好奇地问过金光闪，为什么给她起一个如此恶心的笔名。“恶心吗？”金光闪反问我。“她给我的第一印象，其实不是诗人，而是蝙蝠，能指望她吃蚊子，我还想把她炖汤——有一种美味，叫蝙蝠汤①……”金光闪笑哈哈地说。这话真恶心到我

---

① 民间偏方，传闻能滋阴补阳，还可以治小孩尿床症。

了。金光闪认真地继续道："她的右屁股正中位置上还长着一颗黑痣，像展翅的蝙蝠，所以给她取了一个笔名叫蝙蝠。"可是，那天我并没有察觉她的屁股有黑痣，也许是阳光刚好照到她的屁股上，把一切黑暗的东西都遮掩了。蝙蝠也极力否认，她说她的屁股干净得很，根本就没有金光闪所说的黑痣①。

"他那只狗眼能看到什么好东西？他看什么都像蝙蝠。"蝙蝠说。但她默认了这个笔名。因为她就是要做一只让人害怕的蝙蝠。

蝙蝠后来成了《蛋镇诗报》的主编。而她的处女作，正是那天她脱口而出的话，被金光闪分了行就成了诗，并加上了一个诗意的题目：

一个春天的早晨

早上吃了三碗猪血，

肚子不舒服——

我蹲在草丛里拉屎，

不偷不抢，碍你们什么事了？

我每天都要在不同的草丛里拉屎，

你们管得着吗？

---

① 多年以后，蝙蝠去了美国，在她的右臂文上了一只黑蝙蝠，在左臂上文了"蛋镇诗社"。

　　我们认为，这是一首好诗。我们主张，实际上是金光闪首先提出并由他上升为理论的：诗歌就是用来记录日常生活的，柴米油盐，吃喝拉撒，鸡毛蒜皮，生老病死，梦里梦外，都可以入诗。诗歌并不神秘，它就是生活中的一口大箩筐，什么都可以往里装。蝙蝠当时没有意识到诗歌可以那么简单，经我们解说后，她恍然大悟：诗歌就是说话，但要记得分行。如果撒的尿分行了，也是诗。

　　说得太对了，这正是我们想告诉所有人的秘密。我们正致力于把别人穿在诗歌身上的衣裳扯下来，让贩夫走卒也能看到她的真面目①。

　　那天，蝙蝠提起裤子，我们果然看到她的两腿之间赫然耸立着一坨屎，米黄色，软体，冒着热气。这是诗歌本来的样子。

　　金光闪说："你每天早晨都这样吗？"

　　蝙蝠说："不一定。有时候是在中午，有时候是傍晚。"

　　金光闪说："你家没有厕所吗？"

　　蝙蝠说："有，但不叫厕所，叫大粪坑。"

　　金光闪说："你为什么不在自己家的大粪坑拉屎，而是把粪拉到草丛里呢？"

---

①　金光闪的诗歌理论是自创的，是赌气式的反叛。他曾经在文化站翻阅过一本《朦胧诗选》，读了一个下午没读懂一首，甚至一行也没读懂，明明每个字都认识，组合起来却让人云里雾里，他很生气。伤了自尊心的他朝书吐了一口痰，骂了一下午。他说，他能读懂李白的诗，却读不懂现在这些人的诗，不是他的问题，肯定是他们的问题。而我坚决支持他的观点：诗歌不能那样写。诗歌就应该是说人话。多年以后江湖上才出现的"口语诗"流派，在我看来一点新意也没有，因为我们早就这样写诗了。——作者注

蝙蝠说："我不敢在大粪坑里拉。因为每次刚脱下裤子，蚊子便一窝蜂围过来，不仅要瓜分我的屁股，还像非洲斑鬣狗那样掏我的肛……"

我和金光闪失声大笑。

"大粪坑里不仅有新粪便，还有陈年粪便——那些说话又臭又硬的人拉下的屎也一样，连化粪池都化不开。大粪坑不仅有人的粪便，还有猪和牛的粪便。不仅有一屋子拇指大的绿头苍蝇，坑里还翻滚着小指头一样大又肥又白的粪蛆，如果我掉下去，它们会像食人鲳一样一分钟内就把我的肉啃干净。"蝙蝠说。

我和金光闪都是见识过大粪坑的人，那是最接地气也是人人平等的地方。我家在乡下，每家每户都有一个大粪坑，也叫粪池，是猪圈牛圈粪便和洗圈污水的容器，也是人蹲的厕所。那些因各种疾病夭折的鸡呀、鸭呀、猪呀、狗呀，还有被毒死的老鼠都扔到坑里，发酵程度不同的尸体终归要膨胀起来，成为绿头苍蝇和粪蛆的食物，剩下的部分便成为肥料。粪坑上有由两三根木条并排扎成的桥，给人蹲着拉大便的。大便落下坑中，砸起的粪水有时候会溅到自己的脸上、嘴里。我甚至担心粪水长翅膀飞进到粪坑之外，把正好路过的行人溅一身。挑大粪的时候，粪桶也是搁在桥面上，用长柄勺子从坑里舀粪水，稀稠随意。我曾经往自家的粪坑里扔过炮仗，点燃了那里的沼气，炸得粪水冲天，差点把屋顶炸飞，毁了自家的粪池，事后被母亲痛打一顿。金光闪谦卑地自黑说："有一次我拉肚子，手忙脚乱中没注意桥面太滑，掉进了大粪坑，因为粪便太稠，无法游泳，我像一只猪那样挣扎，不敢张嘴呼喊，因为一呼喊，粪蛆就会涌进我的嘴里。我紧闭着嘴巴，但它们从鼻孔钻进我的喉咙里，幸好，我爸那天拎着一只死于瘟病的鸡一脸嫌弃地推开大粪坑的门，发现了我在坑里挣扎。他的第一反应不是要救我，而是怒火中烧，大声质问我：'家里没粥吃了？为什么要躲在这里偷吃屎……'"①

蝙蝠笑了。于是我们一见如故，有了共同的语言。那天早晨我们走在春天的田野上，在花香鸟语中粗俗地说着大粪坑。

"大粪坑里他妈的全是诗！那些粪蛆，无论公的母的，全是诗人，或者说它们是诗人的前身。它们每天都在干一件事：把那些粪便分行。"金光闪说罢竟然自己笑了起来，"现在我回乡下不上大粪坑拉屎了，而是拿着一把铲子到田里的香蕉地、果园里挖坑，拉完便把屎埋好，像是什么也没有发生过。"

蝙蝠拍了拍身上的尘土，嗔怒道："想不到你们那么恶心。大粪坑是你们唯一的共同语言。"她仔细看了看金光闪，脸色突然变得凝重起来，惊惶地问："你的右眼怎么像狗眼？"

金光闪还没有想好怎么回答，蝙蝠恍然大悟说："原来是'猫'眼。"说罢一脸坏笑。

是的，金光闪的右眼在两个月前他跟一个小流氓斗殴时被打

---

① 后来我向金光闪求证过他是否真的曾经掉进过大粪坑，他斩钉截铁地回答说，是真的。在父亲的帮助下从坑里爬出来，他一路狂奔，跳进离家不远的河里，反复沉入河底，洗掉了一层皮，才彻底将身上的污水洗干净。但从此以后，很多年里，他总是闻到自己身上的大粪味，哪怕用掉多少块力士香皂也去不掉那气味。直到十三岁那年，他偷偷跳进邻居家的酒缸里浸泡了半个小时，出来后他再也感觉不到那股大粪味了。他还说曾经试图从大粪坑里打捞金子。——作者注

伤，而且伤及眼球子，还没有完全好，红红的。眼球子转动不灵活，几乎没有什么作用，因为看不清东西，只是金光闪悄悄告诉我，左眼用来看俗世，右眼用来发现诗意。

如果蝙蝠不提起，我也不在意金光闪的眼睛。只要能在这个世界上正常行走、吃饭、睡觉就够了，眼睛这东西，多一只少一只似乎都无所谓。后来金光闪的姑姑找到一个善用偏方的土医生，一个月后把他的眼睛治好了。

在与蝙蝠即将分手的时候，金光闪突然站在大街中心，向稀稀拉拉的行人大声说："既然三人可以成立支部，那么三人也可以成立诗社，今天，我们刚好凑够了三个人，我宣布，蛋镇诗社成立了！"

我和蝙蝠措手不及，一切来得太突然了。我一点思想准备也没有。成立诗社，在我心里，应该是许多年后一切准备就绪才做的事情，也许是一项奋斗终身而未竟的事业。还没等我们反应过来，金光闪宣布自任社长，而我任副社长，蝙蝠任主编。

蝙蝠还弄不懂什么意思，甚是震惊和惶恐，仿佛刚刚听到有人宣布成立了一个国家。

"会不会违法呀？"她敏锐地意识到了这个问题。

金光闪拍了拍胸膛说："我们又不是宣布成立一个美国，犯什么法？只是成立一个诗社而已，哪怕联合国也管不着我们，但我们可以管联合国，因为诗歌可以管世间的一切。我们可以用诗歌去描摹他们、赞美他们、祝福他们，也可以用诗歌控诉他们、批判他们、埋葬他们……"

　　蝙蝠将信将疑，但似乎接受上了贼船的事实，开始考虑她能做什么的问题了："即使不犯法……可是我什么也不懂。"

　　金光闪说："我也不懂，这是蛋镇有史以来第一个诗社，大家都没有经验，摸着石头过河，一切都是从零开始的，从大粪坑开始。"

　　蛋镇春天便开始炎热，哪怕是早晨，阳光一照射，空气便被点燃。我们三人仿佛同时被烤得通红，喉咙在呼唤着雨水和甘露，于是闪进一家便利店（那时候还叫小卖部），金光闪请我们吃冰棍。

　　"没有绿豆那种。纯白冰①。"他叮嘱我们，也叮嘱便利店的老板。一根绿豆冰棍比白冰贵5分钱。我们站着把冰棍吸完，也把诗社的纲领讨论完，就差向全世界宣布。我们都很兴奋，也夹杂着忐忑。金光闪甚至无法驾驭手里的冰棍，吮吸的速度跟不上融化的速度，冰水掉了一地。但他受伤的眼睛在散发着异样的光，蓝色的，像宇宙边缘的光。蝙蝠用力地吮吸冰棍，抓冰棍的手一直在颤抖，始终没有插一句话。

　　我心里想，这可能是一场生死未卜的旅程，也可能是一项伟大事业的开端。世界的中心就在我们的脚下，只要我们一松脚，地球就会倾斜。镇政府就在不远处，那是全镇最有权势的地方，平时我不敢轻易进去，怕被门卫轰出去，而此刻它在我的眼里变得轻如鸿毛。所有的东西加起来也比不上诗社重要。

————————

①　是指没有添加绿豆或其他东西的纯冰块的冰棍，颜色多是白色，也有蓝色和青色。

"我们要团结，要奋斗，要成功！"金光闪狠狠地摔掉手里空荡荡的冰棍，鼓励我们说，"还得不要脸。"

芒果大街瞬间变得无比辽阔、苍茫、肃穆。

金光闪要制作一个"蛋镇诗社"牌匾，苦于没有钱，不能找广告公司。我自告奋勇说我搞掂。我爸是蛋镇锯木厂的，有木头，有工具。

那天，我们三人在锯木厂选了一块上等的木头，请我爸按尺寸锯好。用了一个下午的工夫，我和金光闪合力把"蛋镇诗社"牌匾刻好了，并上了甘油和油漆，看上去金光闪闪。字是我们自己刻的，启功体，"蛋镇"是我的作品，"诗社"由金光闪完成。很明显这四个字出自不同的人之手。牌匾弄好了，但挂哪里呢？最终，我们决定就挂在锯木厂侧门的门口上。那里不显山露水，门口便是荒凉的草坡。草坡的尽头是蛋河。把这里作为蛋镇诗社的落脚点，也挺好的。而且，除了锯木厂，哪里愿意让我们把这块牌匾挂上去？

然而，我们在锯木厂没有真正属于诗社的落脚点，只有我的一间窄小的房间作为我们碰头的场所。但自从锯木厂挂上"蛋镇诗社"后，此地品位提高了不少。每次回家，我的感觉不一样了，回的不再是锯木厂，而是蛋镇诗社。

那时候，愤世嫉俗的荣耀①去世不久，他的儿女们荣春天、

① 荣耀（1924.12—1987.8）：蛋镇的清洁工。年轻时参加过抗日战争、解放战争，身经百战，出生入死。先后收养五个弃婴，分别取名为荣春天、荣夏天、荣秋天、荣冬天和荣润季。

荣夏天等五兄妹陆续搬离了锯木厂，吵闹声少了，那里一下子显得沉寂而空荡荡，也祥和了许多。因而牌匾是安全的。

很多年过去了，锯木厂变得冷冷清清，人迹罕至，院子内外长满了鱼尾葵、鸭脚木、侧柏、人面子、艾蒿、狗尾巴草和鸡蛋花。"蛋镇诗社"这块牌匾没人留意，一直倔强地挂在那儿，成了那堵墙的一部分。我甚至目睹过一只高瘦的黑毛公狗把右后腿竭尽所能地搭在墙上往牌匾撒尿，"诗社"二字迅速被尿液渗透，然后，公狗扬长而去。那一刻，我明白了诗社的多重意义。那块牌匾，日晒雨淋，变黑变旧了，开裂了，甚至长了苔藓、蘑菇和青草，还有蚁穴、蜂窝。大雨过后，经常爬满非洲大蜗牛。多好的油漆也经不起风雨的洗礼，字褪色了，模糊了，沧桑了，但在我的眼里，"蛋镇诗社"四个字从没改变，永远熠熠生辉。

终于等到了棺材降价的韦三根

那年4月，金光闪带着我，后来又带上蝙蝠，每天在大街上寻找潜在的诗人，像在大海里捞针，也像在草丛中寻找蟋蟀。阳光越来越耀眼。蝙蝠不愿意一抬头便看到金光闪的"猫眼"，决定送他一件礼物。

那天镇上来了一个讲着软绵绵普通话的人。矮胖，鼻梁塌了方，脸黑得油亮，穿着没有任何标志的军绿色长衫，背着一只大布袋，胸前挂着块板，板上挂满了各式墨镜，满头大汗，背上的衣服湿透了。蝙蝠说："我在北海沙滩见过这种推销眼镜的浙江人。"她上前一打听，果然是温州人。

"你们温州人不是推销地图的吗？"蝙蝠问。

"我们还有推销打火机的……"温州人笑得很谦卑，小心翼翼地说，"我刚到贵地，卖眼镜。请多多关照。"

"我们这里不是海边，用不着墨镜。你白跑一趟了。"蝙蝠说。

温州人说："墨镜是给所有喜欢认真看世界的人准备的。无论你喜欢不喜欢这个世界，只要你戴上墨镜，一切都变得美好。"温州人挑选了一副红色框架的墨绿色眼镜给蝙蝠戴上。蝙蝠环视了一下四周，脸上露出了诡异的笑意。

"是不是世界变了？"温州人问蝙蝠。

蝙蝠笑而不答，转身对我说："戴上这个东西，连狗都能变成诗人。"

她决定帮初来乍到的温州人。经过一番讨价还价，她掏光身上的钱买了一副黑框的米黄色墨镜送给金光闪——首先得让他像个诗人。

"有了这副眼镜，就有了火眼金睛，你再也不会让一个诗人成为漏网之鱼。"蝙蝠说。

金光闪很喜欢这副墨镜，从此以后一直戴着，不舍得摘下来，即使在阴雨天，仿佛成了他身体的一部分。而金光闪确实是一个天才，自称阅人无数，经验丰富，加上有了这副墨镜，如虎添翼，目光如炬，在他眼里整个世界变得格外清晰。他带着我们，在街上看各式人等，从长相、毛发、衣着、神态、举止、谈吐等人手教导我们如何分辨诗人和普通人。看到满脸忧愁或表情沉郁的人，他就认为此人可能是诗人，至少具备了诗人的潜质，只要稍加培训、点拨就能立竿见影，迅速成为诗人，然后加入诗社。然而，我们这样做的效果并不佳，经常看走眼，闹了许多尴尬和笑话。但金光闪的坚韧和执着感动了我们，哪怕不断地碰壁，我们也坚持去寻找诗人。到大街小巷，到菜市场，到肉行，到电影院，到汽车站，到邮政所，到新华书店，到文化站，甚至到河边，到乡间地头……然而，事实证明，蛋镇不是盛产诗人的地方。似乎是，段颂之后，再也没有诗人了。

"并非没有诗人，而是我们缺少发现。有些人压根就没有意识到自己是诗人，需要我们的提醒。"金光闪固执地说，"有的诗人善于伪装，故意混在普通人中考验我们的眼光。我们要像从大粪坑捞金子那样将诗人从人海中拎出来。这样才能显示我们的能耐。"

好吧，反正，那时候我们都闲得蛋疼。蝙蝠不想跟着她的母亲卖菜，也不愿意去相亲，每天早上忙完一些家务便来到邮电所门前等我们。金光闪经常比我晚到一些，因为他每天晚上都要思考诗社的发展大计到深夜，有时候，辗转反侧彻夜不眠。他说："兹事体大，不敢怠慢。在蛋镇诗社成立之前，我什么都不操心，现在，我操心全世界。你们也要操心，我不是美国总统，不能把所有的压力都让我一个人扛。"金光闪手里攥着的《参考消息》，经常只有半边或一小块，尽管如此，他依然强调："你们也要每天阅读《参考消息》，关心全世界，关心全人类，关心宇宙的每一个角落，以及每一个角落里是否藏着天才诗人。"我问："《参考消息》上有刊登诗歌吗？"他回答说："没有。暂时没有。将来会有的。"我的父亲是蛋镇国营锯木厂工人，每天锯很多的木头，也是一个酒鬼，下班喝酒，上班的时候也喝酒，从不管我。母亲只管比我小十岁的弟弟，而且她又怀孕了，无暇顾及我。那是我一生中最自由的日子。

有一次，圩日，赶集的人特别多，在棺材铺门口，有一个男人突然蹲下来放声大哭，撕心裂肺地哭。围观的人内外几圈，像看电影一样。金光闪领着我们突破重围，靠近了那男人，让我上去咨询一下他"为何在光天化日下哭"。看那男人哭得如此伤心，我害怕他会赖上我，通过牙齿把所有的悲伤注射进我的肌体。我怂恿蝙蝠去问。因为她是女人，也许天生对悲伤病毒有免疫力。蝙蝠犹豫了一下，上前蹲在那男人的面前，温柔地问："阿叔，怎么啦？为什么要哭呀？"

问了几次，那男人才抬眼看了她一眼说："我快死了。"

蝙蝠想不到用什么言辞安慰他。金光闪走上前，蹲下来对那男人说："是不是很痛苦呀？"

那男人止住了哭，说："棺材又涨价了！他妈的太欺负人了！"

金光闪说："我看你哭的声音还很雄壮，中气很足，不像是快要死的样子，是你想多了，多愁善感了。"

棺材铺的铺名写在一块不规则的木板上，写得歪歪扭扭的，不显眼，倒是那几副成品十分扎眼。

那男人站起来，有点生气地对金光闪说："迟早是要死的。如果我今天喝了半瓶敌敌畏①，明天我家里就得往棺材铺送钱。"

金光闪说："你家里还有敌敌畏呀？"

那男人说："没有了。如果有，我早就喝了。"

金光闪说："为什么要喝？"

那男人说："活着没有意思。早活腻了。我是等棺材降价，降到十八块一副便死。但今天居然比上个月涨了两块！两块钱，什么概念？可以买我半条命了。棺材铺太黑了，比棺材还黑。"

金光闪说："天无绝人之路，不可能一条活路也不给……"

那男人拍了拍裤子上的尘土，往棺材铺里瞧了一眼，恶狠狠地说："妈的，我现在还不能死，我一定要等到它降到十八块的那一天！看谁耗得过谁！"

围观的人一哄而散，骂他对死没有诚意。那男人很委屈，要争辩，金光闪一把拉住那男人的手，诚恳地说："你是一个诗人，不要激愤，不要卖弄，不要跟凡夫俗子强辩。加入我们！跟超凡脱俗的人在一起。"

那男人莫名其妙地看了看我们："什么意思？"

---

① 系列农药品种。当时新出了一款叫"敌敌畏1605"，相当于酒中的"国窖1573"。那是我们见过的最毒的农药，一个敌敌畏空瓶子扔到几亩宽的水塘里能让所有的鱼都翻白肚子，青蛙从它身边经过也有可能被毒死。农民自杀的最常见方式便是喝敌敌畏，自己捏着鼻子灌到肚子里。有的人受不了它的臭，往里面加些白糖，味道好一些，而且不影响效果。农村有一种很狠毒的骂人方式是：我送你一瓶敌敌畏。

蝙蝠说："请你加入蛋镇诗社。"

那男人说："什么叫诗社？能免费发放棺材吗？"

金光闪打断了他的话，堵住他往不切实际方向痴心妄想："请问你尊姓大名？"

蝙蝠说："你只需要报个名字。"

我赶紧拿出本子要记下他的名字。那男人说："你们要合伙来骗我吗？你们是不是想骗我的钱？我走南闯北，诈骗犯见多了，你们骗不了我。"

金光闪说："不是。绝对不会。我们比棺材铺讲信用。"

蝙蝠说："你连死都不怕，还怕报上姓名？你就当我们是阎王爷派来登记的……"

那男人犹豫了一下，说出了他的名字：韦三根。镇南村人。家里养有三头猪，两个孩子，还有老婆。

"你认得字吧？"金光闪问他。

"认得一些。读过小学。"韦三根说。

"那就可以写诗了。"蝙蝠抢着说。仿佛她早已经悟道。

"什么是诗？"韦三根警惕而疑惑地看着我们。

蝙蝠错愕，一时语塞。我也没有想好。

"你把刚才说过的话写下来，然后分行，就是诗了。"金光闪说。

韦三根仿佛还没有听懂："写诗……我还会死吗？"

金光闪说："你先开心逛街，下次来棺材铺的时候，把你写的诗带给我们。"

　　然而，从此以后，我们再也没有见过韦三根。谢敬逸[①]是镇南村人，我向他打听过韦三根。谢敬逸说，他并没见过韦三根，但他的名气很大，因为他是喝农药死的。死后，家人从他身上搜到十八块钱。后来，我真的去棺材铺打听，4月18日那天，棺材降到十八块一副。但只有那天是这个价钱，因为那天是老板的生日。第二天价格又恢复到了二十块。我估计韦三根就是那天死的。谢敬逸说，有可能，大概也是那个时候，因为那天，他家养了三年的八哥也死了，整个村子都弥漫着农药的气味和莫名的伤悲。

　　我们都为失去了一个潜在的诗人而伤悲。金光闪提议给韦三根默哀。蝙蝠说她从没默哀过。我也是。金光闪说，如果我们不想默哀，就哭一场，把韦三根当成我们的父亲。我和蝙蝠当然不选择哭。我们三人站在电影院门口，身后是一幅巨大的刘晓庆的电影海报，烈日下，我们朝着肉行的方向低下了头。卖肉的屠户们远远地嘲笑我们，以为我们是小偷，被抓住后在受私刑。直到三分钟后我们转身离去，仍能听到他们嘲讽和不满的评论："怎么啦，世界上哪有这么短的刑期？"

　　金光闪对我们说，那些对我们评头品足的人一辈子都没读过《参考消息》，井底之蛙，可怜可笑可恨。

[①]　谢敬逸（1972.4—　　）：蛋镇镇南村人。诗人。蛋镇高中毕业后入伍。退伍后在瓷县文化馆工作，现为瓷县博物馆副馆长。出版有散文集《明媚世界》，诗集《黑水怪》和《冬日记忆》。其堂兄谢敬安也是诗人。

狱中才子漆光明 ①

我第一次见到漆光明是在蛋镇国营人民理发店。已经是正午，理发店天花板上的吊扇有气无力地转动，并发出催眠的吱吱声。坐在长沙发上的几个等待理发的老头昏昏欲睡。理发师傅是镇上无人不晓的身高近2米的"长人"，姓池，大家都称他池长人。他年轻的时候是篮球运动员，入选过县体工大队的篮球队。要不是因为伤病缠身，他能一直干到国家队。现在，他老眼昏花，背也明显驼了，但大伙还是喜欢找他理发，尤其是上了年纪的人。这天，池长人多了一个年轻的顾客。一个跟我年纪差不多的小子，脸上长满了青春痘，瘦小，坐在老头们中间，一点也不显眼，但他正在看书，书名引起了我的注意。

我一眼便认出来了，是《朦胧诗选》。有些破旧了，封面被撕掉了右下角。我惊喜得要喊出来了，但不敢贸然跟他打招呼，因为看上去他有些傲慢，不愿意搭理人，我怕吓跑了他。但如果不主动跟他说话，又生怕错过了机会。我犹豫着要不要跟他说"你也喜欢诗歌？你是不是诗人？"，因为我担心他会冷落我，或对我嗤之以鼻，让我在那么多的头发凌乱胡子拉碴的老头面前下不来台。于是我悄然溜出理发店，一路小跑。半个小时后，我带着金光闪来到了那个小子面前。但那小子没有抬眼看我们，一

① 漆光明（1975.10— ）：蛋镇多米村人。先后毕业于蛋镇高中、云南民族大学数学系。曾在省公安厅工作，担任过处长，2007年5月因受贿被判入狱四年。2011年出狱后到广州进入金光闪的蛋派木业公司工作，担任市场开发总监。

副蔑视的样子。

金光闪可不惯着他，一把抢过那小子手里的诗集，不屑地说："你也配读朦胧诗？"

那小子终于抬头，一脸蒙。所有的老头都看着金光闪，连池长人也吃惊得停止了理发，伸直了漫长的腰身——他真的好高。

"我读不懂的东西，你能读明白？如果读不明白，你捧着它就是装×！在蛋镇，装×是犯法的！"戴着墨镜留着长发的金光闪已经不像一个善茬，甚至不像是好人。蝙蝠在理发店门外，远远地看着我们，像是站在男厕外面等人的女人。

那小子竟然说："我能读得明白。这本书我都读一年了，每天都在读，每一个字我都认识，每一首都能背出来，还知道在写什么。"

我们不相信，但事实确实如此。金光闪随便翻到一首诗，让他背，他果然很顺畅地背出来了。而且，他还跟我们讲解，这是顾城的《墓床》："走过的人说树枝低了，走过的人说树枝在长。"①我听不懂，估计金光闪也听不懂。

但金光闪很满意，摘下眼镜，笑嘻嘻地对那小子说："那么，你是一个诗人。"

那小子说："我不是诗人。我只是喜欢读诗而已。诗人不是随随便便就能当的，比当联合国秘书长还难。"

---

① 顾城《墓床》：我知道永逝降临，并不悲伤/松林中安放着我的愿望/下边有海，远看像水池/一点点跟我的是下午的阳光/人时已尽，人世很长//我在中间应当休息/走过的人说树枝低了/走过的人说树枝在长

金光闪说："你可以加入我们蛋镇诗社。加入诗社后，就是诗人了。"

那小子说："我不知道什么诗社，你们别搞我，我只想好好理个头发。"

金光闪让老头们再挤挤，让出一个屁股大小的空间，然后坐下来，对那小子说："不着急，我们有耐心，等你理了发，我们再讨论你的前途。"

金光闪和那小子之间隔着三个老头。我没有座位，就走出理发店，跟蝙蝠去不远的新华书店看看有什么新书。当我再次回到理发店时，发现金光闪仰着头靠墙正睡得香。头顶上的吊扇一直呼呼地转。长沙发上的老头还剩下三个。池长人还在理发。但那小子不见了。我叫醒金光闪。

"人呢？"金光闪问池长人。

"剪完头发走了。"池长人说。

"走多久了？"金光闪气急败坏地大声质问道，把老头们叫愣住了。

"剪一个头的时间。"池长人回答说。

"你应该早点叫醒我。"金光闪既责怪池长人，也责怪我。

我们走出理发店，分头去找那小子。结果蝙蝠在电影院门口找到了他。他正要进电影院看电影。蝙蝠说："我在电影院外等你。"

后来，我和金光闪也赶到，一起守在电影院门外。可是，一直到电影散场，也没有见到那小子。金光闪跑进电影院，也没找着。他气得一边跺脚一边破口大骂："下次见到他，我要揍他，往死里揍！"

再次见到那小子是在三天后的邮电所门口，他被金光闪撞上了。他的手里仍然拿着那本《朦胧诗选》，剪了头发，显得更稚嫩。金光闪一把抓住他的衣领："只要还在蛋镇，你能跑哪里去？"

那小子莫名其妙。他刚给远方的父亲寄了一封信。

"我为什么要跑？"那小子说。

金光闪松开了他，突然笑了："我不会揍你，只要你愿意加入蛋镇诗社。"

那小子看了看我们，似乎感觉到了某种力量的威胁或召唤，一下子软了，对我们说："随便你们，你们让我加入联合国也无所谓。"

这个小子就是漆光明。他跟母亲在蛋镇生活。母亲是镇供销社百货大楼的销售员，父亲远在一个叫合山的地方，是煤炭工人。漆光明在镇高中读书，没有考上大学，母亲让他去当兵，他去应征了，却因为身高不达标，没有被选上。蝙蝠很喜欢他，说他纯真、腼腆，像传说中的顾城。在离开蛋镇之前，漆光明写过一些诗，但写得很晦涩，我们都读不懂。但在编《蛋镇诗报》时，蝙蝠力排众议，把他的一首《一个小镇的死亡》收录进去。文化站站长李前进对这首诗曾经做过点评：一派胡言，不知所云。

还没有等到《蛋镇诗报》刊行，漆光明便离开了蛋镇，到了合山，跟他父亲一起生活，重新回到学校复读，并因为他外婆的血缘关系，成功将民族身份改为瑶族。第二年，漆光明考上了云南民族大学数学系。至于他毕业后分配到公安厅，当了处长，因违纪违法进了监狱，那是后来的事情了。蝙蝠一直跟漆光明有书信往来，即便他在监狱中，蝙蝠仍跟他通信。据蝙蝠说，漆光明在狱中当上了文化教员，不用干重活，除了给狱友上文化课，还出宣传板报，其中有一期板报选用了蝙蝠的一首诗《在蛋镇下蛋》。他本人也写了不少的诗，狱友都称他"漆才子"。毫无意外，漆光明曾经随信寄自己的诗给蝙蝠"斧正"，并叮嘱她读后销毁，"生前丢人现眼，死后不留痕迹"。

"但他的诗不朦胧了，通俗易懂，甚至略显浅白，估计连狱卒都能看得明白，且内容积极向上，不然来不到我的手上。"蝙蝠跟我们说。

我对漆光明没有多少印象了。据蝙蝠说，当上处长后，漆光明给她寄过照片，但她竟然怀疑照片不是他本人，因为照片里的人一身警服，脸又肥又大，嘴巴很阔，一点也不像她认识的漆光明。

蝙蝠还说，漆光明才华横溢，绝顶聪明，还很善良纯真，如果不离开蛋镇，专心写诗，他有可能成为第二个段颂，甚至超越段颂。可惜了。事实证明，有的人是不适宜离开的。

当年有人说金光闪和蝙蝠谈过恋爱，我敢肯定，那是造谣。金光闪不喜欢蝙蝠，嫌蝙蝠鼻梁塌陷，颧骨太高，不是福相。蝙蝠也不喜欢金光闪，并非嫌他眼睛不好看，而是觉得他粗鄙、老土、夸夸其谈，身上压根没有诗人的气质，还仿佛有股粪水味。蝙蝠更喜欢漆光明。我怀疑，甚至可以肯定，她暗自去找过当上了处长后的漆光明。她也知道漆光明哪一天出狱。2011年春节刚过，她给我打电话，约我一起去省第一监狱接漆光明出狱。我拒绝了。因为那时候我父亲出了车祸，我正忙着救他，确实没有空。而且，我差不多不记得漆光明了。我跟他的交情远没有到让我抽时间迎接他出狱的地步。

拖拉机手张昆明 ①

有一天傍晚，我和金光闪在灯光球场看两个村篮球队比赛。一个队是茶山村的，另一个队是水冲村的。这样的篮球赛经常有，不足为奇。热闹有余，水平不足。金光闪经常嘴里发出"狗屎"的叫骂声，那是因为球场上的人把轻而易举的上篮投丢了。

其间，我们被一个男人叫到了一边。一个高大粗壮的男人，看上去孔武有力，穿着23号红色球衣，却只趿着一双白色的越南胶拖鞋。我和金光闪都不认识他。但我们不敢轻易拒绝他的命令。我们在国营照相馆前停住了。这边没有了噪声，方便说话。像是秘密接头。

"听说你们在搞诗社，是不是真的？"男人问我们。

金光闪看了看我。他脸色有点苍白。我也六神无主地看着

① 张昆明（1968.9—1992.6）：蛋镇茶山村人。初中毕业后当拖拉机手。卒于翻车事故。

他。我们同时朝男人点点头。

"不能只点头。你们有嘴巴，必须说话。大声点。"男人露出穷凶极恶的表情。他的右手紧紧攥成了一个拳头。如果一言不合，或稍为怠慢，他的拳头就会落到我们的头上。

我们赶紧齐声回答说："是。"

男人突然换了一副和气、喜悦的表情，对我们说："这样，我向你们推荐一个诗人。你们必须吸收她入诗社。"

金光闪说："好。"

男人将右手的拳头松开，里面是一张纸条。他把纸条递给金光闪，说："这是她的姓名和地址，你们找她去。如果不听我的，我会揍你们。"

金光闪仔细看了一眼纸条：茶山大队响水底生产队姜美好。

男人说，她是残疾人，走不了路，但她是一个诗人。

金光闪向男人保证说："我们会去找她的。"

男人满意地分别拍了拍我们的肩："一起看球去。"

这个男人我们只见过一次。他后来再也没有在镇上出现过，但我们感觉得到他的威胁。

第二天，金光闪带着我和蝙蝠去往茶山。我们分别骑着单车。我的单车比较破旧。金光闪的单车是凤凰牌，七八成新，质量很好，但是偷来的，一年多了，是他父亲从高州那边偷回来送他的。这个秘密他只告诉过我。蝙蝠借不到单车，金光闪带她。我们一早就出发了。

茶山离镇上很远。那里有一个国营茶场，在山上，属于镇供销社管。供销社收购部的黄财路在茶山工作过，摘过茶叶，炒过茶叶。出发前我们向他请教过路应该怎么走。他说朝南一直走，不用拐弯，路的尽头就是茶山。"路好不好走？"他说好走。金光闪说："我怎么听别人说路很不好走？"黄财路说："不要听别人胡说，路得靠自己走过才知道。"金光闪说："你怎么说话像写诗？"

　　我们一路上骂黄财路。因为他骗了我们。路是泥沙路，碎石特别多，沟壑、洼坑毫无规律地排列组合。我们骑车尽管又慢又小心，但还是不断地摔倒，有无数的陡坡无法骑行，只能推着车前进。金光闪带着蝙蝠比我要吃力太多。蝙蝠在车架后面用力扯着金光闪的裤皮带，到了调马村的时候皮带被扯断了。金光闪从路边随便找了一根绳子草草绑上裤子。越往前走，村庄越少，树木越茂盛。偶尔会遇到中型拖拉机。它们拉着木材、砖头或化肥，爬坡十分费劲，经常是用尽了力气却在坡上打转，差一口气上不去。金光闪停下来看。我说："要不要帮忙推一把？"金光闪说不要。他就喜欢拖拉机在坡上喷着浓烟，轮子在原地打转、进退两难的样子。临近中午，在一个叫龟背坡的地方，金光闪就让我们都停下来，坐在路边的橡胶树下看一台装满红砖的大型拖拉机爬坡。坡不是很陡，但几条沟壑很深，拖拉机的轮子陷在沟壑里，司机一次又一次加油试图跨过去，但前进一步又倒退一步……司机走下驾驶座，到拖拉机身后察看，从路边搬来几块石头垫到轮子下面，然后回到驾驶座，重新努力。情况好了一点，至少石头阻止了拖拉机倒退，但是仍然没有成功爬上坡去。拖拉机喷出来的尾气闻起来很香，像面包店蒸面包散发的味道。我大口地呼吸。拖拉机越是挣扎、越是加油，气味越香。司机是个年轻人，向我们招了招手——能不能帮一下忙？他请求我们推车。金光闪没有答应。他对我们说，推车很危险，经常有人推车被车倒退碾死的，风险很高。司机不悦，嘟哝了几声。他又努力了几下，还是上不去。拖拉机也很累了。他干脆熄了发动机，从驾驶座旁边取出一个饭团，自个吃了起来。我们也饿了，以为金光闪会发给我们面包。但他说还不到午饭时间，这点口粮要为漫长的路途准备。我们只好忍住。司机跑过来，在我们跟前，朝着山上的橡胶树林，重重地叹息一声说："唉，我也是橡胶树的命。"

这句话震惊了我们。在蛋镇，橡胶树是国营林场的宝贝，流出来的不是血，也不是乳汁，而是液态黄金，因此号称黄金树。在镇子周边，有几处一眼看不到头的橡胶树林，种在梯田状的山岭上，整整齐齐的，像一行行诗句。破坏橡胶树，在蛋镇，最高的刑罚可以判死罪。橡胶林地简直就是禁区。非林场职工误入橡胶林会受到巡林员的严厉警告和驱赶。在橡胶树林里放牛吃草也是犯法的，因为牛会给橡胶树带来伤害。

我们站起来看了看橡胶树林。司机说："你们看，橡胶树被千刀万剐，把血一次又一次放干，伤口一次又一次自己愈合，痛呀，命苦呀。"我们也情不自禁地跟着叹息。

"没有人知道它们的苦。"司机说。

司机不打算跟我们多说，也不愿意再三恳求我们帮忙。他回到拖拉机机头前，拿出摇手，重新打着发动机，上了驾驶座。

我们以为拖拉机休息了一会，积攒了力量，这次能爬上这个陡坡了。可是，仍然是差一口气。

金光闪可能看不下去了，对我们说："我们帮他推一把。"

我们三人在拖拉机后面推。司机受到了鼓舞，终于把拖拉机开上了陡坡。在这条寂寥荒凉的村路上，我们继续前行。

当我们骑车追着拖拉机跑了一段路程后，拖拉机停了下来。司机在等我们。他问我们去哪，我们说："茶山响水底。去寻找女诗人姜美好。"他说是同路，但不认识姜美好，也从没有听说茶山有一个女诗人。他让我们把单车扔到拖卡上，然后让我们挤在驾驶副座上。

通过交谈，我们知道司机姓张名昆明，初中毕业后就接班父亲开拖拉机，已经是有四年驾龄的老司机了。每天都要跑一趟镇上，把木材拉到锯木厂，从镇上拉饲料或化肥什么的回村里。有时候还跑周边乡镇，最远跑过高州、信宜、化州和陆川等县城。拖拉机手是一个危险的职业。他的父亲就是死于车祸——驾驶拖拉机撞上一棵树，当场死掉。张昆明也出过车祸，拉香蕉在去鄱扬镇的路上为躲避一辆油罐车，自己的拖拉机侧翻到河里，差点死了，左腿骨折，躺了一个月医院。令我们惊讶的是，他进过看守所。因为他写过几句诗，刻在国营林场的橡胶树上。

诗的标题叫《命运》。只有七句：

> 我的命运就是一辆拖拉机
> 拖拉机的命运就是一头牛

　　牛的命运就是每天都在爬坡

　　爬坡的最后结局就是死亡

　　像这些被千刀万剐的橡胶树

　　直到最后，它们也不知道

　　自己流的是血还是泪

　　而且还署了真名：张昆明。

　　国营林场的派出所民警很快找到了他，把他带到刻诗的橡胶树面前，让他指认现场。张昆明看着自己刻下的诗句在橡胶树的伤痕里变黑、凝固，感到难过，对自己所犯的罪行供认不讳，但坚决不承认写的是"反诗"。诗句没有任何隐喻和讽刺。但他因为破坏橡胶树，罪不可赦，念在初犯的分上，只在看守所里蹲了七天。那时候他刚刚成为一个拖拉机手，在驾驶室的座位底下看到了父亲留下的杂志《辽宁青年》。

　　"当时，我在这本杂志上刚读过一首诗，题目叫《秋风》，'风有来处／却没有归宿／像高山的鸟／一阵风吹过／它竟忘了回家的路'。我突然想写诗。"张昆明说。他开始写一些诗，在拖拉机驾驶座上偷偷地写。一共写了十一首。但经历过这件事后，他发誓再也不写分行的文字了。

　　金光闪点评说："你这首诗写得还算可以，但还不够好，比喻的东西太多，要直截了当，要妇孺皆懂……"

　　张昆明问金光闪："你写过诗吗？"

　　金光闪说："目前还没有，但并不代表我将来不写，更不代表我不懂诗。"

张昆明不屑地笑了两下，自言自语道："跟我家的公鸡似的，一年前就说要下蛋了。"

金光闪还想多说几句，但拖拉机的颠簸使得他的牙齿打架，话说不成句，也就放弃了。

张昆明比我们大不了几岁，但看上去比我们成熟，开拖拉机的技术也很娴熟。一路上他谈笑风生，滔滔不绝，几乎不给我们说话的机会。拖拉机不断往上爬，但坡不是很陡峭，拖拉机跑得很顺畅。山林越来越茂密，人烟越来越罕见，路上也见不到其他车辆和行人。鸟鸣虫叫的声音此起彼落，拖拉机引擎的轰鸣显得格外孤寂。我感觉我们一直往高处走，往天上走。午后两点，我们到达一个叫响水底的村。

我们首先被震耳欲聋的轰鸣声吓住了。张昆明遥指前方的一个悬崖，在草木葳蕤的绝壁上，我们看到了巨大的瀑布。银亮的水从悬崖上倒下来，先是砸在岩石上，然后以帘布的形状垂直倾泻扎进一口深潭，发出的响雷般的哗啦声一下子塞满了我的耳朵，让我好一会才能听到水轰鸣以外的声音。原来这里有那么多的水，仿佛世界上所有的水都藏在这里。

"这是一个世界的终点，也是另一个世界的起点。"张昆明说。茶山在前面。前面的路是山路，是天梯，不通车，连单车也骑不了。我们只好跳下拖拉机。

"这里就是我的家。你们先到我家吃了午饭再走吧。"张昆明真诚地说。我们都看到了茂密的竹林里面藏着一个村子。

我们在水声的轰鸣中进了村子，在村子里七转八拐，引发一阵阵犬吠。但它们的叫声在水声面前不值一提。张昆明的家是一个普通的小宅院，三四间瓦房，屋前有一条小溪，几只鸭子和十几只鸡分散在小溪的两边觅食。一个看上去年纪跟我们差不多的女人从屋里走出来，猝不及防，满脸歉意，一边整理着衣服一边去厨房忙活。

"今天多了三个人吃饭。"张昆明对她叮嘱。厨房里传来一声"知道了"。张昆明说："她是我的老婆，刚结婚一年。"

我们好奇地四处张望，突然从偏房走出一个老妪，蓬头散发，目光呆滞，低声地叨咕着。张昆明一个箭步走上去，将她半推半拉塞回房内，拉上房门，从外头用锁头反锁了。整套动作行云流水，也略显粗鲁。房里先是传来几声撞击声，但很快便静止了，也许是被淹没于远处传来的水声中。

他回过头来，很难为情，右手指着自己的脑子画了一个圈。我和金光闪明白了，但蝙蝠不明白："什么意思？"张昆明不再解释，走进厨房里去帮忙。我悄悄地告诉蝙蝠："那老人精神有问题。是张昆明的母亲。明白了吗？"蝙蝠说明白了。

厨房里正在杀鸡。张昆明杀鸡的动作也是行云流水，一气呵成。才几分钟，他竟然将鸡毛煺干净，把鸡内脏取了出来……他的妻子手脚也十分麻利，像是一个老练的厨师，一边烧饭，一边洗锅碗筷碟。蝙蝠要帮忙，被她婉拒了，请我们到外面凉快去："你们城里人受不了这烟火气。"

我们在院子外面瞎看。村子比较破旧，垃圾和粪便随处可见，但树木和竹子掩映了这一切。有几个孩子远远地站在树下怯生生地看我们。蝙蝠一直被水声吸引，对这个村子充满了好奇：

"水声比男人的呼噜还响，晚上他们怎么睡得安稳？"

金光闪说："你去问问瀑布潭下的鱼晚上怎么睡觉？"蝙蝠问："鱼也要睡觉吗？"

"世间万物都需要安睡。"金光闪指着天空中掠过的一只飞鸟告诉我们，"鸟是可以在飞行的过程中睡觉的。"我们半信半疑。蝙蝠说："我也想睡觉了。"

金光闪说："这就是诗。诗意无处不在。满世界都是诗，横七竖八、杂乱无章的，就差我们给它们分行。就像那瀑布潭，如果谁给那些该死的水都分行，而且分得恰到好处，就是一个伟大的诗人。"

我耳朵里的那些水声，突然有点变化，似乎不再是嘈杂的轰鸣，而是有了旋律，有了节奏。甚至那些看不见的山风，也让我有了别样的感觉。

在我们睡意袭来时，张昆明叫唤我们吃饭了。

饭菜很香。张昆明盛了一碗饭给关在房里的母亲送去，然后又把房门反锁。他的妻子没有跟我们一起吃饭。她说吃过了，要去山里干活。张昆明也不说什么，把她送到屋外，小声地叮嘱了几句。我们吃饱了便要出发。

"你们得赶紧，否则就得在山上过夜了。"张昆明说。

姜美好所在的村子也属于响水底村，但离这里还有蛮远的路。而且是在高处，林深路陡，连搞计划生育的工作队也不愿意往上边去。如果不是杀人放火，派出所的人都懒得管他们。

"我骗了你们。其实，我知道姜美好，见过她。"张昆明说，"我给她写过诗。但她不喜欢我，说我的诗毫无才华。进过看守所算什么？这才是我不再写诗的真正原因。"

我们顿时对这个其貌不扬的拖拉机手刮目相看。

"你应该加入蛋镇诗社。"金光闪向他发出邀请。

"算了。不写诗的人不再是诗人。"张昆明说，"我要卸货了，你们去寻找真正的诗人吧。"

我们把单车放在村口的一棵菠萝树下，然后出发。

张昆明远远地叮嘱我们，不要跟姜美好提起他。

那是我最后一次见到张昆明。三四年后，金光闪跟汪谦[①]成为生意伙伴，带着广州木贩子去响水底收购木材，找到了张昆明帮忙。这本来是一门好生意，而金光闪也确实掘到了人生的第一桶金。但在海拔七百米的山上，当张昆明开着拖拉机沿着临时开辟的蜿蜒小路运木材下山，到第二十三趟时，拖拉机上的木材挣断了绳索的束缚，像是分行的句子，失去了控制，四处溃散。拖拉机也随之发生倾斜，从半山腰上翻滚下来。拖拉机散架的同时，张昆明也被一根粗壮的木头击中，遇难了。而他的妻子，那时正怀着四个月的胎，张昆明去世第二个月她便改嫁给高州的一个泥水匠。他的母亲，靠邻居照顾，一天只有两顿饭。我们没有打听过她的死活。

---

① 汪谦（1967.9—　）：蛋镇茶山伐木工，姜美好的丈夫。下文还会提到他。

金光闪解释说，因为她的儿子不是蛋镇诗社的成员，就像不是我们单位的职工一样，我们没有义务照料她。但这是金光闪的谎言。后来我才知道的，金光闪曾经先后多次私下给过张昆明的母亲不少钱，只是从不让别人知道。

天梯尽头的姜美好 ①

蝙蝠一直想去近距离看看瀑布。但金光闪提醒我们不是来玩的，是做正事的。况且，瀑布就是一潭水，从头到脚都是水，有什么好看的。"你的心脏和耳朵受得了那轰鸣声吗？"蝙蝠说。"能。"金光闪说，"我们先找到姜美好，其他事情再商量。"

转了几道弯，竟然再也听不到瀑布的轰鸣声。突然安静下来。如果不是因为姜美好，我们根本就不知道这个世外桃源一般的地方。

去往姜美好家的路上，我们一直在爬山。路不仅崎岖，而且还是石头砌的台阶，窄小而陡峭，石头也不平整，长期被雨水冲刷和人畜踩踏，石阶很残破。拾级而上，像是爬天梯。往上看去，林荫之中，石阶弯弯曲曲往天上延伸，仿佛前往遥远的通天塔。一路上没有人烟，除了鸟鸣和山风，几乎没有其他声音。我们才爬了几十级，便气喘得不行。

---

① 姜美好（1974.3— ）：蛋镇茶山村人。从小便下半身瘫痪。

蝙蝠一屁股坐在地上，咒骂这个一眼望不到尽头的天梯，决定放弃攀爬。

"我宁愿回去给那口瀑布潭的水分行。"蝙蝠说。

我的脚底起了水泡，痛得难以忍受。我也要放弃。

"我宁愿被那个来历不明的男人揍一顿。"我说，"什么才女，我呸。"

金光闪突然指着高高的山那边大声喊叫："你们快看……"

在天梯的尽头，在更远更高的一座山峰上，赫然耸立着一座城堡，四四方方的，在群峰之间，在山巅之上，在烟雾之中，黑色的墙若隐若现，像一尊雄伟的鼎。很神秘，很迷人。像是传说和神话中的建筑。

我被震惊了。曾经听说过此类城堡，人们称之为"寨"，是古代人修建，都建在高高的山巅上。

蝙蝠也被惊呆了。

"姜美好就住在那座城堡里吗？"蝙蝠问。

金光闪回答说："可能是。我知道，那是望南寨。她不是住在城堡，就是住在城堡附近。"

我在凝视城堡。它与天相接，俯瞰万物，威严雄壮。那一刻，我对它产生了敬畏甚至害怕，不敢靠近它，即使站在这里，也觉得离得太近了。

蝙蝠跟我的想法是一样的，她转身就往回跑。

"那是天神住的地方[①]。我不敢去。我怕。"蝙蝠仓皇而逃的样子像一只受到了惊吓的母山羊。我犹豫了一下，最后决定陪蝙蝠回头。

"你们将错过一生中最美好的风景。"金光闪最后一次劝我们同行。

但我和蝙蝠铁了心不往上爬了。

金光闪的可贵之处在于他不轻易放弃。他让我们返回瀑布潭等，自己一个人去见姜美好。我们看着他渐渐远去的背影，虽然有些过意不去，但还是下山。

下山也不容易，蝙蝠说她的腿软了，走不动了，让我搀扶着她走。她的右手搭在我的肩上，紧紧攥着我，胸脯严实地贴着我，还来回摩擦，像一块慢慢发烫的膏药。她的汗水滚烫，衣服湿了，我的汗水也在身上汇聚成河，甚至成了瀑布。她比我大三岁，比我成熟，比我更大胆。女人特有的气息像山洪一样吞噬着我。之前有过的所有的性幻想在我脑海里翻滚。我的胸脯明显有一股血气在涌动。空山孤寂，适合苟合。只要我一转脸就能跟她

---

① 多年以后我查阅过资料，在岭南一带的山巅上有过不少类似的城堡，已经废弃多时，大部分只剩下残垣断壁，传说成为猛兽的巢穴。望南寨是保留完好的一座城堡，据茶山的人说，里面杂草丛生，什么也没有，只有一些鼠洞和鸟窝，那些长年在山上的黄牛偶尔会在城堡里过夜，因此有很多牛粪。至于当年修建这些城堡干什么用的，莫衷一是，有的说是村民为了防山贼而修建的，贼人来了，村民迅速携财物进城堡躲避；还有一种说法是城堡是贼窝。没有哪一种说法让人信服。我曾经几次有机会去看个究竟，但都没有去成。这也好，让它在我的脑海里一直保持着神秘而庄严的印象。我宁愿相信蝙蝠所说的：那是天神住的地方。姜美好曾经写过对城堡展开想象的文章，在我的建议下收进了本书。有兴趣的朋友可以一读。——作者注

嘴对上嘴。只要我的手往她的胸部靠近三厘米，就能触摸到她的乳房。它一定很白，很丰腴，很柔软，像棉花，像洁白的雪，像天上的云朵，像李前进新买的蚕丝被①，像所有美好的东西。她不会拒绝，不会反抗，不会责骂，她会瘫软下来，像滑倒，像中了枪。我慌乱地解开她的衣服，然后第一次完整地看清女人的身体……然而，然后呢？我该怎么办？我会束手无策，手忙脚乱。难道要在光天化日之下、在群山之中跟她交配吗？金光闪知道了怎么办？他跟她有一腿吗？我纠结着，忘记了脚底水泡破裂的疼痛，搀扶着她往下走。漫长而寂静的天梯只有我们两个人，还有早已经消失在高处的金光闪。孤独感和本能反应让我把蝙蝠搂得很紧，生怕她从我的身边掉下去。在我们的身体摩擦中，我的下体越来越紧，在还剩下大约十一级台阶的时候，我快感得沉痛地尖叫了一声，泄了。蝙蝠以为我踩中了荆棘，关切地问我："痛吗？"

我慌乱地说："痛！"像挨了刀子。

许多年后，当我和蝙蝠坐在蛋镇文化站二楼的茶室里回忆起此行的时候，她问我："你搀扶着我下天梯漫长的途中，有没有过性冲动？"我毫不犹豫地回答说："没有。"

---

① 那年春天，李前进去了一趟杭州参加乡镇文化站站长交流会，带回来一张四斤重的蚕丝被，粉红色。他把它放在文化站展览，引起了大家的好奇。很多妇女摸过蚕丝被后恨不得赤身钻进此被窝，好好享受一下柔软的丝滑。而男人们摸过蚕丝被后，啧啧赞叹：像某三级片女演员雪白的胸。这些只在录像厅的三级片上见过此演员的男人仿佛亲手触摸过她的肌肤。男女们在蚕丝被前用带脏的荤话争吵起来。最后的结果是，蚕丝被被几个醋意很大的妇人撕成八块。但蚕丝被的感觉深深地刻在了他们的心里。——作者注

"为什么？"

"因为我不喜欢你。那时候，我喜欢照相馆的女工薛彩云[1]。"

我和蝙蝠回到响水底，坐在瀑布潭边等金光闪。这是阴凉的时刻。我偷偷看了几眼蝙蝠，觉得她的腰身过于肥大，鼻子坍塌，脸蛋像一个南瓜，门牙的牙缝突然宽阔到能让一条鲤鱼自由游出游入。我仿佛一下子看到了她衰老后的样子——浑身上下像极了卖菜大妈。她的女人味一下子消失了，我莫名其妙地对她第一次产生了嫌恶[2]。

我们几乎一句话也没有说。直到夜幕降临，金光闪拖着疲惫的身体回到我们的跟前。

"我见到了姜美好。"金光闪说。

"她住在城堡里吗？"蝙蝠问。

"你以为她是魔鬼吗？"金光闪骂道，"她非常漂亮，比所有的女人都漂亮。她应该住在月亮上。"

金光闪接着说他爬尽天梯，然后继续沿着山路往城堡方向走的过程。他在一个小村落里见到了姜美好。她就住在那里。几十人的村子，被树林严实地包裹住，连野兽也进不去。

---

[1]　薛彩云（1974.12—　　）：蛋镇国营照相馆正式员工。
[2]　我郑重声明，在此之前我没有嫌恶过蝙蝠，在此之后也没有嫌恶她。只是在那一个特殊的短暂时段，我对她产生了嫌恶。我也说不清楚为什么，可能是因为自卑或自大。如果她现在需要我为那时候的我道歉，我愿意对她说对不起。说实话，她不是一个让我嫌恶的人，从来都不是。甚至有时候我还觉得她很好，我应该娶她。——作者注

"在她家门口便能看到城堡。但它仍然远在天边，跟它隔着无数的山。到了傍晚，它就消失。有时候，白天也看不见。它就像鬼城一样。姜美好向我提出了一个恳求：让我带她去城堡看看。她要看看城堡真实的模样。"金光闪说。

"你应该答应她。"蝙蝠说。

金光闪说："我做不到。因为她只能坐在轮椅上。但你们根本不知道她到底有多美。"

蝙蝠说："可惜了，那么漂亮的女人。"

金光闪说："她是一个真正的诗人。如果诗人必须长得怎么样的话，就应该长成她的模样。太美了，幸好我见到了她，劝她加入了蛋镇诗社，否则蛋镇诗社将一钱不值。"

我和蝙蝠都怅然若失。我们永远都无法知道姜美好到底有多美，因为我和蝙蝠一直都无缘见到她，连照片都没见过。金光闪在镇上无数次赞美说："姜美好是蛋镇最美的女人，也应该是世界上最美的诗人。没有之一。"但没有佐证。仿佛只有他一个人见过她。如果他撒下弥天大谎，欺骗了我们，那姜美好也许并不存在，只是他虚构出来的人物。我和蝙蝠曾经尝试重返响水底，但都因为不同的原因没有成行。后来，我和蝙蝠多次质疑金光闪是否真正见到了姜美好。开始的时候，他像是受到了莫大的冤枉一样，愤然回答："当然，难道这都有假？"后来，随着时间的推移，他的回答没有那么果断，甚至支支吾吾，顾左右而言他。直到有一天我们收到了一篇署名"姜美好"的文章，才相信她是真实存在的，而且文采十分好。不久后，在篮球场上遇到的那个男人对金光闪说，姜美好失踪了。那天清晨，她摇着轮椅独自出门，到了晚上仍然不见她的踪影。全村人举着火把满山寻找她，只是在离家不远的一处山崖下找到那辆简陋的轮椅。姜美好凭空消失了。此后数天，村里的人都在搜寻她。他们在不同的地方找到三副陈旧的尸骨，都被野兽啃得不齐整了，无法判断是谁的。这件事也惊动了派出所。在警察和警犬的帮助下，他们在城堡找到了姜美好。她在那里用石块和树枝垒起了一个能睡觉的窝。只是，双腿失去走路功能的她是怎样抵达城堡的呢？没有人知道。姜美好在她的文章最后给我们写了一段文字，恳请我们不要再去找她，也不要打听她的消息，让她一辈子待在那个离天堂最近的地方就很好。我们拿不定她说的是不是真话，是不是反着说。这也是我和蝙蝠没有不顾一切重返茶山拜访她的原因之一。

那天天色已晚，我们三人不敢连夜返回镇上，只好在张昆明家里过夜。我和金光闪睡一个房间，蝙蝠自己睡一个房间。尽管我和金光闪都疲惫不堪，但都一夜未眠。因为瀑布的轰鸣声根本无法让人合上眼睛。我们聊天，聊镇上的一些八卦。当然也聊到了睡在隔壁的蝙蝠。第二天一早，蝙蝠嗔怒，骂我们昨晚说了一宿她的"坏话"。

她说："你们当中有人说想脱我的裤子。"

我们断然否认，在争吵嬉笑中逃离了响水底。

我在锯木厂见过那个穿23号球衣的男人。他拉木头到锯木厂，让我把它们锯成长短不一的木板。我说我们好像在哪里见过。他说他叫汪谦，茶山人。每次他总是来去匆匆，也不愿意多说话。我跟他说我们去找过姜美好。他说知道了。我想让他多谈一些姜美好，他阴着脸不肯谈。

"一次就够了。你们少骚扰她。她跟你们是不同世界的人。"他警告我。

我跟金光闪说此事。金光闪说，懒得理这个伐木工，除了一身蛮力什么都没有，我们该干吗就干吗。然而，三四年后，金光闪跟汪谦合伙承包茶山林场，砍伐杉树拉到镇锯木厂，加工后卖给广东木材厂。他们投机取巧发了财。那时候，我已经从镇广播站调到了县政府工作，跟金光闪早已经"分道扬镳"，各走各路。

（原载《瓷县文学》2001 年第 1 期）

"全民写诗"运动始末

蝙蝠 [①]

　　说来羞愧，虽然参与了创办蛋镇诗社，但在此之前我几乎没有写过一首诗或一篇文章。千万不要叫我诗人，我真的不会写诗。我只要一想到写诗就忍不住发笑。当年金光闪和阙振邦把我从草丛里叫出来，我还来不及提裤子，接着被他们哄骗，走在芒果大街上，糊里糊涂就宣布成立诗社，我就成了创办人之一了。但二十多年过去了，我没有觉得后悔，相反，觉得蛮有意思的，至少让那时候的我找到了一点点生活的意义。

　　我父母都在蛋镇种菜养猪，整天忙得晕头转向。他们以为勤劳就能致富。我从小就讨厌我的家庭生活，讨厌蛋镇这个窄小封闭的地方。我经常坐在粮所大门的屋檐下观察车站，看着一趟又一趟的班车拉着挤满了跟我年纪相仿的人离开，心里空落落

----

① 蝙蝠（1967.3—　）：本名陈良芬。镇郊菜农之女。蛋镇诗社的创始人之一，《蛋镇诗报》主编。1990年离开蛋镇去了广州，之后又去了深圳，在一家外贸公司跑腿。1993年嫁给一个年过半百的香港商人，做起了外贸生意。最好的年景，她拥有千万身家。2012年9月移民美国，不久后离婚。跟前夫育有一男两女。现居洛杉矶，从事餐饮业。

的，感觉蛋镇的人越来越少，总有一天去往广东的班车会把蛋镇搬空。我总算熬到了初中毕业，办好了身份证。我鼓起勇气对父母说我想去广东打工，但父母强烈反对。因为我姐去深圳打工不到一年便被一个已婚的山西男人骗上床，第二年年初生下了一个女婴。山西男人跑了，我姐把女婴抱回家。父母仿佛蒙受了奇耻大辱，气得七窍生烟，不愿意接手抚养，我姐只好把她送人了。我姐在亲戚和家族中声名狼藉，她的生活也是一团糟，并且跟父母势如水火。只要一提到我姐，母亲总是暴跳如雷，就像用刀子捅到了心坎。我姐并未吃一堑长一智，重返深圳后很快又跟一个湖南男人同居了。父母几乎跟她断了关系。但他们知道我偷偷跟我姐通信。我弟还小，还在读小学。父母需要我。他们要我留在家里帮工，并且愿意支付工资。其实是，他们担心我重蹈我姐覆辙。我并非蛮不讲理的人。我跟他们达成了协议：只帮三年。我留下来也只是做一些力所能及的活，甚至想方设法偷懒，让他们很快明白，留下我并没有多大的好处。身在曹营心在汉嘛。父母还身强体壮，不计较我的懒惰，我更加自由自在。耗完三年合同期，我就能远走高飞了。

金光闪带着我去寻找诗人和有成为诗人潜力的人。我觉得他有点荒唐。事实也是如此。在大街上看到表情忧郁者就认为他们适合当诗人，哪有这回事啊！那时候大伙都穷，谁的表情不忧郁？那些脸上挂着微笑的人，笑容也是麻木的，不是正常的笑。因此我们经常误判，碰到了很多钉子，闹了很多笑话。不要紧，反正我们"闲得蛋疼"。用金光闪的话来说：春天如此美好，如果诗人不愿意站出来赞美，那么我们就把他们从冬天的地洞里拖出来！

我们的努力并非白费。我们揪出了漆光明、姜美好、郭梅①、荣夏天、谢敬逸、薛彩云、欧杰②、周济之……有了他们，蛋镇就是有诗意的地方。当时，金光闪并不满足于此，他甚至想把全镇六万人都变成诗人。因而，在1988年4月，在他的带领下，我们发起了一场声势浩大的"全民写诗"运动。

说到为什么要搞"全民写诗"运动时，金光闪说，一是为了提高蛋镇人民的素质，使蛋镇成为世界上最富有诗意的镇；二是为了扩大蛋镇诗社的影响力，既然做了就要做成最大的，如果全镇人都加入了蛋镇诗社，那么这就是全世界最大的诗社；三是为了收缴会费，如果诗社会员有一万人，哪怕每人只交一元会费，也有一万元，可以办很多事情。我们被他高瞻远瞩的理想和规划说服了。

"诗歌是一种传染病。一个村一条街道一旦有人患上了，整个村整条街就都患上了。这就是'全民写诗'运动的原理。"金光闪压低声音告诉我们这个千万不要宣扬出去的"秘密"。

我和阙振邦负责在街头巷尾粉刷标语：

　　　　全民写诗，提高素质
　　　　人人皆可成诗人

---

① 　郭梅（1968.7—　）：蛋镇供销社正式职工。
② 　欧杰（1968.4—　）：蛋镇供销社冰室合同制工人。

人人写诗，家家幸福

我手写我心，健康又开心

文盲也能成为诗人

写诗就是分行说话

…………

　　我们把标语刷到最醒目最显眼的地方，甚至刷到了政府大院和派出所的围墙上，还有电线杆、民房，用黑色的油漆，以隶书的方式。一时间，到处都是我们的标语。奇怪的是，那时候政府并不找我们的麻烦。但那些被我们的标语覆盖了的广告主人找上门来了。金光闪理直气壮地回击："我们是在为蛋镇的精神文明建设做贡献，是帮政府干活，是公益广告，你们的虚假广告欺骗百姓，早该铲掉了！"广告公司的郑国强仗着他爸是工商所所长，生意做得风生水起，在镇上见缝插针，到处粉刷小广告，包括治性病的老军医、包办文凭、真假难辨的招工启事、重金求子、高价回收烟酒、"505神功元气袋"……我们都讨厌他涂的五花八门的广告。看到我们的标语覆盖了他的小广告，他火冒三丈，要涂掉我们的标语，结果被金光闪发现。他们不仅吵架，还拳头相向。金光闪不是郑国强的对手，被郑国强推倒在臭水沟里，浑身污泥。但当金光闪重新站起来要跟郑国强拼命时，郑国强害怕了，不想跟手里拿着砖头的金光闪决生死，高下已判。几天后，金光闪带着我和阙振邦来到郑国强的广告公司，跟郑国强握手言和。郑国强对我们的宣传标语设计和粉刷技术提出了中肯的意见和建议。金光闪虚心接受。郑国强还说他并非庸俗之人，也喜欢文学，也曾经写过几首诗。他从抽屉里拿出两页纸，果然是几首短诗，是在蛋镇高中上课的时候写的。他是理科生，他吹嘘说他的物理成绩得过全县第十八名，曾经参加过中南五省初中级别的物理竞赛。如果不是初三谈恋爱，成绩一落千丈，他不至于在蛋镇高中混日子。金光闪朗读他的诗，毕，给予高度评价。后来我们要出版《蛋镇诗报》的时候，郑国强给我们赞助了二十块。那时候是一笔可观的款项。

开始的时候只有我和金光闪、阙振邦，后来荣夏天、郭梅、谢敬逸、周济之、欧杰等人也加入，我们分头在大街最热闹的地段竖起广告牌："'全民写诗'动员处"。

路过的每一个行人，不管是农民还是干部，不管是卖菜的还是杀猪的，甚至呆头呆脑衣衫不洁的，我们都面带微笑对他们说："请你写诗……"

他们无一例外对我们冷眼旁观或冷嘲热讽。

"写什么诗？写出来你们收购吗？多少钱一斤？"

"什么诗？拉稀吧？"

"你们发什么神经？"

"在蛋镇要诗干什么？"

"加入诗社后你们给我发工资吗？发鸡蛋也行。"

…………

我们耐心地跟他们解释。跟他们说，现在我们在倡导一种诗歌叫"蛋派"诗歌。所谓"蛋派"诗歌，就是连狗都能看懂的诗歌。别人不承认不要紧，我们承认就可以了。"我们拉屎也不需要征得别人同意。""我们一日三餐，一餐三碗饭，不能拉的全是屎——除了屎，还可能有诗歌。"还给他们发放一张小广告式的"写诗十大要领"。这张"要领"由金光闪撰写，并由郑国强出资印制，用的很薄的纸，是油印，字很小，很拥挤，像是某家电使用说明书，而实际上是写诗辅导材料。我正好还保存有一张，抄录如下：

"蛋派"诗歌写作十大要领：

第一，文字要记得分行。只要分行，就是诗。像插秧种菜那样，差不多了就要另起一行。就算刚从粪坑爬上来也要记得分行。

第二，要言之有事。吃饭、睡觉、拉屎、夫妻骂架、生老病死都可以入诗。比如：昨晚我吃了黄豆/今早我把它们拉了出来/不多，也不少/刚好十八颗。

第三，要大胆写。诗歌就是你肚子里的屎，要理直气壮拉出来（但不鼓励"屎上雕花"，屎即便分行还是屎，终究成不了诗），只要不杀人放火就行。每个人天生就是诗人。但如果你不写，就什么都不是。

第四，如果实在不知道怎么写，那么把你说的话写成文字就可以了，但要记得分行。比如：我想吃肉/我想尿尿/我想娶老婆。当然，实在不懂得分行，也无所谓——谁拉稀的时候还顾得上"打一枪换一个地方"？

第五，假如不认识字，可以让你们身边识字的人帮记下来。古时候不少伟大的诗篇也不是作者亲自写的，而是说出来由别人帮记下来的。

第六，语言要简练，不要拖泥带水啰里啰唆。诗人不是会计，没必要每一笔都记得很清楚。"话痨"成不了优秀诗人。提醒"长舌婆"：适可而止，尽量用短句。

第七，如果可以的话，请写得含蓄一些。放屁不必脱裤子。屁股不露出来谁都不知道你长疮。如果做不到含蓄，有话直说也无妨，但最好留点余地。

第八，有了灵感你就写，好饭过夜会馊掉。想到什么写什么，有屁不要硬憋，放了才舒服。

第九，熟能生巧，多写就能提高。建议每天至少写两首，就像早请示、晚汇报。写不出来也要硬写。母鸡天天能下蛋，你们肯定比母鸡强。

第十，让你的文字干净一些，讲卫生，讲文明，不要往诗里吐痰、掺尿、拌屎、下毒，除非你想写给美国人看。

我们耐心地鼓励他们勇敢地写诗，像政府鼓励他们种养致富一样，苦口婆心。那些路人拿着我们发放的写诗辅导材料，有的看一眼便迅速扔到一边，仿佛担心它包装过老鼠药；有的仔细读一读，笑一笑，然后还是扔掉；也有把它折叠好放进口袋里带走的，这些人可能成为写诗的人。我们把被扔到地上的纸捡起来，拍打干净，将它们发到另一些人的手上。有时候，围观的人不多，冷冷清清的。金光闪说，要是我们有鸡蛋免费发送就好了。他甚至提出，为了刺激群众写诗，我们可以设立"诗歌收购站"，按一首诗奖励一个鸡蛋的方式收购诗歌。可是，我们去哪里弄来鸡蛋？

我们还到农村，深入田间地头，挨家挨户，给农民发放辅导材料，朗读从报纸上剪来的诗歌，鼓励农民写诗，不分男女老少。我去了镇南村，阙振邦去了那排村，金光闪去了荔村。结果效果都不明显。我们都被骂得不轻。金光闪从荔村回来破口大骂那些不思进取、甘于庸俗愚昧的农民："只要写诗就可以一步登天，成为陶渊明式的农民。但他们偏偏选择了一辈子庸俗。农民不可教也！"

阙振邦觉得自己像极了旧时的西方传教士，好心好意劝农民写诗，成为高雅的乡下人，但招来了一顿谩骂，还因为被一条大黑狗追赶而掉到河里。我也好不到哪里去。她们以为我是计生干部，对我警惕得很。我反复辩解说我不是计生干部，只是来辅导、鼓励她们写诗。然后跟她们解释什么是诗，如何写诗。按"写诗十大要领"逐条辅导她们。可是，她们仍然怀疑我就是计生干部，只是改头换面了，伪装诗人扮高雅，最终目的还是劝她们引产、带环、结扎。我辩解多了，她们便生气了。生气就骂人，不断数落计生干部的种种不是。

"我们生孩子是不是写诗？一个，两个，三个……分行了，隔一年生一个。"有妇女质问我。她们七嘴八舌附和。

　　还有农民向我提"三提五统"①的："三提分三行，五统分五行，八行了，到底算不算诗？"

　　我犯了众怒，无法自圆其说。只能说："只要分行了，就是诗……"

　　我还把"诗人"的标准一再降低："只要你的肚子里装着诗意，不用写出来，也算是诗人。"

　　"没结扎之前，我的肚子里还能装孩子。结扎后，我的肚子里只装屎，没地方装诗意。"一个妇女把上衣掀起来，让我看她瘦瘪、粗黑的肚皮，"不信？你钻进来看看。"

　　我是狼狈地逃出镇南村的。那里的妇女不好说话，多年后我仍然心有余悸。

　　阙振邦建议不要到乡下"传经布道"了，受不了那些气，撤了吧。

　　"宁愿教人吃屎，也不要教人写诗。"阙振邦骂骂咧咧，但说得有道理。

　　写诗本是愉快的事情，但乡下人不懂得珍惜。狗咬吕洞宾，不识好人心。我赞同阙振邦的意见。但金光闪坚持继续到乡下动员。

　　"诗歌的希望在农村。星星之火，可以燎原。农村包围城市。只有把全镇的农民都动员起来写诗，我们蛋镇诗社才能向全

①　"三提五统"中的"三提"是指农户上交给村级单位的三种提留费用，包括公积金、公益金和行管费；"五统"是指农户上交给乡镇一级政府的五项统筹费，包括教育附加费、计划生育费、民兵训练费、乡村道路建设费和优抚费。

世界宣布：蛋镇全民皆诗人。我们务必实现人类有史以来最伟大的壮举。"金光闪说，"再坚持一下，全世界的新闻记者就像狗闻到屎香一样扑向蛋镇，蛋镇诗社的消息很快就能登上《参考消息》。"

明知道是一件荒唐可笑的事情，但那时候我们觉得他说得有一定道理，也就听从他的，继续到其他村去动员。结果仍然一样。金光闪还在麻谷村被人打了一顿，因为别人认为他在引诱一个新婚少妇，而且人家还把他扭送派出所了。据审问，金光闪承认跟少妇说了些不够严肃和严谨的话，但只跟写诗有关，只是举的例子不是很雅致，绝无引诱、轻薄、骚扰之意，像教师劝辍学学童返校①，也像干部劝农民种香蕉②。警察对他教育了一番。少妇的男人狠狠地警告他："滚远点，今后不要在我面前出现，只要来麻谷村，见你一次打一次。"

经此羞辱，金光闪终于放弃了到乡下动员。但他一直喋喋不休地责骂乡下人。而他忘记了自己也是乡下人：

"全人类中最不可救药的那部分都集中在乡下。他们宁愿一辈子围着大粪坑吃屎，也不愿意插上诗歌的翅膀远走高飞。"

圩日③，金光闪在政府门前的灯光球场搭起了简陋的宣讲

① 那时候村小学高年级的孩子纷纷离校去广东打工，政府要求教师劝返。
② 那时候几乎每隔一两年干部便号召农民种一种新的经济作物，但基本上是干部号召种什么就亏什么。那一年动员种香蕉。
③ 圩日是指约定俗成的赶集日。逢圩日乡下人包括周边的乡镇农民和商贩从四面八方聚到一块。蛋镇每三天一个圩日，每月农历逢二、五、八（比如初二、初五、初八，十二、十五……）为圩日。圩日之外的日子称为闲日。蛋镇是一个大镇，商贸活动比较活跃，即使是闲日，赶集的人也不逊周边乡镇的圩日。

台。台后是一条红色横标："蛋镇'全民写诗'运动宣传日"。两张平日球赛记分员用的桌子合并起来便成了宣讲台。他弄来了一个手提喇叭，号召大伙听他的。有时候真有效果，一大群无所事事的人围过来，听他胡扯，估计没人听懂。他们对着金光闪指指点点，还拿我们分发的资料擦拭脚底的泥垢，甚至还有人骂我们资料上的油渍弄脏了他们的手，但这些并不影响金光闪激情四射地动员演讲，他越讲越起劲，表现得像一个街头政治家。我们都觉得他是在表演，为了把他在乡下动员丢掉的脸面挣回来。他每次的表演都只持续一个小时左右，因为午后两点，篮球赛便开始了。金光闪只能扯下横标，带着他的喇叭在球赛组织者的吆喝、驱赶和谩骂声中默然离开。

金光闪声称要当蛋镇六万诗人[①]的总教头，要在短时间内教会全镇人民写诗。他相信自己能做到，因为诗歌的诱惑力是无穷的。它会变成精神鸦片，让所有人都为之疯狂和着迷。经过他的几场演讲和我们的动员、辅导，加上写诗的方法那么简单，在他看来，每个人都掌握了写诗的秘诀，只剩下愿不愿写的问题。

"要让部分人先写起来。"他说，"先写带动后写。聪明人带动愚蠢人。"

我们在街头随机测试，拉住一个貌似农民的人，让他写诗。结果他只是愣了一下，最后瞪了我们一眼，悻悻地走开了。金光闪说："看上去他明明是一个才华横溢的农民，但竟然没有一点

---

① 1988年蛋镇总人口约6万人。

表达的欲望。那些灵魂沉睡的人像行尸走肉，我们必须唤醒他们，让他们意识到自己是一个诗人。"我们又拦住了一个，结果也是差不多，额外被骂了一句"傻×"。我们都同时意识到了只用语言激发农民的写诗积极性是很难的，必须有物质的刺激。但我们清贫如洗，拿什么物质去激励他们呢？只好作罢。然而，多年以后，金光闪跟别人吹嘘时说："在蛋镇，那时候，你随便在大街上拦住一个人，告诉他，写一首诗奖赏一个鸡蛋，你就会发现篮子里的鸡蛋根本就不够。"

我相信他说的是对的。但那时候，我们不缺热情和激情，只缺鸡蛋。如果我们有足够多的鸡蛋，全镇人都会持续不断地写诗，蛋镇将成为世界著名的诗歌产地和批发市场，拥有诗歌定价权，源源不断地向全世界输送诗歌产品，影响全球的诗歌市场。只要蛋镇抖一抖，便引发世界诗坛一场地震。同时，蛋镇诗社将成为世界上最大的超级诗社，开始吸收世界上所有的诗人加盟，像跨国公司那样叱咤风云。

伟大的构想最终没有成为现实，很多时候并不是因为缺少伟大的人物和计划，而是缺少一些普通得不能再普通的东西，比如鸡蛋。金光闪说，如果他手里有足够的鸡蛋，他能动员全国一半以上的人口写诗。而让人着急的是，蛋镇缺蛋。我们手里更缺。我们是不是应该多养母鸡？

金光闪不是一个轻易放弃的人，也是激情过剩的人。他动员别人写诗真正做到了孜孜不倦，不离不弃。他成为镇上的一个名人，虽然褒贬不一，但几乎家喻户晓。

有一天，在灯光球场，金光闪讲演激动，跺了一下脚，竟然把支撑宣讲台的桌子跺垮了，宣讲台直接散架。金光闪从台上掉下来，引起围观群众一阵哄然大笑。金光闪的双腿内侧受伤了，被划开了两道口子，鲜血直流。球场管理员气势汹汹地揪住金光闪要赔偿。但看到他伤得不轻，又认得我们，同意我们先扶他去医院处理伤口，并保证当天拿钱来。但我们给金光闪处理好伤口后，金光闪并不愿意赔偿，因为桌子质量太差，应该是球场管理方赔偿他才对。后来，金光闪再也没有到球场宣讲，球场管理方也没有纠缠他赔偿。他们换了新的桌子。球赛正常进行，把诗歌的痕迹打扫得干干净净。

"全民写诗"运动轰轰烈烈，但仅仅持续了三个星期便戛然而止。因为有人举报我们的标语中有"反标"，一夜之间，所有关于"全民写诗"运动的标语全被撕毁、涂掉。派出所还警告我们，不得再刷新的标语。金光闪有点泄气了，默认了"一朝一夕改变不了蛋镇"的事实。

"这是一场实验，向世界文坛证明了另一个事实：'全民写诗'是可行的，只是在蛋镇推行的时间有点超前了。但是，'超前'是我们这一代人的使命，必须义无反顾。"金光闪总结"全民写诗"运动时说的话，我们都觉得有道理，即使很荒唐，即使失败了，还是令人心潮澎湃，似乎是刚做了一件了不起的事情。

2017 年 9 月

（原载《瓷县文学》2018 年第 2 期）

在"全民写诗"动员活动上的讲话

金光闪

今天是蛋镇诗社在灯光球场举办的第一场"全民写诗"运动动员系列活动。由我作辅导。我们计划在全镇各村、各学校作巡回动员演讲，让"全民写诗"运动在民间生根发芽，家喻户晓。有些群众可能还不认识我。自我介绍一下，我叫金光闪，今年十八岁，现为蛋镇诗社社长。某虽不才，又貌似乳臭未干，但可以跟大家探讨一下诗歌。

我首先介绍一下刚成立不久的蛋镇诗社。我们为什么要成立诗社？目的就是要把蛋镇打造成为有文化、有品位、有诗意的地方，不让别镇的人瞧不起我们。如果蛋镇有一百名、一千名甚至一万名诗人，哪个乡、哪个镇敢蔑视我们？蛋镇历史上从没有过诗社，唐宋元明清，都没有。直到现在，终于有了。蛋镇诗社是全世界第一个乡镇诗社①。诗社不分大小强弱，一律平等，和平共处，互相支持。我们诗社跟北京、纽约、巴黎、伦敦、布宜诺

---

① 未经考证，不知真假。

斯艾利斯（Buenos Aires）①的诗社是一样的，因为诗歌是平等的。我们都是地球上的诗社，天下诗人是一家。将来你们到了美国，只要说你们来自蛋镇诗社，自然会有美国诗人款待你们，带你们免费走遍美国。当然，美国诗人到了蛋镇，我们也应当接待他们，带他们免费走遍蛋镇，请他们吃簸箕炊。

　　蛋镇可以穷，可以没有饭吃，但不可一日无诗歌。美国诗人班布尔罕·艾密斯②说过，凡是热爱诗歌的人都是上帝最宠爱的人。在中国，也当然如此。唐代诗人李商隐说过，诗人是可以跟鬼神直接对话的人，鬼神要分发什么好处，优先考虑诗人。③如果你祖上从没有出过诗人，你家的族谱、祠堂没有出过诗人，那么你们这一代就不应该逃避，要为你们的子孙后代着想，让他们将来自豪地说：我的祖上曾经出过诗人。官员有等级，诗人没有。在诗歌面前，人人平等。喜欢诗歌的人不会是笨蛋，不会是坏人，即使坏也不会坏到哪里去，你可以放心借钱给他们，把你家钥匙大胆交给他们。诗人都是运气很好的人。历史上，哪个诗人没有一官半职？李白、杜甫、高适、白居易、苏东坡、郭沫若，还有很多。"诗人"这顶帽子是走遍天下的通行证，到哪里都通行无阻，不仅吃香喝辣，还青史留名……自古以来诗人都很重要，最先饿死的是诗人，最后存活下来的也是诗人。拯救世界

① 　为了在农民、商贩、待业青年和社会闲散人员面前显示自己的学识，金光闪花大力气背熟了"布宜诺斯艾利斯"这个又长又拗口的地名及其英文Buenos Aires。几天后我们让他再说一遍阿根廷首都，他说不全了。十年后，为了永远忘不掉，他专门去了一趟布宜诺斯艾利斯，顺便去那边谈木材生意。
② 　此人名和他的话并不存在，纯属金光闪临时杜撰。
③ 　李商隐的话也是金光闪杜撰。

不要指望万元户，还得靠我们诗人，靠诗歌。写诗会使人变得聪明，使人脑子灵活、手脚麻利，还能活血舒筋，我后悔没有早点学会写诗，如果早两年写诗，我不至于读蛋镇高中这种破学校。我告诉你们，全世界写诗的人都过上了好日子，连非洲黑人都因为写诗而脱贫了。诗歌就是智慧，诗歌就是福气，诗歌就是金钱。写诗就是一条通往荣华富贵、名垂青史的高速公路。让一部分人先把诗写起来。我敢说，蛋镇最先富起来的那部分人肯定是诗人。先富带动后富，一人带动一方，蛋镇一定会全民富起来。

我特别提醒大家的是，不要被"诗人"这个头衔吓倒、束缚、欺骗，不必刻意扮斯文、高雅，更不必装疯卖傻，因为我们自己就是诗人，本来就是诗人——只要你写。未来诗歌大师、中国N大诗人就可能在你们中间诞生。英国波特梅里恩镇曾经诞生了十一个诗歌大师①，而这个镇比蛋镇小得多，但比蛋镇有名得多。那里每条街道、每幢房子、每片树叶、每棵草、每条鱼、每张脸都洋溢着诗意。小镇孕育了大师，大师改变了一个城镇。蛋镇也可以。蛋镇不比世界上任何一个镇差。蛋镇也能成为世界诗歌的中心。你们人人都可能成为大师。没有人规定只给蛋镇三个诗歌大师的指标，可以是十一个，也可以是一百个、一千个。像种田能手一样，只要你种田种得好，你就是大师。一旦成为大

---

① 波特梅里恩（Portmeirion）位于英国北威尔士，是一个神奇而梦幻的海滨小镇，由威尔士建筑师在1926年至1976年间规划和实施的完美村庄。至今，50多座意大利风格的建筑保存完好，整个小镇充满了意大利的色彩，宛如一个童话世界。小镇依山傍海，有种乌托邦式的美丽、静谧、优雅。但"曾经诞生了十一个诗歌大师"纯属金光闪闪的杜撰。

师，就像古代封侯，甚至黄袍加身，在蛋镇就可以横着走，不会再有人逼你交税纳粮，交"三提五统"，交超生罚款，也没有人撵着你满大街跑。

有人问了：没有诗意，怎么寻找灵感？我告诉大家，诗意无处不在，举目望去，满大街都是，每天都被扫大街的阿姨当垃圾拉走，很可惜。有时候，诗意像屁，看不见但可以闻得到。我们不仅要有一双慧眼，还要懂得开天目，有通灵的本事，能在空气中捕捉到隐形的诗意。还要有敏锐而独特的嗅觉，善于从一坨狗屎中闻到淡淡的芳香。大粪坑是全世界最没有诗意的地方，那些能从大粪坑中捞到诗意的人，就是诗人；捞不到，就只能当农民。

还有人问：怎么写诗？怎么才能成为诗人？我告诉大家，诗歌貌似很神圣、很复杂，实际上世界上最容易的事情就是写诗。古人写"锄禾日当午，汗滴禾下土""床前明月光，疑是地上霜"，不就是大白话吗？有什么难？根本就不难。写诗，就是写自己的生活，向贫困致敬，向愚昧致敬，向母猪致敬，向尿桶致敬，向大粪坑致敬；献给稻田，献给牛贩子，献给偷狗贼，献给跟你吵架的人，献给催你交公购粮的干部。你想致敬谁、写给谁，由你自己做主。礼多人不怪，每天献十首、二十首。事实上，一直没有人告诉你们真相：每个人天生都是诗人，从出生开始就是诗人，只是因为我们没有写诗，功能退化了，慢慢就变得不像诗人了，但我们的内心里都养着一个诗人，那个诗人就是我们本来的自己。我们走路，就是用两条腿写诗，把诗写在广袤的大地上，写在我们曾经到达过的地方。十九世纪英国最伟大的诗人奥斯卡·王尔德说："你的日子，就是十四行诗。"事实上，你过的每一天都是诗，一小时一行诗，一天就是二十四行诗。只要会说话会写字，就能写诗。平常你说的每一句话就是一行诗。你每天说很多的话，大部分都可以成为诗句，但要记得分行。我举个例子：今天你吃什么呀／我什么也没有吃／家里没有米了／只能吃屎。我再举一个例子：刚才母鸡下蛋了／下了两个／一个比拳头大／一个比核子①小。可以写得长一点，也可以写得短一点，长短不论。随便写，放开写，不要难度，不要朦胧，不要深刻，不要金句，不要讲道理，不要讲逻辑，不要无病呻吟，不要装神弄鬼；要光明正大，要得心应手，要自然，要纯粹，要像吃饭、喝酒、拉稀、骂大街那样自然、舒畅、痛快。这是人类诗歌史上出现的最崭新的诗歌，我们姑且称之为"蛋派"诗歌。总而言之，"蛋派"诗歌就是连狗都能看得懂、都能写的诗歌。我们就是为了创建"蛋派"诗歌而努力。

为了更简单明了有效地指导大家写诗，我们编印了一份《"蛋派"诗歌写作十大要领》，免费发放，供大家参考。

总之，写诗比吃饭喝水撒尿还容易。疯子能写诗，哑巴能写诗，聋子也能，瞎子难度大一些，但也比做其他事情容易。人人都是诗人，人人都可以成为诗人。养兵千日，用兵一时，把我们内心里养着的那个诗人请出来。我希望全镇所有的人都拿起笔写

---

① 蛋镇人说的核子是指男人的睾丸。

诗。铺天盖地地写，稀里哗啦地写。饭前写，饭后写。上厕所时写，半夜上完厕所回来接着写。写诗不误种田，写诗不误拉屎。有纸和笔的时候写，无纸无笔的时候在脑子里写。写多了，人就变得更加聪明了，你的福气就到了，就行大运了。从此种瓜得瓜，种豆得豆，五谷丰登，六畜兴旺，猪笼入水①，生意兴隆通四海，财源茂盛达三江。

将来等我们诗社有钱了，有很多很多的钱，我们打算给你们发稿费，一首诗给一块钱——至少一首诗奖赏一个鸡蛋。我们的目标就是要让全镇最穷的人都可以靠写诗过上吃香喝辣、心花怒放的好日子。诗都懒得写的人，不是好人，是烂人，是废柴，是抹不上墙的烂泥，是扶不上树的猪，一辈子活该是穷鬼、光棍、贫困户、五保户。

蛋镇诗社是全镇人的精神家园，无论现在你是穷人还是富人，是哑巴、瞎子还是聋子，是瘦佬还是肥佬，是身高一米五还是一米八，只要你写诗，我们都欢迎你加入，组成全世界规模最大的诗人联盟。对，只要你写诗，你就是诗人，蛋镇诗社就承认你、帮助你、保护你，将来你无论到了哪里，蛋镇诗社就在哪里。写诗，是加入蛋镇诗社的门票。我们将出版大型的铅印的豪华版《蛋镇诗报》，如果条件允许，将同时出版英文版、法语版、德语版、西班牙语版、阿拉伯语版《蛋镇诗报》，向全世界发行，将来还要让卫星搭载它上天，让外星人欣赏。因此，请大

---

① 祝福语。粤人"以水为财"，猪笼入水形容财路亨通，财富从四面八方滚滚而来。

家踊跃写诗，像母鸡产蛋那样每天都至少写一首。大家把诗写好后，投给蛋镇诗社。我们把你们写得最好的作品刊登出来，让全世界的读者都看到。全镇将大量涌现种田诗人、担粪诗人、放牛诗人、砍柴诗人、打工诗人、拾荒诗人、养鸭诗人、贩狗诗人、偷鸡诗人、乞丐诗人、傻瓜诗人……各行各业出状元，也出诗人。将来，全世界都在谈论蛋镇出现了一批伟大诗人的时候，我们不要觉得奇怪。蛋镇成为世界上最富裕最文明最有诗意的地方，我们更不要惊诧。因为蛋镇全民写诗。

全国都会关注蛋镇、报道蛋镇，蛋镇将火遍全国、全世界。如果大家爱看《参考消息》，我负责任地告诉大家，总有一天，也许用不了太久，你们看到《参考消息》上刊登的蛋镇诗社的消息，是从《华盛顿邮报》《泰晤士报》《纽约时报》《联合早报》等外国媒体上转来的。到时候，你们不要惊掉下巴，而是要奔走相告，蛋镇影响了世界，改变了世界，这是蛋镇的大事喜事。现在，我们就是为那一天做准备的。

全民动手，人人写诗。

回去写诗吧，乡亲们！

（本文是蝙蝠根据1988年4月28日下午金光闪在蛋镇灯光球场"全民写诗"运动动员公开辅导课发言整理，选录时有删改。未经金光闪审核。）

诗歌嘉年华

李提香 [1]

1988年5月，蛋镇诗社策划了一场诗歌嘉年华，欢迎来自蛋镇内外的诗人，像西方乡村音乐会那种，还要有"垮掉的一代"和嬉皮士的风格。总之，来一场场面很嗨的诗歌派对。

这个主意是金光闪出的。阙振邦反对。蝙蝠既不支持也不反对。阙振邦担心的是费用和场面的控制，出问题怎么办？那天，金光闪带着阙振邦、蝙蝠，拿了一堆诗歌稿子到广播站找我，让我择优安排广播发表，顺便说到举行诗歌嘉年华的事情。我应付地说了一句："好主意呀！"他兴奋地问："你支持？"

我说："我不是你们诗社的人，但我也可以给你们捧场。"

"从现在开始，你就是蛋镇诗社的人了。"金光闪说，语气不容反驳。

我提醒他："办一场大型活动不是闹着玩的，阙振邦反对是有道理的，你们什么都没有，什么都不懂……办活动要做很多筹

---

① 李提香（1967.11—　）：蛋镇白银村人。蛋镇广播站工作人员。

备工作的。"

"那我们一起筹备。你是领导，你来指挥我们。"金光闪说。

我哪是什么领导，我只是一个广播站的普通工作人员，而且工作还不怎么称职，经常被站长批评，在别人看来，跟窝囊废差不多。

"你们应该找文化站李前进站长帮忙。"我说。文化站管文化。

"李前进只爱唐诗宋词，恨现代诗，尤其恨朦胧诗。"金光闪说。

我不愿意多管闲事。跟我没有多大关系。

"一辈子那么长，你也总得做一件有意义的事情吧？"金光闪竟然对我出言不逊，好歹我比他年长几岁。但我没有生气，因为那时候我觉得他说得有些道理。我表示愿意出谋划策，做些力所能及的事情。我让他先拿出一份方案。

那时候的金光闪真的有激情，当天晚上，他便把方案给我送过来了。我瞧了一下，方案还算周全。他们准备广发英雄帖，邀请广西、广东两省的诗人到蛋镇，路费、食宿自理，每人都准备诗歌朗诵，或发表对诗歌见解的演说。这些都没问题。我只是把活动主办单位"蛋镇文化站、蛋镇广播站"删掉了，只保留"蛋镇诗社"。这是一个单纯的民间活动。

活动时间定在一周之后。

诗社那几个人（骨干）开始忙碌起来。那时候，我在蛋镇开了一间饲料铺，有些额外收入。我主动给他们赞助了一些钱，让他们去打印资料，制作标语，租借音响设备。但我不是无条件赞助的，我的条件是：一是不能泄露我赞助了活动的秘密，因为万一出了什么事情，我不负责任，我不想惹麻烦；二是由我妹妹李提雪主持晚会，她的普通话很标准，口齿伶俐，能说会道，一直想有这样的机会证明自己。他们都同意。

我在镇广播电台反复播放"蛋镇诗歌嘉年华"的启事。

有一天，镇政府的领导察觉到了什么，要叫停这个活动。金光闪被叫到镇政府问话。他据理力争，但无济于事。他找到我商量。我说政府领导定了的事情，我也没有办法。他有些沮丧。他还说了一些其他困难。

"诗歌真难。怎么在蛋镇做事情那么难呢？难道蛋镇的领导都是井底之蛙？这是一个精神飞扬的时代，我们都飞扬起来了，领导不飞扬也就罢了，总不应该把我们从天空中拉下来活生生摔死在地上吧？"他叹息说。

我表示去找领导商量试试。

镇长唐达贵[①]是我的同学，读师范学校的时候是文学社的骨干，经常跟我们谈卡夫卡、海明威，最喜欢小说家芥川龙之介和诗人兰波，让我打心底里佩服的是他能对全国三十三家著名的文学期刊的投稿地址和邮政编码倒背如流，一字不差，尤其是《诗刊》《星星》《绿风》：100125北京市农展馆南里10号、610017

---

① 唐达贵：时任蛋镇镇长，后来官至瓷县统计局局长、招商局局长，现为瓷县文联主席。

四川省成都市红星路二段85号、832000新疆石河子市北二路21号艾青诗歌馆，比他说自己的家乡通信地址还顺溜。只是当了领导后，对文学闭口不谈，甚至讳莫如深，生怕被组织察觉，"量才录用"安排到文联任职。我也就不再跟他聊文学，也没跟别人说过他的过往爱好。

我在镇政府门口碰上了唐达贵。他正骑摩托车出门，要下乡。我拦住他，伸手扭摩托的钥匙帮他熄了火，说了一通蛋镇诗歌嘉年华的事情，说它的意义和重要性。

"改革开放，解放思想，鼓励民间创造，让诗意从蛋镇大地迸发出来，让蛋镇声名远播……"我拉住他，让他听我把话说完。

唐达贵故作不耐烦，几次要挣脱我，重新发动摩托车。我先后七次拔钥匙熄了他的摩托车。他一点脾气也不敢发。

"如果你不同意，我就向全世界宣布你在师范读书三年间被《星星》诗刊退稿十七次的事实。老子到处说。我甚至敢在镇广播上说，让你家喻户晓，声名狼藉。"我威胁他。放在过去，他肯定会辩解说《星星》诗刊编辑部每周都得用卡车拉走一车废稿件，他被退稿很正常，好歹还能收到退稿，千千万万的投稿者连退稿信都没收到过。但这次他不辩解了，认怂了。

"你敢……好了。此事我知道了。你们弄去吧。出了问题，你李提香得负责任。如果出了大问题，你要做好掉脑袋的准备。"唐达贵说完重新打着摩托车，一溜烟地往村里跑，像逃命一样。

1988年5月26日，"从诗开始，读懂世界——蛋镇诗社诗歌嘉年华"在蛋镇灯光球场举行。

场面之大让我们都措手不及。这一天，周边三省七八个县的诗歌爱好者不约而同地涌入蛋镇。有的是从贵县、平南、横县、陆川等地乘班车来的，其中从平南县来的诗人在车上遇到了扒手，身上分三处藏放的十三块钱全部被扒光了——裤子被刀片割出一条七八厘米长的口子，连藏在有拉链的内裤前兜子里的七块也没能幸免；有的是从广东化州、信宜甚至吴川那边骑单车来的，其中吴川来的诗人半路上单车链子断了，他扛着单车走了二十里路才找到修理铺；有的是从湛江乘火车到了陆川火车站然后换乘班车来的，在火车站被三个农村妇人做的扑克局骗走了十五块钱，还因为不服气被围过来的几个男人殴打得鼻青眼肿。还有一个青年诗人是从贵州六盘水赶过来的，他提前四天出发，搭乘拖拉机走了一天的山路才赶到六盘水火车站，带在路上吃的十三个馒头到了蛋镇只剩下两个，已经发馊了，就差没长出蘑菇，但他满怀惊喜："蛋镇比预想中的近"。另外一个湖南冷水滩的女诗人，路上因为火车晚点、错过班车、走岔了路甚至差点上了人贩子的当等，来到蛋镇的时候已经是5月27日中午，诗歌嘉年华已经结束，外地诗人纷纷离去，而她因为一路晕车，一到镇上便瘫倒在车站门外。蝙蝠把她接到家里休息了一天，第二天才把她送上返程的班车。

诗人们舟车劳顿，风尘仆仆，但脸上无一不洋溢着兴奋之色。他们早早便到了灯光球场，坐在观看台阶上，互相交换着诗作，有些人还站着大声朗读。黄昏时，大街小巷出现了很多陌生的面孔。男男女女，老老少少。奇装异服者有之，吊儿郎当者有之。男人披肩散发者有之，女人戴大耳环和墨镜者有之……他们招摇过市，东张西望，有的鬼鬼祟祟引起居民的警觉。嚼槟榔的和嚼口香糖的隔着街道互相展示嘴里吞吐之物。一个穿着花花绿绿衣服的男人搂着一个妖艳的女人在电影院门口做着亲热的动作。有些人当街分发印着自己诗作的油印纸；有些人把自己的诗作密密匝匝地写在六七个彩色的氢气球上，然后放飞，让他们的作品"在自由的天空中获得永恒"；有些人在百货大楼下开起了演唱会；有些人跑到蛋河游泳戏水；有些人在小饭馆喝酒划拳；还有些人到段颂的墓前朗读祭文，痛哭流涕……这些陌生人，诗歌爱好者，他们的到来既让我们欣喜，又让我们提心吊胆。金光闪他们意识到了这个活动并不那么简单轻松，也紧张起来，生怕哪里出问题。

傍晚时分，灯光球场很快便坐满了密密麻麻的诗人。有些居民也混杂其中。诗人们奔放张扬的个性让球场难以安静下来。虽然有民警和治安队员维持秩序，但场面还是有点混乱，吵闹声、呼喊声和嘈杂声此起彼伏。入夜时分，晚会开始。李提雪上台主持的时候引发了一阵尖叫，让她有点慌乱，但好歹把晚会的帷幕拉开了。金光闪致欢迎词，虽然很短，但很有激情，也很老到，完全看不出他还是一个高中生。尤其是他的"蛋派"诗歌主张言简意赅，观点鲜明，引起了热烈的喝彩。

接下来便是诗歌朗诵。按照事先准备的节目单，依次进行。但总是有人举手要求加塞节目，理由是他（她）"千里迢迢"来到这个鸡蛋一般大的偏僻小镇，不只是为了听别人鬼哭狼嚎的，他们也要参与朗诵。场面一度有些尴尬和混乱。主持人李提雪还算机灵，说晚会结束后，大家还可以自由组合，表演各自的节目——今晚的蛋镇将是一个不眠之夜，诗歌之夜。

场面终于安静下来。

诗歌朗诵水平良莠不齐。一个来自广东信宜的男诗人朗诵普希金的《纪念碑》时字正腔圆、气势如虹，激情和感情恰到好处，声音直抵人心。我真希望当时有录音设备把他的朗诵表演录下来，然后通过广播让全镇听众享受一次高品质的诗歌朗诵。来自高州的一个女诗人朗诵舒婷的《神女峰》时声泪俱下。藤县一个老诗人朗诵自己的诗，声音低沉沧桑，充满了悲凉感，令人潸然泪下。而一个来自清湾镇的男诗人用方言朗诵自己的诗，诗写得不好，写日常鸡毛蒜皮的事情，朗读时很搞笑，自乱了阵脚，引起全场哄笑。有人弹着吉他，弹唱自己写的诗。有人脱掉上衣，露出背上用红墨水写的诗行。有人现场作诗，出口成章。有人佯狂、装醉，背诵李白的《将进酒》。还有人上台后先骂一顿当时诗坛某著名诗人，然后标榜自己才是全国最好的诗人，被人轰下台……

晚会两个多小时，热烈而疯狂，对我来说是非常漫长而煎熬的。幸好，全程没有出现大的问题，基本上算成功。晚会结束后，妹妹见到我，一下子就哭了，说压力太大了，诗人们太难搞了，今后再也不主持这样的节目了。

唐达贵也担心出问题，暗中支持、指挥我们。在他的协调下，蛋镇高中腾出了两百多个学生床位欢迎外地的诗人入住，免费。可是，愿意入住者寥寥无几。晚会结束后，他们意犹未尽，自由组合，在芒果大街、南洋大街、珍珠大街"飙诗"，一时间，热闹非凡。我叮嘱金光闪他们一定要注意外来诗人的动向，安全第一。金光闪组织了一批志愿者去密切观察他们。第二天，他们就会离开蛋镇。

半夜镇上的店铺早已经关门，只剩下芒果大街几个宵夜摊。簸箕炊、粉面、炒饭、云吞、牛杂，每个摊都生意火爆。啤酒瓶满地都是。喧闹声无处不有。有些人为了诗歌争吵，甚至拍桌子。还有人近距离正对着政府大门撒尿。有些人吃饭不付钱，被老板揪住，吵闹起来。大概是半夜一点，突然有人打起来了。在喝酒的过程中，一个广东化州的诗人和金光闪发生了冲突。他声称："完全不认同'蛋派'诗歌的主张，尤其是《'蛋派'诗歌写作十大要领》，你的理论是狗屎，是月经带，玷污了诗歌，亵渎了诗人，蛋镇诗社就是诗坛的一口大粪坑，一颗毒瘤，一粒痔疮，你们也配跟我同饮一江水，我呸……"金光闪也喝得半醉，据理力争，反唇相讥，被化州诗人抄起一个啤酒瓶击中了脑袋，鲜血直流。几个本地人围过来要揍化州诗人，被金光闪制止了。化州诗人被泼了一盆冷水，顿时清醒了，慌了，赶紧道歉。金光闪从旁边水沟抓起一把泥土，捂住伤口，坐下来继续喝酒。那气势把所有的诗人都镇住了。

半夜两点后，诗人们都困了，陆续散去。有的在屋檐下席地而睡，有的在漆黑的灯光球场台阶上躺下了，有的进了旅馆。

蛋镇安静下来。但突然警笛响起，派出所的警车急匆匆往蛋镇高中方向驶去。后来才知道，一个信宜女诗人在去蛋镇高中的途中被两个男人猥亵。她拼命挣扎呼喊，才被一个起早路过的屠户大声喝止。屠户报了警，但没有抓到嫌犯，一直没有破案。因为此事，本来还算成功的一场诗歌嘉年华被政府领导全盘否定了。第二天，唐达贵臭骂了我一顿，责令我写检讨，并把整个活动的过程写成书面报告。

幸好，我没有因此受到处分。三个多月后，唐达贵见到我时，笑嘻嘻地说："话说回来，那场诗歌嘉年华并非一无是处，活动质量还是很高的，非常有创意，是一次文化盛会，群众反响还是不错的，瑕不掩瑜，县领导都知道了，前几天在全县文化工作会议上县长点名表扬了蛋镇，把诗歌嘉年华当成了思想解放、大胆创新的典型……"

惊魂甫定，心有余悸，我并没有因为唐达贵的一番话而高兴。

"可否让蛋镇诗社把诗歌嘉年华继续搞下去？每年一次。还是由民间办。你们办。"唐达贵说。

我说："搞不了了。"

唐达贵问："为什么？"

我说："因为蛋镇诗社已经宣布解散了。"

（原载《瓷县文学》2016 年第 3 期）

给狮头山增高两米

谢敬逸

现在回想起来，那时候我们真的是"闲得蛋疼"。

1988年4月，蛋镇诗社刚成立，我被金光闪安排了一个重要职位：副社长兼秘书长。可谓位高权重，我也觉得责任重大。

"诗社成立了，总不能只顾自嗨，总得为蛋镇老百姓做点有意义的事情。"金光闪说。

做点什么呢？大家各抒己见，有人主张给大街打扫卫生；有人主张诗歌进校园；有人主张挨家挨户给居民朗读一首诗；有人主张编顺口溜劝人戒赌戒毒；有人主张给政府提建议：征收诗歌税，建立诗歌基金会……

金光闪思索良久，突然想出了一个令人啼笑皆非却又脑洞大开的点子：给狮头山增高两米。

他的理由是，瓷县境内最高的山峰是容山，1275.6米，在县北部，一直力压群山；而蛋镇在县境之南，镇内海拔最高的山是狮头山，跟广东高州交界，北面属蛋镇，南面属高州。习惯上，我们认为狮头山自古以来都是属于蛋镇的，其大部分尤其是主峰实际上也在蛋镇境内。有人说狮头山状如狮头，但无论从哪个角度看，都不像。就是一座平凡的山，在层层叠叠的群山之中，除了高，它一点也不突出。但它的主峰1274米，只比容山主峰矮不到两米。在蛋镇人心里，这是一个巨大的遗憾，是永远无法改变的事实。它为什么不长高两米呢？如果多长两米，它就是全县境内第一峰了。对于乏善可陈、没有知名度和存在感的蛋镇来说，这个"第一"无疑会成为我们的"第一"骄傲。但从没有人想过要改变这个古老而冰冷的事实，给狮头山加高两米。金光闪想到了，而且真做了。

"蛋镇诗社的人就要有想象力，就要奇思妙想，就要敢想敢干，历史是我们创造的。一切都是可以改变的。"金光闪说干就干，让我们回家准备铲子和锄头，第二天一早就出发，骑上自家的单车，没有单车的尽量到邻居家、亲戚家借，自带干粮和水。这是改变世界地理的一天。

这一天，4月12日，是我的生日。金光闪早早便在镇政府门口对面的榕树下等我们。阙振邦、蝙蝠、欧杰、荣夏天、漆光明、周济之，甚至郭梅、薛彩云都到了。还有三四个陌生的面孔，是从村里来的，五大三粗，一看就是能干重活。单车不够一人一辆，没车的就让有车的带。我有车，我带郭梅。阙振邦带薛彩云。金光闪检查了我们的干粮和水，还有工具，强调了注意事项。我们沿着324省道往西，陆川县境方向，浩浩荡荡出发了。

省道是泥沙路。路两边是厚厚的沙。每当有汽车经过，我们都得让道，往厚沙的单车道走。在沙道上骑车，真是寸步难行，还经常跌跤。欧杰的单车还经常掉链子。汽车扬起的沙尘不仅淹没我们，还往我们的嘴鼻里钻。郭梅的体重让我吃了不小的苦头。她把我的皮革裤带扯断了。那是我堂姐从东莞带给我的新皮带（实际上是劣质的人造皮革）。这个事故后来让他们取笑了很多年。与这个事故相提并论的是一年后在蛋镇九龙酒店，欧杰结婚那天牵着新娘走红地毯进场，刚走完一半，他崭新的皮鞋的右脚那只突然底面分离了。众目睽睽之下，引起满堂大笑。这是温州皮鞋祸害蛋镇最经典的例子。堂姐说，送给我的那条皮带也是温州产的。

　　省道的泥沙路难走，山区的羊肠小道更难走——崎岖、陡峻、草木挡道。我们骑车骑了一个上午才到狮头山的脚下，而干粮和水都消耗得差不多了。上山的路行不了车，只能徒步。一路上薛彩云已经累得够呛，又跛了左脚，汗出如浆，望山兴叹，表示打死也不爬山了。我们让她在原地等我们返回。可山深路远，人迹罕至，周边更没有人烟；密林绵延一眼望不到头，深不可测；山鸟叫得让人心慌。她说她怕野兽出没，那些猛禽也会吃人。她害怕得哭了。阙振邦自告奋勇留下来陪她。金光闪不同意，但阙振邦坚持，二人吵了起来。最终阙振邦妥协了，丢下薛彩云一个人。但金光闪扔给她一把砍柴刀："这是猎刀，狼见怕。出门在外，得靠自己。"薛彩云挥舞了一下砍柴刀，嗔怒，朝金光闪做出一个砍人的动作。

　　我们继续往狮头山主峰爬去。一路上风光不错，登高望远，层峦叠嶂，苍松擎天，山花烂漫，处处让人兴奋。但上山的路若有若无，荆棘把大伙划得伤痕累累——郭梅被树枝钩破了衬衣，露出雪白的肋部，她只好用一条藤缠住腰身遮挡。蝙蝠的脸被马蜂蜇了一口，肿得像猪头。欧杰差点踩中一条黑色的毒蛇。漆光明脚一滑摔倒，失去重心，往山下滚了七八米，如果不是被一棵松树挡住，他有滚下悬崖的风险……金光闪在前面带路，吆喝着让我们跟上。晌午时分，我们终于登顶。

山顶是一个小小的缓坡，长满了杂草，还有几棵低矮的灌木，泥土松软，适合施工。我们迫不及待地开始干活。从周边挖土、搬石头，先用石头围起一个坑，然后往里面填土。金光闪用尺子量了两米的高度："我们就只增高两米。多一厘米都不要。"

毕竟都是年轻人，尽管饥肠辘辘，大家却干劲十足。不到一个小时，我们便在主峰上垒起了两米的新高度。用铲子拍，用手垒，用脚踩，用石块夯，还用树干做桩，把新土筑得严实、坚固。我们不放心，还用草皮把它包裹起来，恨不能让它马上与旧土融为一体，成为主峰不可分割的一部分。事实也将如此：等到草皮在新土上生根发芽，像吸盘一样附在新土身上，并蔓延开去，就没人认为这两米是新土，是人工所致。所有人都将接受新现实。

经过大家的一致认可，确信已经十分坚固，经得起狂风暴雨雷电的考验，我们才停止。金光闪再次测量了新垒起来的部分，刚好两米。

"我代表蛋镇诗社向世界庄严宣布，为狮头山增高两米的壮举大功告成！从此以后，狮头山主峰高度更新为1276米，正式成为瓷县第一高峰！"金光闪兴奋得脱掉了背心，挥舞着背心。

大家顿时欢欣雀跃，站到了新主峰上，挥舞着铲子、锄头、树枝，在狮头山的最高处拥抱在一起，朝着南天，朝着群山，大声呼喊："蛋镇诗社，全世界的诗社。"

此时，薛彩云竟然也爬了上来。

"我忘了把照相机给你们。这种时刻怎么能没有照相机呢？"薛彩云说。所以她挣扎着爬上来了。她从背包里取出海鸥牌照相机，为我们拍了照片，不仅为我们留下了珍贵的瞬间，更为主峰增高了两米提供了有力的证据。薛彩云才是这次壮举的最大功勋。我们把她抬到新主峰之上，把她举了起来。

这真是令人难忘的时刻。那张照片，第二天薛彩云便以最快的速度晒了出来，每人发一张，我一直珍藏着。

站在主峰上，极目远眺，往南可以看到高州城，往西可以看到陆川县境的村庄，往东还能看到茶山，隐隐约约看得到那座方方正正的城堡。金光闪对阙振邦说，他仿佛看到了姜美好，她正在眺望着我们。

郭梅说，她看到了广州城。荣夏天嘲笑她说："如果你往北看，还能看到西伯利亚①。"

总之，这是一座适合远眺的山。金光闪建议今后每年到此举办一次诗会，把酒临风，歌以咏志。大家都说好。

---

① 郭梅一直声称自己到过西伯利亚，邂逅了一个苏联的男人，并且那个男人让她怀孕了。

回到镇上，天色已晚。大家也精疲力竭，各自散去。

当天晚上，金光闪连夜赶写了一篇新闻稿，标题是：狮头山增高两米成为瓷县第一峰。第二天一早便一脚踹开广播站李提香的门，让他赶紧通过蛋镇广播电台第一时间向全世界宣布这条振奋人心的消息。"从此以后，世界地图也要跟着修改。"金光闪把此事的来龙去脉跟李提香说了，并向他出示了现场照片。李提香觉得有些荒唐，但好像也找不到驳倒金光闪的理由，犹豫了一下，说："我得向政府请示一下。"

"这是好事，蛋镇为刷新瓷县海拔高度做出了新的重大贡献，政府肯定同意。这是全镇都欢欣鼓舞的大事。"金光闪说。

李提香坚持要请示领导，拿着新闻稿子跑往镇政府。金光闪只好坐等。大概半个小时之后，李提香回来了，说政府领导也拿捏不准，要请示上级。

金光闪不服气，坐在广播站等政府请示的结果。一直到了中午，广播站的电话响了，李提香接听。是政府领导的电话，关于金光闪的新闻稿，答复了。

"怎么样？同意了吧？要不要给新华社、中央人民广播电台、《参考消息》、《泰晤士报》、《华盛顿邮报》……同时发报？"金光闪迫不及待地问。

李提香瞪了一眼金光闪，慢条斯理地回答说："领导对这则新闻稿的答复只有两个字：扯淡！"

金光闪被泼了一盆冷水，不能接受这种结果，质问李提香："真的是'扯淡'吗？"

李提香肯定地说："真的是'扯淡'。"

金光闪愤怒地从李提香手里夺回新闻稿，撕得粉碎，把一腔怒火喷向李提香："不劳费你们口舌。昨天我们在狮头山顶峰已经以蛋镇诗社的名义第一时间向世界宣布了这个重磅消息。风早把消息传遍了全球，全世界都家喻户晓，尽人皆知了。风比你们的破广播电台强太多了。你们找个大粪坑吃屎去吧！"

李提香哪受得了金光闪的乱喷，抬起脚朝他的屁股踢了一脚："既然你们已经向全世界发布了，还来找我们的破广播电台干什么？"

金光闪嘴里喷着垃圾话，悻悻离开。

这天下午，政府有关人士便找到了金光闪，勒令他三天之内带着原班人马重返狮头山，把主峰恢复原貌，否则后果自负！

政府的人告诉他："你以为事情有那么简单吗？你们改变了狮头山的高度，官方要对原先的数据做大量的更正，要修改历史、地理课本，要颠覆全县人民的认知……会带来一系列地动山摇的连锁反应，引发政治问题。你们赶紧削掉多余的两米！"

金光闪抗拒不从："我们没有违法。不怕。"

几天过去，风平浪静。金光闪若无其事地推行"全民写诗"运动，筹办诗报。

然而，狮头山被增高的事情捂不住，知道的人越来越多，一时间成为蛋镇人茶余饭后的谈资，甚至有外地媒体的记者要到蛋镇采访，惊动了县里，镇政府赶紧做善后工作。就在我们给狮头山增高半个月后，阙振邦成了我们的替罪羊，被镇政府"抓了壮丁"，成为向导，带着政府的人重新爬上了狮头山主峰。他们带了工具，要荡平那"无中生有的两米"。可是，当他们到达现场，发现那两米新土堆已经被雨水冲垮，只剩下残垣断壁，七零八落，只需再来一场雨，便能恢复原貌，回到从前。

令人惊异的是，新土崩溃处赫然多出了一个深色的瓦缸，不是很大，侧翻在一边，一副崭新的人骨从里面爬了一半出来。看来，在狮头山被加高后，有人看中了它的风水，把未寒的尸骨迁移到这座同样崭新的"主峰"上。我们的伟大工程被人动了奶酪。但我们相信工程没有被伤到根基，动它的人肯定希望它永久耸立，从而加固了它。它的崩塌应该另有原因。

这半月，先后下了三场大雨。其中一场，电闪雷鸣，乌云滚滚，天地间漆黑一团，倾盆之雨下了整整一个下午，仿佛要淹没整个世界似的。

金光闪断然否认狮头山加高的两米垮于暴雨冲刷："我们都反复夯实了，它固若金汤。比整座山任何部位都要坚实。能抗8级地震，怎么可能毁于区区雨水呢？"

我们百思不得其解。最后的完美答案还是由脑洞大开的金光闪找到了："我们在狮子头上动土，是狮子生气了，它把头一甩……"

1997 年 7 月

[摘自谢敬逸散文集《明媚世界》（联合出版社，1999 年出版）]

《蛋镇诗报》诞生记

蝙蝠

虽然"全民写诗"运动结束，但蛋镇诗社仍在活动，只是再也没有那么声势浩大。比如，我们在寻找诗歌爱好者，发动他们加入诗社，还筹划编辑出版《蛋镇诗报》。

那天我们坐在蛋镇冰室的长凳上吮吸着绿豆冰棍，论证出版《蛋镇诗报》的可行性。金光闪坐在中间。冰棍是免费的，因为冰室的老板是金光闪的一个远房亲戚，勉强称得上的"表哥"。表哥名为欧杰，个子不高，瘦小，皮黑，但人很滑头。欧杰送给我们的三根冰棍是次品，是冰棍中的歪瓜裂枣。阙振邦啃完冰棍，欧杰从冰柜里盛一杯冰水给他喝。阙振邦一口喝完，直呼冰水好喝，透心凉，冻入骨，从头爽到脚。

说到编印诗报，我们都很兴奋，大家都大谈构想和前景。金光闪让我任主编。我是一张白纸，没编排过任何东西，什么也不懂。

"如果你不懂，就按《参考消息》的样子编排。"金光闪说，"但要编得比《参考消息》好。"

一切都很美好，已让我们雄心勃勃，但所有的美好全卡在经费上。诗社的会员才三十七个，愿意交纳会员费的有八个。会费每人每年一元。金光闪说他的全部身家不过十块钱，而且还是一个月的伙食费。阙振邦比我们都穷，他都快揭不开锅了。我口袋里也只有区区的几块钱而已。但我们没有因为没钱而打退堂鼓。

"诗歌不能向金钱屈服。"金光闪决定节衣缩食，尽量不在学校里花钱，吃饭全在姑姑家里吃。阙振邦说他负责纸张，他是锯木厂的家属，跟蛋镇造纸厂的人认识，可以向造纸厂白要点纸。金光闪说，蛋镇造纸厂的纸是草纸，印不了报纸。阙振邦绝望了。我自告奋勇说负责刻蜡纸，因为我在学校负责过校报的蜡印，有经验。但金光闪沉吟了一下后做出了一个大胆而匪夷所思的决定：铅印。这是多么疯狂的想法！

"要做就要做最好的。"他说。当时，大家从没见过铅印的民间报刊，都是油印。铅印不仅要大笔经费，还要政府审批，发放准印证。金光闪说："我们想办法，主要由我来想办法，你们负责组稿、编辑。"

"全国第一份铅印诗报必须在蛋镇诞生！"金光闪兴致勃勃地鼓动我们。

蛋镇教育组利用勤工俭学政策在镇初中旁边的闲置旧房子办了一家印刷厂，厂长正是金光闪初中的班主任，只比他大五岁，叫谢善良，承包过学校养猪场。即使当了印刷厂厂长，不养猪很久了，金光闪远远看到他就闻到了猪粪味。那天金光闪带着我去找谢善良谈印刷诗报的事宜。到厂长办公室门外，秘书拦住了我们，说厂长不在。金光闪不屑道："我在厂大门外就能闻到猪粪味了，你能骗得了我吗？"谢善良在办公室里对秘书说："让那头猪进来！"

谢善良其貌不扬，但看上去十分精明，劈头盖脸就骂金光闪："妈的，你借我的五块钱都五年了，什么时候还？"初中二年级的时候，金光闪借过谢善良五块钱，分别请同班女同学毕晓梅、陆丽丽看电影、吃簸箕炊。金光闪笑嘻嘻地凑近谢善良："谢老师，钱我迟早还你。我这次来是跟你谈合作的。长期合作干大事，我们将会互相成就！"

金光闪把印诗报的构想跟谢善良说了。"你免费给我们印诗报，我们的诗报给你刊登广告。谁也不亏。这是国际流行合作模式。《纽约时报》就是这样跟可口可乐合作的。"金光闪说。

谢善良对他冷嘲热讽一番后断然拒绝了合作。

金光闪把我请出来，让我朝谢善良撒娇，给他点烟。烟是万宝路，盒子还很好，但只剩下三根，是金光闪从郑国强那里顺走的。我没有朝他撒娇，但给他点烟。他并没有正眼瞧我一眼。金光闪用眼神示意我靠得更近一点，甚至用胸脯去蹭他的膀臂。我没有那样做。因为我也似乎闻到了他身上的熟悉的猪粪味。

谢善良没有耐心跟我们谈这种在他看来不值得浪费时间的事情，要把我们轰走。金光闪死皮赖脸，甚至使出撒手锏，软硬兼施："如果你不同意，我把你的丑事写成文章刊登在我们的报纸上，让你身败名裂！"

"我有什么丑事？"谢善良说。

"你同时给毕晓梅、陆丽丽写过一模一样的情书。"金光闪说。这两个收到情书的女生是金光闪的初中同学,也是谢善良的学生。此事已经过去多年,但在当年也算是一桩丑闻,为此谢善良被迫申请去学校养猪场养猪。

谢善良勃然大怒,但瞬间又转怒为喜:"你写呀,我不要紧,我已经跟毕晓梅结婚了。难道你要我跟毕晓梅离婚,然后娶陆丽丽?"

金光闪被反问得措手不及,因为他也不知道形势发展得如此突然,谢善良竟然跟学生结婚了。

"我们坐下来谈谈生意。"谢善良说,"生意归生意,合作才能共赢。"

经过一番讨价还价,谢善良同意给我们五折的印刷优惠,每期诗报,四开,铅印,每期五百份,印刷费一百元,先付款后印刷。

就这样办。找钱去。

金光闪以为金钱难不倒他。然而,过了一阵子,金光闪垂头丧气地对我们说,世界上最难办的事情莫过于找钱。他找过郑国强要赞助,未果。郑国强反对私人非法办报,说:"那是杀头的事情。"金光闪号召大家捐款,然而附和者寡。那时候谁都拿不出闲钱。他甚至还策划过偷或抢。百货大楼顶层有一间歌舞厅,晚上跳舞,白天聚赌。赌徒手里有钱,而且疏于防范。他连续几天靠近赌桌,试图像扒手那样偷走他们口袋里的赌资。"那些钱用在诗歌上总比赌博好。"然而，还没有得手，便被人发现，差点挨了一顿揍。他想辍学去深圳跟随他的同学入厂，为《蛋镇诗报》赚经费。但他的姑姑正好上班途中摔断了腿，他要照顾姑姑，没能去深圳。他还想组织我们去贩卖汽水和啤酒，但谁也拿不出本钱。有一段时间，他和阙振邦灰头土脸地回到蛋镇高中，安静地坐在课堂里听语文老师讲课，而且不再恃才傲物，随意打断老师。我呢，也力所能及地帮父母干点正事。仿佛我们都一下子成熟了许多。

《蛋镇诗报》的编辑工作没有停止。我们向诗社成员征稿，来稿并不少，收到三百多首诗。金光闪负责审稿，我负责版面设计。阙振邦也参与进来筛选稿件。我们对诗报有着美好的想象，越想越热血沸腾，恨不得马上连夜把它编印出来，让它轰动全镇、全县甚至全国，在诗坛刮起一阵"蛋镇旋风"。我们都觉得自己正在干一件惊天动地、彪炳史册的大事。

但一谈到经费，我们又掉进了冰窟窿。有一天，金光闪兴致勃勃地告诉我们，天气越来越热了，他找了欧杰谈，我们可以卖冰棍赚钱。从冰室批发两分钱一根的冰棍，卖一毛。绿豆冰棍批发一毛一根，可以卖两毛。那些冰棍贩每人每天一般可以赚十块左右，跑得勤快一点的可以赚十五块一天。欧杰说，他控制全镇的冰棍贩的名额，不能随意增加人数，因为小贩多了，互相影响生意，最终损害冰室的经营。圩上只能养活七个冰棍小贩，全镇每一个村只能养活一个。昨天刚好有一个村的小贩要去广州打工不干了，腾出了一个名额给我们。金光闪说他不愿意干这种小生意，丢不起这个脸。我说，我一个菜农家的子女，不如跟我爸妈卖菜。那只能由阙振邦来做冰棍小贩。阙振邦愿意。金光闪借给他一辆单车，欧杰配给他一个木箱子，把冰棍装进箱子里，就可以到村里去吆喝卖冰棍了。

我和金光闪都担心阙振邦干不满三天便要洗手上岸。但我们都低估了他为办诗报"铤而走险"和"破釜沉舟"的决心。他每天一早便从冰室那里装满一箱冰棍，带上两三个馒头，然后骑着单车往乡下跑。据他后来回忆说，前三天，他觉得卖冰棍挺丢人的，不敢张嘴吆喝，生怕遇到同学或熟人，怕被村霸欺负，怕被狗追咬，怕卖不出去，最后全化在箱子里。他在村里转悠，尽管不吆喝，但箱子上赫然写着的"雪条"两个字为他招来了一些客户。但销量没有很大，往往是过了一天中最炎热的午后三点，一箱子冰棍仍然剩下大半，而且冰棍正慢慢消融，最后会化为乌有，变成一箱冰水和漂浮在水面的一根根小木片。但他头脑灵活，觉得广东那边的农村购买力要比这边高，于是他每天多蹬车十几公里，到高州、化州的乡下，而且在那边他敢大声吆喝，装作老练而见多识广的样子。果然，每天他都能把整箱冰棍卖完，然后骑着单车在天黑前赶回镇上，向金光闪汇报他这天卖掉多少根冰棍赚了多少钱。十几天下来，他竟然赚了七八十块。

"要是这样下去，我很快变成万元户了。"阙振邦踌躇满志。

我帮家里卖菜，妈妈给了我十块的零花钱。

金光闪受到阙振邦的鼓舞，决定放下脸面，干起赚钱的生意。他很快从一个在镇上贩卖兽药的远房亲戚那里领到了一桩生意：卖老鼠药、蟑螂药、蚂蚁药。一辆简易到破烂的手推车，一块写着老鼠药、蟑螂药、蚂蚁药的招牌，金光闪穿一条围裙，双手戴着白手套，便开始营业，在芒果大街和南洋大街推着手推车来回吆喝：老鼠药、蟑螂药、蚂蚁药……开始两天不错，每天都能赚上三四块。但好景不长，第五天，有几个农民把金光闪堵在芒果大街，说他的老鼠药、蟑螂药根本药不死老鼠、蟑螂，要求退款。金光闪谎称这是新款的慢性药，药效要三天后才发挥出来，而且让它们回到洞穴里慢慢死，还能把药效传染给它们的家人朋友……"如果明天发现你们家里的老鼠、蟑螂、蚂蚁没有死光光，你们再来找我退款。"

他们说："我们认得你，你叫金光闪，本地人，跑不了！"

但金光闪"跑"了，丢盔弃甲。他把小推车和剩下的药退给了亲戚，不再叫卖老鼠药、蟑螂药、蚂蚁药。亲戚还怪他砸了这些药的招牌。他叫卖的第一天，我在邮电所门口观察他在大街上的表现。他开始的时候很害羞，心很虚，戴墨镜且用草帽半遮住自己的脸，躲躲闪闪的，不敢正视围上来咨询的顾客，十分滑稽可笑。一个敢于在灯光球场公开演讲的人竟然也有胆怯害羞的时候。许多年过去，金光闪第一天叫卖老鼠药、蟑螂药、蚂蚁药的形象在我的脑海里一直挥之不去，想起来都忍不住要发笑。

几天后，我们身上所有的钱加起来足够铅印诗报了。大家十分欣喜。可是，第二天，当金光闪要我们把钱都交给他统筹时，阙振邦反悔了。

"我家里要钱用。我阿公快死了。"阙振邦说。

他是有一个卧病在床的爷爷，没钱送医院，他们叔叔们只是让村医偶尔开点中药给他爷爷苟延残喘。他父亲那点工资还不够养家，而且父亲还是一个酒鬼，跟乡下阙振邦爷爷的关系一直形同水火，对他的生死不管不顾。阙振邦第一次手里有那么多的钱，而且是自己赚来的，他首先想到了爷爷。

金光闪很不高兴，反复劝说阙振邦先拿钱支持办诗报，阙振邦的态度却越来越坚定，他们甚至在冰室门口争吵起来。

"没有我们的出谋划策，你从哪赚来这七八十块钱？这是集体智慧得来的，应该算公款。你不能贪污公款。"金光闪说。

两个幼稚的人互相指责、贬损。阙振邦骂金光闪"癫仔""废佬①"，只会吹牛，什么事没干。金光闪骂阙振邦是"蛋散②""仆街③"。金光闪脾气有点火暴，操之过急，恨不得一夜之间把诗报印出来。阙振邦指责他办诗报是出于私利，沽名钓誉。金光闪发誓说，他绝对不会在《蛋镇诗报》上发表署名作品，如违反此誓，天打雷劈。他们越吵越偏激，差点打起来，我居中劝解，欧杰把他们两人推开。阙振邦一气之下，不干了，把单车还给了金光闪，把冰柜还给了欧杰，径直回乡下看他的爷爷去了。我劝也劝不住。

---

①　相当于"废柴"。

②　本是一种松脆的小吃，一咬便散落。本地人用来形容胆小怕事或没有出息的人，如同蛋散般经不起碰，干不成事。

③　粤骂。原意为横尸街头，不得好死。市井流行的习惯用语。含义非常复杂、微妙，在不同场合讲，会有不同的意思。这里是骂人。

"由他去，背信弃义、釜底抽薪的'蛋散''仆街'！我敢肯定他这辈子都干不成一件事。"金光闪指着阙振邦远去的身影恶狠狠地说。

我劝金光闪理解一下阙振邦，"孝"比天大。

"我理解不了。没有什么事情比办《蛋镇诗报》更大的了！没有他，我也不会半途而废。"金光闪瞪了我一眼，气呼呼地走了。

三天后，我在国营照相馆门外见到面容疲惫的阙振邦。我叫了他一声。

他是来晒照片的。他爷爷去世了。他拿爷爷多年前的一张相底请薛彩云晒一张二十寸的照片作为给爷爷办丧事用的遗照。

"我有钱了，得晒一张大一点的照片。"他说，"我还得买一副像样一点的棺材，办一场风光的葬礼。人一辈子就只一次，我不能让爷爷受委屈。"

这一刻，我很理解他，觉得他是对的。

但金光闪对阙振邦临阵变卦一直心存芥蒂，许多年后，还耿耿于怀。所以，两人渐行渐远，甚至有些年老死不相往来。而有些谣传说他们不和的原因是为我争风吃醋，反目成仇，简直是滑稽至极、荒唐可笑。庙小妖风大，池浅王八多，说的就是蛋镇。

一个星期后，金光闪向我展示一张"准印证"，是盖有"瓷县文化局"鲜红公章的，是专门开给《蛋镇诗报》的。"这是尚方宝剑。"金光闪说。稿子我也编好了。万事俱备，只差钱。

"你再把稿子好好审读一下，然后再交给我把关。每一篇稿

都必须代表蛋镇的应有水平。刊登的作品至少要比《大众报》①
副刊上的好。"金光闪说。

一年前，金光闪给《大众报》投过一篇散文，写冬泳的快
乐，但被退稿了。编辑在退稿信上说："来稿尚达不到发表水
平。"金光闪说，宁愿给狗舔腚，也不再给《大众报》投稿。

大约半个月后，诗报还真印了出来。大部分是金光闪掏的
钱。我问过他钱从何来，他说偷的。"偷谁的？"他说这是秘
密②，"孔乙己说窃书不能算偷，我窃钱办报，当然也不能算
偷，因为我窃来的钱没有一分用到自己的身上"。

诗报印得很漂亮。铅字印刷，版面干净整齐，编排错落有
致，还有简单的配图，尤其难得的是，由金光闪亲自题写的刊名
采用了最新的"烫金"技术，"蛋镇诗报"四个字闪闪发亮，像
涂上了金漆。金光闪在邮政所门口举着诗报向行人展示，亢奋得
像中了邪。那天闻讯赶来见识诗报的人很多，除了作者，还有看
热闹的人。没有人取笑，都对诗报和手举诗报的金光闪投去了赞
赏的目光。

阙振邦也来了。金光闪似乎已经忘记先前的不快，跟阙振邦
一起赞美诗报，分享喜悦，点评诗报上的那些诗文。

然后，我们给文化站、新华书店、教育组、学校语文组等文

---

① 《大众报》是我们地区的地级党报。——作者注
② 这个秘密三十年了也没有解密。金光闪对此讳莫如深。阙振邦曾经猜测是金
光闪偷了他姑姑的钱。因为那阵子他姑姑跟他吵过一架，惊动了姑姑单位的人，
姑侄二人从此关系很僵。他姑姑还没到退休便因急病去世，遗嘱中有一条就是不
让人告诉金光闪她的死讯。然而，因为没得到证实，我不予采信。——作者注

化机构分送诗报。第二天，我们在邮政所门口借别人的书报摊一角摆摊卖诗报，五毛钱一份。结果一天下来只卖出去五份。我们悻悻而归。此后几天，李提香、范子铭、谢敬逸等也来帮忙叫卖诗报，每天也只卖掉十来份。那么好的诗报竟然遭受如此冷落，金光闪很沮丧，不断地骂"群众的眼睛也有瞎的时候"。

　　大约是诗报面世一个月后，一天下午，文化站站长李前进带着派出所的一个警察突然出现在邮政所门口，把金光闪手上所有的诗报没收，并勒令交出剩下的所有诗报。

　　"准印证是假的。"李前进说。

　　警察是新来的，我们都不认识。后来知道他姓胡。

　　金光闪说："你怎么证明它是假的？"

　　李前进说："我打过电话向县文化局核实了，根本没有给你们发过准印证。《蛋镇诗报》是非法出版物！"

　　金光闪说："李前进，你是文化站站长，不要当内奸，不要成为蛋镇文化发展的绊脚石。"

　　警察要对金光闪采取强制措施。李前进阻止了他，对他说："他们是初犯，没收就可以了。"

　　金光闪不情愿诗报被没收，将诗报抱起来，撒腿就往蛋镇中学方向跑，但很快便被警察追上、擒拿住。就这样，《蛋镇诗报》被当场收缴，而且还从金光闪姑姑家搜出一百多份诗报，总共收缴了三百三十六份，还有一百多份散落民间。几年后，金光闪曾经出高价回收《蛋镇诗报》，却只收回三份。

　　没收诗报还不是最坏的结局。李前进从诗报中读出了几首

"大逆不道"的诗，大呼"反了"，旋即报告政府，很快派出所就约谈了金光闪。那时候，我妈知道我摊上事了，让我离开蛋镇，去了平政镇亲戚家躲避风头。

金光闪被拘留了一天。从派出所里走出来的时候，他垂头丧气，对等在外面的阚振邦、李提香、欧杰等人说："我宣布，解散蛋镇诗社。"他又说："蛋镇不需要诗歌，你们各自逃命、各奔前程去吧。"

蛋镇诗社从宣布成立到宣布解散，用时仅五个月。金光闪自嘲说："我们创造和葬送了人类历史上最短命的诗社。"

金光闪在灯光球场贴出一张关于解散蛋镇诗社的告示，同时也贴出了《蛋镇诗报》停刊公告。

事态并没有金光闪预料中的那么严重，没有后续追查和清算。可能这点事在政府那里连屁都不算。后来我听派出所的人说，他们觉得我们并不坏，办诗报也不是坏事，只是批评教育一下我们而已。

我回到蛋镇，没有见着金光闪。听说他回乡下去了。只在国营照相馆见到了阚振邦，他正在撩拨薛彩云，被我惊吓到了。

"派出所没有通缉我们？"我问他。

他说："没有，听说胡警察也喜欢诗歌，他还责怪我们没有把他写的诗刊登在《蛋镇诗报》上。"

那时候的薛彩云是一个小美女，圆圆的脸堆满了稚气，紧身牛仔裤格外显眼，胸脯也大，年纪小小便有了妖娆之气，我不喜欢她。但阚振邦就喜欢这种类型的女孩。后来他娶的虽然不是薛彩云，但也是胸脯大的。怪不得他不喜欢我。说实话，我对阙振邦的印象还不错，真诚，踏实，有责任心，在校对诗报的过程中，他揪出来的错别字最多，很多病句经他修改过后顿时丝滑了不少。他是我们这些人当中文字功底最好的。后来听说他负责编新的《瓷县县志》，我首先放心。

金光闪从派出所出来之后，约莫过了一个星期，他到我家，向我告别。他说，他已经跟阙振邦、欧杰他们说了，他要去一趟广州。他的一个同学在广州一家电子厂当保安，包吃包住，月薪有三百多，生活灯红酒绿，丰富多彩。他要去投靠同学。

"放弃一切。告别蛋镇。"他对我说。

我理解他。其实那一刻，我很伤感。我对他说："你带我一起去广州吧！"他说："我先去看看情况。如果情况很好，马上把你们都呼到广州。"

他送我一本《存在与时间》，有七成新。内页画了很多横线，还做了不少笔记，感觉乱糟糟的。

"从此以后，我要做一个俗人。"金光闪说，"从恶俗开始，从成为一坨屎开始。"

听上去，有些悲凉。

"明天出发。"金光闪说。

我问："我们送送你吧？"

他说不用，不想让更多的人知道。

"保护好自己，在那些蠢货面前，切勿谈论蛋镇诗社。"他叮嘱我，"诗歌属于易燃易爆物品，必须远离政治。"后来阙振邦、谢敬逸、欧杰他们也说，金光闪也是这样叮嘱他们的。

金光闪一离开，蛋镇仿佛没有了灵魂。我们顿时无所适从，才发现金光闪对我们还是很重要的。

半年后，我也离开蛋镇去了广州，进了一家玩具厂，后来换到了制衣厂。我以为我们都在同一座城市，单凭闻对方的气味就能找到彼此，但在广州数年我都没有见着金光闪。广州是一个忙乱的世界，每个人只是大海里的一滴水，即使面对面，我们也可能因为匆忙擦肩而过而不自知。要说气味，我们到了这里，连身体的气味都会被迅速改变，空气中弥漫着的全是陌生的气味，连自己都闻不出自己。但关于金光闪的消息还是有一点的，他没有当保安，而是当了下水道清理工，半年后转投了一家台湾人开的木业公司。有一次，我在商场的电视新闻节目上看到他，在广州火车站，人山人海，他从现场报道的记者身后走过，做了一个鬼脸。我认得他，那副眼镜是我送他的，他一直没换。作为一个"路人甲"，他只是闪了一下便消失在画面里。但他身后的"广州站"三个字十分熟悉、亲切，那是我们离开蛋镇看世界的第一站，也是最常出入的火车站。荣夏天也到了广州，我在石牌村的大排档偶遇过他。那是他和他的兄弟荣春天、荣秋天、荣冬天开的大排档，主打高州盐焗鸡、烧鸭和炒猪（牛）杂。他负责食材采购，对这一带了如指掌。他学会了开车，一辆二手黄色皮卡。令人意外的是，他竟然和"半边脸"李旦①在一起了。四年前，

---

① 李旦（1968.10—　）：女，蛋镇文化站站长李前进的女儿，文化站临时工。因脸瘦小得一外号：半边脸。擅长拉手风琴。

荣夏天正在热火朝天筹备婚礼，新娘李旦竟然跟缺了一条胳膊的男人私奔了，成为蛋镇轰动一时的丑闻。"她怎么会回到你的身边了呢？"我问荣夏天。他正要回答我的问题时，李旦走了过来，他便闭了嘴。李旦胖了许多，脸也大了，头发染成了黄色，烫成卷发，穿紧身牛仔裤，我差点认不出她来。她以前可是文化站的才女啊。我见过她拉手风琴，拉《莫斯科郊外的晚上》。那时候她的脸是那么瘦削，那么弱不禁风。她叫出了我的名字，然后说："我知道你。你跟金光闪办蛋镇诗社。"我由衷地称赞她变得漂亮了。"我都生了三个孩子了。"她说。荣夏天脸上没有自豪的表情，所以我怀疑三个孩子至少不全是他的。"少了一条胳膊的男人，也在广州，在芳村养猪，一百多头猪。如果段颂不死，他也会在广州成为养猪能手。"李旦的直率让我有点尴尬。好在，她说完便忙其他事去了。荣夏天没有了在蛋镇时的蛮横劲，变得老成持重，而且目光远大。他说他们兄弟的理想是开连锁大排档，一人一家。我们自然谈到金光闪。他告诉我金光闪走在了通往发达的路上，因为搞木材生意的台湾老板很赏识他，让他当了木业公司的高管，月薪八百元，比蛋镇镇长的工资至少高出三倍。为此，我很高兴，想约荣夏天一起去找金光闪喝早茶。但荣夏天说："金光闪很忙的，到处跑，难得见到他。等到了年底，我们回蛋镇再聚吧。"

　　我在广州并没有待到能见上金光闪一面，第二年我便去了深圳，在一家外贸公司跑腿。一忙起来便连春节都无法回蛋镇过。那时候，我连续三四年都是在深圳过的春节。说真的，那时候我很怀念家乡，怀念蛋镇的那些伙计，特别是金光闪。虽然蛋镇诗社解散了，但"名亡实存"，它一直活在我们的心目中，尤其是在异乡，看着车水马龙，看着高楼大厦，心里空虚孤独的时候，我多么怀念金光闪带着我动员蛋镇全民写诗的那些时光，荒唐而浪漫，可笑而温暖。而且，我一直把《蛋镇诗报》带在身上，压在行李箱的最底层，生怕暴露。第一次抵达广州火车站，警察查看我的行李箱，翻了个底朝天，结果只对那包从蛋镇带来的洗衣粉感兴趣，而忽略了那张《蛋镇诗报》，十分庆幸。在夜深人静的时候，我有时候偷偷拿出诗报，用手电筒照着重温那些我亲自编选的作品，整个夜晚顿时变得很有意义。我不知道镇上有多少人还偷偷藏着《蛋镇诗报》，反正我一直收藏着。即便到了美国，我也带着它。2012年，我抵达纽约，马上给金光闪打了一个国际长途，向他报告："《蛋镇诗报》胜利登陆美国！"金光闪在电话那头兴奋得叫起来："好！你告诉美国人民，蛋镇诗社全体诗人向美国人民问好！"

据我所知，离开蛋镇三年后金光闪又回到了蛋镇，成为木材商贩，承包茶山林场，发了些财。从此以后，他在"敛财"的道路上越走越远。几年后，他的蛋派木业公司成了广州一家知名企业。出国前，我曾经从深圳到广州，去他的公司跟他告别。那天我们在花园酒店匆匆喝了早茶。

我一直认为，金光闪是一个绝顶聪明的人，内心炽热，经常突发奇想。而且，他比我们都早熟。

（原载《北美华语文学》2016 年第 4 期）

关于对非法出版物《蛋镇诗报》
负责人金光闪的讯问笔录

时间：1988年8月27日

地点：蛋镇派出所

记录员：方志军

警员：胡安生（以下简称胡）

被审问者：金光闪（以下简称金）

胡：你叫什么名字？

金：金光闪。金子的金，金光闪闪……

胡：职业是什么？

金：学生。

胡：哪个学校的学生？

金：蛋镇高中高三学生。

胡：你知道为什么把你弄到这里吗？

金：知道，不就是我弄了一份假的准印证吗？

胡：伪造公文是犯法的，你知道吗？

金：还有人伪造钞票呢，伪造历史、伪造身份……

胡：我说的是你伪造公文，别扯其他。你说说假准印证是你伪造的吗？

金：是。

胡：公章是谁私刻的？是不是……

金：是我自己刻的。

胡：你没那技术。我看了，伪造的公章跟真的几乎一模一样，没有几年的刻章功力办不到。你是不是让人刻的？那人是谁？

金：我亲自刻的。你看我的手指，被刻刀伤了几次，伤痕还很新鲜。

胡：你读过书，知道坦白从宽的道理。如果有违法记录，高考、招干、入厂、结婚等都会受到严重影响，而且影响一辈子。我们现在给你机会拯救你自己。如果你及时说出真话，我们会从轻处理。你还年轻，要珍惜前程。

金：我说的话句句是真的。我没必要撒谎。

胡：第二个问题。《蛋镇诗报》属于非法出版物，即便准印证是真的，也是内部交流资料，是不能卖的。你明知道是非法出版，还公然在大街上叫卖，属于违法行为。你们卖掉了几份诗报，获利多少？

金：卖掉了十七份，每份五毛。一共八块五毛。

胡：赃款呢？

金：什么赃款？钱干净得很，不偷不抢……

胡：这是违法所得。必须上交。

金：都在我口袋里，我们吃冰棍花了两块钱，还剩下六块五毛。

胡：把剩下的赃款上交。

金：我要发票。

胡：我们会开具收据的。

金：要盖派出所的公章。

胡：我们的公章是真的。

金：谁知道……

胡：现在你交代最重要的问题。《蛋镇诗报》上刊登的作品，有几首诗是反动的，是"反诗"。比如那首《不可能一条活路也不给》。

金：我觉得不反动。老百姓恳求给他们一条活路有错吗？如果你站在老百姓立场，它就不是"反诗"。

胡：这是挑拨矛盾，个人情绪发泄，指向十分明显。

金：我认为没有问题。那是一首好诗。如果不是版面有限，我还想给它配一篇评论。

胡：我们还会找作者谈谈。但主要责任在你，你是诗社所谓的社长，是第一责任人。当然，所谓的主编，一个叫蝙蝠的人，也有责任。我希望你们不是故意的、有预谋的，没有暗藏祸心，否则后果很严重。

金：别吓唬人……

胡：你以为我是在吓唬你吗？你要不要我给你普法？你们的行为相当严重，要是在"严打"期间，你们早成为严厉打击的对象。你的思想认识还那么无知、幼稚，我是看在你还是一个学生的分上，客气跟你说话，给你悔过的机会。我们还会找你的学校和家长了解情况，调查你的底细和其他行为。现在你说说，你发表那几首思想问题严重的诗到底有什么意图？

金：我们什么意图也没有。单纯觉得这几首诗写得好。

胡：这件事，我将向所领导汇报，要求开会讨论研究是否作为重大线索向上级汇报。希望你不要隐瞒，不要有侥幸心理，要实话实说。此事可大可小，全看你们的态度。如果认错态度好，如实交代，深刻反省，这次事情就可能内部处理，不列入你的个人档案，不影响你的个人前程。

金：我光明正大的，没有什么可以隐瞒的。

胡："反诗"不是你们蓄意为之？

金：我坚决认为这些不是"反诗"，而是好诗，是站在人民的立场写作。我不认识作者，但这样的作者一定是好人。

胡：你真的不愿意如实交代？

金：我说的完全是实话。

胡："蛋派"诗歌是什么意思？有什么深刻含义？

金：没有什么特别的含义。我们倡导的"蛋派"诗歌，就是连狗都能看懂、都能写的诗歌。

胡：诗报的诗歌真的连狗都能看懂吗？

金：当然。只不过我们还没来得及给狗看。

胡：你们从哪来的经费印刷诗报？花了多少钱？

金：花了一百块印刷费。钱，一部分是大家凑的，一部分是我偷来的。

胡：你偷了谁的钱？

金：这是我的秘密。我不会告诉你的。

胡：说！

金：严格来说，不能算偷。因为我留下了匿名借条，算是借款，三年后还给她。

胡：匿名借条？即使署真名，也是偷盗行为。

金：我会还给她的。

胡：借，不，偷了多少？

金：五十块。

胡：你必须马上把钱还给人家。

金：白纸黑字保证，三年后还。我承诺过的事情一定会做。除非她报警。如果她报警，你们不费吹灰之力就可以抓到我了。

胡：这个事情属于你主动交代……你还有什么要交代的吗？

金：我要交代编印《蛋镇诗报》的初衷和目标。你们当警察的理解不了诗歌。出版《蛋镇诗报》是蛋镇有史以来最重要的文化事件，将载入世界文学史……

胡：笑话。你以为我不懂诗歌？我在警校的时候就是文学社社长，我在《株洲日报》副刊发表过三首诗。你小子小瞧我了。我看了《蛋镇诗报》上的诗，有几首质量还不错，让我眼前一亮。如果你们是正规出版物，我倒愿意给你们投稿。我的诗一点也不比他们写得差。

金：我以为你只是一个警察，只会抓人。

胡：如果不是在工作，我倒愿意跟你聊一下朦胧诗，聊一下顾城、杨炼、里尔克、聂鲁达、T.S.艾略特、埃兹拉·庞德、布罗茨基。我背过里尔克的《秋日》："主啊！是时候了／夏日曾经很盛大／把你的阴影落在日晷之上／让秋风刮过田野／让最后的果实长得丰满／再给它们两天南方的气候／迫使它们成熟／把最后的甘甜酿入浓酒／谁这时没有房屋，就不必建造／谁这时孤独，就永远孤独／就醒着，读着，写着长信／在林荫道上，来回不安地游荡／当着落叶纷飞。"

金：胡警官你真厉害。我也读过不少诗，但没有一首能背得下来。我不适合背诵。

胡：所以，你不要在我面前装×。你永远不要低估一个警察维护一方平安的决心，也不要低估他对诗意的向往。世界大得很，不要以为《蛋镇诗报》能给世界文坛带来什么。井底之蛙，走出蛋镇看看世界吧。

金：你也不要低估我们改变蛋镇的决心。世界文坛也是由千千万万个蛋镇一样的小地方构成的，像星空一样，我们虽然不是最耀眼的那颗，但也有发光的权利。

胡：你们发光的方式不对。发光也必须合法。你们诗社没有经批准，也没有经政府登记，是非法组织，必须取缔。包括《蛋镇诗报》，必须收缴。你们还涉嫌非法伪造诗意、贬低诗歌、嘲讽诗人、宣扬写诗的歪门邪术……

金：我们不服气。

胡：轮不到你们服不服气。我们会把你们诗社的几个骨干都抓起来，按法律处置。

金：我是社长，所有的活动都是我策划组织的，包括编印诗报，跟他们没有关系，所有责任由我承担，该坐牢，我坐。你不要找他们的麻烦。

胡：你以为把所有责任揽到自己身上就是英雄好汉了？该砍头，砍你的？你懂你在干什么吗？你以为可以讨价还价吗？

金：我没有抗拒的意思。

胡：你必须接受处理。

金：我同意你的处理意见。我不玩了，金盆洗手。蛋镇有没有文化，或者即使成为全世界最浑蛋、最愚昧、最无聊的地方，跟我有什么关系呢？我自作多情了。我错了。我马上解散诗社，就当它从没有存在过。

胡：你一个高中生，应当专注读书，考大学。你高几了？

金：高三。预考没过，没机会参加高考。

胡：还可以复读，可以当兵，可以考干，选择多的是。

金：不想那么多了。你们要判我几年？

胡：我说了不算。也许后果没有那么严重。你不要思想负担太重。我只是例行公事录个口供。回去好好反省。注意你们的言行。

金：我可以回去了？

胡：交代清楚、积极配合，完事就可以回去。

金：你们不会找我的伙伴的麻烦吧？

胡：你有同伙吗？

金：没有。

（本笔录编者做了删节）

关于解散蛋镇诗社的公告^①

天下没有不散的筵席。只是有些宴席散得太早，宾客还没有到齐，还没有来得及推杯换盏、觥筹交错，甚至还没互相认识。由于自身的原因，蛋镇诗社即日起就地解散，所有成员资格自动终止，任何组织和个人不能打着蛋镇诗社的名义开展活动。

刚开始便要宣布散伙了，有些仓促。世事如此，无可奈何。然而，日月依然经天，江河仍旧行地。蛋镇仍将是世界的蛋镇，诗意永远在我们的心中缭绕。

新的一场台风又要来临。谁也无法阻挡，就让一切随风。

诗人们，请各自保重，并祝安好！

蛋镇诗社

一九八八年八月二十八日

----

① 《关于解散蛋镇诗社的公告》由金光闪闪拟稿，而《〈蛋镇诗报〉停刊公告》则由阙振邦起草，他们交换修改。起初恳求李前进帮忙被拒，后由李提香用毛笔抄写。两个公告一起分别张贴在镇灯光球场、电影院门口宣传栏、汽车站等公共场所。我们公开赞扬李提香的"书法"骨骼清奇，比李前进的更好。李前进不服，主动抄写了同样多的公告，跟李提香书写的公告肩并肩张贴在一起，以此捍卫他"蛋镇第一书法家"的尊严。没有对比就没有伤害。我们心里明白，就书法而言，李前进毕竟是李前进，远非李提香可比。原本沉郁、伤感、沮丧的公告，竟变成了两个人的书法竞技，这是出乎我们意料的。

《蛋镇诗报》停刊公告

　　你们见过刚创刊便宣布停刊的报纸吗？如果以前没见过，现在你们终于见到了。那就是《蛋镇诗报》。本报自1988年7月创刊，热气腾腾，到今天不到两个月，余温尚存。只刊行了一期。俗话说：开张兼冚斗①。像一场台风，来得突然，去得无影，带来的雨，只刚好够草木饱喝一顿；也像一场电影，过程很精彩，结束得很遗憾，散场了，观众离开，放映的人也得离开。

　　唯一的一期《蛋镇诗报》，刊登了这个时期蛋镇最好的诗篇，点燃了全镇年轻人的激情。只有站在漆黑里才能感觉到光的美妙。光是火，光是能量，光是希望，一旦被点燃，就永不熄灭。只是本报使命已经结束，现向大家挥手告别。我们非常感谢读者、作者对《蛋镇诗报》的关注与支持，因为有你们，有蛋镇诗社，蛋镇才有了它该有的样子。《蛋镇诗报》呈现出来的美好已深深镌刻在时代的背板上和历史的年轮里，风吹不散，雨打不烂。它高于大地，高于天空，高于俗世。

---

① 　“开张兼冚斗”是粤语，就是“开业暨停业”。冚斗跟粤语“执笠”同义，意为倒闭。

　　"夏条绿已密，朱萼缀明鲜。"[①]停刊，不是终结，而是另一种开始。

《蛋镇诗报》编辑部

一九八八年八月二十八日

---

①　出自唐朝韦应物诗《夏花明》。意为：夏天树木的枝条葱茏茂密，鲜红的花萼点缀其间。

首次公开的信

姜美好致金光闪

尊敬的金光闪：

自从你不辞劳苦到山上来看我之后，这里的一切都变得跟以前不一样了。我一直回味着这个神奇而美妙的时刻。说真的，你的突然出现，让我十分惊讶和感动，你宛如从另一个世界来的，长途跋涉，翻山越岭，走过了漫长而艰苦的路。最让我意外的是，你竟然蹲在我的面前，虔诚地跟我谈诗歌。多少年了，从没有一个男人那么谦逊而真诚地蹲在我的跟前，满头大汗，满脸羞赧。你像是一首诗的开头，也像是一首诗的结尾。

你离开后，我在反复思考你说的每一句话。虽然你的年纪只比我长两三岁，但你已经是一个非常成熟睿智的人，像传说中的革命导师。你说，诗歌是自由的，因为写诗的人是自由的。这句话让我陷入了沉思。

我自由吗？不，我的肉身完全不自由。有时候我动弹不得，被囚禁，离世界很遥远。心飞得再高，肉体仍死死粘在原地。这是我的困境和宿命。但我又想，我的不自由绝不是因为双腿的残疾。我的身体并没有扎进泥土里，它是可以移动的。如果诗歌成为我的翅膀，那么我就可以起飞，就可以自由了。自由在高处，自由在远方。半夜里，我又起来写下了几行诗。那一刻，我感觉自己是自由的。

你从山外带来了新鲜的空气。这些空气中，除了诗意，还多了勇气。这个春天，杜鹃花提前开放了，松果比往年饱满了许多。似乎，它们等待你许久，隐忍了许久，要么死亡，要么绚烂。

然而，我好奇的是，你为什么跑那么远的路来看我，动员我写诗？难道说，在这个山高皇帝远的地方需要诗歌？如果没有诗歌，漫山遍野的杜鹃会枯萎？舒舒卷卷的云朵会消失？城堡里的鸟兽会逃离？我想得更多。从你发光的眼睛里我看到了热烈和激情，看到了你对我灵魂的呼唤，以诗的方式，以诗社的名义。我仿佛看到了满山火光。

我决定加入蛋镇诗社，跟你们走。

但我需要你们的帮忙。比如，下次你们再来看我的时候，请你们带上席慕蓉的诗集，带上一些你们读过的书，以及你们写的诗歌。

我想见到蝙蝠和阙振邦。你们都是最好的人。

十分期待你的回信。

祝一切顺利！

姜美好
1988年4月28日

金光闪致姜美好

姜美好：

来信已经收到。我们都很好。蛋镇诗社正在发起"全民写诗"运动，我们都在忙动员全镇人民起来写诗，打造"蛋派"诗歌。困难很多，但我们都能克服。《蛋镇诗报》正在编辑，正式向你约稿。

上次相见，非常美好。"那一天在所有日子中发亮。"（狄金森的诗句）

我从你的身上看到了诗歌的影子。你像一尊远离尘世高高在上的诗歌女神守护着群山和百兽。那座天梯，是通往你和神圣秘境的艰难之路，而我有幸攀登过、抵达过、抚摸过。你在群山之巅，而我匍匐在你的脚下，像是朝圣。我多么羡慕你一抬眼便能看到遥远的天边。我跟蝙蝠、振邦说起那座城堡，他们非常神往，让我下次一定带他们去看看。我答应了他们。

我已经准备了几本诗集，包括席慕蓉的《七里香》。我也喜欢她的诗。先摘她的几句飨你：

如何让你遇见我
在我最美丽的时刻

为这

我已在佛前求了五百年

求佛让我们结一段尘缘

佛于是把我化作一棵树

长在你必经的路旁

…………

深情的表达，让人莫名感动。这是诗歌的无穷力量。诗歌能让你站起来。

我有一个设想，下次，我们几个在你家的院子举办一场星光诗歌朗诵会。你朗诵席慕蓉这首《一棵开花的树》。我朗诵顾城的《墓床》。

请保重身体。好好生活，好好写诗。

一切都会很美好！

金光闪

1988年6月5日

姜美好致金光闪

金光闪社长：

近来可好？上个月我给你写了三封信，委托汪谦寄的。你应该早收到了，可是你没有回复我。我想知道为什么？如果你没有收到，我会责问汪谦。

这段时间，因为读诗、写诗，晚上经常无法入睡。脑子里的诗句在持着火把奔跑。半夜里我摇着轮椅来到院子，看月亮，看远处的星光，看山天相接的那道缝隙。群山隐隐约约，像正在艰难地挪动着，难道它们也要分行？四周传来熟悉的野兽的叫声，像在呼喊什么，一声比一声揪心。黑夜比任何时候都让我害怕、孤独。巨大的无边无际的孤独。我的孤独像重峦叠嶂，快把我压垮。诗歌也无法排遣。诗歌并非万能的。世间有一种力量势不可当，那就是孤独。孤独是一种古老的酷刑，每天都在我的身上折磨一次乃至无数次。没有谁比我更理解月亮，它就是宇宙的弃儿，不知道自己从哪里来，要到哪里去，只能跟着地球走。我跟着月亮走。

你曾经许诺带上蝙蝠、振邦他们来看我，举办星光诗歌朗诵会。席慕蓉的《一棵开花的树》我已经能倒背如流，还顺便把顾城的《墓床》背得滚瓜烂熟。我也为此新写了三十七首诗。万事俱备，就待你们来。可是，我准备的山果换了一茬又一茬，亲自炒焙的茶叶过了新鲜期，松果掉了一地又一地，梦里的泪水把脸洗过一遍又一遍，你们怎么还不来呢？那座城堡，我也想去看看。我对它越来越期待。有时候，我觉得你就藏在城堡里，像一只雄鹿偷偷地眺望着我，把我的一举一动甚至……都看在眼里。你不懂的是，我就是一座城堡，既长满了草，也开满了花，湿漉漉的，每天都像刚被雨淋过。

狄金森有一首诗叫《如果我不曾见过太阳》写道：

我本可以忍受黑暗

如果我不曾见过太阳

然而阳光已使我的荒凉

成为更新的荒凉

这首诗是写给现实的。

而茨维塔耶娃的"我想和你一起生活／在某个小镇，共享无尽的黄昏……"是写给梦想的。

山上的日子总是过得很慢。慢得令人发指，使人发狂。自从认识你后，尤其跟你通信之后，时间变得更加缓慢，连天空的云朵也不移动了。白日难尽，夜晚更长，鸡鸣比平常多了两次。我魂不守舍，六神无主，辗转反侧，半夜里听松果落地、山涧水响，灵魂整夜飘荡在山巅之上。我开始恨自己，如果你们还不来，说不定我也会恨你们。女人的恨意比狂风暴雨、山洪暴发还要可怕。

不要轻易对女人许诺。对诗歌也是。

期待你的回信。

祝你们安好！

姜美好

1988年7月4日

金光闪致汪国真 [①]

尊敬的汪国真先生：

　　我怀着无比激动的心情告诉你：蛋镇诗社成立了，并且隆重出版了《蛋镇诗报》（创刊号）。鉴于你在中国诗坛和读者中的地位，我给你寄一份《蛋镇诗报》，供你批评指正。

　　蛋镇在南方一个偏僻隐蔽的地方，你根本不知道它的存在。对你而言，它跟亚马孙大森林中的一个原始村落差不多，闭塞、落后、野蛮，像极一个蛋，而且不知道究竟是什么蛋。我们就生活在蛋里面，方寸之地，动弹不得，被困死了，抬头便看到像天花板一样压抑的壳，无法挣脱，无法自由呼吸，长此以往，大家都得憋死。但是，蛋镇诗社成立了，《蛋镇诗报》出版了，我们亲手敲开了一个缺口，用诗歌解放所有人，唤醒他们愚昧而麻木的灵魂。现在，他们争先恐后加入诗社。短短两个月时间，蛋镇诗社便迅速发展了五百多名成员。同时，我们正如火如荼地、轰轰烈烈地推进"全民写诗"运动，得到了全镇人民的热烈响应和积极参与，他们挑灯夜战，在街头巷尾、田间地头随时随地写诗，盛况空前。蛋镇很快就将人人都成为诗人。不久的将来，蛋镇诗社将成为世界上人数最多的诗社。

---

① 金光闪有一个习惯，写信先打个草稿，然后再恭敬地誊抄一遍寄出去，留下草稿。草稿写在破损或劣质的纸上，往往很潦草。选录的几封信都是从他的草稿中整理的。

我主张，诗歌创作的前提是自由，想怎么写就怎么写，唯一的技巧和要求就是分行。这是诗歌写作最大的秘密。我把自编的《"蛋派"诗歌写作十大要领》一并附上，仅供交流。

自从有了诗歌，蛋镇面貌焕然一新，他们终于可以大口大口呼吸新鲜空气，可以眺望世界，可以畅想未来了。蛋镇，已经成为"世界的蛋镇"；世界，已经变成"蛋镇的世界"。这是划时代的大事。如果全国每一个乡镇都效仿蛋镇，那么中国很快便成为诗歌大国，文明强国。诗歌的力量是无穷的。诗歌是文明进步的阶梯和翅膀。蛋镇诗社既然横空出世，便不会停止前进，更不会回头，"既然选择了远方，便只顾风雨兼程"①。

汪先生，请你关注蛋镇诗社和《蛋镇诗报》，为我们喝彩，并在中国诗坛为我们宣传，让我们广为人知。诗歌是众人拾柴的事业，你的声望也需要千千万万热爱诗歌的人滋养。只要我们去发现，去培养，去激励，民间会诞生千千万万个"汪国真"。蛋镇诗社正在推进这项伟大的事业。让我们共同努力，在全国掀起"全民写诗"运动的高潮，让诗歌的星火点亮大江南北和长城内外，让世界诗坛感受到中国诗歌的熊熊烈火。将来，我们在全球推广"全民写诗"运动，促进世界和平，让人类的明天变得更美好。

蛋镇已经燃烧起来了！一个蛋，变成了一个巨大的火球，向着文明的高处滚动着。

---

① 汪国真的名句。

请汪先生推开窗户，面朝南方。你看到那星星之火了吗？

恳请回复，如果谈几句对《蛋镇诗报》的观感更好。

顺祝夏安！

金光闪

1988年8月6日

汪国真致金光闪 [①]

金光闪先生：

你寄来的《蛋镇诗报》及附信一并收到。欣悉蛋镇诗社成立并创办了《蛋镇诗报》，我向你并通过你向蛋镇诗社全体成员表示热烈的祝贺！诚如斯言，这是一个具有划时代意义的创举，对推动世界诗歌事业发展繁荣、促进人类文明进步功德无量！我认真拜读《蛋镇诗报》后，对你们的作品深表震惊，每一首都技巧娴熟，思想深邃，洞察力强，揭示了世界的本质，虽然朴实无华却振聋发聩，让人耳目一新，都是难得一见的诗歌杰作。你们创造了诗坛奇迹。

---

① 当时此信在我们中间轰动一时，我们一直信以为真并深受鼓舞。2011年5月11日阚振邦参加北京一个诗歌活动时见到了汪国真本人，在谈及蛋镇诗社和金光闪时，汪国真清楚地记得曾经收到过金光闪寄给他的《蛋镇诗报》及附信，但他肯定地表示没有回信。因为收到的信件太多，根本无法一一回复。后来，阚振邦跟金光闪求证汪信的真伪时，金光闪诚恳地承认，汪信是他请一个临摹庞中华书法多年的同学伪造的，目的是鼓舞大家的士气，而且效果甚佳，无可厚非。编选本集子时，编委会考虑到前因后果，还是把它收进来了。

　　我完全认同你的"蛋派"诗歌的写作主张。近期我的创作虽备受关注，但我意识到诗歌并不一定是这种模样，我好像被什么束缚了，像一只鸟无法展翅飞翔，为此我陷入了深深的困惑和恐慌。《"蛋派"诗歌写作十大要领》让我醍醐灌顶，茅塞顿开。诗歌是自由的。先有自由才有诗歌，而不是反过来。你对诗歌的理解和探索就像陈景润之于"哥德巴赫猜想"，证明了一件事情：世界诗歌的未来在蛋镇，你们代表了诗歌发展的前进方向。你们前途无量。

　　我按捺不住内心的喜悦，今天，除了给你回信之外，还最广泛地向全国诗坛推介了蛋镇诗社。我相信，用不了多久，蛋镇诗社便名扬天下、家喻户晓，并将毫无争议载入诗歌史册。

　　我十分愿意与你们一起推动"全民写诗"运动。这是一项崭新的意义非凡的崇高事业。我相信，我们一定会成功，一定会如你所愿那样，人类将迎来人人写诗的激情澎湃的光明时代。

　　让我们张开胸怀，拥抱诗歌，拥抱世界，拥抱远方！

　　请代我向蛋镇诗社全体成员问好，并致以我最崇高的敬意！

　　祝蛋镇诗社兴旺发达，《蛋镇诗报》越办越好！

汪国真

1988年8月18日，北京

金光闪致梁湘[1]

梁湘省长：

欣闻海南经济特区成立[2]，本人精神大为振奋，犹如箭镞插上了翅膀，离地三尺，空中打转，四个月来彻夜难眠，无可名状。

我想参与海南建设。

我高中毕业了，现在在一个叫蛋镇的地方捣鼓一个诗社。我的目标是把诗社发展成为世界上规模最大的诗社，让一个镇所有的人（不管是傻子、瞎子、哑巴、疯子、流浪汉、脑瘫患者、帕金森病患者、行将就木的……）都能写诗，而且要比那些名扬全国的诗人写得好。诗歌没有那么神秘，没有那么高不可攀，吃喝

----

[1]　据金光闪后来的回忆说，此信寄出后不久竟然收到海南特区人才交流中心的回信。信中说"您给省长的来信已经收悉。我们代表省长欢迎您来海南开发建设，与我们一起成为特区的拓荒牛。目前从全国各地涌入海南的人特别多，建设大军正在迅速形成，虽然基础设施还不完善，各种配套政策正在制定中，可能会给您的创业造成不便，但是一切都会慢慢变好……"然而，信中对"请给我安排合适的岗位"的事情避而不谈，金光闪觉得受到了怠慢，没用武之地，便打消了去海南的念头。

[2]　1988年4月13日，七届全国人大一次会议表决通过海南建省，海南成为我国第31个省，同时也成为全国第一个经济特区省。4月26日，海南省人民政府正式挂牌成立。时任省委书记许士杰、省长梁湘。当时，金光闪一副高瞻远瞩的样子，亢奋地跟我们说，这是一件跟蛋镇诗社成立同等重要的大事，意味着南方迎来巨变，"琼派"诗歌即将诞生，与"蛋派"诗歌遥相呼应，群星璀璨，交相辉映。他大手一挥："我们要做好一切，欢呼一切，拥抱一切，书写一切。"那段时间，金光闪最喜欢唱的歌曲便是《请到天涯海角来》，远超对谭咏麟的热爱。

拉撒就是诗，人人都会，就像金钱一样，人人都能数得清，拿得起放得下。即使是一片荒芜之地，也能让它生长出漫山遍野的诗意。就像海南，今天遍地荆棘，明天会变得繁花似锦。我用诗歌让蛋镇燃烧起来了，全镇每一寸土地都炙手可热、热气腾腾、生机勃勃。这个愿景正在变成现实。诗意从每个角落喷薄而出，像人间的芬芳弥漫整个蛋镇，铺天盖地，山抱水绕，有人的地方就有诗歌。鸡鸣犬吠相闻，诗人比比皆是。一个通红的孕育着新希望的"蛋"带来了无限的可能。我在蛋镇的使命暂时告一段落，我要另起一行。我愿意带着这股滚烫的"热"和诗歌的薪火到海南去，点燃这个神奇的岛屿。

我要用诗歌让海南沸腾起来，让海南燃烧起来。那幸福的火光，必将吸引全世界的目光，照亮通往海南的道路。

海南特区，它的"特"首先是因为诗歌，独特、与众不同。

我要号召和动员海南所有的人（包括千千万万蜂拥而至的外来建设者）写诗，激情将使他们充满力量和勇气，化为建设海南的无穷动力。在您的支持下，我将创办《特区诗刊》，创造一种烁古耀今的"琼派"诗歌。海南，将是诗的岛屿；南海，将是诗的海洋。诗歌，给海南的发展注入了永不枯竭的核能。推土机、挖掘机无能为力，诗歌却能披荆斩棘，抵达人迹罕至之地。诗歌是野火，是种子，是春风，是闪电，是将万物分行的神奇力量。我浑身充满了激情和斗志，海南是我施展才华的舞台。我愿意成为海南的一条蚯蚓，为松动那坚固、板结、贫瘠的土地而耕耘，用澎湃的血汗书写特区波澜壮阔的诗行，让肉身和精神成为海南史诗的一部分。

省长先生，您也将在我们的感染下成为一名勇往直前、奋发有为的杰出诗人，面朝大海，背靠苍天，在古老而年轻的天涯海角写下豪迈而瑰丽的诗篇。

省长先生，请您允许我参加海南特区建设。特区需要特事特办，请给我安排合适的岗位。给我一个合适的岗位，我还海南一个诗意盎然的未来。

海南需要诗歌。我静候您的回复。

祝海南特区旗开得胜，越办越好！

祝省长先生身体健康，宏图大展，步步高升！

（随信附寄一份《蛋镇诗报》，请省长抽空翻阅，以备我们见面深入交流探讨。）

金光闪

1988年8月29日

一个陌生男人的来信

蛋镇诗社的头目们：

我是蛋镇人，就住在蛋镇某大街某幢小屋里。或许我们见过，在大街上擦肩而过，互相看不顺眼，甚至向对方吐过口水。我年纪跟你们差不多，但比你们审①多了：镇上不少于三十个嗦嗨②被我揍过，不买票进电影院没人敢拦我，不同的派出所关过我七回，我也越过高州的监狱。我不怕明确告诉你们，我是黑社会头目，蛋镇是我的地盘，不要惹我。蛋镇诗社的成立没有经过我的同意，也没有主动交保护费，我很不高兴。你们在灯光球场的活动我看过，嗦嗨嗨，乱七八操（糟），乌烟涨（瘴）气，异想天开。尤其是姓金那个颠（癫）仔，最审，当时我就想冲上去扇他两耳光。全民写诗，写你妹，这是写诗的地方吗？我同意你们写诗了吗？什么时候轮到你们撒野了？你们在我的地头招兵买马找死呀？你们是不是在朝（嘲）笑我们流氓没文化？那天你们搞诗歌嘉年华，把蛋镇搞得乱哄哄的，无法无天，乐极生悲了吧？有两个女嗦嗨差点出事了吧？呵呵，首先声明，不是我干的。虽然我是流氓，但对文化人还是有点尊重的。虽然我不写诗，但并不代表流氓就不懂写诗。我想警告你们，今后要注意

---

① 粤语，作为形容词时表示"狂""嚣张""上蹿下跳"等，与"仔""妹"等字搭配表示"不务正业的小流氓"。
② 粤骂，傻×的意思。

点，别太嚣张。你们把我整不爽了，我一把火就烧了你们的巢。

有一个提议，蛋镇诗社是一个帮派组织，如果不想被我们灭掉的话，可以入伙我们，听我的号令，喊我"大佬"，你们无牌可打，这是你们唯一的出路。入伙后，你们按时上缴团费，我保证你们从此能吃香喝辣，没人敢欺负你们。我有一个帮派，现在还不能告诉你们叫什么、有多少兄弟、有多少把枪。反正我们很强大。我带着你们先把蛋镇管起来，以蛋镇为据点，把势力范围扩张到县城、高州、化州甚至广州一带，将来成立华南帮，收编各种小帮派，实力超过山口组、竹联帮、新义安。①他们是单纯的流氓，没文化，不写诗，就是一帮嗦嗨嗨，肯定比不上我们。我同意你们继续以办诗社为名，打着诗社的旗号招兵买马，最好全镇的人都归顺你们。文化人假人（仁）假义，不够狠，不敢动刀子，单单文化人成不了大事。我们合并，以我为首，我带你们玩，接管黑社会，一起捞世界②。希望香港电影你们没有白看。如果你们没意见，明晚十一点在电影院门口，我们正式见面洽谈帮派合并事宜。不准报警，不准报告政府，不准告诉无关闲杂人等。

我认得你们，你们在明处，我在暗处。你们一举一动都逃不过我的眼睛。我义字当头，奖罚分明，但手段残暴，六亲不认，杀人不眨眼，你们不要玩花样。上个月我在陆川县刚捅过一个，

① 山口组（日本）、竹联帮（中国台湾）、新义安（中国香港）是当时亚洲三大黑帮。
② 在粤语中，"捞世界"通常指闯荡江湖，谋生，混日子。

手上的血迹还没来得及洗干净。如果你们胆敢反抗，我就血洗蛋镇诗社，分分钟灭了你们。

你们只能来一人，带一份《蛋镇诗报》作为接头暗号。顺便把报纸送给我。我想看看你们写的究竟是什么狗屎。如果写得太差，我不一定接收你们入伙。我们帮派也爱面子。

如果谈得顺利，我请你们吃宵夜。

代号：蜜獾①

（19）88年7月11日

---

① 一个陌生男人的化名。诗社成员至今不知道此人的真实姓名和身份。当时金光闪经过南洋大街布行时发现不知道什么时候有人往他的裤兜里塞了一封信。收到信后他心里害怕和不安，跟阙振邦几个商量怎么办。结果决定不报警、不派人赴约。后来他也没有找我们的麻烦。三十年来我们也不敢公开谈论此事。直到编选此集子时，我们才决定将此信公之于众。但三年前金光闪曾经跟阙振邦说，当天晚上他偷偷去赴约了，不敢靠近电影院门口，只是远远地躲在肉行的水泥柱后面小心翼翼地观察。十一点，他看到了"蜜獾"站在电影院门口右侧靠近电影海报的位置，戴着安全头盔和黑色口罩，手里拿着一根钢管，身材高瘦，东张西望。但金光闪始终看不清他的长相。大概十分钟后，"蜜獾"骂了一声"嗦嗨"便离开了。把金光闪吓出了一身冷汗。

第二部分　金光闪蒙太奇 [①]

① 这部分文字是由阚振邦、金光闪的妹妹金英文从金光闪的笔记本中选取，大部分都没有公开发表过。但他写得很认真、很诚恳。据姜美好透露，金光闪曾经想在《南方周末》开专栏，这些篇什正是为专栏准备的。其间，他私下给《南方周末》的一个朱姓编辑看过一些，朱编辑高度赞赏，并鼓励他继续写下去，并答应在合适的时候给他开专栏。然而后来他觉得这些文字像女人的胸部和男人的裤裆，过于私密，不宜公开，而且朱编辑离开了《南方周末》去了《新京报》，开专栏的事情暂时按下不表。本书摘编的时候，个别地方编者已做删改，相当于打了"马赛克"。蒙太奇：又称镜头语言，即将一个一个的镜头，根据一定的逻辑关系组接在一起。

大粪坑里捞金子

最早知道一个真相是，大粪坑里活得风生水起的是蛆虫，能在黑暗里自由飞翔的是蝙蝠。这些都是我最厌恶的东西，但有时候必须跟它们相处出诗意来。因为它们可能是金子的守护神。

在我十二岁那年，我强烈需要一笔钱买一台金星牌黑白电视机。因为村里已经有人买了，每天晚上他家围着很多人看电视。而我不能去他家，因为我家跟他家是仇人。伙伴们在我面前描述刚看过的《射雕英雄传》，让我既羡慕又妒忌。但我家几乎是全村最穷的一户，哪有钱买电视机？因此，我自己想办法。

办法是想出来的。书本上说，钱财如粪土。反之，粪土如钱财。我村有几个公共大粪坑。几个猪圈、牛栏供养一个大粪坑，人也在粪坑拉屎。粪坑入门处有木桥，供人蹲着拉屎，也供人淘粪便用。木桥经过屎尿的长期浸润，变得漆黑且富有弹性。大粪坑里的粪水永远不会溢出来，因为每天都有人挑粪水去淋禾或淋菜。粪水是最好的农家肥，公共的，谁都可以随便挑。没有人跟你抢粪水，因为猪圈每天都生产大量粪水。

老人说，穷人往粪坑里扔孩子，富人往粪坑里扔金子。穷人生下孩子担心养不活，干脆扔进粪坑里做肥料。富人的金子留在家里担心不安全，不仅贼惦记，政府也惦记，干脆扔进粪坑里。因此，粪坑里除了有粪便，还可能有金子。村里几代人都蹲它，过去的地主和有钱人都蹲，有人的戒指、项链、金牙、银圆不小心掉到里面去，捞不起来。斗地主的年代，地主家故意把贵重物品扔到大粪坑里，待到太平了再捞起来。那么多年，这些金银财宝沉淀在坑底，跟泥和垃圾搅在一起。

最有可能有金子的是离我家最近的那口大粪坑，因为它离曾经的地主家最近，是地主家几代人的私人粪坑。

这一天，我开工了。用铁桶一桶一桶地把大粪坑里的粪水舀出来，倒到门口的一条水沟，让它直接流到我家的稻田。粪水流经几户人家，臭气引起了他们的不满和指责。我当然不会坦白说是为了淘金子，我说我在给水稻施肥，这样效率更高，而且不用肩挑，省力。在怀疑和谩骂声中我一意孤行，义无反顾。

然而，大粪坑的粪便真多，尽管我的动力十足，无奈力气有限，很快便累得浑身疲软。我把几个小伙伴找来，说清楚目的，动员他们跟我一起干，买电视机后我们一起看，随时都可以看。然而，他们嫌臭气熏天，捂着鼻子对我说，我们有电视看，用不着捞屎……

从早上，一直舀到下午，大粪坑的水终于被我舀干了，只剩下厚厚的软黑泥。那是陈年淤泥和粪便，极臭。我用手挖掘，并用手筛查每一寸泥，不放过任何一块粪便。狗屎里也可能包裹着金子[1]。碰到细小细长的硬物，我用水洗一下再三辨别。我妈疼我，几次劝我赶紧从坑里上来，说坑里有毒气，会死人的。我不担心毒气，而是十分憎恶粪蛆、苍蝇和蚊子，它们自始至终没有放过我，在我身上各取所需。它们肯定认为我是它们家园的一个入侵者。粪蛆用它们看不见的牙齿啃咬我的肉，用尾针蜇我的皮，使我又痒又痛。[2]绿头苍蝇、长腿花蚊，围着我的脑袋，进攻我的嘴巴，仿佛一定要攻陷唯一的关口，涌进我的身体内部。它们各有分工：苍蝇盘旋、轰鸣、冲撞，往我的嘴里搬运食物，肉眼可见的脏让我恶心；蚊子比苍蝇狠，它们用细小的针管扎进我的皮肤抽干我的血。我得腾出手来拍打驱赶它们。有时候，一巴掌可以拍死三四只蚊子。它们在我的手掌中间血肉横飞。我干净的血刚进入它们的肠胃便立即变得又黑又脏。这些躲在大粪坑里的人间尤物是永远拍不完的，它们前仆后继，视死如归，生生不息，源源不断。要消灭它们，必须清理掉粪坑，不解决粪坑的问题一切都是徒劳。然而，我不是来解决粪坑问题的，我是来捞

---

[1]　这句话是金光闪的口头禅，也是他的人生信条和生财之道。他相信无论多差的条件也可能蕴藏着机会。他还把它引申到诗歌上来：同样道理，狗屎里也可能包裹着诗意——如果你不打开它，怎么知道里面到底蕴藏着什么？我们骂"诗坛是狗屎"，他竟然不附议，并反诘道：请你们举例，哪个"坛"不是狗屎？何止是狗屎，还是大粪坑呢。

[2]　被大粪蛆啃咬或蜇过的皮肤会红肿、痛痒、溃烂，必须用清凉油或蓝药水擦拭。小时候，我的脚丫经常被粪水的细菌感染，奇痒无比，有时候清凉油或蓝药水不管用，只能用大人们常用的办法——用炭火或烧烫的木棍、石块"烫"患处。皮肤发出焦味，灼痛穿心，但仿佛能听到细菌的痛哭哀号，最后它们魂飞魄散、灰飞烟灭。大粪坑十分肮脏，一点诗意也没有，却是大粪蛆的天堂，后来我每想起来肠胃就一阵痉挛。——作者注

金子的。但我妈认为我会死在大粪坑里，我又不听劝，最后她都哭了。但她对我的举动竟然也抱有一丝期待，有时候还提醒我注意一下哪块泥，它可能"有东西"。当我把它捏得稀碎却一无所获时，她也失望。我多想给她一个惊喜。

我筛查了大半泥土和垃圾。出土了大量刮屁股用的篾片和少量的铁线、铝锡，还有一些鸡、鸭、狗、猪的尸骨。传说中的婴儿骸骨倒没有。而我浑身都是粪泥，吸入的毒气在我身体里起了作用，在我妈的眼皮底下我摇摇欲坠，她喊来我爸。我爸跳下粪坑，一把将我拎上去，扛到肩上，径直走到河边，将我摁在河里洗涮了半个小时有余。我妈说，整条河都被我洗黑了，鱼被毒死一片。

"地主的金银财宝哪会扔粪坑里？即使扔了，也早被穷人捞过多少回了，哪轮得到你呀？"我妈说。我妈是讲理的，不像我爸，除了打骂，什么道理也不懂得讲。而且，他骂我只会骂"一坨狗屎"。当然，他骂自己也是骂"一坨狗屎"。仿佛我们都跟粪坑脱离不了干系。

在我洗干净身子后，我爸站在高高的河岸边，似怒非怒，似笑非笑，对我说了一句意味深长的话：

"今后你要远离粪坑，不要跟苍蝇和狗争屎吃！"

1996 年 9 月 18 日

一次失败的拯救

每天从学校放学回来，我必须首先见到我妈。在我十二岁那年，一天中午，我妈竟然不见了。

我爸说："你妈刚刚被抓走了。"

我问："我妈犯什么法了？"

我爸正在笨手笨脚地给我弟弟剪头发。弟弟哭着，不配合我爸。我从我爸手里抢过剪刀，再质问他："我妈到底犯了什么法？"我爸蹲到树下抽水烟，就是不肯回答我的问题。他一向怯懦，从不敢在别人面前说硬话。我再三大声质问他。他不耐烦了，对我说："被抓去卫生院引产结扎……"

我妈怀胎七八个月了，马上就能为我家增添一口人了。

我异常愤怒，瞪了一眼爸："你为什么不阻止呀？"

我爸用力一甩双手："你懂什么！车已经开走了。"

我丢下书包，撒腿便跑。我不走大道，往古城、洞尾、屋背塘方向跑，抄近道。我一定要在他们到达蛋镇卫生院之前拦截下他们，把我妈救下。

抓妇女引产、结扎的车一般都是卫生院的救护车，它就停在村公所，塞满一车妇女后，它便开往镇卫生院。那是最令人憎恨和害怕的车。人们早不叫它救护车，而是称为计生车。

我家的狗，一条老狗，也跟着我奔跑。很快，它便体力不支跟不上我。像我爸一样，在芳村便停下来，不追赶了。如果不停下来，估计他们都会累死。

我熟悉那条山路和林中捷径，平时我去镇上便是跟随大人一起走这条山路的。山路长达10里。尽管饥肠辘辘，大汗淋漓，但并不影响我持续地奔跑。愤怒和担心使得我浑身是劲。山路并不平坦，坎坷、沟壑到处都是。我的破拖鞋早已经逃离我的双脚，石子、杂草、荆棘不断给我带来伤害。偶尔脚绊着草，或被一个坎拖住了脚，摔倒了，我也立即爬起来，继续跑。我提醒自己，必须争分夺秒，如果晚一分，妈妈就可能被四个粗壮的男人摁在手术台上了。我绝不能让这种事情发生。

他们走的大道，要绕一大圈才能到达省道，沿着省道很快就能到达卫生院。我必须在六旺村，在这条山路和省道的交叉口将他们堵住。如果他们过了这个路口，就直达蛋镇卫生院，我就无能为力了。

后来我爸说，当时他追着要把我拦下来的原因是，我的手里抓着一把他刚磨得雪亮的菜刀。但那时候，我并没有意识到菜刀的危险，甚至没有感觉到它的重量。

我妈天生贫血，生我的时候，因为胎位不正，差点要了她的命。我两岁那年，她还有一次小产，去黄泉路上走了一遭。生弟弟的时候，产后大出血，我妈又一次死里逃生。我再也不能让我妈挨刀子、流血。谁要硬来，我剁死他们。

偶尔有人迎面而来。他们远远地给我闪开，小心翼翼地问："跑那么快干吗去？"

我跑远了才回答："救人。"

翻过第三座山岗，穿过一条短短的隧道，便能看到省道。沿着水渠一直往前跑，过了六旺村，便是省道。我不知道跑了多久，当我提着菜刀站到省道中间时，烈日正当空。路上几乎没有来往的车辆，行人也很少。泥沙路面的省道前后都看不到尽头。它的前面是高州，而它的后面是陆川。蛋镇就在两个县的中间。现在，我要将这条道路拦腰截断。

这是他们去往蛋镇卫生院的必经之路。

我一路上都想好了，把计生车拦截下来后，让他们把我妈放了，否则我就砍人。该说什么，怎么说，在脑海里已经反复演练了十几遍。如果到了万不得已要砍人的时候，先砍谁，砍哪个部位，也有了设计。至于后果，我也想了，至少要坐牢。在牢里我也要读书，让我妈给我送《新华字典》和四大名著。最坏的结果是枪毙。枪毙便枪毙，不怕。

我在路中间站了许久，除了两趟班车经过，没有其他车辆。我反复估算了时间，他们的车应该还没有经过这里。有村民横穿过马路时，我问他们今天有没有救护车、计生车经过这里。他们坚定地说没有，每天过几辆车他们都记得。他们反问我："你提着菜刀等谁呀？"

我说："我要拦路抢……救我妈。"

　　我把情况告诉他们。他们对我刮目相看，毫不吝惜地夸赞我。很快，很多村民在路边围观我。还有人给我送水和饭菜。午后的马路不再寂寞。坏人插翅难飞。

　　可是，我等了许久，连围观的村民都等得不耐烦了，还不见他们的车经过。他们开始怀疑押送我妈的车是不是早已经过这里。我也开始怀疑。直到我爸的出现。

　　我爸说："回家吧，他们把你妈押到了清湾镇卫生院。"

　　清湾镇在相反的方向。在省道的另一头，靠近高州。他们在森隆村的岔口往南走了。按常理，蛋镇的妇女不可能安排到清湾镇引产结扎的。然而，这一次他们耍了我。上当了，我更加愤怒。

　　后来我才知道，那些天蛋镇卫生院结扎室人满为患，只好安排到清湾镇卫生院。

　　我挥舞着菜刀，沿着省道往南走。我爸在身后跟着跑，并在森隆村口追上了我，挡住了我的去路。

　　后来，我爸回忆起这个情景时说，那时候我面目狰狞，像一个杀疯了的凶手，除了他谁都不敢拦。在森隆村口时我跑不动了，拯救行动宣告失败，我倒在路中间绝望地号啕大哭。我爸试图乘机夺走我手中的菜刀，却没有成功。因为即便我倒下了，仍然挥舞着菜刀，连我爸也不敢靠近。那时候，我很瘦小，看上去像只猕猴。我爸说："你还想着杀人？人家一巴掌就能把你扇飞了。"

　　我阻塞了交通。数辆卡车和班车因为我躺在公路中间而无法通行，不断地按着喇叭，附近村子里鸡飞犬吠。我爸把我拖离公路。

出乎意料的是，我妈没有被引产、结扎。她被押上手术台之前已经因过度虚弱昏死过去，医生们害怕了，暂时放过了她，让她把身体养好了再来。这一放，我妈躲过了一劫，因而才有了我的妹妹。

我妈无数次听我爸讲起这段传奇往事，每次听，开始时笑，但到最后都泣不成声。我没少惹妈生气，很多事情都令她失望，比如放弃复读考大学，比如投资失败，比如她给我相中的女人我硬是没娶，比如闯过祸、犯过法，比如不婚不育……她都原谅了我，从不责骂我。许多年后，我妈年迈了，躺在病榻上，当着我小妹的面，跟我说起我十二岁那年的壮举，自豪感和圆满感瞬间挤满了她苍白的脸，多得无处安放。在她心里，仿佛我这一生只做过一件有意义的事情。

2017 年 10 月 2 日

迎风撒尿会淋湿自己

我试过。真的会。

那天早上，四下无人，我在蛋河边上撒尿。往河里撒，撒得很欢。突然从水草丛里冒出一个人来，对我说迎风撒尿会淋湿自己。

他在草丛下面钓鱼。我一直没有发现他。可能是我的尿撒到他头上了，但他没有生气，只是提醒我。他是一个老头，白发苍苍。

我向他道歉。他说没事，尿没有淋到他。他指了指我的裤子。

我的裤子果然湿了，毫无疑问，是被自己的尿淋的。那时候的风很大。

我还是一个少年。但我开始想女人了。看着自己的小鸡鸡一天天长大，我开始焦虑不安，想找地方展示它的威力。河边撒尿便成了我的首选。

每天早上，我都要到河边撒尿。试图从此岸射到彼岸，越射越远，却从没成功。只能怪蛋河过于宽阔，或者风的阻力过大。

　　钓鱼的老头说不止一次看见我撒尿。他称赞我用力撒尿的样子很帅。我有些害羞。他说他年轻的时候也像我这样，能把尿射得很远，但迎风撒尿会淋湿自己。现在，他不会迎风撒尿，但仍会淋湿自己，因为无力把尿送出来了，尿只会落在自己的鞋上。

　　"年轻的时候，就应该把尿往河的对岸撒。但不要让风把尿送到自己的嘴里。"老头善意地提醒我。

　　我记住了老头的话，但不知其真意。随着年龄的增长，吃的亏多了，我才明白他说的是人生哲理。

1989 年 2 月 27 日

袭胸事件

1988年春天，我正在读蛋镇高中三年级。万物蓬勃生长，我却整天百无聊赖，脑子里开始奇怪地想看女人的身体。有一天傍晚，我在蛋河边上徘徊。因为我想像五天前的那个傍晚那样邂逅那个让我心潮澎湃的少妇。她一个人，从下游的河边走过来，往上游的河边走去。她穿着一套蓝色马面裙，身材高挑，微胖，烫着微卷的头发，夕阳的余晖让她的脸金光闪闪。她从我身边走过，散发着一阵薄荷的香气。此时的河边，鲜有行人。偶尔能看到挑水的村妇和涉过河堤的农夫。周边的竹林和寥落的瓦房开始幽暗下来。

她和我擦肩而过时，我承认我有点自卑。那时候，我心里只有一个念头，如果能得到她，我愿意为她而死，死一百遍都可以。然而，她只在我的生命中出现过一次。我已经连续在同一条河岸等了她五天，却一无所获。

最后一次守候她的那天傍晚，是来了另一个女人，从同一个方向，同一条路，同一个时间，一个人，向我走过来。开始我以为是她，可惜不是，而是一个长得很丑的女人，脸上布满红麻痘，腰身很胖，着一套花格睡衫。唯一出彩的地方是有一对高耸的乳房，隔着睡衣，奶头清晰可见。我很失望，对她嗤之以鼻的时候，可能她听清楚了我的内心，或者看懂了我的唇语，很不屑地打量了我一眼，轻蔑地说："你不会是传说中的流氓吧？"

我气不打一处来，撑道："我就是，但我看不上你。"

她说："上个月在这里袭胸的人应该是你。对，我终于抓到你了。"

她要揪我的衣领，并大声喊人。好在此时四下无人。我怕引火烧身，极力挣脱她。

我往上游逃跑。她并没有追赶我。我一边跑一边想，妈的，我从没有袭过谁的胸，她竟然冤枉我……越想越生气，我折返回去，质问她："你凭什么说我袭你胸？我是那种人吗？"

她有点慌了："反正，不是你，就是你的同党。上个月的事情，现在我的胸还痛，你们下手太狠……"

我不能白白被她冤枉，其实现在想来，我是被她的丰乳诱惑，用双手迅速抓住她的胸，摇了摇，然后狠狠地甩掉。还没等她反应过来，我已经转身仓皇逃窜，消失在暮色之中。

我以为她会报警。此后两个月，我都忐忑不安，害怕听到警笛声，不敢出现在蛋河边。在镇上，我以为街头巷尾会张贴满"通缉启事"，上面的嫌疑人画像一眼便能看出是我。至少人们会纷纷议论"袭胸事件"，民间发起搜捕"色狼"的行动。但压根就没有任何消息，仿佛从没有发生过。这个女人也不曾在镇上出现过。我估计她是城乡接合部的村妇，或者是镇上毫不起眼的小店主的老婆。

我悬着的心终于放下来了。我心里想，多大点事啊，谁在乎啊？而且，那个粗鄙的女人在暮色中根本就没有记住我这张脸。那时候我的头发遮住了额头，胡子拉碴，我都不一定认得我自己。

然而我捣鼓起蛋镇诗社，有一天，我在灯光球场上做"全民写诗"动员演讲时，突然发现人群中出现一堵熟悉的胸膛，高耸得耀眼……胸脯的主人仰着头死死地盯着我，如果她的目光有万能胶水，一定会将我当成一只苍蝇粘住。我一阵慌乱，有一阵子语无伦次。但她的眼神突然松弛下来，似乎是在鼓励我继续讲下去。我再也不敢看她，硬着头皮把活动搞完。

演讲结束，趁着人头混杂之机，我想逃之夭夭。然而她比我消失得更早。我躲在广告牌的后面，竟然再也搜索不到她的身影。我松了一口气。

再次看到她的时候，是在镇锯木厂旁边的锑桶加工厂。她是那里的职工，做锑桶的。三十岁光景，穿着帆布工装。这个厂很偏僻，靠近蛋河，几间瓦房，房前杂草丛生。有七八个工人正在制造锑桶。我是无意中闯进来的。我本想去锯木厂找阚振邦。我首先看到了她。我转身要跑，她叫住了我："你是不是想动员我们都写诗？"

我说："不是，并非人人都必须写诗。"

她走过来，很认真地对我说："你们年轻人要好好读书，否则就像我一样做锑桶。"

她的腰身像锑桶一样粗壮。她的手也很粗壮，一巴掌估计能将我扇飞。而穿帆布工装的她，胸脯不浮夸，显得非常结实，很美。

我回答说："知道……"

"诗歌也可以写在锑桶上。"她说话的时候嘴角露出了善良的笑意。

是的，诗歌可以写在任何地方。像青春期的尿可以随便撒在哪堵墙上。

我不知道当时自己是怎么逃离锑桶厂的，也不知道自己有多狼狈。说真的，我早就后悔了。那时候我真的没有那么坏。我只是对女人的身体有一种莫名的冲动而已。那个春天，青草长得比树还高，非洲大蜗牛满地都是，蛋镇弥漫着呛鼻的荷尔蒙气息，夜晚的野猫声嘶力竭地呼喊着，与远山的野兽遥相呼应。没有什么可以阻挡大地的诗意喷薄而出——成群结队的蚂蚁自觉地分行，天空中的云朵裸露的胸脯流淌着乳汁……蛋镇诗社应运而生。你们看到的都是轰轰烈烈的故事，却没有人察觉个人的隐秘。我敢肯定地说，我绝不是流氓，我是蛋镇千千万万好人中的一个。然而，实话实说，千里堤坝溃于蚁穴，青春期的危险远超暮年。

我欠那个女人一个道歉。我愿意让她狠狠地扇一记耳光，把我打得牙齿满天飞，把我打得大小便失禁。

只是后来我再也没有见过她。

1993 年 9 月 22 日

清除"牛皮癣"

那天我和阙振邦把印着"欢迎加入蛋镇诗社"的小广告到处张贴。结果在汽车站门口的电线杆旁边被派出所所长宋长江逮个正着。他说："我们侦查好久了，一直找不到作案的人，原来满大街的"牛皮癣"是你们贴的……"我们极力否认。宋长江说："眼皮下作案，人赃并获，还想抵赖？"

"罚款500元。"宋长江要带我们回派出所接受处罚。

我质疑："'牛皮癣'是派出所管的吗？"

宋长江说："只要是违法行为，我们警察都管。否则要警察干吗？你们非法张贴非法广告，扰乱社会秩序，如果造成严重后果，你们还得坐牢。"

我和阙振邦有点慌了。我们去哪里弄500块钱罚款啊？

我们都说没钱，但我们可以把我们张贴的广告撕掉。

宋长江认识我们，虽然一向严肃，但也并非不讲理。他说："你们是学生，没钱，但可以以工代罚，你们把全镇街头的'牛皮癣'全部铲掉，便可以免除罚款。"

我争辩说："那些江湖'黄绿医疗'广告到处都是，还有寻人启事、迁坟启事、替人报仇的广告都不是我们贴的，凭什么让我们清除？"

宋长江说："你们不愿意干活，那就罚款吧。"

我们只好干活。从派出所门口的两头石狮开始。石狮的肚皮里塞满了垃圾，也有举报信、申冤信和告状信等。我偷拆了一封实名举报信，是一个叫黄吉利的男人举报洪村村主任跟他的老婆苏晓春通奸的，时间、地点都很具体，证据确凿。字体歪歪扭扭，语句不通，但一笔一画都写得很认真，很用力气。石狮周身都被贴满了五颜六色的小广告，有堕胎、迷魂药、征婚、招工、代孕生子等广告，还有卖摇头丸、嫖娼、贩卖枪支甚至雇用杀手的联系方式，广告覆盖着广告，一层又一层，就是没有诗歌。两头狮子背负着沉重的小广告，让我想到了长满了藤壶的鲸。我和阙振邦先泼水，然后用刷子和小刀给狮身去"癣"。从下午三点一直搞到傍晚六点，我们才把派出所门外的狮身、墙头、树干、地面和旗杆的"牛皮癣"消除干净。腰酸腿痛，精疲力竭。阙振邦的手伤痕累累，出血了。但我们在派出所的旗杆上发现了一首诗。白纸黑字，粘贴在旗杆靠底部的位置，并不显眼。诗是这样的：

不可更改
我生下来就是人
不是工人，是农民
籍贯蛋镇森隆村

父亲卢世福

出身：贫农

户籍科的人说了一百遍：不可更改

去你妈的，我不改了

就这样吧，你们想怎么就怎么

但有时候一想

下一代，还是这样

这是谁贴在我们身上的"牛皮癣"

我就不服气，想一把火烧了整个世界

就从户籍科开始

火势蔓延到治安科

和拘留所

然后，烧掉了所有的档案

就平等了

　　阙振邦决定把这张"牛皮癣"留下来，没有擦掉。它长在根部，粘得十分顽强，轻易刷不掉。我觉得忙一个下午，总算看到了一丝亮色。除了我们，没有人发现它。但当时我们也不知道是谁写的。他肯定是森隆村的，卢世福的儿子。我是后来才认识他，在郭梅家，他是郭梅的初中同学，叫卢愚民。在广州的一次同乡聚会时，我又见了他一次。那时候他是广州一个广告公司的副经理了。他说他通过郭梅给蛋镇诗社投过稿的，因为没采用，后来就不写了。可能是郭梅没有把稿交到我们手上，被耽搁了。但他贴在派出所旗杆上的那首诗一直被我们记得。卢愚民说，是他亲自贴的。圩日的派出所挤满了人，他趁乱把事办了。他在镇粮所、计生站、国营药铺、食品站、政府都贴有诗。去了广州后，他再也不写诗了。"只有乡巴佬才写诗。"卢愚民说。

清理"牛皮癣"是体力活，比种地还费劲。宋长江让我们休息一下，扔给我们两盅饭，有扣肉和鸡腿，香得很，说吃完饭继续干活。

想不到的是，饭后，宋长江不让我们继续清除"牛皮癣"，而是让我们协助一下干警做另一件事。我和阙振邦都吃撑了。我说扣肉好吃，阙振邦说鸡腿好吃，只是米饭有点硬，吃几口便打嗝了。

镇上突然多出了一批疯子癫婆，街头巷尾、垃圾桶旁边都是他们的身影。有的疯子还赤裸着身子，野人一般，生殖器在阳光下晃荡着。癫婆也有赤裸的，但很快便被好心的女人披上了衣服。女人还是比较敏感和敏捷的，癫婆的裸露，仿佛羞辱的是镇上正常的女人。这些精神不正常的人类肯定是从哪个精神病院放出来的，也有可能是邻近的县为了应付检查，把他们收集起来半夜偷运到蛋镇的。邻近县城互相转移非正常人类是心照不宣的惯例。蛋镇处于两省三县交界，有时候还真不知道他们是来自何方的神圣。但蛋镇不能承受这些人，他们不仅有碍观瞻，还会影响蛋镇形象。上级经常采取突然袭击式的检查，而这些人往往成为累赘和扣分的原因，必须转移走。宋长江让我和阙振邦加入"特

别行动小组"，"抓捕"特殊人类。因为听说明天有上级检查团
莅临蛋镇。

"特别行动小组"远不止我们几个人，分了几组，我们负
责新华书店、文化站附近。我们跟着宋长江，到街头巷尾、屋檐
桥洞、菜市场、垃圾堆旁和那些有可能藏身的隐蔽角落，把衣衫
褴褛、污头垢面的特殊人类像老鼠一样揪出来，推上面包车。
那天晚上，我和阙振邦抓捕了三个男的，一个在新华书店门口的
石柱根，一个在新华书店和大众理发店之间的小巷，一个在文化
站后背的一间石棉瓦盖的杂物小屋。他们身上散发出来的臭味和
脏兮兮的手让我们不敢靠近。宋长江可不怕，见一个揪一个，像
提着犯人一样，将他们塞进面包车。他骂我们几句，还威胁将我
们也塞进面包车一起送走，我们才敢对特殊人类下手。他们几乎
没有反抗，只是得由我们推着他们或拖着他们走。我们抓捕的第
一个癫婆是一个老太太，头发又长又乱，面目狰狞，像电影里的
女巫，她对我们龇牙咧嘴，好像要扑过来咬我们一口。阙振邦被
吓得转身就逃，我跟她对峙了几分钟，趁她不注意，一把将她摁
住，然后用绳子捆她的双手。阙振邦看到安全了，才过来帮我把
她扭送上面包车。后来，在国营药材铺屋后的仓库抓到一个癫
婆，她年轻，力气很大，中途挣脱了我们，还一把将阙振邦推到
了臭水沟里，沾了一身污泥。但阙振邦没有生气，他说，那癫婆
有几分姿色，她拼命反抗的原因可能是他触摸了几次她的敏感部
位。他说他不是故意的。

面包车上塞满了特殊人类。宋长江把车厢门关上，面包车

一溜烟便开走了，趁着夜色往陆川县方向开去。宋长江表扬了
我们，并给我们一块钱，让我们去吃簸箕炊。半夜了，我们饿
了。第二天，我们在汽车站门口遇到了他，他再也没有提罚款的
事情。

但我们回到邮电所的时候，听说了一个消息，昨夜偷运特
殊人类去陆川县的面包车刚进入陆川境，司机看到前面有交警检
查，心里一慌，竟然翻车了，车掉进了一条水沟里，造成三死
一伤。

阙振邦很害怕，好像他与此事脱不了干系似的，蹲在邮电所
门外的墙根双手抱头，呜呜地哭。后来，我问他到底哭什么，他
说，他是为那个年轻的癫婆担心，她真的很漂亮，那忧郁而空洞
的眼神，像极一个女诗人。蝙蝠听说此事，骂了一通阙振邦，然
后不客气地质问：

"如果把她洗干净，你是不是想娶她回家？"

1990 年 10 月 5 日

那一天

　　蛋镇从来都是屎尿横流、俗不可耐的地方。但是，那一天，我突然感觉每一幢房子、每一棵树、每一丝风、每一只蚊子和苍蝇、地上的每一口痰、牛贩子老冯的满嘴黑牙、粮所职工宿舍楼阳台上五颜六色的裤衩，都是诗歌的模样，一切都是由诗歌组成。蛋镇像是一座诗歌的城市。跟纽约、巴黎、阿姆斯特丹等城市一样，满大街都是诗歌，像梧桐叶散落一地。天空的云朵，每一朵都饱含诗意，像奶牛的乳房，胀得快受不了了，要以雨水的方式落下来。每个人的脸上都洋溢着诗歌的光泽，毫无疑问，他们都是伪装成普通人的诗人，或者他们才华横溢而不自知。连芒果大街两侧的臭水沟，散发出来的都是风格特异的诗味——当然我不甚喜欢，但它也应该是"蛋派"诗歌的一种。一只非洲大蜗牛正试图穿过大街，它爬到了大街中央，累得走不动了。我拦停了一辆迎面而来的吉普，然后俯身把这只大蜗牛捡起，把它放到大街另一边那安全且舒适的角落。平时我十分厌恶的非洲大蜗牛，此刻享受到了我与生俱来的善良和爱。我惊诧于自己的善举，我将之归功于诗歌的力量。

　　我想告诉每一个人，蛋镇诗社成立了，就像东风旅社一样，它将成为大家的家。

　　我拟写了一份电报，想通电全世界，但邮电所的人告诉我说："无能为力，而且你也支付不起昂贵的费用。"我说："假如能行的话，大概要多少费用？"她说："相当于乘坐飞机往返一次美国。"她用了比喻和夸张的修辞手法，让我无法确切地知道究竟是多少钱。这样的天文数字，她应该用朴素的诗歌来描述。

　　经过农村信用合作社旁边的昌德楼时，抬头又看到了每层楼的阳台挂满了衣服和腊肉。平日里我最憎恶这个楼里的人，不仅突然发出莫名其妙的怪叫声，有时候还隔着楼层吵架，恶毒的咒骂声不堪入耳。楼上还经常飘落一些肮脏的纸巾，甚至是死老鼠。有一次我被一只从天而降的臭袜子砸中了，头发洗了半天觉得那味道仍在。而且，三楼住的是一个声名狼藉的中年女人，她经常在圩日人多的时候穿着"三点式"在阳台上走动，像一只黄皮肤的雌性猩猩。那天，我竟然不憎恶昌德楼了。反而我觉得它像是一艘船，一艘19世纪的破旧的蒸汽船，满载着一群浪迹天涯的诗人。神奇的是，我竟然看到了"雌性猩猩"没有穿"三点式"，而是盛装站在阳台上俯视众生。我对着她喊了一声："美女诗人……"她没有听清楚，以为我骂她。她向我做出一个扔砖头的动作并用了一句刻薄的"粤骂"回敬我。我一点也不在乎。从这一天开始，大不一样，对蛋镇的每一个人我都必须充满善意。

　　我的姑姑正在芒果大街上，迎面撞上了我，看到我像一根羽毛快要飘浮起来的样子，叫住了我："今天你是不是干什么坏事了？"

像挨了迎头一棒，我一愣，支支吾吾地答："没有呀。"

姑姑说："没干坏事就好，但凡你做过一件坏事，接班的事想都别想。"

"我保证没有。"她半信半疑——她总是这样提防着我。

然而，我怎么突然觉得我干了一件坏事似的？

我冷静地想了想，突然宣布成立一个诗社真的有点匪夷所思，有点不真实，像空中楼阁，像大海上的一叶孤舟，像从蛋河的此岸跳向遥远的彼岸……脑子突然有点乱。

傍晚将至，好像要下雨的样子。我沿着南洋大街往南走，双手插着裤兜，既心潮澎湃，又忐忑不安。那一刻，我感觉蛋镇很宽阔、很宏大，在世界上的分量很重。自认为今天干了一件非常重要的事情。可是，满大街的人一点也没有察觉到，还是像昨天、像以前那样迷茫、恍惚和慵懒，连我的姑姑也没有察觉。

我突然想到了路透社。它在北京有记者站，而且我记下了它的地址。我得马上把关于蛋镇诗社成立的重大消息寄给它。用不了多久，蛋镇诗社成立的消息便会通过路透社传遍全世界。家喻户晓的《参考消息》会及时转发，新闻的开头便是"路透社消息"……

想到这，我赶紧转身往邮电所的方向走。希望它还没有关门。

1988 年 4 月 2 日

蛋镇诗社"临终遗言"①

明天就要宣布蛋镇诗社解散了，就像一个人要断气了。作为诗社负责人，总得给伙伴们表个态，交代点什么，就当成是诗社的临终遗言吧：

一、不要悲伤，不要沮丧，不要对诗歌失去信心。人有定数，诗社也是。节哀顺变。诗歌是无辜的。更不要抱怨，一切随缘。流星之所以美丽，恰恰在于它的短命。它的意义和价值是永恒的。

二、蛋镇诗社像一道闪电划过漆黑的长空，与群星一起闪烁过。你们俯视过世界，眺望过宇宙，见识了诗歌，不枉折腾一场。经此，你们变成了精神高贵的人，不再随地吐痰，不再袒胸露乳，不再朝着墙头撒尿。不要轻蔑万物，任何东西都闪烁着诗意。一句话，诗社虽死，但我们必须像诗人那样思考，像诗人那样活着，即使是拉屎，也要拉成诗的样子。

三、从此你们各奔前程，相忘于江湖，但请不要忘记蛋镇诗

① 当时金光闪抄写此件一式三份，分别送给阙振邦、蝙蝠、谢敬逸。此件由谢敬逸提供。

社。诗社的牌匾将永远挂在蛋镇某处，尽量不要去惊动它，以免造成它的灰飞烟灭。它永存于你们心中，像牛皮癣一样，也像一座墓碑。我不要求大家一辈子都做好事，但是如果你们决定做坏事的时候，无论在世界上什么地方，请不要说出"蛋镇诗社"四个字，求求你们，别玷污它。那些嘲笑和诋毁过蛋镇诗社的人，请记住他们的名字。

四、到今天为止，诗社实有登记成员四十八名。入社自愿，退社自由。诗社解散后，成员资格自行作废（也可在心里自行保留）。今后不会再发展新成员，也不打算恢复诗社。它已经成为历史，像一个埋掉的亲人，不要再把它挖出来示众。不允许任何人打着蛋镇诗社的旗号开展任何活动。保护好自己。

五、人生路漫漫，多么希望你们像兄弟姐妹一样互相关心、互相鼓励、互相帮助，以诗歌的名义紧紧团结在一起，像一个蛋那样。将来要帮助那些混得不好的成员。

六、此情可待成追忆。三十年后，你们再回头看看曾经的蛋镇诗社。希望大家都好好地生活，把平凡的人生活出诗意来。如果不允许你们用笔写诗，那么就用脚在大地上留下隐形的文字。

1988 年 8 月 27 日

便笺或札记若干则 ①

诗不应该这样写的，浑蛋们。

我一句没看懂。我一句都不喜欢。

装神弄鬼。你们吓唬谁呢？嗦嗨嗨。

我不知道将来的诗歌会长成什么样，但肯定不是这样子。

1988 年 3 月 11 日

诗句没有尽头。但每一句的尽头都是悬崖。

不能把一句诗写完。

1988 年 3 月 14 日

---

① 这是金光闪妹妹金英文整理金光闪遗物时发现的，夹在《当代外国诗歌选》《普希金诗选》《雪莱抒情诗选》《美国现代诗》《嚎叫》《朦胧诗选》《中国当代实验诗选》《台湾现代诗选》《荒原》《存在与时间》《垮掉的一代》等书中，已经发黄了，用铅笔写的，每张只有半个手掌大，有二三十张之多。有的直接写在《诗歌报》《诗选刊》和《绿风》等报刊上，这些文字因潦草而显得狂猖。根据笔迹完全能断定是金光闪留下的，每则都有时间落款。还有一些他在书本空白处涂鸦式的读书札记。编者认为这是金光闪所撰中最接近诗歌的文字。因而，将之收录数则并以时间先后排序，以飨诸友。

把诗歌拉下神坛。揭穿皇帝的新装。让每个人即使在蹲粪坑的时候也能写出优美的诗。

1988 年 3 月 23 日

我一直说我从没有写诗，一首也没有写。实际上是骗他们的，我只是没有写在狭窄的纸上。我是在脑子里写诗，用脑子写诗，清晰得很，一行行的，每行我都记得。无边无际。我会一直写。

是不是一个诗人，只有我自己心知肚明。

我根本不是他们所熟悉的那一类诗人。

1988 年 5 月 22 日

有钱能使鬼推磨，也能使鬼写诗。我需要赚很多的钱。我要买很多很多的鸡蛋，摆放在蛋镇的街头巷尾，持续推动"全民写诗"运动，以诗换鸡蛋，一首诗一个鸡蛋。

每个鸡蛋壳上都印着："蛋派"诗歌。

1988 年 5 月 23 日

既然允许一部分人先富起来，那么也要允许一部分人先写诗。

还要允许一部分人民群众不写诗。因为这部分人愚昧、麻木且庸俗、势利，即使对他们用尽酷刑——生啖其肉，饮其血，抽其筋，敲其骨，吸其髓，扬其灰，他们也不会写，还会放狗咬劝他们写诗的人。

1988 年 5 月 26 日

我知道那天晚上站在镇政府门口朝着里面办公楼迎风撒尿的人是谁。他戴着草帽，遮挡了脸，但我认出了他。派出所让我供出来，但打死我也不说。他们说："你不供出来，就是你了。"我就是不说。这是迄今为止他干过最勇敢的事情。他居然能干得出来。

"我写诗了，从此就应该勇敢一些。"他亲口说的。我突然发现蛋镇诗社蕴藏着可怕的力量，不禁心头一震，也打了一个冷战。

1988 年 5 月 27 日

我的脑子里着火了。但我控制住了火势，否则蛋镇不够烧。

太平洋的水沸腾了。没有人知道是因为什么。

这一天，全镇都看不到当天的《参考消息》。空空荡荡的。跟世界断绝了联系，被孤立，像受到了美国制裁。

电影院歇业一天。

蛋镇时间暂停一天。

1988 年 6 月 28 日

天天翘首以待，但那些著名诗人竟然不回复我的信。我很失望，也非常生气。他们公然与蛋镇诗社为敌。总有一天，他们会跑到蛋镇来向我们致歉、致敬。道貌岸然的衮衮诸公，我心底里压根就瞧不起你们，你们写的是什么狗屁呀？除了虚名，你们什么都没有。我会让你们和诗歌跌落神坛。蛋镇人人都能写诗，而且写得比你们都好，你们算根卵毛。

1988 年 8 月 7 日

漫长的两伊①战争终于结束了。我代表蛋镇诗社表示热烈祝贺！我再也不愿意在《参考消息》上看到两伊战争和西哈努克的消息。

然而，另一场战争正在开始。诗坛兵荒马乱，占山为王，彩旗飘飘。一场庶民的战争。

战争是诗歌的温床。子弹出了膛，便是分行的文字。

诗人是捡拾弹壳的孩子。

1988 年 8 月 20 日

---

① 两伊战争（1980年9月22日—1988年8月20日），伊朗称为伊拉克入侵战争、神圣抗战或伊朗革命战争，伊拉克称为萨达姆的卡迪西亚，是发生在伊朗和伊拉克之间的一场长达8年的边境战争。

我承认有点喜欢蝙蝠。但不是十分喜欢那种。她的屁股，自诗社成立后，迅速增大了，有了诗意和××①。如果在东风旅社，睡在同一张床上，又将是另一种状况。

每个人的内心都装着一口大粪坑。乱七八糟，臭气熏天。而我这一口特别大，特别臭。

1988 年 8 月 22 日

今天，天高气爽，万里无云，一个诗社倒闭了。蛋碎了一地，像被一枪爆了头。

大街上的人们，请保持肃静。正在默哀。正在降半旗。

1988 年 8 月 28 日

诗人最大的屈服是从此不白纸黑字地写诗。但他们的诗句刻在内心广袤的大地上，密密匝匝，无边无际，像野草。

他们的灵魂倒悬在天空之上，像群鸟高飞，俯瞰着人间的一切。

每个诗人内心都有一个只属于自己的国。

1988 年 8 月 29 日

---

① 这两个字经过他反复涂改，字迹比较模糊，编者无法辨认，故而以××代替。

诗歌就应该这样写。分行就一定是诗，但诗歌未必一定要分行。无论怎样给诗歌定义，都是错的。像两伊战争，各执一词。因此诗歌本身就是错的。

我想，苏联、美国的诗人也会同意我的观点。

1988 年 8 月 30 日

我想姜美好了。

她在茶山俯视着我，每颗星星都是她的眼睛。

1988 年 9 月 1 日

我来到世上，根本不是为了写诗。

不要糟蹋诗歌。但诗歌就是拿来糟蹋的。

我的使命和兴趣就是动员所有的人写诗，糟蹋诗。

我把诗歌踩在脚下，踩……

吃最好的食物，拉出最恶心的东西，这就是诗！

1988 年 9 月 2 日

全世界最好的诗人都在这里。蛋镇诗社不会消失。它将永垂不朽。

广州应该就是更大的蛋镇。N 个蛋镇的组合。

如果广州真是一口更大的粪坑，意味着蕴藏着更多的金子。

等着。广州，我来打捞金子了。

蛋镇，再见。

1988 年 11 月 7 日

我很想写诗，但必须等到要拉稀的感觉。奔涌，澎湃，喷薄而出，一泻千里。否则，宁愿不写。坚决不写。

1988 年 11 月 8 日

未来的世界和人类会变成什么样子呢？还会有诗歌吗？

1988 年 12 月 1 日

一生中第二后悔的事情

我刚进台资木材加工厂当学徒的时候，在一堆堆原木之间，一个漂亮的女人引起了我的注意。我迅速打听。

一个郑州大学的毕业生，是技术员，身材高挑，牙齿雪白整齐，皮肤白里透红，很冷傲，但不妖艳，气质高雅，纯朴中带着洋气。我只见了她一眼就爱上了她。从没有这样的感觉，像雷击，像掉下了悬崖。我竟然为之神魂颠倒。但我不敢贸然靠近，更不敢向她表白。我只是远远地看着她，像一只六神无主的雄鹿眺望河对岸的鹿公主。

我想得到她。可是，想得到她的男人太多了，仿佛全世界的男人都盯着她。很多有钱有势的男人，包括台湾、香港的老板都对她垂涎欲滴。我亲眼看到一些开着豪车的老板，带着厚重的礼物到厂里约她，许诺以千金，甚至传说有一个家具厂的老板要送她一幢带花园的别墅，就在白云山脚下，但她根本不为所动，仍然像平常那样住在集体工人宿舍，在职工食堂打饭。她专注于工作，不轻易跟别人说话，甚至不抬头看人，即使是批评学徒的时候也只盯着木头说话。

有一天，我和她迎面相遇，她竟然抬头温柔地看了我一眼，大概有三秒之久，其间她还用右手轻轻拨动了自己额前的一缕秀发，然后，她很认真地对我说："你不要在乎别人嘲笑你的普通话说得太水，而粤语又说得不正宗，如果你成为世界首富，全人类说话都将以蛋镇口音为标准。而且，我觉得你的方言口音很好听，有古典味道，适合朗读诗歌。"

幸福来得太突然，我猝不及防，她等不到我开口便匆匆走了。我用了三个晚上的时间解读她给我的那个眼神和她对我的鼓励，最后得出了自以为确凿无疑的结论：她在等着我成长、发达，然后嫁给我。她将像一名园丁，默默守护着我这棵树，直到挺拔、参天，然后偎依在我的身旁。

我开始卖命地工作，把我的聪明才智全部用在业绩上，而不再去纠结自己说话的口音。每天不知疲倦地工作的所有动力都来自她。我的努力没有白费，成长很快，我的学徒期比所有的学徒都短。我很快就成为木材加工厂的骨干和标兵，老板还提拔我成为高管，在迈向发达的高速公路上一日千里，前途一片光明。我认为我已经长成了一棵挺拔的树。这一天，我信心满满地向她走去，就在一个庞大的原木堆前，我对她说："我喜欢你……我深爱着你，如果从前世算起，我爱你很久了。"

她抬头看了看我，一脸惊讶和惶恐，甚至往后倒退了两三步，才对我说："我只知道你叫金光闪，来自一个叫蛋镇的地方，除此之外我并不了解你，也从没有喜欢过你。你是不是对我有什么误会？"

这是我听过的最难受的话。胸口像被飞来的树木狠狠地撞了一下。如果我是一个蛋，此时早已经碎成一地，覆水难收。

"我有爱的人了。"她自豪地说，"他是一个诗人。"

她说完，嫌弃地转过身去，匆匆地离开了。我像被她剥光了衣服，赤裸地站在众目睽睽之下，一时找不到一个完整的词来表达我的尴尬和绝望。

果然，第二天中午时分我便看到一个男人来到木材加工厂，众目睽睽之下开着小摩托把她接走了。

我看清楚了。一个穷困潦倒的诗人。人高马大，长发披肩，胡子拉碴，烟不离手，油腻得像蛋镇肉行里卖肉的。但在工友的眼里，那男人比我帅气，至少他的脸是方方正正的，还比我高出一头。这种北方佬我见多了，空有一副好皮囊，没有什么了不起的。

没过多久，厂里传说她要结婚了。结婚后要跟诗人丈夫去中亚、西亚游荡，把天下美景写进诗篇。我听了很不服气，反正没有挽回的余地了，没有忌惮了，我粗鲁地把她拦住，告诉她："要说诗人，我比他更像，我曾经创办过蛋镇诗社，我发动过'全民写诗'运动，我倡导过'蛋派'诗歌……如果有足够多的鸡蛋，我能号召全世界所有人写诗！"

她吃惊地凝视着我，然后问："他曾经出版过三部诗集，而你写过哪些诗？"

"他的诗集全是自费出版，一本是假书号，一本是香港书号，还有一本连书号也没有，是非法出版物。"我说的是真的。我调查过。那个男人叫齐家国，笔名齐欢，山东聊城人，在广州一家做书画策展的文化公司打工。他父母在山东乡下承包土地种大蒜，去年因价贱亏损了三千块，欠下一千三百六十七块化肥款。齐姓的家伙在老家还结过一次婚，离了，留下一个儿子归前妻。前妻也在乡下种大蒜。

"你诋毁他没有用的，只能说明你的脑子左边装着妒忌右边装着浅薄。至少他是一个有作品的诗人。上个月他还被'诗江湖'论坛①评为当代诗坛一百零八将，排行第九十三名，全国百强。"她说。满脸骄傲，却对我十分不屑。

"他的诗，全是大路货，像假冒伪劣，散发着刺鼻的大蒜味，他的才华比不上我家乡蛋镇的农民。他们随便写出来的诗都比他的强。一个根本不入流的诗人。"我说。我从口袋里掏出他的一本诗集，《大海尽头》。印制粗糙，文字分行，但没有一首像诗，每一行文字都比从大粪坑里捞出来的陈年粪便还要臭。

她鄙视地说："你过去是一个淘粪便的，现在是一个锯木头的，永远理解不了诗歌和诗人！"

她说这句话伤到我了。我憋屈，又生气。我想告诉她的是，我的诗刻写在内心广袤的大地上，密密匝匝，无边无际……我一直在酝酿一部跨世纪长诗，已经构思得差不多了，按照我的计划，等我到了六十岁那年，就会停下所有的俗务，全力以赴，全神贯注，全心全意，一日千行，把它写出来。它将是一部洋洋洒洒的十万行长诗。我将倾尽全部才华，毕其功于一役。为此，我已经积攒了十几年的力量，之所以还没有动笔，一是自认为力量

---

① 2000年前后非常有名的一个诗歌论坛网站。

还不够，二是因为我的人生有规划。我相信定力，创作必须沉得住气，得按规划走。我不甘心只做一个平庸的、平常的诗人，泛泛之辈我见过了，只不过是邯郸学步。可是，我不能这样跟她解释，因为会招来她更猛烈的嘲笑。那一刻，我承认我输了，输给一个平庸的诗人。

我明明有写诗的才华，却没有好好地写，甚至连一首诗也拿不出来。这是我一生中第二后悔①的事情。

可能真的像我说过的那样：我来到世上，根本不是为了写诗。

而且，虽然我不写诗，但我有一双狙击枪一般精准的眼睛，我是最公正最冷酷的诗歌判官。我知道哪些诗是真正的好诗，哪些人是真正的诗人。

我是一个十分矛盾的人。

那个嫁给了诗人的女人叫闫妙龄。我详细了解过她。河南驻马店人氏。父亲是一名乡村小学代课教师，母亲是农民。家有土地八亩六分。她还有两个弟弟。她家门口有一条河。1975年8月8日，她出生的当天晚上，整个村子被洪水淹没。父亲将她和她母亲都塞到一个木桶里，被冲到下游的一个村子才被人救上了岸。我查了一下史料，那一天，在一场特大暴雨中，包括板桥水库、石漫滩水库在内的两座大型水库、两座中型水库、数十座小型水库和两个滞洪区在短短数小时内相继垮坝溃决，使河南驻马店地区猝然间沟壑横溢，顿成泽国，数以万计的人失去了生命。我还咨询了母亲："1975年8月8日这一天我在干什么？前进村有没有

---

① 没有人知道"金光闪第一后悔的事情"是什么。

暴雨和洪水？"母亲说："你啥都没干，前进村啥事没有——你是不是脑子进水了呀，儿子？"那时候，我的脑子里确实全是水，全是一个刚出生的女婴在洪水中漂流的惊心动魄的画面。甚至在梦境中，五岁的我奋不顾身地扑向滚滚洪流中，向那装着女婴的木桶游去，而且成功地抓住了木桶，看到了在木桶里熟睡的闫妙龄，嘴里还吮着母亲的奶头……

　　她是唯一一个让我的梦境洪水滔天的女人。此后再也没有出现第二个。我不怕告诉你们一个秘密，有一年我专门去了一趟驻马店看了闫妙龄的家乡，那条河流在那个小村子绕了一个弯，那个湾像是女婴的一只眼睛，清澈见底，明亮如月。那条河，叫扁豆河。

　　那时候，我的脑子里全是水。

　　2000年前后，互联网改变了生活，也改变了诗歌。诗坛已经发生了很大的变化。有一阵子，我也关心诗坛的新状态，但只是偷窥。诗歌论坛、文学网站、个人博客等新业态如雨后春笋，我化名混迹于各大诗歌论坛，参与各种争论，有时候忍不住赤膊上阵。论争者既互相吹捧，又互相诋毁；既叫嚣威胁，又互道珍重。有些人唇枪舌剑，互操对方祖宗。看似激扬慷慨，实为佯狂，玩世不恭，热闹而好玩。与其说是诗坛，不如说是诗江湖。诗坛和诗歌都迅速堕落、庸俗化。民间诗社爆炸性增长，铺满神州大地。各种奇葩的诗歌主张五花八门，层出不穷，"口水诗"大行其道，"下半身"写作登堂入室，比谁写得脏，比谁更炸裂，诗歌没有了门槛，像露天电影免费入座，像绿皮火车无须买票，还像姑娘们通宵虚掩着门……有时候我的内心满满地被羞耻感和愤怒占领。有一次，我在"诗江湖"论坛跟人吵架，被对方威胁"信不信我弄死你"，"如果有种，说出你的真实姓名和地址，我去找你决斗，既分高下，也决生死"。我实在咽不下这口气，便留下了我的真实身份和地址。后来，找我决斗的人一直没有出现，倒是不少诗人光临过我的蛋派大厦，找我聊诗歌，有时候一言不合便开骂、发飙，桌子被他们擂得震山响，茶杯砸地的声音特别刺耳。开始的时候保安还跑过来看看，后来他们习以为常就不来看了。我无所谓。桌子被擂坏了可以换新的，茶杯多的是，关键是好玩。跟他们争吵完我还得请他们吃饭喝酒。后来发现骗吃骗喝、不知廉耻的伪诗人太多，鱼龙混杂，沽名钓誉，诗坛变得乌烟瘴气，成了一口大粪坑，不断冒着沼气，一直在低质量燃烧。在社会上混不下去、走投无路、好吃懒做、厚颜无耻之徒，又认得几个汉字，不管是蓬头垢面、衣不蔽体，还是一副猥琐、下流、獐头鼠目之相，只要自称是诗人，就能摇身一变，放下屠刀，立地成佛，以为获得了免检权利，甚至理所当然有了免死金牌，理直气壮出入各种诗歌活动，手握各种饭局的入场券，羊皮狼身，招摇撞骗，道貌岸然，白吃白嫖，耍流氓，还恬不知耻地大肆自我炒作，龌龊卑鄙。某些女诗人故意搔首弄姿，自甘堕落，令人作呕。诗人们拉帮结派，自印刊物，自封名号，山头变幻，大王迭出；明抄暗仿，改头换面，把外国诗歌"洗"成自己的作品，还不知廉耻地嘲笑编辑没有察觉。仿佛诗坛就是一口公共大粪坑，谁都可以随便推门进来脱下裤子拉屎。他们拉出的分行文字在空气中散发着恶臭，让我想到了绿头苍蝇、长脚蚊子和粪蛆。诗歌早晚被这些人搞死。诗歌变得面目可憎，我对诗人也就有了成见，身体和精神上都排斥，也就懒得见了。我的公司接待室门口贴有一张告示：自称诗人者概不接待。但是，有一天，还是有一个自称诗人的人声称是我的老朋友，突破保安防线，硬闯进我的办公室。

"对不起，我是严肃、正经的诗人，不写口水诗——不写一看就懂的诗，也不写散发着屎尿气味的诗。"来人劈头盖脸地对着我的秘书说，但明显是说给我听的。

他就是齐欢。他进门的时候对我嬉皮笑脸，像久别重逢的欣喜样子，热烈地张开双臂向我扑过来要拥抱，我故意弯腰捡笔，躲开了。我一直怀疑，他就是在"诗江湖"论坛上声称要跟我决斗的那个人。说话的语气很像。

他对我说："我的光闪好兄弟，我刚从阿塞拜疆载誉归来，放下行李就来看你了……"

我只能硬着头皮应付他。这是我和他的第二次见面。上次见面还是在木材加工厂，四五年前。他从一只黑色公文包里取出一张荣誉证书。

"这是中亚诗歌联合会颁发给我的'中亚国际诗歌奖'，我是今年唯一的获奖者。奖品是一匹汗血宝马。"

我瞧一眼获奖证书，有中文标志。证书有公章，是真的。但这种证书我见多了。五花八门的国际诗歌奖走进国内寻常诗人家，多得让人目不暇接。三年前，号称总部设在巴黎、在北京设有分支机构的"国际诗歌运动发展中心"曾给我寄来一枚制作还算精美的勋章和一张获奖证书。勋章上用中英文写着："世界诗歌运动骑士勋章"。获奖证书上写："金光闪先生：鉴于您在推广'全民写诗'运动中的杰出贡献，授予您'世界诗歌运动骑士勋章'。"另还附函说明："此奖一年颁发一次，每次只颁给两名有世界影响力的诗人或诗歌活动家，今年，经过三十三名评委严谨商议并投票，决定颁给美国伟大诗人乔治·华莱士和中国诗歌杰出活动家金光闪。"当然，函末委婉地说明"获奖者须向'国际诗歌运动发展中心'捐款五万元以支持世界诗歌的发展，尤其是非洲落后地区开展诗歌活动"。这种诈骗伎俩我一眼便看穿，一笑了之。有些所谓的中国诗人跟所谓的外国诗人互相颁奖，甚至自己给自己颁奖，自封自慰，"大师"满大街，可笑可悲。齐欢就是这类可笑的可怜虫。

我好奇的是奖品，就是那匹汗血宝马现在在哪里。

"我正是来跟你谈论汗血宝马的。"齐欢踌躇满志地说，"纯枣红色的小母马，身材健硕，性格温驯，是汗血马中的极品。至少值二十万美元。"

一个人功利心外露，溢于言表，不待他说出来便知道目的是什么，我们乡下往往用牛即将大便的姿势来描述他：未翘尾便知道它要拉屎了。我果然没有猜错，他是来谈生意的。但对我这种阅人无数、见多识广的生意人来说，一听就明白是骗局，而且十分拙劣和稚嫩。

他说，那匹汗血宝马的所有权已经属于他了，但现在还寄养

在阿塞拜疆，一旦广州这边饲养条件具备，他即刻启程前往阿塞
拜疆，把马接回来。只是作为一个诗人，他无力也无意伺候一匹
马，哪怕它多么名贵。因为有郁达夫"曾因酒醉鞭名马，生怕情
多累美人"的前车之鉴，他要为马找一个合适的主子，而他认为
我是最合适的，要"忍痛"把那匹汗血宝马以最低价"二十万美
元"卖给我，但有一个深情的附加条件："它是我的孩子，最好
的作品，必须保证我能随时来看望它。"

　　类似的把戏已经是第三次领教了，我毫不客气地揭穿了他。
不要把我当傻子。他竟然一点也不尴尬，仿佛也是意料之中，反
而哈哈大笑，夸我睿智、清醒、有洞察力，是一个精明的生意
人。他说对了，这些年我就只是一个生意人，做生意几乎耗尽了
我的时间和精力，关注诗歌和诗坛，还有偶尔到珠江游泳是我的
业余爱好。而且，我关心诗坛只是当作一种休闲娱乐，跟别人关
注明星八卦的性质一样。千万不要把我当成诗人，我不屑与他们
为伍。我只是诗歌的冷眼旁观者、局外人。我是生意人，但绝不
把诗歌当成一门生意。

　　"合作不成，赞助本人出版诗集总可以吧？诗歌是纯粹的
艺术，需要扶持。你是一股清流，如果连你都不支持诗歌，诗歌
也就没有希望了，世界将变得庸俗不堪，真的就是一口大粪坑
了。"齐欢从挎包里拿出一沓诗稿递给我。我粗略翻了翻，写中
亚风光的，跟之前出版的一样，直抒胸臆，空洞无物，低水平地
重复自己，毫无进步。看来，我是真的错了，分行的不一定就是
诗歌，也可能是屎，像从大粪坑里打捞上来的东西。但我也不会

愚蠢到为自己年轻时的愚蠢买单。我曾经先后资助九个诗人出版诗集，那些都是我认定的真正的诗人和诗歌。

他担心我一口拒绝，赶紧补充说："是闫妙龄让我来找你的。出版社我都谈好了，终审也过了，万事俱备，就差钱……"

我委婉地拒绝了他，并跟他说了充分的理由："我已经厌倦了诗歌。在我这里，诗歌已死。"

这个理由不一定是假的。这些年我见识了太多的诗歌和诗人，跟我所期待的越来越远。诗人还有什么用？写诗跟拉稀还有什么区别？我瞧不起他们。经常有来历不明的诗人闯进我的办公室跟我辩论诗歌，有的居高临下、引经据典、胸有成竹，有的还气势汹汹、义愤填膺，说是代表哪个流派。那时候我喜欢跟他们争辩。我撑过他们："诗歌是咬破嘴唇从心里抠出来的，而不是吃泻药从屁眼拉出来的。"

"我见识过你当年办的《蛋镇诗报》，我就是按你的诗歌主张来写诗的！你自己拉出来的屎不要坐回去啊！"曾经有人从包里掏出一份《蛋镇诗报》摆在我的面前，虽然既皱又脏且破，像泡过粪水，黄渍斑斑，但我一眼便认出来，报纸是真的。我苦笑。他让我高价回收这份《蛋镇诗报》，毁灭"罪证"，但我拒绝了。我承认，我对诗歌的理解发生了变化，我也不断地修正自己。现在我反对的，正是我当年倡导的。那时候我年少轻狂，信口雌黄，他们可以因此骂我。但我现在坚定地捍卫我的信条：诗歌是有门槛的，诗人的门槛更高。对诗歌没有敬畏的人根本不配为诗人，其实他们也不是。在我眼里，齐欢就不是诗人，最多算是一个假冒伪劣诗人，一个穿着诗歌盔甲行走江湖的假道士、贩卖诗歌膏药的骗子。

即使不写诗，我也要捍卫诗歌的尊严。至少，要捍卫自己的尊严。

"诗歌虽死，但诗人还活着。你得给诗人一条生路呀！"他近乎乞求了。我不为所动。他还不甘心，不断推介这本新诗集的亮点，曾经得到了某某著名诗评家的高度赞扬，说是一部具有划时代意义的诗集。我没有耐心听他胡扯，借口要去开会了，他才悻悻离开。秘书送他下楼后回来告诉我，他骂我了。

意料之中的事。

"他骂我什么？"

秘书说："他骂你的狗眼里只有狗屎一样的'蛋派'诗歌。井底之蛙。土鳖。暴发户。嗱嗨嗨。不愧是从大粪坑里爬出来的，浑身散发着狗屎和猪粪的气味，他在小北路都能闻到。"

我心里想，他骂得对，而且，我心里只有蛋镇那些伙计。他们写的诗歌，才是真正的诗歌，他们才是真正的诗人。在我眼里，世界上就只有一种诗歌："蛋派"诗歌。蛋镇诗社万岁！

但我还是骂了秘书，并警告他："从此以后，如果再让诗人闯进我的办公室，我立即炒你鱿鱼①！"

后来我获知，齐欢"为了诗歌"花光了闫妙龄这些年辛苦攒下的所有积蓄，还欠了一屁股债。因为房租，他们过着居无定所

---

① 粤语，意为开除。

的生活。我曾经动过恻隐之心，想帮助一下闫妙龄，但想了想，还是算了。而事情还没有完。几天之后，蛋派大厦一楼的外墙、走廊和门窗一夜之间贴满了类似小广告的卡片。我以为是得罪了那些贴小广告的人被报复了，但仔细一看，那些贴纸不是小广告，而是一首首不同的诗。我一下子明白了，传说中的"诗歌污染城市"①运动落到我的头上了。齐欢是其中的骨干。下属要连夜清理这些"牛皮癣"。我阻止了他们："不要紧的，就让它们依附在那里吧。"呵，这种"花样"，二十多年前我就玩过了。

有时候，我也在忏悔：当年我们年少轻狂，是不是推行"全民写诗"运动的那些诗歌主张误导了今天的诗坛？是不是我们祸害了诗歌、败坏了诗坛？我该不该回蛋镇找一个大粪坑跳进去把自己淹死？我该不该以蛋镇诗社的名义向全世界道歉？

所以，我赞助一些优秀诗人出版诗集是有原因的。我认为我在拯救诗歌，也是赎罪。

我做任何事情都不是无缘无故的。

2015 年 8 月 22 日

---

① 2000年前后，广州出现了"诗歌污染城市"的行为艺术，诗人们印制了几十万张诗歌传单，把诗歌当作小广告满大街张贴出来，贴在墙壁、橱窗、电线杆、树干、厕所、公交车……让诗歌像垃圾和汽车尾气一样"污染"城市。接着，又出现了诗歌"垃圾运动"。他们用诗歌为城市这个"大粪坑"添砖加瓦，增加一种异样的味道。

抢劫蛋镇信用社的策划方案

有一天，我在香蕉大桥上遇到了著名的扒手王十四。他比我高一头，但很瘦，头发也长，穿着军绿色的衬衫。早在三年前我就认识他。是阙振邦介绍的，是他的表哥，比我们大两岁。他十分仗义。我说我在电影院门口被人扒走了五块钱，那是我在学校一个星期的伙食费。镇上有十几个扒手，有时候还有外来的扒手到这里流窜作案。王十四说，他帮我把钱要回来。我将信将疑。半小时后，他回到我们身边，并把五块钱交到我的手上，跟我丢失的五块钱长相一模一样。我花了六毛钱在汽车站对面的簸箕炊店请他和阙振邦吃了一顿簸箕炊。有一次，在菜市场，他让我看他如何干活的。他径直朝一个正俯身买鸡蛋的老妇走过去，轻轻蹭了一下她的屁股，然后回到我身边，向我展示他细长的左手中指和食指尖上夹着的两块钱。信手拈来，轻而易举。我称赞他厉害，技艺精湛。

他说："你没见过我挨十几个人暴揍的样子。像狗一样在地上被踢来踢去。"

他说，被揍得最狠的还不是在蛋镇，而是在高州城，一次失手被几十个人围着群殴，脸被打得血淋淋，像水洗，肝胆也差点被踢报废。要不是警察及时制止，可能他已经被打死了。

"所以，不要干这种偷鸡摸狗的小事，"他说，"要趁年轻干大的。"

香蕉大桥空荡荡的，只有我们两个人。风把他的头发吹得乱成一堆草。我脑子里想象着什么样的才算"大"事。

他说："我计划抢银行——蛋镇信用社。"

我大吃一惊，肝胆一震。

看起来王十四不像是开玩笑。

"你为什么找我？"我问。我可没有任何作案经验，也没有什么技能，连扒手的活都干不了。

"你不是需要钱印诗报吗？办诗社不需要银两吗？"王十四说。

我正需要钱。但并不能说明我甘心为此掉脑袋。"肝脑涂地"只是一个形容词，不能作为一个动词。

他跟我分析："你看到了没有，信用社的钱都堆放在桌面上，一捆一捆的，差不多都是十元面值，跟我们只隔着一堵木柜，只要我们把手伸长一些，就能够着那些钱。一堆堆的钱。五个职员，其中三个女的，一个老头，只有一个中年男人。他们既没有枪，也没有刀。我们戴着头套，挥舞着砍刀，让他们把钱装进我们的麻包袋里。三个麻包袋我已经准备好了，装满半包就逃跑。我盗了一辆摩托车，上面挂的高州牌照早拆下扔掉了。信用社离派出所有三四里地，我们有足够的时间逃跑。上了车，我们便往陆川方向跑；过了香蕉大桥，我们便走岔道，走人少的山道，很快就消失在密林深处。

"在山上，我们躲藏三天，最多三天，把钱藏好，就能大摇大摆地回到镇上，若无其事地看热闹，看警察瞎忙，他们根本破不了案。等到风平浪静后，我们再把那些钱拿出来慢慢享用。干什么都行。印一百期诗报的经费都绰绰有余啦。"

我说："风险很大。被抓到就是枪毙。"

王十四说："香港天天都有人抢银行，有几个破案了？蛋镇的风险比香港还要低得多。"

我说："这种掉脑袋的活我干不了。"

王十四说："那你们的诗报还办不办？"

我说："办。但不抢银行。"

王十四右手一挥，不屑地说："丢！胆小鬼。看起来你血气方刚，干劲十足，还很有情怀，爱好诗歌，我以为你能干大事的。我看走眼了。上次看走眼还是五年前，在清湾圩，扒了一个老实人的钱，结果中了圈套，被揍得丢了半条命。"

我说："你找找别人吧，比如荀滑①……"

王十四说："荀滑是一根筋，假正经，只偷不抢，做不了大事，何况他已经被我们设套赶出蛋镇了。"

我说："还有其他的人，我真没有那么大的胆量。"

王十四还不死心，苦口婆心地对我说："我只想找一个可靠

---

① 荀滑：蛋镇著名扒手，讲究盗亦有道，绝不把一个人身上的钱财全部扒光。

的帮手，如果你有兴趣，我们再认真策划一下，演练几遍，每一步都要稳稳当当，不能有漏洞，确保万无一失。我研究过香港同行抢银行的几个案例，已经制订了很具体的方案，刚才我跟你说的只是其中一个方案，而我至少有十种方案……"

我拒绝了他，并再三保证不会把今天的谈话内容告诉任何一个人。

王十四很失望，从口袋里掏出一根烟，问我带钱了没有，他要我请他吃一碗簸箕炊。我身上刚好有五毛钱，给了他。他丢下我走了，始终没有点燃那根烟。

我不知道后来王十四找到帮手了没有，我一直等待蛋镇信用社被抢劫的消息，然而一天天过去了，压根就没有发生什么事情。有时候经过信用社，我还故意走进去瞧瞧。信用社还是那样，一捆一捆的现金堆放在柜台上，伸手可及。那几个工作人员依然高傲地对着柜台外面等着存钱的农民大声吆喝，麻木不仁，从不会去想有可能突然闯进挥舞着砍刀的劫匪。真替他们担心。

三个月后，陆川县境内发生了一起轰动全国的抢劫运钞车案，三个外地人成功抢了一辆信用社的运钞车，事后逃往了广东信宜。案件两天后告破，警方在一座还有原始森林的山里抓获了劫匪。

三个劫匪，其中两个是陆川人，另一个便是王魁，又名王十四。

在拒绝王十四的邀请后，我并非没有一点后悔。因为我真的需要钱办《蛋镇诗报》。第二天，我看到汽车站候车室内外的墙上张贴着通缉令，悬赏缉拿三个嫌疑人，一个是抢劫，一个是强奸，一个是盗窃。每个嫌疑人都有大头照，有详细的长相描述。提供有效线索即有奖金。通缉令上盖有县公安局的大印。我暗中揭了一张去找阙振邦。

"我们从此不能漫无目标地闲逛，要注意观察每一个人，万一撞上了通缉在逃人员，我们就发财了。"我对阙振邦说。

"赏金猎人？"阙振邦一愣，很快便脑洞大开，"既为民除害，又把钱赚了，何乐而不为？"

毕竟都还是小青年，阙振邦跟我一样幼稚可笑，根本不知道什么叫危险，拿着通缉令，每天在汽车站、邮电所、电影院、发廊、旅社等门口，暗中观察每一个可疑的人。有一次，阙振邦在芒果大酒店发现一个形迹可疑的男人，而且长相酷似通缉令上的强奸嫌疑人。我让他守在酒店门口继续跟踪，我跑去派出所报告宋长江。

宋长江带两个民警匆匆赶到，在酒店将"强奸犯"控制起来，铐回派出所审问。我和阙振邦兴奋地等待着，并猜测赏金的数额。我说应该至少有三千元，阙振邦说可能宋长江要吃回扣，只给我们一千。

结果当天下午"强奸犯"便从派出所出来了。宋长江说那个人根本就不是嫌疑人，抓错人了，还狠狠地批评我们浪费警力。

还有一次，镇上发生了一起杀人事件。黄坡村一个村民杀死了一个计生干部后逃至后山。县、镇政府派出数十干警带领上百名干部连夜搜山捉拿凶手。政府宣布，欢迎群众见义勇为，如果抓到凶手奖励一千元。我怂恿阙振邦跑到黄坡村，打着手电筒往山上钻，撇开大部队，往人迹罕至的险要之地走。我们相信凶手就藏匿在意想不到的地方。忙碌了一整夜，我们的手电筒摔坏，裤子被荆棘修剪成了裙子，脚趾和手臂都血迹斑斑，却一无所获。第二天一早，警察在一个隐秘的废弃矿洞里抓到了凶手。而那个矿洞，我们曾经离它只有一步之遥。我们只需要往前走两米，拨开三米高的杂草，就能看到那个洞口，把惊恐得瑟瑟发抖的凶手抓捕归案，一千块赏金唾手可得。只可惜，因为地形过于险要，我们没有往前，而是原路返回。

此后，我们对悬赏的事情再也不感兴趣。

王十四出事后，我才跟阙振邦说起王十四曾经要拉我入伙的事情。阙振邦说，王十四也曾经找过他入伙，也是拿诗歌说事。仿佛刚侥幸逃过一劫，我们不禁得意地哈哈大笑。

王十四也是一个聪明人，但他高估了我们对诗歌的热爱。

2016 年 1 月 2 日

想象自己遗体告别式的图景

我的遗体告别式在广州的一家殡仪馆举行。

早上十点。一天中最好的时光。公告早已经发布。关心我的亲朋好友都应该知道了。也不排除有人装作什么都不知道。

沿着燕岭路，无论是从东面来，还是从西面来，都能看到"银河园殡仪馆"几个大字，很醒目，黑色的字体。它就在燕岭路418号，天河客运站附近，有一条小路岔进去。路边是杂草和杂树，它们见识过无数悲伤的面孔，所以你们不必对它们表露过多的感情。

沿着小路走几百米，就能看到殡仪馆告别式大厅。恢宏肃穆的建筑，有点像名人纪念堂。我很满意在这里跟你们告别。

大厅两旁还有小厅，低矮的建筑，是留给普通人或省钱的人办仪式的。焚尸炉在大厅的后面，比较隐蔽，离这里还有很长的距离，你们不必到那边去，除非死后。

他们给我摆放了巨幅照片，在大厅的正中央，鲜花簇拥，花圈林立，挽联颤动。照片是我亲自选定的，38岁时在广州多宝路光明照相馆拍的，西装革履，精气神十足。蝙蝠说这是我最好的照片。

九点钟刚过，便有亲朋好友陆续赶到。我的父母不会来，白发人不送黑发人。我的兄弟姐妹会来，他们哭过了，这时候不会再哭，但从头到脚都是悲伤。我也在暗暗哭泣。远在美国的蝙蝠答应回来的，她给我打过电话，已经预订了回国的机票，但她也给自己留了不回来的理由：最近生意不好，官司缠身，老公也跟她离了婚。我希望能最后见她一面，好像从蛋镇诗社倒闭之后再也没见过她。我们在电话里约过多少次了，都没能见面①。人一分开，再见便很难了。只是年轻的时候并不知道。

生意上的那些朋友，估计来的不多。因为我最终破产了。树倒猢狲散，人衰没人近。不少人曾经在我的帮助下发了财，但他们不会惦记这份恩情的。

蛋镇的朋友们应该会来。阙振邦应该组织他们来跟我见面，聊一聊蛋镇诗社。说真的，这辈子我经历的事情很多，曾经腰缠万贯，富甲一方，见过不少达官贵人，但最让我怀念和珍惜的还是蛋镇诗社。早知道我那么在乎它，那么热爱它，我就不应该让它倒闭，就应该一直守住初心，好好经营它，让它成为世界上最好的诗社。我和你们走岔了，走散了。原来人生有很多事情是毫无意义的，无论多成功。而有些事情比任何东西都珍贵，哪怕它多失败。我想最后跟你们聊一次诗歌。对了，有些诗歌观念我已经更正过来，比如说分行的不一定就是诗歌，狗屎也能分行。诗

---

① 这里金光闪记忆有误。据蝙蝠说，她前往美国前曾经在广州跟他见过面，喝过早茶。

歌还是得讲诗意，讲思想，讲语言，要追求高境界。可能我曾经胡说八道，冒犯了诗歌，玷污了诗歌，我愿意道歉。从此以后我不再对诗歌发表任何意见。因为诗歌就是一门一说就错的学问。

大厅两侧墙上的显示屏上反复播放着我的生平资料，包括一些令人难忘的照片和影像，所谓音容笑貌、精彩瞬间，历历在目。我尽量精简了，但不能再精简，否则会让你们觉得我的一生索然无味、乏善可陈。

哀乐低沉。你们陆续进入大厅，列队站立。你们个个表情哀伤，东张西望，交头接耳。也有个别在低头玩手机，看搞笑视频，忍着不笑出声来。我知道，不会有真正的悲伤，即便有，也不过三分钟。沉痛是装给别人看的。我理解你们。我希望你们当中更多的人回想起和我交往的点点滴滴，我也跟着你们回忆，把我的人生重新捋一遍。

我的尸体，因为天气炎热或搁置时间过长，可能有点异味了，像是刚从大粪坑中捞上来的。这是我一生中最没有生气、最不堪入目的时刻。你们忍受一下。每具尸体都差不多这样。将来，你们的遗体也是如此。这就是"遗臭"，也是宿命。只有被推进炉子，化作一缕青烟之后，才叫消失。

悼词是阙振邦写的。是所有人嘱托他写的。我知道他并不十分愿意。他比年轻的时候更傲慢，从不曾向权贵屈膝，仍然像一个诗人那样活着，与年轻时的唯唯诺诺相比，我反而喜欢他现在的样子。悼词写得很好。在悼词里，他深沉地回忆起我和你们创办蛋镇诗社的过程，虽然很荒唐，很幼稚，甚至很可笑，但现在听起来很有趣，很好玩，很有成就感。他说到"全民写诗"运动是一场可爱的"闹剧"，可是，我怎么觉得那是我一生中做过的最有意义的事呢？

悼词由阙振邦宣读。他对我的一生做了恰如其分的评价。我叮嘱过他，不要花太长的篇幅介绍我离开蛋镇后的经历，尤其是经商那部分。是非成败转头空。这些无所谓。但当他每次提到"蛋镇诗社"，我都会怦然心动，仿佛又要活过来。我希望从他的口中不断听到"蛋镇诗社"，虽然无论他说多少遍也无法让我起死回生。

黑压压的人群，我分辨不清谁是谁。我的眼睛很模糊。但我知道应该到的都到了。郭梅、荣夏天、范子铭、谢敬逸、欧杰……蝙蝠风尘仆仆，姗姗来迟，赶在阙振邦开始念悼词之前到达。她手里捧着一张《蛋镇诗报》。她走到离我最近的地方，摊开诗报，向我展示。整个大厅出现了一阵骚动和低语。那一刻，我泪如泉涌。

蝙蝠把《蛋镇诗报》轻轻地盖在我的胸膛上，它像是一面旗帜覆盖着我。这是盖棺最好的礼物。

昨天我做了一个梦。梦见自己回到了蛋镇，惊讶地发现，三十年过去了，"蛋镇诗社"的牌子依然在锯木厂朝蛋河方向的门口挂着，经岁月销蚀，字迹模糊，苔迹斑驳，被一堆废弃的木料半遮半掩着，但在明媚的阳光下它无比光彩夺目，每一个字都熠熠生辉。

姜美好也应该会来。她坐着轮椅，膝盖上摆放着巨幅"蛋派"二字，缓缓靠近我。即便她没在我的告别式上出现，我也能看到她隐形的身影，坐着轮椅，就在最后一排，远远地看着我。身体的原因，她可能并没有见识多少世界，但现在我可以告诉她，世界很简单，只要拥有了诗歌，你就拥有了全世界。那喧闹庸俗的人间，根本不值得去参与。

　　仪式有点冗长。你们当中，有人无精打采，有人心不在焉，有人窃窃私语，有人低头玩手机，甚至有人站着睡着了，也有人忍不住低声哭泣。当你们向我鞠躬的时候，我也向你们致意。这是最后的告别。

　　你们手持鲜花，井然有序地绕着我的遗体，看了我一眼，把鲜花放在我的身边，然后默默离开大厅，重新回到活着的人间。

　　而我还将极其短暂地孤独地躺在那里，直到有人把我移开，给下一个遗体腾出位置。

2017 年 9 月 23 日

在段颂纪念碑前的讲话 ①

各位朋友：

我早就想给段颂竖一块纪念碑，但世人皆笑我太疯癫。蛋镇诗社成立了，诗歌、诗人重新出现在蛋镇的大地上，这是一个很好的氛围和契机。是时候了。如果我们不做，谁来做呢？

段颂出身布衣，家境贫寒，地位卑微，高中还没有毕业便在蛋镇供销社的养猪场干活。直到去世，他从没有离开过蛋镇。他曾经想去高州看看，但也没有来得及实现。生前他曾经想成立蛋镇诗社②，引导全镇人民写诗，可惜，世事让他绝望、悲凉。他

---

①　1988年5月5日，金光闪率领阙振邦、蝙蝠、荣夏天、谢敬逸、欧杰、范子铭、薛彩云、漆光明抬着一块长约八十厘米的巨石爬上了马鞍山，在段颂的墓地前将巨石竖起，用水泥固定，便成了纪念碑。文化站站长李前进拒绝参加竖碑仪式。据伍松后来的回忆，金光闪在仪式上宣读了他事先准备好的讲话稿。在他宣读讲稿的过程中，前半部分是用普通话念，实在太蹩脚和磕巴，后半部分改用蛋镇方言。漆光明带头笑场了三次。荣夏天还骂了一句金光闪傻×。但金光闪全程很严肃，像一个大人物。普希金的《纪念碑》由他引领我们朗读，他念一句，我们跟读一句，声音很响亮。纪念碑竖立了半年多，后来不翼而飞。三年后，蝙蝠在她家附近的小河坝基发现，原来那块巨石被人拿去筑堤了，人们还蹲在上面洗菜、刷粪桶，但字迹依然很清晰。

②　这里可能是金光闪的杜撰。因为没有任何证据证明段颂曾经有成立诗社的打算。

没有完成他的理想。他是一个伟大的理想主义者，但死于理想。他像文学史里的诗人一样，生前默默无闻，死后名垂青史。我相信，蛋镇史、县志和中国文学史都将会有他的位置。

段颂比我大四岁。他是一个聪慧的人，曾经参加过中南六省的物理竞赛并拿了二等奖。高二的时候，获得过全国校园文学大赛金奖。但他讨厌数学，认为数学让人类陷入了算计、阴谋的罪恶而不能自拔。他像我一样厌倦了考试，辍学后进了养猪场喂养那些愚蠢的猪。他不快乐，因为诗歌打开了他的天目，让他看到了太多的黑暗、丑陋、卑鄙的内心和魑魅魍魉、蝇营狗苟。他还以为世间会有爱情，结果除了诗歌什么也没有。爱情究竟是什么东西，他弄不懂，我也弄不懂。我跟他有过一次交谈，虽然短暂，但意义非凡。只是第二天他竟然自杀了。那天，我在东风旅社的一张床上哭了一个下午。将来我爸死，我都不会这样哭，但我为段颂哭了。我真的伤心。一个诗人死了，蛋镇便摇摇欲坠。段颂是一个伟大的诗人。不仅是蛋镇的，也是世界的。我在文化馆档案陈列室里读过他的许多诗，写在一个封面印着"蛋镇养猪场"字样的笔记本上，足足一百首，字体娟秀，还散发着淡淡的猪粪味。只有那个时候，从那本笔记本上散发出来的猪粪味是香的，沁人心脾。他写台风，写洪水，写天空和大地，风卷残云，山呼海啸，想象力奇特绚丽，每一个字都像闪电或巨浪一样震撼我的内心。我多么希望自己也能写出那样的文字。在他的墓志铭上，我们给他这样写上了："他是台风的歌手，是天空的儿子，是眺望世界的巨人。"毫无疑问，他是蛋镇有史以来最杰出的诗人。因为蛋镇人不懂诗，只崇拜权力和金钱，眼里只有酒肉和交配，因而不知道段颂的价值。他死了。他自己将自己挂在一棵凤凰树上，以这种方式告诉我们："我是上天派到蛋镇的文曲星，给这块土地留下一百首诗，已经完成使命，我要走了。"虽然死相有点难看，但那些粗鄙低贱的人的活相更难看。在纪念碑的背面，我给他刻上了这样一行文字："你们可以不喜欢他，不在乎他，甚至装作不知道他，但他却是蛋镇最纯粹、最干净、最高贵的灵魂。他代表了蛋镇的精神高度，代表了我们的理想。"

然而，段颂的死，悄无声息，并没有让那些昏庸愚钝麻木的人感到丝毫惋惜。他们若无其事，认为段颂只是千千万万只蝼蚁之一，是养猪场里最低能的职工。很快，或许现在，人们早已经忘记了他。他的坟头杂草丛生，蚂蚁、蚯蚓、蛇鼠和叫不出名字的蛆虫在他的冢里安营扎寨，蚕食他的肉体，他的灵魂也将渐渐流失。荒草淹没了他的坟茔，连通往坟茔的路都被遮蔽。这才三年，说明伟大的诗人也经不起时间的洗礼，尤其是在这个排斥诗意、拒绝高尚的地方，哪怕吐在地上的痰也比别的地方干得快。因此，我们必须给他建一座纪念碑。以此纪念他杰出的成就和富有才情的一生，以及一个不同流合污、不向世俗低头的自由而高贵的灵魂。

由于缺少经费，纪念碑的石头是我从蛋河捞回来的。蛋河最好的石头。它经历了河水上千年的冲刷和洗礼，方正、光滑、坚固，且呈墨绿色，十分庄重、肃穆、威严。碑文是我拟写的，由冼道芝先生免费雕刻的。盘龙牌水泥五包，沙石若干，由谢善良捐赠。今天，我们花了很大的气力将纪念碑抬至半山上，将它竖立在离段颂坟墓一百米的地方。它不是墓碑，而是纪念碑。这里人迹罕至，远离喧嚣，远离那些庸俗之人，但相信将会有越来越多的人知道段颂，他们将会踏着无比仰慕的步伐来到这里，向他表达敬意。这里，将成为蛋镇最庄重的地标。

此时此刻，我们想到了俄国伟大的诗人普希金和他写下的《纪念碑》。由于时间匆忙，我们来不及给段颂先生写一首恰当的诗。那么我提议，让我们一起朗诵普希金的《纪念碑》以表达我们的情感：

　　　　我为自己建立了一座非人工的纪念碑

　　　　在人们走向那儿的路径上，青草不再生长

　　　　它抬起那颗不肯屈服的头颅

　　　　高耸在亚历山大的纪念石柱之上

　　　　不，我不会完全死亡

　　　　——我的灵魂在遗留下的诗歌当中

　　　　将比我的骨灰活得更久长，和逃避了腐朽灭亡——

　　　　我将永远光荣不朽，直到还有一个诗人

　　　　…………

这是普希金的纪念碑，也是段颂的纪念碑，同时，何尝不是我们每一个人的纪念碑？

诗人是孤独的，只有孤独的灵魂才能抵达诗歌的顶端。"千山鸟飞绝，万径人踪灭。孤舟蓑笠翁，独钓寒江雪。"我们理解柳宗元，才能理解诗人，也才能理解段颂。千万不要以庸俗、浅薄的眼光看诗人，否则将成为小丑，成为可怜的蛤蟆。我们，要像段颂那样，昂着诗人才有的高傲的头颅，超凡脱俗，穿行于芸芸众生。

段颂是一个傲骨铮铮、独来独往的人，像天空中的雄鹰，不想跟俗人交往，不想参与俗事，因而没能成立诗社，也没能让全镇人民都写诗，与他为伍，浩浩荡荡。我们成立蛋镇诗社，是为了继承他的遗志，也是我们的理想。办好诗社，段颂会在坟墓里给我们鼓掌。一个人人写诗的地方，断然不会忘记自己土地上生长出来的伟大诗人和他的作品。将来，等条件成熟，我们会给段颂整理、出版遗作，让他的作品广为传诵，流芳百世。

我是蛋镇最懂段颂的人。但是，我不会写诗。并非我没有写诗的才能，我比谁都知道诗歌应该怎么写，而是以此表达我对段颂先生的尊重。在他的面前，我写下的每一个分行文字都是可笑和轻浮的。我愿意成为一个伟大的读者，一个杰出的诗歌活动家。我希望除我之外所有的人都写诗，肆无忌惮地写，无拘无束地写，让蛋镇掀起诗歌的风暴！总有一天，在蛋镇形成一种风格鲜明的"蛋派"诗歌。

青山不改，蛋河长流。段颂先生，请安息！

1988 年 5 月 5 日

给自己写的墓志铭①（三则）

一

以眺望的姿势开始，以沉睡的状态结束。过程很短，只有四十八载。

曾经努力过，试图以诗歌改变世界。蛋镇诗社的创建者，一个优秀的幻想家和实干家。在世界仰望过，折腾过，呼喊过，爱过，哭过，笑过。花样年华，"蛋派"人生。

世事不再纷扰。欢迎路过的人和专程而来的人跟我谈谈诗歌。我的左邻右舍，我们要和睦相处，常来常往。

一个蛋镇人，长眠于斯。我在尘世获得的尊严，在此也应得以延续。

诗歌是分行的艺术。人生也是。

我另起一行了。从此以后，将比任何时候都要安静。

---

① 金光闪生前为自己拟写了三则墓志铭（但不是定稿，仅供参考），经大家研究并经他的妹妹金英文同意，我们不用他的，另起炉灶，一致通过他的墓志铭并最终在他的墓地立了起来：蛋镇诗社唯一社长，一个正在写诗的人。

二

金光闪

逝于2018年9月13日，享年48岁

曾经试图改变世界

跟诗和金钱都有过纠缠

我喜欢这一方宁静

在这尘世，我已经厌倦了庸俗

请替我刻写墓碑的人

设法让我的名字闪闪发光

名副其实

三

蛋镇诗社的创办人和终结者

蛋派木业公司的老板

一个平凡的人也有权利安息

如果二十年后无人为墓地续费

请将我的骨头移至后山

随便埋在一棵树下

第三部分　笨拙的长镜头 [①]

[①] 　长镜头是一种拍摄手法，是指连续地用一个镜头拍摄一个场面、一场戏或一段戏，以完成一个比较完整的镜头段落，而不破坏事件发展中时间和空间的连贯性。

天外访客

姜美好

　　1988年的春天，杜鹃花开得特别烂漫，特别多，漫山遍野的，绵延至一眼望不到尽头的天边，像是全世界都着了火。山风吹过来，全是花粉的味道。翻过几道山梁，那边便是广东的高州境了。那边过来的人也说，杜鹃花开满了每一个角落。仿佛所有的树和藤都不开自己的花，而是改开杜鹃。这样的景象让我心神不定。这个世界为什么突然改变了呢？难道我也能站起来了吗？

　　我坐在轮椅上已经十四年了。轮椅是我的祖父送给我的。轮椅是祖父的一个朋友留给他的。祖父的朋友在国民党那边当过兵，祖父跟他一起去过南洋，只是后来他们都两手空空回来了。祖父在山里当守林员，而他的朋友在高州当矿工。轮椅是这个矿工的遗物。他在矿井里失了一条腿，矿里给他补偿，从广州购买了一辆轮椅。他没有使用多久，两年后死于肺病。轮椅有七成新，但无论怎么冲洗，都能闻到他留下的气味。有了它，我不用再借助汽车废轮胎爬路，能在村里来回转转。我的世界就那么大。一个村子那么大。虽然能看得很远，但远方并不属于我，跟我毫无关系。除了村里走来走去的人和牲口，世界上所有的人、所有的事，都跟我没有关系。

这里几乎与世隔绝。群山围绕，重重叠叠，像牢房的高墙一样，山的那边仍是山，连鸟也逃不出去。山林影影绰绰，魑魅魍魉，即使大白天仿佛也能见到孤魂野鬼在游荡。有时候，山外边有人沿着若有若无的幽深小径来到我们村，给我们推销电子手表、活络油、指甲刀、香水、贴着繁体字商标和说明书的港货，或从我们这里收购皮货、山果、药材、牙膏壳、鸡肾皮甚至废铜烂铁。有一次他们竟然要收购我的轮椅，还估算了它身上铁的重量。它的剩余价值可以换来一面落地镜子。站在镜子面前可以同时看到自己的全身而不只是脸部。我需要一面这样的镜子，看看自己站立起来时整个的模样。但我很快明白，自己站不起来，顿时很沮丧和愤怒，把气撒在他们的身上。我骂了他们，爆了粗口："你们拿走我的轮椅比锯掉我的双腿还恶毒。"他们说，我可以买一辆新的轮椅，只要我肯嫁给高州鸡贩铁拐李。铁拐李左脚瘸，但不影响他跋山涉水做生意。我见过他，肥头大耳，牙齿黑得像牛粪，还比我大十一岁。我怎么会看得上他呢？

我讨厌那些山外来的商贩和收废旧的担货郎。他们眼里只有钱或废旧。他们甚至企图将我贩卖到山外去。但有一天，我在一个担货郎的箩筐里看到了一本破旧的书，封面只剩下一半，书名依然完整：《阿赫玛托娃诗选》。扉页上签名"唐晓华1984年8月19日购于广州越秀区新华书店"，很秀气、端庄、严谨，是见过世面的人写的字。薄薄的只有128页，不少书页沾满了污迹，散发着老鼠和蟑螂粪便的气味。它还被用来垫过桌脚和菜碟，印痕清晰可见。书中每一页都用黑色墨水的笔画过，有些地方还做了批注。只是所有的字迹都因为泡过水而有些模糊。有些页互相粘在一起了，需要小心翼翼地翻开。这样的册子本来不值得大惊小怪的，然而，随意翻到这两行文字的时候，我犹如被雷电击中，犹如半夜被惊醒：

> 所有未安葬的——我来埋葬，
> 我为所有的你们哀悼，但是谁来哀悼我？[1]

那一刻，我相信这本书是一个与我素不相识的叫唐晓华的人专门给我送来的。她（他）知道我能读懂，而我竟然真读懂了它。我用一只鸭的羽毛交换到了这本书。此后的日子里，我每天都在读它，如饥似渴。不到一个月，我便能背下所有的文字。我太喜欢它了。它比所有的山加起来还要雄伟广阔。它给了我前所未有的力量和勇气。感谢唐晓华，这是最美好的馈赠。感谢担货郎，这是最划算的交易。我祝愿那些换给他的鸭毛最后变成了一根根粗壮的金条。

第二个月，我写下了属于自己的第一首诗《致阿赫玛托娃》：

---

[1]　阿赫玛托娃的诗《所有未安葬的》。就只有这两行。

　　所有的杜鹃在这一夜全开了

　　满山金碧辉煌，恍如白昼

　　要么是为了庆祝，要么是为了哀悼

　　一个少女在月光下敞开胸膛

　　此后，写下了许多，在我用剩的小学作业本上。一个伐木工首先发现了我写下的分行的文字。他很惊喜，因为他认出那些文字是诗。他蹲在我的轮椅前，翻阅那些文字。我不想示人，要抢夺回来。他故意跟我拉扯着，让我往他身上靠才能够得着那些作业本。但我无法把作业本抢回来，还因身子失去平衡倒到了他的怀里。他是一个高大强壮的男人，篮球爱好者。他赞美了我，同时强暴了我。

　　那是午后，最安静的时刻。他将我按在柴房的草堆上。他力大无穷，粗暴地把我压在身下。我无法呼喊，无法反抗。完毕，我惊惶地哭。他没有把我踹死丢到黑暗的角落，而是把我抱起来放轮椅上，喘着粗气对我说："虽然我读不懂，但我知道你写的是好诗。"

　　他瞧了一下四下无人，捡起他的汗巾和水壶扬长而去。

　　祖父去世之前，对轮椅进行过三次大修理，主要是加固，增加了脚踏垫和扶手套胶。我离不开它。它也离不开我。我不坐它的时候，它空荡荡的，孤零零地站在角落里，像被世界遗弃了的远古遗物。

　　小时候，小伙伴们轮流背着我上学，每天翻过三道山梁，放

学了又背回来。我像她们身上的一只书包。但她们长大后便扔掉
了书包，离开了村子，到广东去了，只留下我一个人。如果没有
该死的轮椅，我就不会被不同的男人抱来抱去。他们假装好意，
把我抱到轮椅上，或从轮椅上抱下来。但我不得不接受他们的
"热情"，并接受他们对我容貌的夸赞。父亲和母亲去了广东那
边，一年回来不到三次，我差不多忘记他们了。他们应该也忘记
了我。祖父的眼神不好使，看不清近在咫尺的面孔。而且他抱不
动我了。但有祖父在，他们不敢肆无忌惮地对我动手动脚。

祖父在一个雨天滑倒在两块石头中间，村里人硬生生把他从
石缝里拔出来。祖父第二天便去世了。他们把他草草埋在后山，
跟栲树、松树和毛竹一起。夜里经常传来鸟兽的鸣叫，像是祖父
在统领它们。我从没有到坟前看望过祖父。有一次他在我的梦境
中出现，生前目不识丁的他竟然拿着我的诗稿声情并茂地朗读。
那是多么美好的梦境。

我记得被性侵的那天，正好是祖父去世后的第二个月。后
来，那个伐木工仍然经常路过我的家门口，每次都对我诡异地
笑。但他没有停下来的意思，因为他看到我的眼里有仇恨和怒
火。我的轮椅右侧还挂着一把明亮的菜刀。然而，有时候，千山
空寂，连鸟兽鸣叫声都消失的午后，山风拂过，虚无的气息让我
的孤独感瞬间勃发，内心里处处悬崖，四面楚歌，我真的希望从
遥远而陌生的地方飞来一颗流弹，准确地穿过我的心脏。甚至，
不可理喻地萌发这样的渴望：伐木工再来强暴我一次。

文学拯救了我，但也可能杀害我。

孤独是善恶不分的刽子手，是一种无药可治的绝症，是深不可测的黑洞。我尽早被它撕裂成碎片，一阵山风将我带走，消失得无踪无影。

那天快到傍晚，突然来了一个陌生的访客。长相并不难看，甚至有几分英俊，戴墨镜，穿白衬衣、喇叭裤、胶凉鞋，头发有点长且凌乱。他的脸色苍白是疲倦所致。没经允许，他便闯进我家厨房，用勺子从水缸里舀水猛喝，呛着了，好一会才打着饱嗝走出来，先是自言自语地说了一句："到了这个地方，吃水也会堵塞死脖子。"然后跟我说话。

"我找姜美好，你是她吗？"他问我。

我说："是。"

"我以为你住在城堡里。可是城堡离你还十分遥远。我的判断总是不准确。世界也因此变得虚幻。"他大大咧咧地唠叨着。

我说："我就是一座城堡。"

他这才认真打量了我一番。显然，他突然变得害羞并且很安静，仿佛被我吓着了。

"你找我干什么？"我问他。

"我叫金光闪。我是来动员你加入蛋镇诗社的。"他说。

我第一次听说蛋镇诗社。在我的心目中，诗社是很神圣的组织，因为它与诗歌有关，是诗人的精神家园。因此，我心里一阵喜悦，终于找到了组织，而且还是组织亲自上门来找我的。但我故作冷淡："加入诗社有什么好处？"

金光闪说："大家能一起玩呗。"

我说："诗社不应该是一个玩的地方，而是一个诗歌沙龙、诗人俱乐部，是全镇最清高、最有才华者的联盟。云雀不会跟乌鸦苟合在一起。"

金光闪说："你说得对，本来我也是这样想的。"

我说："但可能你们会把它搞砸。"

金光闪说："我们会把它搞好。我们的队伍会越来越大。蛋镇因为有我们而变得不那么庸俗、愚昧，它可能也像巴黎那样富有诗意——你看《参考消息》吗？"

我说："我从不看《参考消息》，它是什么东西？"

他说："它是看世界的窗口。"

我让他坐下来聊。他自己搬来一张小板凳坐在我的身边。但他一坐下来便不聊诗社了。他局促地把手放在自己的大腿上，环顾四周，说这里风光很好，就是太闭塞了，像是与世隔绝，这个地方更应该有《参考消息》。他还问我的家里情况，像是访贫问苦的干部。但他有意避讳，不谈论我残疾的双腿。去年，我一个在深圳餐厅当服务员的小学同学偷了一块印花防水餐桌布带回来送给我。我用它遮住我的下半身，像是一条围裙。

"是谁让你来找我的？"我问。

他回答说："一个篮球爱好者……穿23号红色球衣。我不知道他的名字。"

我说："嗯。我知道。"

金光闪说："希望你能写诗。你特别像是一个诗人。"

我说："山下面的人都写诗了吗？"

金光闪说："还没，差不多吧，都会写的。写诗并不难，比喝水容易，人人都能写。"

似乎是，在他看来，世界上最容易的事情莫过于写诗。

尽管他一直装作老成和洒脱的样子，但不敢正眼看我，更不敢与我对视。在他拒绝我邀请他坐在我身边的时候，他的羞涩和内心的慌乱已经暴露无遗。

太阳下山了。霞光给群山披上了橙色。

"我得回去了。我的伙计在山下等我。"他说。他告诉我他的两个伙计的名字，但我一个也没有记住。

我让他再次回到厨房里去，从锅里拿两三根番薯在路上啃。他照做了。他肯定饿了。

我担心他找不到回去的路。天色已晚，林深不见路。但只要拐过三道山梁，穿过一个幽暗的洞口，他便能找到天梯的入口，然后顺着天梯下去就是烟火人间了。

然而，我还是担心。我想找一个人送送他。但村里没有男人。

金光闪像是一名天外来客，在我的内心里掀起了惊涛骇浪。

那一晚，我彻夜难眠，又写下了三首诗。

此后经常整夜听到波涛拍岸，我常常梦见自己孤筏入海，在深海点灯，一次又一次失败。每次快要点着，又被一条鲸鱼搅动的海水扑灭。如此反复，执着地划着一根又一根的火柴，想点亮黑暗的海底。

十天后，我收到了一封信。信封右下角写着"蛋镇诗社"。是金光闪写给我的。只有半页纸文字。信纸顶头印着"蛋镇建筑工程公司信笺"，字写得很工整、娟秀，每一个字都亭亭玉立，不像是男生的。主要是鼓励我要像世界上某些文学大师（比如张海迪和海伦·凯勒）那样"身残志坚"。如果遇到什么困难，可以写信给他，诗社会尽量帮我。那时候我并不知道海伦和她的《假如给我三天光明》，猜想她应该是一个残疾人。

"蛋镇诗社是我们共同的家。"他在信中写道。看到这句话，我心里瞬间有了家的感觉。

文末，他写道："蝙蝠、阙振邦向你问好。"我想起来了，这正是他曾经告诉我的两个伙计的名字。

我当天就给他回信了。然而，此后再也没有收到来自蛋镇诗社的任何来信。第二年，我给金光闪写了一封信，告诉他，我要嫁给一个曾经强暴我的男人了。我需要他的帮助：坚决而严词反对我的决定，以诗歌的名义，以组织的名义。也许正因为他的反对甚至劈头盖脸的骂让我最后时刻改变主意，放自己一条生路。但我没有等到他的回信。我甚至想沿着天梯下去，到镇上去找金光闪或者诗社的任何一个成员①。可是，那是不可能逾越的天堑，是万丈深渊，离开茶山我将粉身碎骨。我想明白了，这是我的命。一个月后，我嫁给了伐木工。到了年底，我生下了他的孩子。没有喜悦，也没有悲伤。我还是为她取了一个好听的乳名：

---

① 　那时候我还不知道蛋镇诗社已经解散了。这个组织不存在了。——作者注

阿赫。她是阿赫玛托娃的孩子。

　　借此机会，我说一下伐木工丈夫。姓汪，名谦。汪谦是我家对面村的。跟我家只有三里地的距离，但要转个山梁才能到。他祖上出过一个大人物，是黄埔军校七期的，跟陈诚打过日本人，官至上校，死在台湾。村里人都知道，而且代代口耳相传。汪谦人不坏，只是粗鲁，像个兵匪。初中毕业便跟着他父亲伐木，把木材运到广东那边去卖掉。开始用斧头、锯子，后来用的是电锯。屠户身上有洗不去的肉味，伐木工身上散发着树脂和树汁的气味，老远我便能闻得到。除了伐木，他爱好篮球，经常去镇上看球赛。趁球赛还没有开始，他能混进球员中间跟他们一起练球，这是他开心的时刻。他经常到我家里来，给我带一些好吃的。如果不是那天强暴了我，他就是一个十足的好人。但从那天起，一切都变了。我开始恨他，不准他踏进我家的院子。我家的黑狗看到他就狂吠，我让黑狗扑上去咬他。黑狗吓唬不了他。我朝他亮出锋利的菜刀，他再也不敢靠近我。但他仍然会从木栅栏外扔进一些从镇上带回来的好东西，比如蛋黄派和麦香饼干。开始的时候，我愤怒地把这些东西扔给狗吃。但看到狗吃得很香，我也试着吃。

　　寂寞是世界上最难忍受的东西。村里的年轻人都去了广东，只剩下我一个人独守高山，远眺茫茫的前方。诗歌能排遣孤独，但有时候诗歌也让我更孤独。在孤独无助的时候，我多么渴望有人来陪伴我，跟我说说话。哪怕不说话，默默地坐在我的身边也行，像我家的狗。你们不知道山上的夜究竟有多漫长。多少个长夜，我是在轮椅上一直坐到天亮，亲手把天空中低垂的星星一颗一颗掐灭。

我曾经有一个不切实际的梦想：金光闪带着我离开这里，跟我结婚生子。至少，他应该经常来看我，哪怕带着镇上的朋友，到这里跟我聊聊天。我太需要他了。再不济，他经常跟我通信，用文字点亮黑暗的长夜，驱散浓雾般的孤独。

那天离开之前，他看着那座城堡信誓旦旦地对我说，他会带着朋友经常来看我的。一定。他强调了三次。

然而，金光闪，以及他所说的蛋镇诗社，只是像一根火柴点燃了我，让我燃烧，很快将我烧成了灰烬。世界又恢复了寂寥和漆黑。坦白地说，有一阵子，我恨蛋镇诗社，恨金光闪，恨跟金光闪一起到了响水底却没有到我家的阙振邦、蝙蝠。可是，我有什么资格恨他们呢？我自责、慌乱、害怕，像一只困死在笼子里的麋鹿。我等待一场飓风将我席卷而去。但没有等到。我憎恨我的双腿。我厌倦了风和日丽。

在需要男人成为我的拐杖的时候，我竟然会想到该死的汪谦。

有一天傍晚，我对徘徊在我家木栅栏外的汪谦说："你进来吧。"

汪谦像一个孩子，怯生生地站在我的面前，蹲下，抚摸我的双腿。

"在我的眼里，它们是两行诗。"汪谦说。后来他告诉我，这是他憋了许久的一句话，终于说出来了。我感动了。那一刻，我知道除了汪谦我别无选择。

结婚后，汪谦对我还算不错。每天除了上山伐木，就是照顾我的起居。虽然我不爱他，但我离不开他。甚至，我害怕他抛弃我，或者他出意外。有了阿赫后，他更勤奋了，经常伐木到天黑才回家。跟结婚前相比，他又黑又瘦，背也有点驼了。背部和肩膀被木材磨损得伤痕累累。我心疼他，每天夜里睡前都给他擦药。阿赫也懂得心疼自己的父亲，用明亮的眼光瞧他，似乎是安慰他。

在阿赫两岁那年夏天，金光闪突然出现在我的眼前。我既惊喜又气愤，用眼睛恶狠狠地盯着他。

"孩子长得真快。"他躲开我的目光去逗阿赫。

他是跟着汪谦来的。他们混到一起了。他们身无分文却要承包山林。当天晚上，汪谦告诉我，金光闪有一本五万块存款的存折。我第一次听到如此巨大的一笔款。汪谦亲眼鉴定了那本蛋镇信用社存折。林场主事的也鉴定过了。金光闪说这笔款是他的一个台湾亲戚借给他的。因为亲戚身份敏感，不宜让我们知道太多，让我们保密。几天后，金光闪把存折押给林场，拿到了林场承包合同。一大片森林的木材归他砍伐。木材卖掉后再跟林场结账。汪谦负责组织伐木工砍伐和运输，金光闪就在镇上验收、加工木材并卖给广东人。他们把砍下来的木材抬到一处山坳，顺着山势让木头滚到山谷底下，然后开辟一条简陋的道路，让拖拉机把木材拉出山外。张昆明就是在运输木材的过程中翻车掉下悬崖死掉的。

他们折腾了快一年吧。

在承包的山林快要砍完的时候，汪谦也出事了。他竟然被自己锯倒的树压住了。据他父亲说，是汪谦大意了。树倒下的瞬间，他判断错了，跑反了方向。一根树枝压住了他的背。幸好，他没有被压死，只是断了两根肋骨。经过半年的医治，他能自由行走，甚至能健步如飞，但就是不能干重活，腰不行。

木材生意让金光闪赚了一大笔钱，他分了一笔钱给汪谦。我们家的生活一下子宽裕了许多。我心底里还得感谢金光闪。

后来我才知道，金光闪的存折是伪造的，通过承诺给回扣骗得了林场领导的信任，拿到合同后，他又说服了广东木材公司预支了货款，才有了资金周转。汪谦对他的聪明和狡诈佩服得五体投地。

汪谦赚到了一笔钱后，听信高州佬的话，合伙投资承包一个水库养鱼。养鱼比伐木轻松太多了。汪谦的身体慢慢恢复了，脸上也长肉了，他经常给我描绘未来生活的美好前景。等发财了，就在镇上买地建楼，一家人到镇上去生活，经常能看篮球赛，进电影院看电影。但半年后，水库的鱼患病，几天之内都翻了白肚。水面上白茫茫一片全是鱼的尸体。投资自然打了水漂。我们又回到了贫困的状态，而金光闪再也没有回来。

汪谦只好到广州打工，给别人看守鱼塘，很少回家，听说还染上赌博，寄回来的钱很少，甚至到了后来音信全无。我带着阿赫回到娘家生活，不能让娘家长年空空荡荡的。实际上又回到了出嫁前的孤独，只是多了一个阿赫和一个远在天边的汪谦。汪谦的父亲和母亲经常接济我们。村里的乡亲对我也很好，甚至比以前更好。远在深圳、东莞的小伙伴们经常给我写信寄东西，告诉我那边的事情，我对世界知道得越来越多。我没有什么可以抱怨的。从此，我只想着两件事情：一是把阿赫养大，二是等待父母和汪谦还活着的消息。

有时候，阿赫会指着遥远的城堡问我："妈妈，城堡里都有什么呀？我能去看看吗？"我回答说："妈妈已经去看过了，那里什么也没有，不值得你亲自去看。"

我和城堡，相看两不厌。但我不希望阿赫凝视那座既是天堂也是地狱的东西。凝视过久，自己也会变成城堡。

我曾经问过金光闪："蛋镇诗社怎么样了？"

金光闪说："早解散了，伙计们散落在世界各个角落，像蒲公英那样。"

我再也没有写诗，也没有读诗。我在轮椅的靠背上用油漆写着一行字：蛋镇诗社。有了这行字，这轮椅就永远属于我，它就永远有了意义。

1996 年 3 月，又是万山红遍时

（原载《南粤风》1997 年第 3 期）

教父

霍德昌[①]

　　蛋镇高中已经解散二十年了。它成了一个历史名词，很多年轻人都不知道它曾经存在过。那些毕业于该高中的学生，倒是经常聚一下。而我们班每次聚会，都请贺林芳。

　　他是我们班的英语老师。早在他还给我们上课的时候，他便恳请我们称他老贺，不必称他为师。他觉得不必客气。实际上他对"老师"这个称号持异议，"孔夫子之后，再无师者"。跟其他老师不同的是，他是一个诗人，写诗不多，也不拿去发表，还能用英文写诗，这都不奇怪，关键是自称蛋镇一半以上的诗人均出自他的门下，他们都多多少少受过他的指导和鼓励，蛋镇诗社的骨干全是他的嫡系。

　　"我是蛋镇诗坛的教父。"老贺说，"蛋镇诗社那些狗屎诗人，金光闪、阙振邦、谢敬逸……哪个不是我的学生？"

　　他在课堂上说："蛋镇高中是一所烂学校，培养不了大学生，

① 霍德昌（1974.11—　　），蛋镇森隆村人。蛋镇高中86级学生。现供职于瓷县烟草公司。

但能培养诗人，你们都写诗去吧，我保证三十年内诗人都能过上吃香喝辣的生活。"有人拍案而起："我唱歌当歌星，到香港红磡开演唱会不行呀？"他淡淡一笑："行是行，但还不如写诗。"

只是后来再也不提及诗人和诗歌，更不提蛋镇诗社，仿佛这些东西跟他从来没有半毛钱的关系。

老贺不是我们镇上的人，是几年前从瓷县北部调到我们学校，一直到退休才离开，回北部老家居住。他家离县城不远，不到二十公里。从县城出发，往北走，通过水泥厂区，翻过一座矮山，然后是长长的下坡路。坡路的尽头便是他的家。几间瓦房，屋前是一个院子，种了各种蔬菜，长势永远旺盛。屋后是两棵高大的菠萝蜜树，还有一棵更高大的木棉树。要是春天，能看到满树火红的木棉花，红得让人怀疑。同学聚会，都喜欢邀请他，因为有他在，气氛热烈，喝酒尽兴。但是，得开车接送他。出门时，师母反复叮嘱接他的学生，老贺血压高，别让他喝酒。可是，每次酒局都持续到半夜，他一直陪着喝，跟学生相拥在一起称兄道弟，吆五喝六，互相揪着对方的耳朵或生殖器灌酒，喝得烂醉如泥。可以想象，杯盘狼藉，人仰马翻，像车祸现场。那时候，他早退休了，七十出头了吧，身体很硬朗，嗜酒如命，每喝必醉。回到他家，学生把他扛下车，在师母劈头盖脸的苛责怒骂中搀扶他到床上躺下。师母既责骂老贺，也责骂送他回来的学生，毫不留情面。责骂声一直追随着返回的车。责骂声回荡在月明星稀的夜空。

因此，愿意接老贺者众，甘心送老贺者寡。后来，男同学轮流送他回家。我也曾经被安排送过他一次。同学们把他塞进车，关上门，剩下的事就是我的了。的士司机本来要拒载的，但经不起我加倍费用的诱惑。老贺在车里歪着身子躺着，嘴里叨唠不断，主要内容是谩骂龚志海。

龚志海是当年我们蛋镇高中的校长，是一个表情严肃拘谨的老头。有一次在学校教师的什么会上，老贺用英语骂龚志海私德有问题，指责他任人唯亲，对某年轻女教师举止轻浮，甚至通过学生食堂中饱私囊。在场的没几个听懂，但龚志海听懂了。龚校长跟老贺是师范学校的同学，都是英语专业。两个老头在会上用英语争吵起来，互相挖对方的黑历史。那是镇高中历史上著名而诡异的"口舌之战"。谁都不知道具体吵了什么，但对这次争吵谁都有发言权。众说纷纭。只是不知道究竟谁才是这场争吵的胜利者。当然，从会议室走出来老贺便单方面宣布自己获胜，为全校所有师生出了一口恶气，也为自己找回了尊严。然而，更多的人站在龚校长这边。"他们不支持真理，而臣服了权力！"老贺在课堂上曾经多次愤怒地指责那些颠倒黑白、奴颜婢膝的大多数。

"任何时候，你们都要站在真理一边。"老贺语重心长地反复叮嘱我们，仿佛害怕连我们也反水，站到邪恶的龚校长一边。

那时候，如果得不到满意的回答，老贺是不往下讲课的。因此，每次，我们都忍俊不禁，心照不宣地大声回答："好！我们永远站在真理一边。"

不久，由于我们班在一次期中考试中，英语平均分全年级倒数第一，老贺难逃责任，被学校剥夺上课权利，下放到食堂当工人。

食堂负责人安排他掌管猪事，每天喂养学校养猪场的十三头猪。

　　我们经常看到老贺颤巍巍地担着猪潲①从食堂出来，穿过长长的回廊，用尽吃奶之力爬上并不十分陡峭的台阶，在台阶的尽头往右拐，便是猪圈。但后来我们再也看不到他。老贺的喂猪生涯只持续了一个学期，然后又回到了教学岗位。老贺重新讲课时不再提跟龚志海的恩怨，尽管我们都看得出来，他内心并不服气，而且被龚志海安排喂猪，在全校师生面前丢脸，简直是雪上加霜。

　　"此事伤害性不大，但侮辱性极强。"老贺说，"我一辈子都无法原谅龚志海。"十几年过去了仍耿耿于怀，每逢醉后都要拿出来说。

　　冤家宜解不宜结，解铃还须系铃人。同学中有好事者提出设一酒局，同时请龚校长和老贺出席，让他们杯酒释前嫌。都七十几岁的人了，不要把仇恨带到棺材去嘛。

　　龚校长欣然同意出席酒局，但不一定同意跟老贺冰释前嫌，因为那次吵架老贺对他的伤害也让他备受屈辱。

　　老贺并不知道龚校长将跟他在同一酒桌上出现。自从退休后他们从没有见过面，他们师范同学聚会，两人都刻意地错开，避免同时出现。

　　因为出差在外，那天的酒局我没有参加。听说是这样：老贺一进门发现龚志海坐在主位，转身便走，却被我们的几个班干部堵住了，好言相劝，向他展示今晚要开的酒——十年前的茅台，

---

① 猪潲：猪食，一般用米糠、野菜、泔水等煮成。

四瓶。并承诺让他自己独享一瓶。老贺才勉强坐到酒桌边，坐在离龚校长很远的座位上。

像过去那样，热烈开场。开场白自然还是由班长说。

"特别高兴的是，今天同时请到了龚校长和老贺共进晚餐……"

酒开始喝了。酒好，是正宗的茅台。菜也好，比平常的更好更多。桌子也比平常大，因为来的同学更多。男男女女，从四面八方赶来的，有些还是毕业后第一次见面，仿佛是特地为今天的酒局来的。龚校长兴致很高，还是声如洪钟，喝酒也不含糊。老贺呢，似乎在跟龚校长较量，喝酒当仁不让，并且果然是独占一瓶，就放在自己的面前。

开始的时候，大家喝得很高兴，老贺和龚志海也是相安无事，气氛掌控得很好。酒过数巡，有人开始有了醉意，开始站起来唱歌，向女生表白……这些都没问题。问题出现在三瓶十年茅台喝完了，不够喝，有人拿上三年的茅台。龚校长脸红红的，也有些醉意，讲话颤抖了。

"我不要喝三年的，我要喝十年的。"龚校长说。

三年的跟十年的口感明显不一样。

"喝酒不是选姑娘，我要老的。"龚校长说。

可是十年酒没有了。也不是没有，老贺面前还有，不多了，但还是可以分龚校长几杯的。

"老贺你凭什么独占一瓶?!"龚校长大声呵斥老贺。很明显，事先没有跟龚校长解释清楚，或者解释了，龚忘记了。

气氛从此改变了。老贺把剩下的十年酒全部倒出来，有三两之多，仰颈一口喝完了。

"没有了。你们看，没有了。"老贺说。

龚校长和老贺的争吵开始了。老贺用了几次"fuck"。龚校长忍住没用。两个老头还是算旧账。老贺骂龚是"pig"，一直都是，读师范的时候就像猪一样把他的女朋友拱了。

"你以为当年下放你喂猪是因为你的英文课上得不好？错，是因为你作为一个英文老师竟然鼓动所有的学生写诗。"龚主动说起那件旧事。

"写诗有错吗？写诗总比他们虚度光阴好吧？"老贺说。

"写诗本身没有错，但其他老师全部反对你，语文科的老师联名告你的状。"龚说，"更严重的是，你怂恿和参与了蛋镇诗社的组建，号召全校学生加入。一个屌毛诗社把学生的心全搞散了，我还带得好他们吗？你想毁了'蛋高'。"

"'蛋高'本就是一个破烂学校，一口大粪坑，姓龚的，你是吃粪自肥的顽固分子。你自己拉的屎，请你自己吃回去……二三十年过去了，除了涌现了一批诗人，'蛋高'还有什么可以拿得出手的？我错了吗？我哪里做错了？你竟然迫害我，打压诗歌，你将被学生们钉在耻辱柱上。蛋镇诗社万岁！"老贺手舞足蹈，甚至是张牙舞爪。

两人为此事争执起来，声音越来越大，各不相让。

老贺骂得越来越不堪入耳。同学们纷纷劝架。二老希望学生们评评理。

　　于是同学们真心实意、实事求是地评理。

　　评理的结果，大部分同学说老贺小气了，固执了……反正龚校长在理呗。

　　听到学生的一番话，老贺勃然大怒，摔杯而去，谁也劝不住。出了门，他突然折返，站在门口，对着众人，吐了一大口："好了，今晚的酒我全还给你们了，从此一刀两断，江湖不再相见！"

　　酒局不欢而散。

　　后来，我们还去老贺家里邀请他出来喝酒。他不愿意了。他说戒酒了。实际上是生了我们的气。

　　"你们没有站在真理一边，而是选择了权势。连一个退休校长也能让你们昧着良心说假话，你们的书真是白读了，我也白教了你们！你们根本就不是我的学生。诗歌万岁！"老贺斥责我们说。

　　又过了些时间，我们以为老贺的气消了，又登门约他喝酒。他竟然在院子的门外挂起了一块牌子，上面写着："假学生与狗不能入内！"

　　师母对着院子外的我们，挥了挥手，意思是说：滚吧，他不会见你们了。

　　半年后，老贺患病，去了省城。一年后，同学们再谈起他，班长说，老贺上月与世长辞了，只留下一本自写的诗集，有诗257首，书名《蛋疼》，希望哪个热心的学生——你们能帮他出资出版。

（原载《中华读书报》2020年8月12日）

"我留在这里是有原因的"

阙振邦

他们大多都纷纷去了广州、深圳。我留下来是有原因的。

蛋镇诗社解散的第二年，我通过考干进入蛋镇广播站工作。广播站站长莫世劝退休后，只有李提香一个人。他是半路出家，是供销社电工出身，擅长修理电器，对广播事业一点兴趣也没有，平时就是维护设备，准时转播中央人民广播电台和县广播电台新闻。有时候插播本镇政府通知和公告，还有计生、土地、防火、收缴公购粮等政策宣传。还有警告大家不要私自改装收音机偷听电台，检查广播电线和喇叭是否有问题。我的到来，帮他分担了一些工作。在蛋镇诗社成立之初，我选过一些社员的作品送给莫世劝，看能否在广播电台播出。他转手给了李提香。李提香的普通话和方言朗读都不行，他转手扔给李提雪来朗读。李提雪的声音清甜，吐字清晰，声情并茂，效果不错。有一段时间，每天傍晚，在中央人民广播电台《新闻联播》之前，广播站总播送五分钟左右的诗歌朗读。但随着诗社解散了，这个节目也取消了。现在我进了广播站工作，我想把诗歌朗读的节目恢复。我跟李提香商量，他让我征求李提雪的意见。

李提香的心思不在工作上，尤其是我来了以后，他更不愿意在业务上多花时间。但他很忙，主要忙于贩卖猪饲料。从广州进货，在珍珠大街的铺面——香雪饲料店出售。铺面由他的妹妹李提雪打理。

李提雪长得矮，肉乎乎的，胸脯特别丰满，性格开朗热情，笑声不断。做买卖童叟无欺，因而她的生意不错。有一天她到广播站找李提香，我第一次见她，印象并不差，觉得她秀外慧中，说话和举止很得体。那时候，我刚跟国营照相馆的职工薛彩云"闹翻"了，因为她去广州会她的男同学，在那连住了三天才回来。我明显感觉得到这三天发生了什么，我嫌弃她了。她也无所谓，反正她从没有喜欢过我。李提雪打量了我一番，说我像个文化人，不上大学可惜了。我说："没有什么可惜不可惜的，你不也没有上大学吗？"

"你不能学我，我是女的，"她说，"我喜欢做生意。"

她看我的时候有几分羞赧。我也是。

她从她哥那里拿了东西便匆匆离开。从身后看她的屁股比一般的女孩要大。彼时她穿的是深蓝色牛仔裤和白色运动鞋。

此后，李提雪经常来广播站。有时候不一定找她哥，就说是来随便看看。

我意识到她有可能是专门看我的，可是我并不怎么动心。我嫌她身高偏矮。虽然皮肤白嫩，穿的裙子也好看。当然，矮一点并非不可逾越的鸿沟，我的条件也好不到哪里去，只是一时对她没那种怦然心动的感觉。初入社会，我觉得还可以等等，或许能遇到更好的。

广播站工作很轻松。政府对我们也没有什么要求。各单位都在搞创收，有能力的干部都把主要精力用在捞钱上。因为我的到来，李提香去广州的次数比过去多了。有时候，连续三四天都在广州。他老婆在广州开了一间饲料批发店，已经站稳脚跟了。他说他迟早会去广州发展。他每次从广州回来，都给我带一点小礼物，袜子、肉干、皮带、打火机、电子手表等。有时候他干脆不来广播站，让李提雪送过来给我。我知道，他是贿赂我，让我替他多干点活，并替他保密。

李提雪通常是下班后晚上到广播站。说是散步，顺便。晚上我在广播站值班，顺便写写诗，看看杂志，收听一下电台。

她来广播站主要是看她哥的卧室有什么换洗的衣服没有，顺便跟我唠叨一会。我也乐意跟她小聊一会。她知道我写诗，但从不打听什么是诗。她只聊饲料和广州，还有她的哥哥和嫂子。广州好，她很向往。但蛋镇饲料生意还不错，养猪的农民都需要。我向她提出恢复广播诗歌朗读节目，还是让她来主持。她迟疑了一会，说这个工作放下一段时间了，要重新拾起有点困难，主要是热情消退了。

"让我再想想，调整一下心态再说吧。"她说。

来日方长，不焦急。再说，我对诗歌的热情似乎也没有以前那么高涨了。那些伙计各奔东西，已经作鸟兽散。

有一天，她邀请我晚上下班后到她家喝咖啡。她嫂子送了她一部磨咖啡豆的机器。巴西产的咖啡豆，很香，广州流行喝现磨的咖啡。我欣然同意前往。我从没有喝过咖啡。蛋镇曾有一家咖啡店，但太贵了，我们喝不起，因此很快倒闭了。倒是按摩店、录像厅、发廊、卡拉OK厅纷纷出现，打扮得花枝招展的女人招摇过市，露出像鸡屁股一样的肚脐，一点也不担心受寒。金光闪早就说过，蛋镇的"蛋壳"已经破了，里面的人走出去，外面的东西涌进来，一切都要发生变化。

李提雪的香雪饲料店在珍珠大街兽医站附近，抬头可以看到金牙铺，离守德药房也不远。李提雪住在饲料店上面，三楼。我下班后到达那里，夜还不算深，街上还有孩童的喧闹声。我进她的房门时，她正在磨咖啡。

房间是单间，租的。布置得很温馨，有内涵，很有女人味。墙上挂着吉他和向日葵油画，房间中间是一张床，厚厚的席梦思床垫，粉红色床罩和被单。还有一张书桌，桌面摆放着一台播放机，堆放着几张港台金曲碟片。

她的全部精力都放在磨咖啡豆上，浑然不觉自己只穿着一件宽大的连体睡裙。浅白色睡裙，很薄。天气有点闷热，风扇在床头空转着。

咖啡机很精致，是简易型，手动。她摇得很费劲。我说我来试试。她让出半个身位，教我如何用力摇。结果我不需要用太大的劲便摇转了咖啡机。她说，还是我有力气。咖啡粉磨好了，她冲了两杯。浓香一下子塞满了屋子。只有一张椅子，但椅子上堆放着折叠好了的衣物。我和她分别坐在床的两边，在等咖啡凉的过程中，我们东拉西扯地说一些话。她怕我无聊，拿出一本厚厚的相册，让我翻看。全是她在不同的时间不同的地点拍的。有些背景是城市的高楼大厦，我问她是哪里。她干脆凑过来，颇有意味地给我介绍每一张照片的来龙去脉和何时何地。我时不时夸赞一下她去过的地方真多。

看照片的时间过得很快。她正对着我，很专注地给我讲解照片，让我感到害臊和难为情的是，她没有穿胸罩，低胸的睡裙根本无法遮掩她的丰满部位。尤其是她有意无意弯腰低头的时候，那两只晃动的乳房让我一次又一次感到惊心动魄。有时候，照片放颠倒了，她还得把身子凑到我的正面，靠近我的胳膊，才能把照片说清楚。

看照片的一个多小时，我犹如在海上颠簸了大半天。我的眼睛忍不住要多看几眼她的胸部。她浑然不觉。直到后来，她似乎觉察到了，用手捂了捂胸口的布料，但很快由于一只手根本忙不过来，便放弃了捂胸口的动作。

　　　　摇摇晃晃的床。

　　　　摇摇晃晃的窗。

　　　　摇摇晃晃……

我想起了谢敬逸那首《致郭梅》①：

———————————

①　关于这首诗的作者有争议。据谢敬逸说，此诗由金光闪口占，他只是记录，作者应该是金光闪。但金光闪曾经断然否认。

荡妇的胸前有两只瓜

一只是木瓜，另一只是冬瓜

品种不一样，不能成一家

　　她自觉不自觉地靠近我，我简直无法呼吸，也无法动弹，脑子里乱哄哄。她的身上散发着沁人心脾的香气，身子柔软得快要瘫倒在床上，她已经做到了一个良家女人能做的一切，等待我最后防线的崩溃，将她扑倒，把手伸进她的胸部，完成一件水到渠成又波澜壮阔的事情。

　　我的堤坝水涨千尺，快要崩溃了。

　　她忽然开口说话："你不要学金光闪。他不值得你学习。"像一个妻子苦口婆心地劝误入歧途的丈夫浪子回头。

　　我愣了愣，突然泄了气，也胆怯了，直了直身子，说："咖啡，应该可以喝了。"

　　李提雪醒悟过来，说："对，可以喝了。"

　　我们起身走向咖啡。

　　咖啡果然味道好极了。我高度评价了咖啡。我希望今后仍能喝到这么好的咖啡。

　　喝完咖啡，夜深了。离开那里，走到一楼的时候，我才感觉到猪饲料的味道是那么难闻。

　　之后，李提雪再也没有到过广播站。我也没有见过她。两个月后李提香告诉我，李提雪去了广州，跟嫂子做生意。珍珠大街的香雪饲料店仍在，改由李提香的舅姑打理。

诗歌朗读节目最终也没有恢复。第二年，我调到了县城工作。

李提香一直没有离开蛋镇广播站，让我百思不得其解。

我们偶尔有联系，谈到李提雪。他并不知道我和李提雪曾经有过"危险"的一夜。李提雪在广州跟着嫂子做生意，三年后嫁给了一个山东仔，自立门户，生意做得风生水起。说实话，李提雪确实是一个好姑娘。那么多年过去了，回想起来我还是有些遗憾。

"我留在这里是有原因的。"李提香说。

但我没有从他的口里知道原因。他也不肯说。各有各的隐私和生活方式，我也不好刨根问底。

李提香留在蛋镇的原因是李提雪告诉我的。

我去广州的时候，李提雪热情地接待过我几次。我喜欢跟她聊天，因为很放松，没有思想负担。她也愿意跟我说话，很坦诚，还很幽默。她说她的人生算是成功的，唯一的遗憾是哥哥李提香没有离开蛋镇广播站到广州跟她嫂子会合，甚至还和镇上一个租卖盗版光碟的女人好上了一阵子。她嫂子跟他离了婚，带着女儿重组家庭了。李提香孤零零一个人。饲料生意不好做了，店铺早已经转让给他的舅姑，而且把所有的本钱投资一个水库养鱼项目，结果血本无归，从此一蹶不振。有一次李提雪回蛋镇看望李提香，看到她哥一个不到五十岁的人已经满头白发，老态毕现，毫无斗志，一事无成，十分悲凉。她在李提香的办公室抽屉里竟然搜出一堆诗稿，全是他写的，看落款日期，已经写了三十年诗了，而没有一个人知道。因为他从没有拿出来发表，哪怕在自己管的广播上播出，更没有跟谁提起来过。李提雪似乎找到了哥哥"沉沦"的原因，十分心痛，也十分气愤，将他的诗稿从走廊上扔出去，纷纷扬扬，撒得满大街都是。李提香像一个委屈的孩子，躲在广播站的角落里抱头痛哭。哥哥被诗歌毒害，李提雪归咎于金光闪。因为李提香承认当年受到了金光闪的蛊惑才暗中写诗的。"对我哥这种人而言，诗歌比邪教还可怕。他说蛋镇是他的根，一旦离开便如树离开了大地、鱼离开了水、云朵离开了天空……他要当一个诗人。这才是他不愿意离开蛋镇的原因。"李提雪愤恨地说。在广州，她几乎没有跟金光闪有过来往和联系。她说，看到东风中路上的"蛋派大厦"，心里就想到李提香，想到乱七八糟的诗歌，她就想骂人。只有一次，她和金光闪相遇了。她冲进蛋派大厦找到了金光闪："你必须给我哥李提香赔偿。"

金光闪莫名其妙。李提雪很生气，把李提香写诗的事情告诉了金光闪。

"无论是谁，每写一首诗，你均奖励一个鸡蛋。"李提雪说，"但你没有蛊惑到别人，只把我哥拖下了水。他写了三千多首诗。"

金光闪对此也是吃惊不小，完全出乎意料。看到李提雪满腔怒火的样子，他也就不敢笑出声来，表示愿意"奖赏李提香三千个鸡蛋"。是奖赏，而不是赔偿。而李提雪对金光闪说："呸，我恨不得将三千个鸡蛋全砸到你的身上！"

　　她是认真的。金光闪亲口告诉过我，如果那时候她的面前真有三千个鸡蛋，她真的会将鸡蛋全砸向他。

　　我就喜欢李提雪疾恶如仇、爱兄如父的样子，只是一谈到李提香就唉声叹气。她对我说："你们做梦都想不到，我哥竟然成了蛋镇诗社最大的遗产！比你们说的姜美好要惨得多。"

　　李提雪快人快语，说话很有气势，有着老板娘该有的杀伐决断的气质。与年轻时候相比，我对眼前的她更加欣赏。

〔选自散文集《悠悠岁月》（阙振邦著，中国文联出版社）〕

陪金光闪物色墓地

阙振邦

实话实说，有一段时间我对金光闪是怀有恨意的。他能感觉得到。我们曾经有很多年没有联系。他在广州，我在瓷县。他飞黄腾达过一阵子。那是他自己努力的结果，我一点也不忌妒他。因为我觉得凭他的能力无论在哪里从事哪种工作都不会混得太差。他是亢奋型人格，浑身充满激情，永不疲惫，永不言败。从个性和追求上说，我跟他不是同一条道上的。离开蛋镇以后，我在瓷县混仕途，曾经有过起色，但终究是文人气太重，成不了气候。我曾经想辞职去广州或深圳发展，那边我的朋友已经混得风生水起，包括李提雪，多次劝我过去跟他们一起奋斗。我动心了，辞职报告都已经写好。但一向希望我光宗耀祖的老父亲严厉斥责我：

"我祖上不缺钱，但缺官。你是我阙家的唯一希望，必须给我挺住。如果因为走仕途揭不开锅，我卖掉老家的三亩六分地和七间破瓦屋供你吃饭！"

更甚的是，老父亲以绝食相逼，以死相威胁。我只好作罢。

我在方志办待了好几年，也逐渐爱上了这个工作，便断了去广州、深圳重新开始的念头。金光闪在广州传奇式的成功并没有让我对他产生过多的敬意或羡慕。一些共同的朋友曾经劝我恢复跟金光闪的友情。我说，我们从没有声明过跟对方绝交，何来恢复？

金光闪很少回瓷县或蛋镇，回来也从不告知我。他组的饭局，我从没有参加过。我们似乎都在生对方的气，或者是跟对方斗气，中间隔着一层纸。在2004年夏天，金光闪投资重新装修的蛋镇电影院竣工，恢复营业。金光闪回了一趟蛋镇，召集朋友们在粤桂酒家聚会。我也应邀参加了。席间大家都很开心，李提香还拿来一份《蛋镇诗报》，每人都分别诵读了诗报上的诗。金光闪朗读了《创刊词》，他还是激情澎湃。读到最后，他站到了椅子上，觉得不够，干脆站到了餐桌上，声情并茂，犹如中流击水，浪遏飞舟，粪土当年万户侯。读毕，他竟然泪流满面，痛哭失声，仿佛刚刚经历了大悲伤。我们不知所措，哄了很久，他才愿意我们把他从餐桌上搀扶下来。但那一次，我和他并没有说几句话，不像是一起创办了蛋镇诗社的老伙计。我们还有芥蒂放不下。

直到2015年，有一天晚上，他给我打了一个电话，说想跟我聊聊，随便聊聊。

我们聊了一些共同的朋友和熟人的近况。然后他说他在广州过得并不开心，突然间失去了动力，像一架飞机的引擎在半空中熄火，整个人都在往下坠，有时候半夜惊坐起，万念俱灰。所以他信了佛。其实，那时候他还不知道他自己患上了癌症。是身体的变化让他隐隐约约感觉到不安、恐惧和绝望。最后，他恳请我给他找一个合适的人帮他写一部传记。我以为是开玩笑的，但听起来很认真。他跟我谈到传记的设想，不是为了光宗耀祖流芳百世，而是为了保存他在人世时的一些信息。语气里我听得出来，他希望我亲自帮他写。但我委婉地断了他的念头，答应帮他找一个合适的写手。他很高兴，请我一定抽空去广州看看。其实我是去过几次广州的，有时候带老婆一起，到广州市第一人民医院看病。我的一个小舅子转业后被分配到广州民政局工作，我们每次去广州，都是他接待我们。有时候一个人去，是李提雪安排我的食宿。李提雪的生意也做得不错，儿女都读执信中学，丈夫一如既往地爱她，家庭很美满。

而且，我还去过东风中路观瞻"蛋派大厦"。金光闪闪的四个大字让我驻足良久。它让我想起了"蛋派"诗歌。车水马龙，芸芸众生，有几个人知道这四个大字究竟蕴含了什么意思？

此后我和金光闪的联系便多了起来，几乎每周都有联系。不是电话，便是在QQ上。有时候他跟我聊佛经，聊禅宗，聊西藏，聊星云法师、李叔同……我们的友谊慢慢恢复。

2016年秋，金光闪在电话里略带悲伤地告诉我，他得了癌。气氛骤然凝重起来。

"到了那天，你要给我致悼词。"他恳求我，"我的一生乏善可陈，你不会觉得我的悼词很难写吧？"

我不断地安慰他，劝他不要胡思乱想。那时候我是想去广州看望他的，但因为家庭和工作，时间上一时安排不过来。直到三个月后，我才专门赶到广州看他。

彼时，他已经很消瘦了，精神状态也不好，明显的疲倦感和挫败感。他把我安排在花园酒店住下，带我到蛋派大厦参观。

蛋派大厦有二十多层，只有十一层属于蛋派木业公司办公地点，其他作为写字楼出租给许多公司机构。木业公司装修比较简朴，员工看起来很忙，他们看到金光闪也只是点个头，只有他的秘书称他"金董事长"。他的办公室宽敞明亮，却布置得比较简单，只有一张大办公桌和一套茶几、沙发，连书柜都没有。只是弥漫着一股淡淡的中药味。

秘书打开窗，风吹了进来。透过窗口，能看到外面的繁华，汽车的鸣笛声和人的喧闹声顺着墙爬上来。秘书给我们分别端上了茶后出去了。我们站在窗口，盯着远处，默默地喝着茶。

突然，他开口说话了。

"我试试背诵一下顾城的《墓床》吧，都二十多年不背了。可能背不完整了。"

我愕然。他喝了一口茶，清了清嗓子。

我知道永逝降临，并不悲伤

松林中安放着我的愿望

下边有海，远看像水塘（应为"池"）

一点点跟我的是下午的阳光

> 人时已尽，人世很长
>
> 我在中间应当休息
>
> 走过的人说树枝低了
>
> 走过的人说树枝在长

　　我赞赏了他。除了把"水池"念成"水塘"外，其他准确无误。他有点得意，但脸上掠过的悲伤比风还快，还隐蔽。

　　"我想请你陪我去选择墓地。"他说，"听说你是懂风水的。"

　　我想说点别的，被他打断了。

　　"你不要担心我。我想开了的。"金光闪说，"身后事我都安排好了，就差墓地。"

　　我知道他处事缜密。他还说已经安排了一些钱将交给我保管，一笔是编印《蛋镇诗社·三十年资料选编》的经费，另一笔用于组织蛋镇的朋友们到广州殡仪馆参加他的告别式。[①]他叮嘱：

　　"《蛋镇诗社·三十年资料选编》要精装，用好一点的纸，不要在瓷县的印刷厂印，要给广州最好的印刷厂。将来还可以出英文版嘛。

　　"朋友们往返广州的车马费、住宿费、吃烧鹅的钱、珠江轮渡的船票、误工补助……每一样你都不能省。"

---

① 　三天后，我果然收到了这两笔款，数目可观。——作者注。

…………

我的小舅子在广州民政局上班，懂情况，而且有关系。我打了一个电话给他。他建议我们去福山公墓看看，新开发的，位于萝岗九龙镇福山村，与白云区相邻，占地一千三百亩，位置和风景特别好。2013年7月24日正式开工。第一期建四栋骨灰楼，2015年投入使用。比房子还抢手，一穴难求，而且价格也跟房价一样，一天一个样。

金光闪说干就干，马上下楼，亲自开车，直奔福山公墓。

一路上，金光闪开车比较谨慎，不断向我介绍所经之处。其间，他接了一次电话，是医生打过来的，医生在电话里哗啦哗啦地一通猛说，金光闪只是简单地回应"好的，知道了"。通完话，默默地放下手机。路越来越弯曲，树木越来越多。

"本来我是想叶落归根回蛋镇的。但回不去了，兄弟。"他低沉地说，"你明白的，回不去了。"

他给我看过病历。是脑癌。而瓷县已经有传他的病情。有谣传说，金光闪患了艾滋病，是他在非洲跟黑女人惹上的，怪不得他一直不谈恋爱不结婚。我跟他说到这个谣言时，他说："别人怎么说都无所谓啦。"

转了几道山，福山公墓便到了。

果然是一个好地方。陵园根据皇帝顶周边的自然环境依山傍水而建，三个大小不一的山塘水库点缀其间，三面环山，面向水库的一面设计为墓地区。绿化和基本设施都已经差不多弄好了。墓地已经所剩不多，很多墓地已经"名花有主"，竖起了"某某某之墓"的墓碑，尤其是位置优越的墓地，仿佛他们很早就躺在那里，容不得别人妄想。

金光闪说："我们还是来晚了。"

因为小舅子的关系，陵园方专门派了一个女工作人员带我们去参观。

墓地一排一排的，密密麻麻，规格基本一致，价格却不一样。

"墓地整得像诗一样，还恰到好处地分行了。人和诗歌真的何处不相逢啊。"金光闪苦笑，又着腰极目远眺，不断赞叹这边风景独好。

"这里适合登高演讲。我要动员沉睡在这里的所有人都起来坚持写诗歌。"他装出豪迈的样子，但瘦弱的身子经不起一阵风，"我也要写诗，把生前所有应该写的诗全写出来。"

工作人员带着我们一排一排地去看，哪个是暂时无主的，哪个已经被谁购买了；这边安葬的是哪个显赫高官，那边躺着的是哪个商贾名人；每个墓位的优缺点是什么。工作人员给他推介了几处，我也言简意赅地给他意见。他不住地点头，却总是不满意。不是嫌左邻死于癌症，就是嫌右邻命丧车祸。跟高官相邻会有精神压力，跟商贾在一起会闻到铜臭味，跟无名小卒为伍又了无乐趣……他要找一处十全十美的地方安放自己。

我陪着他差不多检阅了整个陵园，几乎把所有的空位都琢磨过了。在此期间，他几次从口袋里取出自己拟写的墓志铭，跟我商量，现场修改了很多遍。他总是对自己的生平不满意，而对自己的评价却明显过高。一些措辞不甚合适，他却不愿意用合适的词替代。内心的挣扎和纠结在那一刻昭然若揭。但他的墓碑正面的铭文已经定稿，一字不容更改，而且必须是正楷：

蛋镇诗社社长金光闪之墓

我心里想象着"蛋镇诗社"四个字被刻在黑色的大理石墓碑上的样子，它跟刻在蛋镇锯木厂侧门牌匾[①]上的"蛋镇诗社"有什么不同。

我们继续寻找。我相信偌大的陵园总有一块地方适合他。

"其实，我有一个理想：跟闫妙龄[②]毗邻而居。紧挨着那种。"他说，"可惜，找了个遍也没见到她的墓地。"

说完可能觉得有什么不对，他赶紧解释说："开玩笑的。我宁愿在这里等她一百年。"

我说："这个玩笑不符合社会主义核心价值观。"他同意我的观点，改口说："我衷心祝愿闫妙龄女士生活幸福、长命百岁、儿孙满堂！"

陵园里剩下的相对较好的无主穴位本来就不多了，到了下午，又被别人选走了七个。我和工作人员都替他焦急，看上去他也焦急。在墓园转悠了半天，他已经累坏了。到后来，如果没有

① 　1988年4月我们制作了一块木质牌匾"蛋镇诗社"挂在蛋镇锯木厂侧门。——作者注
② 　闫妙龄：河南驻马店人，金光闪在台资木材公司时的同事，是他唯一爱过的女人。但被拒。闫妙龄嫁给了一个不入流的诗人。——作者注

我的搀扶，他寸步难行。我催促他早一点选定，选墓地跟选房子一样，没有十全十美的，不要太挑剔。然而在这个事情上他固执得令人发指，理由却又令人心酸：

"我还不到五十岁，我得在这个地方住很久。说不定我还要认认真真地谈一场恋爱，然后结婚，生养四个孩子，两男两女。"

既然如此，我只能劝自己更耐心一些。毕竟，我在陪他做一件非常重要的事，像当年在蛋镇办诗社那样。

即使再瞎忙三十年也愿意。

金光闪能看得出我的不耐烦，突然站住不走了，对我说："要不，我死后你们把我的尸体扔进大粪坑算了，省事，还有诗意。"

我笑了笑，不回答，双手推着他继续前行。

最后，金光闪选中了一处。位置靠近山林一边，稍显僻静，如果那些树枝再长，将会把它遮掩。我好奇他为什么选择这一块墓地，他指着右边的墓碑对我说：

"这里埋的是一个十一岁的小女孩。我决定认她为干女儿，从此与她相依为命。"

[选自散文集《悠悠岁月》（阙振邦著，中国文联出版社）]

在金光闪遗体告别式上的悼词

阙振邦

各位金光闪先生生前的亲朋好友：

金光闪先生因病医治无效，不幸去世了，享年四十八岁。今天，我们从四面八方赶到这里，怀着沉痛的心情，跟他作最后的告别。

金光闪先生出生于1970年5月，蛋镇前进村人氏。出身贫苦，在农村长大，在蛋镇中学和蛋镇高中完成了他的学业。他聪明上进，性格早熟，早在蛋镇高中读书期间便参与社会活动，敢想敢做，牵头成立蛋镇诗社，满腔热情，全力以赴发动和团结全镇人民，掀起一场轰轰烈烈的"全民写诗"运动，倡导"蛋派"诗歌，响应者甚众。这是一场深刻影响蛋镇文化发展的启蒙和实践运动。很多蛋镇人或多或少被前所未有的理想主义和浪漫主义的光芒照亮。连那些农夫、工匠、流氓、乞丐和商贩都知道了诗歌，甚至懂得了写诗。我们不敢说蛋镇六万人民都学会了写诗，都成了诗人，但我们敢说全世界没有第二个乡镇像蛋镇这样普及了诗歌。诗歌之火，已经燎原。这是蛋镇了不起的传奇。虽然蛋镇诗社像一场台风，短暂而迅速消失，但它在我们的脑海里比天空还长久，比时间更永恒。金光闪先生是蛋镇诗社的创建者、缔造者，"全民写诗"运动的推动者，是蛋镇诗社的灵魂人物，是蛋镇文化史上的一座丰碑。灵魂不灭，丰碑永在。

金光闪先生离开蛋镇后，来到改革开放最前沿的广州创业。从木材生意到家具制造，都十分成功。他创办的蛋派木业公司鼎盛过，辉煌过。"蛋派大厦"四个金光闪闪的大字曾经在广州东风中路的黄金地段光彩夺目。风云变幻，人生浮沉，他给这个时代留下了一个清晰的背影。我们都知道他的事业曾经如日中天，也知道他后来功败垂成。是非成败转头空，一场人生一场梦。金光闪曾经说过，蛋镇的"蛋壳"必须由我们这一代人去打破，破壳而出，到世界去。他做到了。他始终是一个勇于"破壳"的人。他走到哪里，蛋镇诗社就在哪里。创办诗社的激情和精神伴随了他的一生。

金光闪先生热心公益，支持过很多贫困学生，也为蛋镇的发展做过相当多的事情。在这个复杂的大时代面前，他没有迷失，没有退缩，没有得意忘形，没有违法乱纪，没有变坏，没有被社会的"大粪坑"污染、侵蚀、同化。在他人生的最后三四年，因为事业遇挫，千金散尽，他有些落魄，迅速被遗忘、抛弃，然而，他从没有埋怨，也没有气馁。他比大多数人活得通透。如果不是疾病缠身，他完全会东山再起。只是上天没有给他第二次机会。

虽然金光闪先生一生从没有写过一首诗，但他把自己活成了一首诗。他身上具备诗人所有的气质和优点，他的一生充满了浓烈或淡雅的诗意。诗歌成为他的人生信念。像诗人那样思考，像诗人那样活着。在生命的最后时光，他没有跟我们谈论过金钱、地位，没有抱怨任何人，只跟我们谈论诗歌，回忆三十年前的蛋镇诗社。在他病得最严重的时候，他挣扎着从床上爬起来，站在床头，精神抖擞，试图重现三十年前站在蛋镇街头发表演讲的场景。只可惜，他只讲到半途便体力不支倒下了，像极他的人生，"创业未半而中道崩殂"，宛如一首诗才写了一半。因此，我更愿意相信他不是被疾病夺命，而是像诗人兰波那样"死于疲惫"。

生命的短暂如白驹过隙。人生像诗社一样，终有落幕时。金光闪先生英年早逝，是我们的一大损失。往事历历在目，回想他短暂而金光闪闪的生命历程，我们无比惋惜。根据金光闪先生的遗愿，我们将用心编印好《蛋镇诗社·三十年资料选编》，以此纪念那些年月，纪念我们自己，告慰先生的在天之灵。

最后，感谢各位亲朋好友来参加金光闪先生的告别仪式，让我们一齐祝愿金光闪先生一路走好，安息千古。

2018 年 9 月 17 日

未完成的《金光闪传》（附《金光闪年谱》）

顾顺义 [1]

　　金光闪决定把一件重要的事情交给我来完成，估计是因为我跟他一样，也是蹲着大粪坑长大的。

　　那是我人生中第一次签订合约，事关重大，诚惶诚恐，如履薄冰。当我颤巍巍的手在协议最后一页乙方空白处写上自己的名字时，我感觉我的人生开始了，也可能是结束。因为一笔巨款以数字的方式在我眼前闪烁。我的脑子里飞速盘算着如何支配这笔款，让它开启我的人生，照亮我的前程。

　　签字后，我和金光闪站起来摆拍了一张照片。他对我说，从明天开始，就按方案进行。

　　这是一个宏大的计划，也是关于一个人一生的计划。时间跨度有多长，要看他的寿命有多长。同时，也是一个浩瀚的工程。他的一生越波澜壮阔，工程越浩大。

---

[1]　顾顺义（1979.11—　　）：瓷县民安镇人。四川传媒学院毕业。初中二年级练过气功，后逃学偷跑到嵩山少林寺习武，被当地警察"遣返"。曾担任过《瓷县报》记者，现为瓷县方志办副主任。参与编撰有《瓷县文化史》《瓷县名门望族》等。

简单地说吧，三年前，我揽了一个活，撰写《金光闪传》。

几年前，因为我采编的一篇报道出了问题，受到了内部处分，被安排到县方志办编写县志，实际上是给主编当助手——收集资料，贴好标签，分类归档。最受重用的时候顶多是给他写一段难度不大的初稿，但他对我的文字不放心（并非不满意），还是重写，哪怕重写的结果跟我写的差不多。每一个标点符号他都要亲自写心里才踏实。因而，我显得有点多余。因为我和弟弟们上学读书，我家早已经负债累累，父母最近又患病，家里捉襟见肘。而我的工资微薄，连养自己都困难，挤不出多少余钱补贴家用。父母焦虑，我更焦虑。只要能赚钱，让我去给便秘的人抠屎都行。主编是一个善良的人，知道我的窘境，有一天，他找到我，说给我一个捞钱的机会。

"作为一个知识分子，不用给别人抠屎。"他语重心长地说，"活着要体面，要有尊严，要对得起自己的才华。"

我说："给牲畜抠屎？"

他脸上的严谨和肃穆脱落了，换成俏皮和鄙夷，对我微微一笑："差不多吧，是给一个有钱人写传。"

在外人看来，方志办是编县志的，是权威机构，由我们执笔写的传记可信度高，甚至可以像县志那样流芳青史。主编姓阙，名字叫阙振邦。我称他阙老师。他是县里著名的作家，年轻时写过诗和小说，在《诗刊》发表过组诗八首；获得领导赏识，在政府写公文，当过县长的秘书，本来可以飞黄腾达的，但县长出事入狱了，他便死了仕途之心，一头扎入地域古文化研究，成为地方史的专家；写得一手好古诗词，城里新建的公园、亭子和茶酒楼多用他的诗词、楹联。他更是一名敬业的县志编撰者。上次修志还是二十年前，他参与了，但像我一样的角色，扉页的编撰者名单上没有他的名字，连校对、编务之类的头衔也没捞着。也就是说，彼版县志压根跟他没有关系。这次修志意义重大，县志要赶在设县一千年庆典前出版，是政治任务，政府对他委以重任，让他当主编。这是他一辈子最大而且是最后的荣耀，他要全力以赴编撰县志，无暇顾及其他。关键是他向来清高，不甘愿将才华浪费在给土鳖富豪写传记的俗活上。写传记费时间精力不说，还得昧着良心给传主歌功颂德，一句话就是：取悦别人，恶心自己。"这种活，就跟替便秘的人抠屁股眼一样，如果家里还揭得开锅，谁愿意受这种罪？"阙老师说。因此推荐我。他以为我不会接受，因为他看出来我平时也写诗，写现代诗，固然也有些清高。但当他说出一个天文数字时，我当即答应了。

"三十万！先付一半。任务完成后再付一半。"

我心里不由自主地喊了一声"靠"，然后对阙老师说："干！"

"但是，传主看中的是我，不一定看上你。"阙老师说，"年轻人，其实你比我有优势。你精力充沛，求财若渴，关键是，你有才华。三十年后，下一版县志的主编就是你。但现在，你什么也不是。"

我顿时有点沮丧。

"不过，你可以试一试。"阙老师说他极力推荐了我，"我在背后支持你。"

我听说过传主金光闪。是蛋镇首富，瓷县红人，广州蛋派木业公司的董事长。蛋派大厦耸立在广州东风中路的黄金地段，他到底有多少财富无人说得清楚。因为他还很低调、神秘，听说一般人都见不着他。他从不接受媒体采访，也不参加任何与生意无关的活动，因此很少人知道他的底细，甚至连照片都难得一见。关于金光闪的传说五花八门。有人说他是一个有海外背景的老头；也有人说他是一个慷慨的慈善家、阔绰的嫖客、一掷千金的赌徒、附庸风雅的伪诗人、不择手段的暴发户、视金钱如粪土的冒险家；有人说他满脸长疮，说他鼻子歪向右边，说他少年时期打架瞎了一只眼睛；还有人说他是瘸子、矮子，说话娘娘腔，但连睡熟后也目露凶光……我也不知道他究竟长什么模样。

阙老师说他跟他曾经很熟，是年轻时候的朋友，但后来因为一些事情闹不愉快，又因道不同很少来往，近来才有联系。"那阙老师你为什么不亲自帮他写传记？"阙老师说丢不起脸。阙老师忠告我说，写传记是一门学问，不要听信传言，不能靠道听途说，得亲自跟他接触，做多方面的调查、研究、核实，必须像编撰县志、史书一样严谨。

阙老师是一个严谨认真的人。工作的时候不苟言笑，像一个老学究，同事们有点怕他，尤其是女同事。但在下班后的私人时间，他是一个幽默好玩的人：喜欢讲段子，喜欢玩扑克。跟街坊打牌，赢的时候得意忘形地大笑，输的时候骂天骂地骂空气。他顶撞过领导，得罪过老作家。有一个在县报副刊当编辑的老作家刻意打压年轻人，但又喜欢占年轻人的便宜，经常吩咐年轻作者帮他买烟，却从不给钱。自费印的个人作品集让年轻作者帮销售，而且必须完成每人五十本的任务，否则别想在县报副刊发作品。阙老师就劝阻年轻作者别听他指使，还在一次文艺座谈会上当众指责这个老作家。报社调整了老作家的职务，双方结下了梁子。从此老作家不断举报阙老师，理由五花八门，应有尽有。比如编撰的书的毛病、贪污方志办的稿纸并拿给孩子当草稿纸、私生活混乱、打牌的时候恶毒辱骂街坊牌友……最狠的一招是举报阙老师年轻时参与了蛋镇诗社的非法结社和非法出版。

有关部门真的调查过老作家举报信中反映的问题。编书的差错、私拿单位稿纸、私生活混乱、骂人等鸡毛蒜皮之事都不足以对阙老师构成伤害，也没有引起调查部门的多大注意，连批评都没有。然而，二十年前参与蛋镇诗社的事情有点复杂。有关部门还真到了蛋镇深入调查，甚至还查阅了他写的一些未曾发表的诗作。调查的结果是这样：举报的内容部分属实。尤其是他曾经和金光闪等人一起在街道张贴过"未经审核、内容敏感"的诗歌，"蛊惑和误导"全镇人民写诗，有可能演变成不可控的"公共事件"的风险……阙老师对此"供认不讳"。处理的结果是，阙老师被暂停参与重大编撰工作一年。

这一年，阙老师重拾小时候的兴趣，专门去了一趟中越边城东兴买回了一只越南八哥，每天早上提着鸟笼在桥头公园跟一帮养鸟老头玩。越南八哥个头大，身材健硕，毛发黑溜溜的，比老头们养的本地鹩哥好看得多，引发老头们的不满。而阙老师不跟养鸟老头们一般见识，在逗鸟之余顺便把几个称王称霸的摆棋老油条杀得片甲不留。老头们勃然大怒，阙老师被其中一个老头突然袭击，一拳打崩了一颗门牙，更甚的是，还把他的鸟笼一脚踢飞。那只越南八哥受到惊吓，逃走了，一直往江对岸飞，再也没有找着。

阙老师说这是他这辈子承受的最大损失和侮辱，名誉受损与这比起来根本不值一提。

一年后，阙老师容光焕发，重新恢复工作。而那个老作家依然抓住"蛋镇诗社"的事情不放，不断往上举报，但再也没有部门来复查。

从那时候开始，我记住了"蛋镇诗社"和"金光闪"。

那天，我启程前往广州。是乘坐绿皮火车去的，路上花了八个小时。我第一次去广州，对广州的一切都感觉很新奇。不出阙老师所料，在广州火车站，我身上藏得很好的三百块钱被扒了，自己却毫无知觉。来不及生气，我便前往东风中路。

蛋派大厦在东风中路，离越秀公园东门不远，是一栋约有二十层高的大楼。"蛋派大厦"四个金光闪闪的启功体大字悬在大厦顶部，特别显眼，远远便能看见。大厦一楼正门挂着七八块公司牌子，其中最大的一块是"蛋派木业公司"，进门大厅装修豪华，高档红木沙发和巨型木雕格外引人注意。

一个年轻人接待了我。他说金老板不在公司，在另一个地方等着我，让我跟着他上车去见金老板。

我上了一辆黑色轿车。在街道转了约半个小时便出城区，傍晚抵达离城区二十多公里的碧水湾。年轻人告诉我，再往前走，就是大海了。这是一个幽静的山冲，四面环山，中间有一条小河横穿而过，河的两岸都是香蕉树。沿着一条小路转了两道弯，一座仿徽派的大宅就映入眼帘。说是大宅，实际上并不大。从外面看，并不十分炫目，反而古朴得有些显旧了。只是本地都是岭南民居，徽式建筑就格外特别。门前也没有特别的安保措施，鸡犬自由进出，像是普通人家。有村妇在周边走动或闲聊，还有老头们在墙角的芒果树下下棋。

我进门后才看到一个老者在院子里喂笼子里的鸟。我向他打了一个招呼，还没等他反应过来，便有一个着职业装的女子从正屋里走出来，径直告诉我，金老板在等我，让我跟她走。

宅子有三重门，进去后才发现它的雄壮和典雅。搭构房子的木头全是好木头，每一件东西都精雕细刻。女子将我带到一个侧房，一股沉香味扑面而来。里面是一张长方形的檀木茶桌，墙四周是黑叶紫檀书柜，摆满了各种古玩。长桌的尽头端坐着一个瘦削的中年人，看上去很虚弱，脸有点长，但神态自若，和蔼可亲，甚至有点慈祥。他的旁边坐着一个穿灰色僧服的中年和尚，微胖，头发有一寸长了，像新冒出来的谷芽。和尚看到我，起立向我双手合十，说了声"阿弥陀佛"便告辞离开。瘦削的中年人看了看我，说："你姓顾？"

我说是的。

"我是金光闪。"他说，"阙振邦跟我介绍过你的情况，说你是瓷县最有才华的年轻人，从你刚进来那一刻，我就喜欢你了。"

我暗吃了一惊。跟我想象中的完全不一样。

他招呼我坐到刚才和尚坐的椅子上，方便说话。领我进来的女子给我换了茶杯，倒上茶水。茶是红的，散发着一股醇香。

"这是凤凰山的禅茶，刚才的法师送来跟我分享的。当然，你可以称它为单丛。"金光闪说，"有一股铁锈味，我不太喜欢。你将就一下吧。"

我呷了一口，尝不出他说的铁锈味，倒是有一阵沁人心脾的清香。静默了一会，我听到了流水的声音，是他倒掉的废弃的茶水流到了膝下的木桶里。他的膝盖上还匍匐着一只黑色的波斯猫，慵懒地睡着了。

女子转身出去了。金光闪客套地问我从瓷县到广州一路上的情况，绿皮火车拥挤不拥挤，吃上饭没有，对广州的印象如何，等等。我说我见到了蛋派大厦，果然高大气派。金光闪说，就那招牌醒目而已，实际上都是空中楼阁，镜中花月。

"广州就是一个变幻莫测的世界，暗潮涌动，每天都在变化。上一秒是你的东西，下一秒就不一定了。"金光闪说。

我愕然，但他的谦虚和坦诚让我轻松了许多。

"现在我很少在公司坐班。那里太喧嚣，让人心烦意乱。我还是喜欢树木、流水和安静。"金光闪说，"但地球上很多树木因我而被砍伐，真是罪过。梦境中我经常被树神警告，劝我不要再残害树木。我睡觉都不得安宁啊。"他停顿了一下，问我，"你相信有树神吗？"

我回答说："相信。人世间有很多必须敬畏的神秘力量。它惩恶扬善，哪怕它什么也不管，我们也应该敬畏它。"

"所以我在全世界种了很多树，我拿公司一半的利润去种树了。这几年我的公司赞助了一大笔钱给联合国沙漠治理基金组织，在全球各地种植了三亿棵树。将来我死了，我希望后人把我的骨灰撒到树根做肥料。"

金光闪说得很真诚，不像是矫情之言。跟我预设的"暴发户""土鳖""土豪""金主"形象大相径庭，甚至跟阙老师口中的"金光闪"也差别很大。我也注意到了，整个房子找不到与诗歌相关的痕迹，甚至看不到一本书。这跟阙老师所说的"金光闪博览群书"的人设不符。

"世界的主体是由边角料组成的。实话实说，我们都是边角料式的人物。而且，每个人的一生也是由边角料组成的。我们是这个世界的杂质。但我们也是有重量和灵魂的。我是一个搞木材生意的平庸之辈，不是要扬名立万，而是想让一个旁观者客观记录我经历过的时代和生活，希望自己成为一个民间人物的标本，未来人类研究我们这个时代的时候从我的身上找到一些有用的东西。"金光闪说，"我也可以写自己，写自传，但肯定不客观，不真实，不全面。要看清楚一个人，必须有上帝视角。你是作者，你就是上帝。"金光闪说了一通对自己的传记的看法，"从出生到死亡整个过程，你得深入采访，一直跟随我，了解我本人的人生轨迹和生活情况，照实记录就行，就像拍纪录片。纯民间的。不求文采，但求真实。既写精华，也写糟粕。不修饰，毛茸茸的，鲜活，可信。没有时间要求，在我死后完稿也行。不发表，不出版，不对外公开，只给这个时代留下一本个人言行的记录本、活着的写真集。这样的写作，是一种新文体试验，将来也许会有更多的人做这样的事情。"

我说这是一个非常有创意的想法和举动。

"你可以辞职到我的公司专门干这件事，待遇你不必担心。"金光闪说，"我已经为你准备了一份报酬好到你无法拒绝的合同。"

我说这是一个非常有意义且具有挑战性的工作，对我来说是一件大事，我会认真考虑的。说实话，我需要一份收入好的工作。我一点也不留恋体制内的铁饭碗，不少"下海"的朋友一直鼓动我跟随，我也一直在寻找机会。

天色暗了。女子给我端上一盘饭菜，十分丰盛，有鲍鱼、牛排和鸡腿，还有一盅燕窝。而只给金光闪送上一份简餐，只有一小块鱼肉和青菜，几口米饭。我诧异之际，金光闪说："平时我只吃这点，年轻人你多吃点。我在你这个年纪的时候，一顿能吃掉三斤扣肉。"

我说我的饭量也是可以的。我们边吃边交谈。

金光闪谈了他的出身，蛋镇前进村，野孩子，很调皮，很倔，从不服输。尤其是跟大粪坑搏斗过的经历教会他如何在鱼龙混杂的社会生存。"因为这个世界就是一个大粪坑。它能养活你，也能淹死你。但只要你善于发现，大粪坑也能提炼出诗意。"这个观点很关键。

他离开蛋镇，到了广州，挖过下水道，跟河南人打架被摁在臭水沟里喝过屎水，还是熟悉的味道。后来进了一家台资木材公司，从一个学徒跟班开始，吃苦能干，爬到了公司中层。改变命运的是回蛋镇，买下了茶山国有林场的上千亩山林，把木材卖给了公司，三年后成为公司合伙人，既做家具，也贩卖木材。又过了三年，金光闪成为公司的实际掌控人，公司改名"蛋派木业公司"。公司的木材生意做得很大，从阿里山、亚马孙河、非洲、东南亚等地贩运木材回来，给全国木材商和家具厂供货，短短几年便成为华南三大木材供应商之一。"蛋派王国"就是这样建起来的。

一顿饭工夫，金光闪把他的"人生概况"告诉了我。

"这是我奋斗史的简略版、压缩版、精华版。"金光闪说，"这个过程相当复杂、艰难和曲折，详细的情况你今后慢慢了解。"

金光闪是一个豁达通透的人，见过大世面，表情始终很淡定。

"在广州，每一个人，哪怕最卑微的民工和乞丐，他们的身上都有一部充满辛酸和艰苦的奋斗史。他们的人生都很有意义，充满了'苦难的诗意'，都各自活成了一首诗，只是没记录下来。我这个人跟他们的不同之处在于不甘心默默地灰飞烟灭，不留下任何痕迹。说到底我是一个俗人。比肉行里卖肉的还俗。"

关于人生的下半场，金光闪说："人生没有下半场，一切都必须在上半场结束。"

他若有所思地低下头，碗里的饭菜还剩下一点点，吃不完了。

片刻的沉默。夜幕低垂，屋外传来虫鸣蛙噪。

"不如，我们谈谈蛋镇诗社吧？"我说。

想不到，刚才淡定、沉静、略带忧郁的金光闪突然像变了一个人似的，猛站起来，拍了拍大腿，哈哈大笑：

"如果要聊蛋镇诗社，我可以跟你聊个通宵。"

我在广州待了八天。金光闪很忙，他每天安排不同的工作人员陪同我在广州转了个遍，还到离黄埔港不远的储木场、家具厂参观，一路上工作人员给我讲述金光闪的点点滴滴。晚上，只要有空，金光闪都约我一起喝茶聊天，讲述他的往事和对万事万物的见解。谈到他一个人勇闯非洲，在原始森林里跟部落首领"茹毛饮血"，穿过枪林弹雨逃出交战区，还因患疟疾差点丧命。他没有结婚，有人造谣说因为他在非洲得了艾滋病，还有人说是因为他在南美时不慎掉落亚马孙河被食人鲳咬掉了半截阴茎。他澄清说，这些传说都是瞎扯淡，不结婚是因为自己曾经最喜欢的女人嫁给了别人。一个河南女人。在他还是木材加工厂学徒的时候认识的，同事，大学生，技术员。很漂亮，牙齿雪白整齐，皮肤白里透红，很冷傲。金光闪只看了一眼就爱上了她，神魂颠倒。他努力奋斗的所有动力都来自她。很多有钱有势的男人，包括台湾、香港的老板对她垂涎欲滴，以千金诱惑，但她根本不为所动。

"仿佛是在等着我成长、发达，然后嫁给我。"金光闪说到她时眼里全是光。

金光闪的努力没有白费，成长很快，在迈向发达的路上一路狂奔。但她跟着一个诗人走了。一个穷困潦倒的青岛诗人。长发披肩，胡子拉碴，烟不离手。但此男长得高大，比金光闪高出一头。

"妈的，早知道当个诗人有此等优势，我何必折腾呢？我离开蛋镇干吗呢？我为什么把蛋镇诗社解散？"金光闪笑着感叹说，"真是世事荒诞，天意弄人。"

"有传言说你喜欢姜美好……跟她有过感情纠葛，也就是绯闻。甚至还有人说她的第三个孩子跟你长得有几分像。"我向他求证。

金光闪沉默了一会，很认真地说："谣言……她貌若天仙，只可惜……我跟她从没有开始过，倒是还有联系，她还是很美。每次想到她那张脸我就怦然心动。只可惜……"

"只可惜她是一个残疾人？"我问。

"不全是。说不清楚。我是一个俗人。你能理解俗人吗？"金光闪说，"所以我算不上诗人。呸，我不配。"

说到姜美好的时候，金光闪的表情是复杂的，好像很惘然，甚至有点不知所措，最后是走神了：

"我很怀念茶山那道天梯，一眼看不到尽头。我在秘鲁的安第斯山见到类似的天梯，那是通向天堂的道路。"

他始终没有正面回答我的问题。

"如果你见过她的双腿，就没有欲望了，只有同情和惋惜。像干树枝，像被烧焦了的藤，像一首被写坏了的诗。"他最后这句话让我明白了，我再没有追问下去。

他跟我聊了好一会南美洲的热带雨林。那边的树有灵性，会逃跑，砍伐起来不容易。它们会流血，会哭喊……很诡异的。

他让我在他家住下来，叮嘱我不要拘泥，把他的家当成自己的家。他不是一个内敛和拘谨的人，也不装腔作势，毫无成功人士的架子，说到兴奋处，他把脚缩到椅子上，甚至半蹲着，一边说话一边给我斟茶。有时候笑得根本停不下来。他并不是沉浸在成功的喜悦和自豪中，而是极为享受过去的有趣逸事。比如说起小时候试图把大粪坑的水舀干，从粪便和淤泥中淘出金银财宝来。我鼓动他不妨自己写一点回忆文章，也许比别人来写更耐看。他答应了。他说："实话实说，我的文笔一点不比阙振邦差。"

对此我毫不怀疑。因为他的口才的确了不起，几乎是出口成章，我认为这都得益于他年轻时在蛋镇的街头演讲锻炼。

"我跟阙振邦没有什么矛盾，有一阵子，他怀疑我当年在蛋镇派出所录口供时把他供出来，说是给他留下了污点，影响了他的仕途。其实我谁都没有出卖，独自扛下了所有。人生几十年过去了，这点屁大的事算什么呀。人生海海，世事如烟。现在，那些过往都成了我们美好的回忆，不是吗？"金光闪说。

我跟他说起蛋镇诗社那些"成员"在瓷县的情况。个个看上去都混得人模狗样的，挺不错。

"我原以为可以把蛋镇诗社和兄弟姐妹们带到无与伦比的高度的。然而，力不从心啊，有点愧对他们。大伙都各自安好吧。"他说。

我觉得他想多了。因为早已经不是诗歌的时代，那些曾经的兄弟姐妹们也大都与诗歌没有什么关系了。从蛋镇诗社宣告解散那一天开始，都结束了。

"我真想回到蛋镇，重新过上大粪坑气味拌饭的日子。那时候，一家人在一起，多快乐！"这是金光闪亲口对我说的最后一句话。

因为父亲病重，第二天我便匆匆赶回瓷县，一头扎进医院，接下来的几个月时间都耗在照顾和送走父亲这件事上。而当我回到单位跟阙老师谈辞职追随金光闪时，阙老师说，此事先不焦急，金光闪的公司出大事了。

蛋派木业公司在非洲出了大事。某国民选政府被军队推翻，军政府没收了公司在该国的所有财物，并将以贿赂官员、乱砍滥伐等罪名起诉公司。该国是蛋派木业最大的木材生产基地。

事情是真的。接下来的几个月，倒霉事引发了连锁反应。公司业务和财务状况陷入一片混乱。终于有一天，传来了公司破产清算的消息。为此我十分沮丧，也为金光闪担心。

事实证明，有些担心不是多余的。阙老师告诉我，屋漏偏逢连夜雨，金光闪病倒了，脑癌晚期，救不活了。

回想起来，当时跟他聊天的时候，看他的身体状况和言行举止，我就已经隐隐约约意识到他的健康是不是出问题了。也许，他自己已经预感到了。

得到他患病消息的第二天，我便收到了一笔数额不菲的汇款。是金光闪个人汇给我的，留言说是给我父亲治病的，实际上是撰写传记合同上规定的余款，一分不差。这笔钱来得晚了一点，但让我十分震惊和感动。其实，这几个月，我已经基本上捋清楚了，他的年谱基本上弄出来了，知道《金光闪传》该如何写，脑子里有了框架，一些精彩的片段呼之欲出。我已经按捺不住，马上就要动手写。

然而，阙老师向我转告金光闪的嘱咐：不必辞职了，传记也不必要写了，让一切烟消云散、随风飘逝，挺好的。但该给的费用一分不会少。

在传记这件事情上，金光闪并不是一个信念坚定的人。但我依然认可他—— 一个了不起的人。

2018 年 8 月 16 日

附：金光闪年谱^①（1970—2018）

1970年5月20日，出生于蛋镇前进村。父亲金长水，母亲蔡英敏。那天早上母亲腆着肚子，不听父亲的劝告，挑粪水去地里淋禾苗挣工分。才到柿子坡，肚子突然痛了，一泡羊水沿着大腿流下来。母亲丢下粪水便蹲到几棵芭蕉树中间喊人。村里的两个妇女凤英和秀坤闻声而动，在她们的帮忙下，金光闪顺利出生。被父亲取小名为阿宝。这一天，毛泽东同志发表了著名的"五·二〇"声明——《全世界人民团结起来，打败美国侵略者及其一切走狗！》。金光闪一辈子对美国没有好感，但说不出什么原因，只能怀疑与此有关。

母亲缺奶水，金光闪饿成皮包骨，幸好邻居家的一条母狗生产，供了他四个月的奶水，改名阿狗。故此，金光闪一辈子没有吃过狗肉。

1971年，因为饿晕了头，金光闪的祖母在挑粪水的时候掉进生产队的大粪坑，被人捞上来时她说了一句在村里传扬了几十年的话："终于在大粪坑里吃了一顿饱饭。"祖母是一个没落地主

---

① 金光闪说过："我把我的一生过成了一首诗，如果以一年为一行的话，这首诗只有四十八行。有些行很长，有些行很短。所以说，人生分行很重要。如果不分行的话，看上去乱七八糟的，毫无美感；如果懂得分行，无论这一生多么糟糕，也显得很有层次且富有诗意。"故此，我给他弄了一个简约的年谱，只是草稿，还没经他审核，有些存疑之处也没有来得及考证。又因为他突然病逝，很多细节无从深究。——作者注

的丫头，左眼有疾，十六岁嫁给贫农金家当儿媳妇。

1972年2月，美国总统尼克松访问中国。金光闪突然患恶疾，高烧至四十二摄氏度，父母在大队水库工地日夜奋战，耽误了医治。待发现时送镇（当时还叫公社）卫生院，昏迷不醒，危在旦夕，医生折腾了两天宣称不治，让金光闪父母将他带回家去准备后事。从镇上回家的途中，遇一亲戚，建议找附近一个有名望的巫医试试，死马当活马医。巫医通过艾熏和针灸，奇迹出现了，当晚金光闪竟然醒过来了，活蹦乱跳的，似乎什么事情也没有发生过。但巫医告诉金光闪的母亲说，针灸的时候他在金光闪的脑门下了"救死针"，是最狠的招，杀敌一万自损八千，对他的脑袋造成了伤害，这孩子可能活不过十八岁。后来金光闪回忆说，他能成为一个"突发奇想"的人，就是从起死回生的那一天开始的。从此以后，他的脑袋里总是不断产生"奇思怪想"，这些想法有时候把自己都吓一跳，又让自己陷入莫名的亢奋。

1973年9月，金光闪看到父亲躲在柴房里偷偷地哭，面前还点着三根香。母亲悄悄告诉懵懂的金光闪：林彪死了。金父曾经在林彪的部队当过兵。母亲严肃警告金光闪：不准告诉任何人他爸哭的事情。但金光闪逢人便说，林彪死了，爸爸哭了。为此父亲抽了他几次嘴巴，然而，他仍然到处说。一个月后，父亲被抓到镇上批斗，一条腿被打断了，是祖父帮他重新接上治好的。

1974年，父母经常参加生产队组织的筑坝突击队，半夜才回来。11月12日，祖母去世。祖母是吃了大量"硬饭头^①"无法消化、活活撑死在墙角边的。祖母没给金光闪留下多少印象。甚至她没有留下一张照片。她目不识丁，也不知道哪一年是哪一年，只以纪事为纪年。比如说，蛋镇解放嗰（那）年，蛋镇成立人民公社嗰年，大炼钢铁嗰年，村里饿死人嗰年，我嫁到金家嗰年，金长水出世嗰年，我掉进大粪坑嗰年，我家柴房着火嗰年，发大水浸死鸭乸嗰年^②……

1975年3月，金光闪沿着村后的山路去镇南村寻找支援邻村农业生产的母亲，迷路在山林里，直到半夜才被撑着火把搜寻的村民发现。彼时他已经在一棵树底下睡着了。8月，金光闪弟弟出生。金光闪在山上捡到台湾传单，彩色防水，上面印着一首繁体字的七行小诗和一个放风筝的漂亮女孩。他一直私藏没有上交。

1976年9月，母亲带着金光闪参加大队上举行的悼念毛主席逝世的活动。哭声此起彼伏。村小学校长站在一辆中型拖拉机上高声朗诵毛主席的诗词，此人后来成为金光闪的语文老师。金光闪趁村杂货店的售货员不注意偷了一块糖薄饼，却被另一个没偷着的孩子举报。母亲气急败坏，当场将金光闪痛打了一顿。回到家里，父亲以同样的事由再次把他痛打一顿。10月，因为兄弟分家问题，祖父和父亲吵了一架，甚至动手了。父亲将祖父推倒在

---

① 即土茯苓。坚硬。别名禹余根、草禹余粮、仙遗粮、冷饭团。根茎大多深埋地下一至两米，极其难挖。
② 粤语，意为发大水淹死母鸭那年。

地坪上，祖父脑袋磕出了血。父亲被他的三个兄弟围殴。这是金光闪见过的最严重的家庭内部冲突，最后以父亲的失败告终。从此父亲终日郁郁寡欢，半年后跟随战友"跑野马①"，开始的时候赚了一些银两，但很快被骗得精光。

1977年某日，发现父亲竟然蹲在大粪坑里一边啃土豆一边拉屎。金光闪问："粪坑臭成那样，苍蝇又多，你怎么吃得下东西？"父亲说："习惯就行了。"后来，金光闪也习惯在蹲粪坑的时候吃花生、土豆或红薯。

1978年9月，金光闪上小学一年级。学校设在金氏祠堂。四年级后搬至村小学。金光闪在此校三年，成为著名的"捕鸟"能手，经常带着不同的鸟上学。父亲开始外出务工。同年10月的一天傍晚，放学回家，从祖父口中得知母亲去清湾公社六到大队探亲了，金光闪顿时大哭，扔掉书包撒腿便沿着往清湾的路狂跑。七十六岁的祖父赤着上身，挂着拐杖在后面紧追不舍。一直跑到平旦大队，金光闪被人拦住了去路。祖父追上抓住他，便瘫软在地上，半天起不来。祖父后来告诉金光闪，那次追赶，自己差点气绝死在路上了。金光闪对祖父的感情很深，甚至超过了父亲。

1979年，父亲几次外出跟随别人"跑野马"失败，只好在家务农。

1980年，母亲在山上砍柴时被蜈蚣咬伤，紧急送医。金光闪在原地花了一天时间寻找那条伤母的蜈蚣，未果，一把火将山烧

---

① 外出搞副业、做生意。

了大半边，被举报，政府罚了金光闪家三百斤稻谷。

1981年9月某天，金光闪和伙伴们捉迷藏，躲在A堂叔的柴房里，因天气太热憋不住，从柴房出来遇到平常脾气火暴的B堂叔正心急火燎地寻找B婶。金光闪不经思索便告诉他刚才看到B婶从柴房门口经过。B堂叔暴怒，踢开A堂叔的房门。结果，引发了一场轰动数村、影响深远的"通奸案"。B堂叔发疯了一般挥舞着菜刀要砍人，被众人抱住。B堂叔时而暴跳如雷，时而捶胸顿足，悲痛欲绝，最后号啕大哭，满脸胡须沾满了鼻涕和泪水。不久后，A堂叔和B堂叔先后离家去外地务工，直到五年后因族老的丧事才回来。但他们至死都不相往来。这是金光闪一辈子也无法原谅自己的一件事。

1982年4月，母亲"非法"怀孕七个多月，被计生队抓去引产、结扎。金光闪闻讯从家里出发飞奔抄近路前往公路拦截，未果。6月，妹妹金英文出生。外婆送来一包咸鱼。包咸鱼的是一张《参考消息》，这是金光闪第一次看《参考消息》。报纸散发着咸鱼味，蚂蚁肆无忌惮地沿着金光闪的手脚爬到报纸上，成为移动的文字。7月，因为羡慕村里有人买了电视机，金光闪突发奇想，从大粪坑弄钱。因为有老人说过大粪坑可能沉积有金银财宝。金光闪选了一个最大的公共大粪坑，舀干粪水，大干了一场，却一无所获，被所有人嘲笑。从那时候起，他对金钱的渴望越来越强烈，只是一直埋在心底。

1982年11月，给黑龙江漠河的一个"少年作家"写信。12月，收到回信。信中说，漠河刚下了雪，"我是在雪地上给你回的信"，不远处有鸟在觅食。信笺上果然有雪花的痕迹。随信寄来的还有一根灰色的鸟羽毛，金光闪一直保存着。

1983年2月，分田到户。金光闪家分到四亩六分水田。一家人兴奋得挑灯夜战，犁田，加固田埂，抢占"无主"空地，准备春耕。3月，因为田地界线问题跟邻居吵了一架。第二天，金光闪赶自家的耕牛经过邻居家门前时，牛朝着正在吃饭的邻居一家撒了一泡热气腾腾的屎，邻居抄起铁铲追打金光闪的牛，导致牛右腿受伤。金光闪抢过邻居手中的铁铲，把牛屎铲起扔到邻居家的饭桌上，饭菜和牛屎飞溅，狼藉不堪。从此两家结仇，三年后才化解。那时候的金光闪明白了一个道理：好人和坏人都在前进村。

1983年9月，考上蛋镇初中。寄宿于蛋镇东风旅社的姑妈家。像大多数同学那样，沉迷于金庸小说，习惯性逃学。初中三年学习成绩平平。姑妈安慰金光闪说，高中毕业了就可以接她的班。从初一开始，一直到后来高中毕业，金光闪几乎每天看《参考消息》。报纸来源：一是镇政府收发室，二是文化站阅览室，三是校长办公室，四是邮电所门前的书摊。书摊老板娘凶悍，她的报纸不能随便翻阅，只能买。她经常在金光闪飞速翻阅的数秒时间里将他噼里啪啦一顿喝骂，并从他手里夺回报纸。为此，金光闪对她恨意很大，以至想要"糟蹋"她的女儿。金光闪说，这个妞长得真不错，年纪比他小，虽然个矮了些，皮肤黝黑，但冷艳，高傲，正合他的报仇心意。尤其是印堂上有一小颗红痣，像在漆黑的夜里点燃一根火柴。金光闪试图撩过她。有一次在电影院的一个拐弯角，他拦住她。还没等他开口说话，她竟厉声质问道："你是不是想非礼我？"金光闪一时语塞。她说："我爸是邮电所所长，如果你胆敢动我一根汗毛，我让你从此永远看不到《参考消息》。"金光闪被她震慑到了，赶紧放她离开。一年后，她考上了县重点高中，金光闪再也没有见过她。他说他的情窦就是在那时候，在电影院拐弯角第一次被打开的。

1984年4月，从蛋镇新华书店偷走了一本《唐诗三百首》。并非因为缺钱，而是不满售货员对他一贯的傲慢态度。5月，弟弟突发心脏病身亡。金光闪觉得是自己做坏事害了弟弟，暗地里把《唐诗三百首》还给新华书店。8月，一场台风把金光闪家里五亩地的香蕉树糟蹋了，而它们正挂果三个多月。台风带来的暴雨还冲垮了他家的三间正房和一间猪栏，压死了一头上百斤的猪。

1985年2月，从《读者文摘》读到艾略特的诗，激动之余分别给席慕蓉和汪国真写信，跟他们谈论艾略特，但均未收到回信，很沮丧且生气。但他伪造了一封席慕蓉的回信，并在同学们中间炫耀。信是金光闪口述，由东风旅社的一个叫孟晓芬的年轻女服务员写的，但因为邮戳被识破。12月的一天傍晚，金光闪无意中撞见孟赤身裸体在工作间里照镜子，被孟投诉，姑妈将他臭骂了一顿，勒令他不得再到旅社的任何一间房间去转悠。后来金光闪弄明白了，是孟晓芬故意勾引他（存疑）。

1986年9月，考上蛋镇高中。这是一个乡镇普通高中，被称为"中考落榜生回收俱乐部"。因为孵化了一批小有名气"诗人"，给诗社下了几枚"蛋"，该校后来也被称为"蛋镇诗社的母鸡"。

1987年2月，祖父去世。金光闪和父亲一起将濒临死亡的祖父从病榻上抬到祖屋，然后立在一旁静静地看着躺在地上的祖父渐渐没有了气息，束手无策，爱莫能助。那天晚上，金光闪在祖屋门前的地坪上点燃木柴取暖，为祖父守灵。半夜寂静而漆黑，周边仿佛有许多人影暗动。金光闪信誓旦旦地说，他看到了祖母的身影，他想喊，祖母向他做了一个"嘘"（噤声）的动作，然后隐身不见（存疑）。

1987年8月，在汽车站对面的芬芳粥店门口，金光闪被一个小流氓无端撕烂正在捧着看的《参考消息》，怒火中烧，跟小流氓打架，被伤了右眼，在很长的一段时间里视力受到了影响。因此也断绝了他应征入伍的念头。9月，孟晓芬约金光闪去电影院看电影《芙蓉镇》，金光闪去了。从电影院回东风旅社的路上，孟说金光闪长得有点像姜文，要抱他。金光闪闻到她身上的狐臭，拒绝了她（存疑，待考据）。第二天孟晓芬向姑姑告状，说金光闪不老实。不久，孟晓芬被调到新华书店上班。从此，金光闪再也没有踏进过蛋镇新华书店一步。

1988年2月，母亲警告金光闪："巫医算过你的命，说你可能活不过十八岁，你出入可得小心，注意避险，不可惹事。"金光闪意识到自己生命脆弱，像一条狗那样可能随时结束并不漫长的一生。

1988年3月，金光闪突发奇想，发动成立蛋镇诗社。从刚开始的三人发展到数十人。诗社牌匾挂在蛋镇锯木厂。

1988年4月，发动了"全民写诗"运动，号召全镇人民写诗并加入蛋镇诗社，并在镇上挨家挨户和到各村动员群众写诗。在电影院侧墙张贴诗社成员最新优秀诗作，持续一周后被电影院工作人员驱逐清理；在肉行里张贴，被屠户嘲讽，金光闪跟他们起冲突被殴后再也不敢闯进肉行。一首由协保村村民写的诗《老鼠药、蚂蚁药、蟑螂药叫卖词》令他拍案叫绝，赶紧让阙振邦骑车给森隆村农妇李红英送去，供她参考。阙在去的途中因车速过快撞上一头横穿马路的猪，把单车前轮毂撞废，本人飞到稻田，幸好没有大碍。组织诗社成员给狮头山加高两米，让狮头山一举成为瓷县境内海拔第一高峰，却未被官方承认。

1988年5月，策划编印《蛋镇诗报》。筹办过程屡屡受挫。6日，贵州省毕节地区威宁县猴场镇政府与六盘水市大湾区二塘乡安乐村一农民联合开办的乡镇煤矿发生特大瓦斯爆炸事故，死亡四十五人，其中一名是金光闪的笔友；10日，作家沈从文心脏病发作去世。金光闪代表蛋镇诗社并以个人的名义分别向贵州省作协、中国作协致电表示哀悼。26日，策划组织"从诗开始，读懂世界——蛋镇诗社诗歌嘉年华"在蛋镇灯光球场举行，四省七县的诗歌爱好者来到蛋镇，活动很热闹、很成功。

1988年7月，铅印《蛋镇诗报》出版，向各地文联、作协、大学中文系寄发。次月，金光闪还给北岛、舒婷、汪国真分别寄了一份，附信介绍蛋镇诗社，并说"恳请回复，如果谈几句对《蛋镇诗报》的观感更好"。结果只有汪国真回了一封热情洋溢的信，轰动一时，但多年以后金光闪承认汪信属于他一手伪造。

　　1988年8月8日，7号台风在浙江象山登陆，12级台风正面袭击杭州，造成重大损失。8月10日，金光闪代表蛋镇诗社致电诗人冯莱茵向杭州市全体诗人表示慰问。8月26日，仰光近百万群众在瑞德贡大金塔西门外广场集会，昂山素季第一次面对这么多的民众发表演说。金光闪从电视上记住了她那句"我不能对祖国所发生的一切熟视无睹"，并将之连夜抄送给阙振邦、蝙蝠等。8月27日，金光闪因诗社受到警告谈话。28日，蛋镇诗社宣布解散。骨干成员作鸟兽散，各奔东西。金光闪回乡下躲避了两个月，帮父亲打理香蕉园。父亲听信一个姓屈的高州香蕉贩子的承诺，要重振香蕉园雄风，春天时租下五亩地，种了七亩多的香蕉苗。其间，金光闪和三番五次上门追讨"三提五统"的镇干部发生肢体冲突，父亲给该干部送了两只大公鸡平息了此事。11月，金光闪没有接班姑妈，而是前往广州打工，过上毫无诗意的生活。第一份工作是跟随村里的堂兄弟在天河区一带搞下水道疏通和清理化粪池。12月，跟一伙有竞争关系的河南人相约在下水道里打群架。二三十人走进下水道，盖上井盖，进行了一场混战。金光闪有过"在大粪坑的作战经验"，在这次打架中有明显优势，一战成名，他所在的一方大获全胜，从此河南人见到他都赶紧躲开（存疑，待考证）。香蕉又一次价贱伤农，高州商贩撕毁收购合同，家里的香蕉园没赚到钱，但也没大亏，只是白忙了一年。

　　1989年5月，金光闪不干下水道工，改半夜里给广告公司到处张贴小广告。有一次，被城管队"追捕"，为保护同伴，金光闪引开城管队员，逃跑过程中被抓获，被审问了一整天始终没有供出幕后的公司老板。

1990年9月，因广告公司老板的推荐，金光闪进入广州一家台资木业公司。从锯木工做起，"把一根木头分成若干行"。其间，金光闪看上了公司的一个叫闫妙龄的女大学生——"此生唯一让他愿意付出一切的女人"，并展开了猛烈攻势，但被拒，败给一个穷困潦倒的诗人。从此再也没有谈过恋爱。

1991年10月，金光闪成为台资木业公司的骨干。

1992年8月，金光闪返回蛋镇承包茶山林场的木材，并贷款入股该项目，赚了人生第一桶金。

1994年，被公司派往非洲刚果（金）、赞比亚、肯尼亚等国采购木材。其间患疟疾差点不治，回国后被谣传患艾滋病。

1995年9月，在肯尼亚突然晕倒。回广州后检查没有发现晕倒的原因，但给他留下了心理阴影。从此他总觉得"脑子里哪里不对"。

1996年，被公司派往巴西采购木材。在亚马孙河被食人鲳咬掉左手半根食指。同年，成为公司股东。

1997年11月，去了一趟香港，观看了一场梅艳芳的演唱会。他第一次发现，梅艳芳是一个真正的诗人。本来想拜会一下梅艳芳，跟她谈一谈他的发现，但第二天在赌场输掉三万元，心情不悦，便作罢了。回广州后写信给市政府，建议允许在广州设置合法赌场，但未得到答复。

1998年，在广州成立蛋派木业公司。刚开始在东风中路一个小巷子的一幢五层小楼挂牌，并不起眼。金光闪买了第一辆小车：丰田皇冠。

1999年，顺风顺水。妹妹金英文出嫁。妹夫是瓷县的一名高中物理教师。金光闪给妹妹在县城买了一幢小洋楼作为结婚礼物。

2000年5月，个人资产首次超过千万。在几个游泳健将的保护下试图横渡珠江，结果半途体力不支被拖上岸。听说姜美好在乡下过得并不好，汪谦在广州打工混日子。金光闪联系到汪谦，希望他能到蛋派木业公司工作，被汪谦拒绝。

2001年，蛋派木业公司收购了台资木业公司百分之六十的股权。金光闪让人捎话给姜美好，请她到广州来谋生。姜美好以丢不下孩子为由拒绝了。金光闪再三劝说汪谦和姜美好到公司上班。

2002年，欧杰、汪谦等蛋镇人士进入蛋派木业公司工作。

2003年，蛋派木业公司收购顺德联发家具厂，向家具制造领域进军，"蛋派家具"成为驰名品牌。汪谦成为家具厂的负责人。金光闪给姜美好在家具厂安排了一个闲职。同年底，姜美好第三个孩子出生。汪谦在外面有了女人，与姜美好的婚姻名存实亡。姜沉迷于艾米莉·狄金森[①]不能自拔。金光闪送给她一辆精

[①]　艾米莉·狄金森（Emily Dickinson，1830—1886），美国传奇诗人。出生于律师家庭。青少年时代生活单调而平静，受正规宗教教育。从二十五岁开始弃绝社交，在孤独中埋头写诗三十年，留下诗稿一千七百余首；生前只发表过七首，其余的都是她死后才出版，并为世人所知，名气极大。她被视为二十世纪现代主义诗歌的先驱之一。

美高贵的二手轮椅，说是英国戴安娜王妃骑马摔伤时曾经短暂使用过它。同年，在姜美好的牵线和游说下，蛋派木业公司赞助广州某民间诗社三十万元用于设立国际诗歌奖。主办方负责人（一方文霸）竟然把奖颁发给自己的情人。金光闪一气之下取消合约，得罪了该负责人，被他组织一大帮广州诗人口诛笔伐达半年之久，扬言"要让蛋派木业公司和金光闪在广州混不下去"。

2004年2月，金光闪投资改造蛋镇电影院。拒绝蛋镇领导请他回乡投资木业项目的邀请，理由是：要允许一部分人不富起来。12月，印度洋发生特大海啸，死伤惨重，姜美好受到惊吓，认定广州也可能遭到同样的灾难，劝金光闪返蛋镇避险，遭拒，独自带着孩子离开了广州。临走前金光闪拟出资为她出版一本诗集，遭拒。她说已经把自己写的所有诗文付之一炬。那辆戴安娜坐过的轮椅被她捐献给广州某慈善机构。

2005年2月，金光闪当选瓷县政协委员。拒绝恢复蛋镇诗社。8月，应邀出席在马来西亚吉隆坡举办的世界森林保护大会。9月，在广州款待刚果民主共和国林业部部长。11月，因公司偷税漏税，被税务部门罚款一千万元。

2006年，汪谦离开蛋派木业，成立了汪氏木业公司，生意做得风生水起。

2007年，金光闪收购位于东风中路的广州绿岸大厦，重新装修改造，改名为"蛋派大厦"，作为蛋派木业公司的总部。"蛋派大厦"四个字是启功体，金光闪闪。曾有人建议命名为"金光闪大厦"，遭到金光闪的拒绝：不要太张扬。他倒是想命名为

"广州大粪坑"，后来想想还是算了。

2008年，东南亚金融危机暴发，蛋派木业公司以低价收购泰国百旺木业公司、印尼博大木材集团。

2009年，印尼博大木材集团陷入债务危机宣布破产。

2010年，因被同行设套，金光闪投资缅甸木业失败，损失惨重。同年，刚果民主共和国政府与叛军发生武装冲突，公司在当地的木材加工厂被叛军攫夺，三名员工被打死。公司开始走下坡路。

2011年10月，漆光明出狱后到了广州，无处落脚，金光闪请他担任蛋派木业市场开发总监。但他才待一年便离开回广西合山与他人承包矿山，因瓦斯爆炸致三死七伤，血本无归。

2012年，家具行业竞争白热化，蛋派木业公司的家具生意面临困境，断臂求生，卖掉家具厂。9月11日，蝙蝠前来道别。她准备移民美国。金光闪请蝙蝠在花园酒店喝早茶。蝙蝠劝金光闪移民，把人生的半径拉长。金光闪说，他的人生半径已经够长了，长到有点让自己心虚："我想分行了，但根本无法重起一行。"

2013年，运载蛋派木业公司木材的远洋货船在印度洋遇风暴沉没。低价转让泰国百旺木业公司、印尼博大木材集团。蛋派木业公司陷入困境，濒临破产。金光闪恳求昔日生意场上的朋友包括荣夏天出手相助，被拒。荣夏天更是落井下石，乘机压价收购了蛋派公司的部分产业。

2014年，金光闪陷入绝境，"像半夜掉进了大粪坑，只能独自挣扎，不能呼喊，因为一张嘴粪便就往我嘴里塞"。蛋派木业公司破产被收购。他亲睹"蛋派大厦"几个大字被铲掉。金光闪说，这是一个时代的落幕。从此，只剩下"蛋派"诗歌。当问到他是不是"蛋镇的盖茨比"时，他说："我不是盖茨比，但我比他有情怀。"虽然没写过一首诗①，但他依然有一个诗歌梦。他曾想在广州办一个诗社，或把蛋镇诗社复活，移植广州，但发现广州一点诗意也没有，关键是发现人生越来越没有了诗意，"人生根本无法分行"，也就作罢。金光闪说："广州就是一个大粪坑，我在这里捞到了金子，也沾了一身粪便。"他就喜欢这种"在大粪坑里捞金子"的感觉。

2015年，金光闪的姑姑去世。金光闪给了家里一笔钱，给姑姑找了一块上等的墓地。

2016年12月，金光闪发现脑瘤，确诊为脑癌，已经扩散。他早料到了会有这么一天。按命数，他本该殁于十八岁，但命不该早绝，多活了许多年，足矣。他很坦然。拿到体检报告那天，他走进东风中路的一条小巷子，坐在一个路边小摊，平静地吃了一碗簸箕炊。这是广州城最接近蛋镇簸箕炊口味的一个小摊。摊主姓提，大家都叫他提叔，但只有金光闪知道他的全名叫"提

---

① 　关于金光闪是否写过诗，是一个悬案。阙振邦、谢敬逸高度怀疑他暗中写过。金光闪本人坚称从不曾写过，仿佛一直刻意将自己与"诗人"撇清关系。但他的妹妹金英文说，1996年9月她在老家的破衣柜里发现过一本厚厚的笔记本，上面写满了分行的文字，长短不一，从第一页到最后一页全是，还有很多的标题。字迹明显是金光闪的。只是，几天后便不翼而飞。直到第二年春天，有一天她在大粪坑墙上的竹篮筐里看到了它，被作为擦屁股的手纸，只剩下不到一半，上面沾满了来历不明的污垢，字迹也模糊了。擦拭过屁股的纸被扔到墙角的竹箩筐里，皱巴巴地跟横七竖八、同样刮过屁股的篾条平等地混杂在一起。

积云"，廉江人，已经在这条小巷卖了二十多年簸箕炊，小本生意，持之以恒，穷养着一家人。只要在广州，金光闪每周必光顾一次。这次，他预付了十年的簸箕炊费用，对提叔说，今后他每周至少来光顾两次。

2017年2月，金光闪悄然回到蛋镇，把每条街道、每条小巷、每个熟悉的地方都走了一遍。连电影院后面的那块菜地，他都去看了。那堵与电影院相隔的围墙还在，只是洞口被封堵了。那个洞口是小孩子"偷渡"进入电影院的唯一通道。他还去邮电所门前那个书摊，要买一份《参考消息》，未果。书摊早不卖报了。他去寻访小时候救过他一命的巫医，但巫医早在七年前就病故了。镇灯光球场没有大的变化。金光闪在空荡荡的球场中央，用一只手提喇叭，把当年在那里发表的动员全民写诗的演说重新演绎了一遍，声嘶力竭，情真意切，却没有少年时的慷慨激昂。围观者甚众，但无一人认识他。只有路过的李提香敏锐地意识到此人似曾相识，上前仔细瞧了瞧，才认出金光闪。两人相拥而笑，最后抱头痛哭。

2018年7月4日，谢敬逸、欧杰、祝三易等到广州看望金光闪。他们愉快地回忆起蛋镇往事。那时候，金光闪已经十分虚弱，"既厌倦了诗歌，也厌倦了人世"，希望在他的遗体告别式那天，他们把一张《蛋镇诗报》盖在他的胸膛上，"像国旗，要正面朝上，让所有人都看得见报名"。

2018年9月13日，金光闪病逝于广州。他给阙振邦留下了最后一张字条："为你所热爱的、已经死去的人写作——约翰·贝里曼[①]。"金的母亲对他的去世毫不知情，第二天，她在老家也溘然而逝，终年六十九岁。据金光闪的妹妹金英文说，从金光闪满十八岁开始，母亲每天都为金光闪提心吊胆。近几年，每天都要听到金光闪在电话里传过来的声音她才能安心睡觉。9月13日这天，母亲从早到晚都没有等到金光闪的声音。她一直坐等，到了半夜，她打了一个盹，听到了金光闪痛苦的呼喊。她哭了。一边哭一边颤颤巍巍地回到房间，躺下，对金光闪的妹妹说："你不要管我了，我得陪你哥去了。"第二天，母亲死在床上。

2018年9月17日，金光闪遗体告别式在广州银河园殡仪馆举行。生前亲戚好友二百多人参加。蝙蝠从美国回来。姜美好坐着轮椅由汪谦推着参加。阙振邦致悼词。

2018年9月20日，金光闪骨灰安放在广州福山公墓。这是他生前和阙振邦一起选好的墓地。

2018年10月，金光闪遗产清算，资债相抵后剩余九万元。根据其遗嘱，将此款追加为编印《蛋镇诗社·三十年资料选编》和诗社纪念活动的经费。

2018年，金光闪熟悉的斯蒂芬·威廉·霍金、李敖、单田芳、金庸、斯坦·李、李咏等名人都在这一年去世。各自落幕了各自的时代。

（本文选录时编者做了删节）

---

① 约翰·贝里曼（John Berryman，1914—1972）：美国诗人，自白派代表人物之一。

　　直到 1988 年春天的某一天，有个人对我说："你像狗一样嗅来嗅去，是不是在寻找诗意呀？"我才恍然大悟：对，我就是在寻找诗意。

　　多好的油漆也经不起风雨的洗礼，字褪色了，模糊了，沧桑了，但在我的眼里，"蛋镇诗社"四个字从没改变，永远熠熠生辉。

　　圩日，金光闪在政府门前的灯光球场搭起了简陋的宣
讲台。台后是一条红色横标："蛋镇'全民写诗'运动宣
传日"。

金光闪在邮政所门口举着诗报向行人展示，亢奋得像中了邪。

第四部分　平行剪辑 [1]

---

[1] 平行剪辑，又称平行蒙太奇，是一种将两个或多个在不同时间、不同空间的场景通过剪辑手法交织在一起的剪辑方式。

教越南女人识字

周济之 [1]

　　愚昧的力量很惊人。我喜欢愚昧。越南女人就很愚昧。

　　她说是自愿嫁给宁则民的。爱情没有国界，这个道理我认。可是宁则民是一个傻子，他的爸爸是药材商贩，还做过"南菜北运"[2]生意，发了财，用几个臭钱把她"买"回来了。当然，这也不是个案，因而谁都不大惊小怪。虽然她能说汉语，但一个汉字也不会写，除了自己的名字阮正英。

　　阮正英住在我的隔壁，菠萝巷12号。我家14号。中间隔着一堵矮墙。她家院子比我家的好，因为她家比我家有钱。宁则民虽然是个傻子，但在监控阮正英方面一点也不笨，整天对着阮正英傻笑，目不转睛，似乎害怕一眨眼阮正英便消失不见。阮正英算不上漂亮，身材瘦小，皮肤黝黑，鼻梁塌成平地，两只眼睛简直可以互相串门。但年轻，娇嫩，有点俏皮，还有点异国风味。我

---

① 周济之（1972.1—　）：蛋镇菠萝巷人。蛋镇高中毕业。蛋镇诗社最早的成员之一。曾在深圳、珠海等地务工、做生意，2017年回蛋镇开了一家大型超市。
② 南菜北运：那时候北方还没有大棚种植，冬春天缺蔬菜，南方各地大量往北方运送蔬菜。

觉得，她嫁给宁则民是浪费了，就像拿上等的白菜心喂猪。但惋惜归惋惜，即使送给我，我也不愿意娶她。我们经常隔着围墙聊上几句。聊养鸡、花草、南瓜、桃子、镇上新鲜发生的事情。似乎她对一切都感到新奇，又对一切感到无知、懵懂。她什么事情都要问我。

"蛋镇有没有槟榔和榴莲？"

"蛋镇女人会不会光着身子在河里洗澡？"

"蛋镇的酸菜为什么不加糖？"

"蛋镇离广州有多远？三十块车费够不够？"

"我家只要宁则民家五千块钱彩礼外加一辆凤凰牌单车是不是亏了？"

"我嫁给一个傻子你们怎么看我？"

"你家的紫苏浇了什么肥长得像红苕那么茂盛？"

"你家的母鸡天天都下蛋吧？你家用上煤气和太阳能了吗？"

"经过旧戏台的时候，那几个咸湿佬①盯着我看，好像我身上挂满了金银财宝似的。光天化日他们真的敢抢劫、强奸吗？"

"为什么叫蛋镇？我们越南人不喜欢别人称呼他'蛋'。"

…………

她问的时候，有时候嘴角微微抽搐，像发情的小母鸭。我并非有问必答。没有那义务。我又不是她的老师。而且一看到她身后的傻子嘴角流着口水我就厌恶。即使是一只老猪嫲②嫁给他，

---

① 粤语，意为色鬼。
② 粤语，意为母猪。

我也为猪鳖惋惜。

有一天，阮正英恳求我教她识字，并以一只公鸡为学费。说罢便把一只肥大的公鸡扔过来。那只公鸡空降到我家的院子里，扑打着翅膀喔喔乱叫，我家的鸡受到了惊吓，但它很快便跟它们玩到了一块，有种宾至如归的从容，甚至没用多大的工夫便熟练地爬到了一只母鸡的背上，行云流水，一气呵成，双方都没有违和感。

"你为什么要识字？"我问。

她说："今天早上有一个跟你差不多大的后生仔，路过我家门口，自称是蛋镇诗社的，撩我写诗。"

她描述了一下来人的外貌："不像是人贩子。"我估计是金光闪。我没告诉她我曾经请金光闪吃过三回簸箕炊，也没告诉她我是诗社的成员。

"你听从他的动员，也要写诗？"我问。

"那人说，蛋镇推行'全民写诗'了，'全民'就是所有人，我是蛋镇的人，能不写吗？如果不写，我会不会被他们赶回越南呀？"她说。

我犹豫了一会，对她说，一只公鸡只能教会你一百个汉字。

据目测，傻子家里有七八只大公鸡，还有一批正在成长的小鸡。

阮正英拿来一块小黑板，放在围墙上，她在那边，我在这边，我们就这样建立了简单而安全的师生关系。

当然是从最简单的一二三四五开始。每天教会她认写十个字。早上或傍晚上课。

那时候我正在待业，是镇上最无聊的待业青年。父母不在家。只有祖母在，她耳聋，跟宁则民一样，远远地傻乎乎地看着我们上课，脸上有微笑。

也许觉得仅仅交学费还不够，阮正英经常给我递过来一个苹果，或一把瓜子，或几颗大白兔糖。

她不够聪明，昨天教她认的字，今天就会忘记得差不多。我让她一边在黑板上写，一边大声朗读。读错了，或忘记了，我会大声骂她：

"一个傻瓜嫁了另一个傻瓜。"

"汉字有那么难认吗？"

"你的脑子是不是长草了？"

"要不是看在一只公鸡的分上，我早不教你了。"

…………

挨了骂的阮正英俨然一个小学生，大气不敢喘。

她写的字很笨拙，很丑。歪歪扭扭，歪瓜裂枣。我看不过眼，被迫手把手教她。我厌恶地抓紧她的手，教她一笔一画地在黑板上写。看到自己写下的工整的字，她很有成就感，开心地笑。我让她把每个字写一百遍，读一百遍。周而复始。她很认真，很努力，比我预想的还要勤奋，而且越来越迸发出惊人的潜能。她真的是一个好学生。

慢慢地，我让她抄写诵读李白最浅白的几首诗。

有时候，我在屋子里也能听到阮正英在她的院子里读字。宁则民在她的身后跟着她读。阮正英经常转身骂他带偏了节奏。喂鸡的时候，她在一边写字，碎粉笔散落一地，鸡们把粉笔啄走。有时候，鸡们的屁股对着黑板撒屎尿。屎尿沿着黑板滑落，把黑板上新写的字冲掉了。阮正英很生气，拿起竹把驱赶它们。有的鸡飞起来落到了我家的院子里，她让我还给她。我说我不会抓鸡。她吃力地翻越围墙，跳进我家的院子来，把她的鸡抓回去。

有一天我向她讨要大公鸡。

"我已经教会了你一百个汉字。如果还要学新的，必须续交学费。"

她想了想，又抓了一只大公鸡给我。

当我得到第六只大公鸡之后，她说："够了，我认识的字够用了，我家没有大公鸡了。"

她真的认得了不少汉字。为了证明自己，她给我诵读《辽宁青年》上的诗歌，还给我写了一封感谢信。令我惊讶的是，她竟然把文字分行了：

　　我的越南老家很穷

　　母亲知（痴）呆，还有五个弟妹，都还小

　　全靠父亲帮人伐木养家

　　宁家人说了

　　如果我不逃跑，给宁家生下一个儿子

　　还会乞外（额外）给我家五千块和一台凤人（缝纫）机

　　所以我不会逃跑的

要在蛋镇安家乐业

把宁家当自己的家

十分感谢你教会我识字

识了字，我就可以找工作了

有了工作，我就能站（赚）钱养家

…………

　　她懂得"分行"肯定是金光闪的功劳。金光闪在怂恿和引诱她写诗的时候肯定告诉了她"蛋派"诗歌最简单、最有效的写法：把文字分行，哪怕说话分行也行——不管写什么说什么，只要分行就是诗，哪怕别人不承认也不要紧，我们承认，我们说了算：在蛋镇一百平方公里的土地上，这样的文字就称为诗。

　　金光闪永远都想不到，他竟然无意之中教会了一个越南女人写诗。有一天，阮正英试探性地问我："我能不能加入蛋镇诗社呀？"

　　我说："你想清楚啊，入诗社必须缴纳两只大公鸡作为会费。"

　　我说的当然是假话。但她信了。

　　"可是，我家没有大公鸡了。"她有点失落。

　　很快，阮正英在镇上找到了工作，给一家裁缝店踩缝纫机。她手脚麻利，也很勤快。镇上很多人都认得她，而且十分好奇她不仅能说一口流利的本地话，竟然还认识不少汉字。

　　我不再称她"越南婆"，而改称"阮正英"。

因为年纪差不多，我跟阮正英聊得来，经常隔着墙头跟她说话。但说实话，我一直瞧不起她，因为宁则民。一个三十多岁的傻子，每天只知道吃饭，在院子里转圈，连走出自家院子的勇气和智商都没有；嘴角还流着腥臭的口水，永远有一群苍蝇团结在他的脑袋周边，他养活了全镇一半以上的苍蝇。自从阮正英来到他家，天黑了他还懂得拉着她回屋子里去，嘴里含混地说着："睡觉……"

因为宁则民恶心，所以阮正英也令我"恶心"。

有一次，阮正英跟我说："假如我退还宁则民家五千元和凤凰牌单车，也退了婚，你愿意娶我吗？"

别以为我傻，我说："你是在开玩笑吧？"

她就是开玩笑的。因为她紧跟着便哈哈大笑起来，笑得很放肆。

近年底，宁则民的父亲和母亲一起回来了，发现家里的大公鸡全没有了，只剩下十几只母鸡和几只稚嫩的小公鸡，而我家院子里的大公鸡兵多将广，很诧异。第二天一早，宁则民的母亲马上露出了泼妇加悍妇的本色，骂骂咧咧，话里带刀，跟我讨要六只大公鸡。阮正英在自家的屋檐下，倚着墙，低着头，不敢侧目看我。

我把事情的来龙去脉说了一遍。宁则民母亲很生气："你教她识字干什么？你想过没有，她识字的后果很严重的。"

她说了一通越南人识字后可能出现的种种情况，最大的可能是逃跑。

　　"她认得字以后，就认得了世界上所有的路。"

　　我意识到了问题的严重性，同意把六只大公鸡物归原主。宁则民的父母毫不客气，跨过矮墙，一只一只地把大公鸡抓了回去。

　　没有酿成大祸，我松了一口气，远远地对阮正英说："你把我教会的字全忘记吧，这样我们就扯平了。"

　　然而，第二天，她隔着墙头指着身后本来已经属于我的六只公鸡问我说："我愿意缴纳两只大公鸡做会费，我要加入蛋镇诗社。可以吗？"

　　我告诉她："蛋镇诗社早已经解散了。"

　　这次我说的是事实。

　　"那，那蛋镇还有什么意思？"阮正英脸上罕见地露出嘲讽、鄙夷之色。一只公鸡靠近她，啄了她一口，她勃然大怒，转身一脚将那只挑衅的公鸡踢飞到三米开外，它惨叫几声并挣扎了十几秒才重新站起来，把蹲在厨房门口的宁则民吓得一屁股坐在地上，两眼翻白。

　　年后，我不再待业，去了深圳。三个月后，蛋镇传来消息，阮正英逃跑了，不知所终。

　　这是意料之外也是意料之中的事情。唯一让我放心不下的是，她是否全部忘掉我教会她的字？我可不想跟她再有什么瓜葛。

（原载《茶道》1996 年第 2 期）

劝傻子写诗

蝙蝠

镇上不止一个傻子，我选中了最傻的那一个。

他叫詹天睿。镇卫生院院长詹永刚的儿子。二十一岁了，智商最多就只有六七岁的水平。大多数傻子多少有点可爱，但他例外，至少对我是例外。那傻子模样，即便在茫茫人海中也能一眼认得出来，像一颗黑色老鼠屎混杂在白花花的米堆里。我估计他在妈妈的肚子里就开始傻了。但也不是全傻，能说会道，还能认字写字，如果给他足够的时间，十以内的加减法也能算得精准。只是脑子不利索，傻乎乎地对着人笑，嘴角朝上依然流着口水。大多时候说话逻辑混乱，语无伦次，语焉不详。不知道哪些话该说，哪些话不该说。因此，他经常被别有用心的人捉弄，引诱他说他爸的隐私。

"天睿，昨天晚上你爸说梦话又叫黄莉莉的名字了吗？"

"没有，昨晚他改喊葛云秀，被我妈泼了一盆冷水——洗脚水。今天我妈又晒枕头了。"天睿说，"我每晚都跟我妈我爸睡觉。到了半夜我就醒了，睡不着。我就听我爸说梦话。"

　　詹永刚每次梦里都叨唠不同的女护士。这是全镇人民都知道的事情。他也无可奈何，因为有这样的儿子。但他不嫌弃儿子，反而觉得詹天睿有可爱和聪明的一面。也就是说，詹天睿除了具备所有傻子的共同特点外，还有属于自己的特点。比如，他的毛笔字写得好，甚至可以参加全镇书法比赛，或帮别人写春联，只是错别字太多，但詹院长认为"即使是错别字也比别人写得好"；又比如，他喜欢在文化站门口看人下棋，而且有时候忍不住给穷途末路的一方支招，令人惊讶的是，几乎每次都能让那一方柳暗花明、起死回生甚至反败为胜，堪称奇迹。然而，让他坐镇一方执棋，他却像说话那样语无伦次，智障毕露。尽管如此，詹院长还是为自己的儿子骄傲，只有詹天睿在夜里无缘无故"消失"了，他才慌张失措，低声下气央求所有的人帮他寻找儿子，派出所的警察和医院的同事都早已经不胜其烦。而且每次找到他儿子的地点都不一样。有时候，在黑暗的汽车站候车室找到，他正在长椅上酣睡；有时候，在蛋河中央的"孤岛"上找到，他一个人躺在沙堆上看宇宙；有时候，在乱坟岗的某个坟头找到，他端坐在那里，一副苦思冥想的样子；还有时候，在医院的太平间找到，他与某具尸体肩并肩地躺卧在一起，像亲密无间的朋友……种种行为让詹院长焦头烂额，尊严全失。但詹天睿白天基本上是正常的，至少没那么瘆人。而让我觉得詹天睿特别傻的原因，是詹院长不甘心承认自己的儿子傻。

　　那一年，蛋镇诗社推行"全民写诗"运动，也就是号召和劝说全镇六万人民都爱上诗歌并且创作诗歌。我是诗社的骨干成员，虽然对此运动保留不同意见，但也卖力参与其中，动员镇上的人写诗。我们的核心口号是：人人都可成为诗人；无论写什么，只要分行，就是诗歌；聋子、瞎子、哑巴、疯子、傻子都可以写诗。运动搞得轰轰烈烈，妇孺皆知，仿佛在做一件利在千秋的大事。

有一天，詹院长找到我，问我一个问题："去年，你妈得了急性阑尾炎，差点去世，是不是我救了你妈？"

我说："是的。"

他又问："那你是不是应该报答我？"

我说："当然。但我要钱没钱，要物没物，没有什么可以报答你的。"

他说："你可以劝詹天睿写诗。"

我大惊，脱口而出："詹天睿可是全镇最傻的，比菠萝巷的宁则民还傻……"

这个论断并非我做出的。很多人都这样说，但他们如何得到这个结论我也不清楚。因为没有任何仪器对全镇的傻子做过验证，也没有组织过他们进行任何形式的智力比试。大概是因为詹天睿是卫生院院长詹永刚的儿子，名气比其他的傻子都要大。其他傻子都被忽略了。

他说："你们不是说傻子也可以写诗吗？天睿只是跟其他人不一样，并不是真傻，他有某种天赋，像观棋时就经常有神来之笔……"

我说："是傻子……傻子……这是事实。'傻子也可以写诗'只是一个比喻句。"

他说："他天赋异禀，想象力丰富，思维奇特，平时说话很有哲理，很有诗意，他天生是一个诗人，只是他不愿意写诗，就像有的人不愿意开口说——也像你妈的阑尾，大多数时间不会发炎。天睿很特别，他脑子里装着很多诗句，不堪重负，有些快过期了，你应该劝他写出来，否则太浪费了。"

我说："他是全镇最傻的一个……其他傻子也没有写诗。现在是改革开放的新时代，每个人都有选择的自由，我们要允许傻子不写诗。"

他说："你不理解我的意思……我的意思是，你妈的阑尾炎还可能复发，随时复发，像一首诗横在身体里撕咬她、折磨她。我只是医生，不是神仙，不能保证下次能救得了她。"

我还想反驳和拒绝，但他说："如果你不同意，我找你妈。"

我只好答应。他已经用尽了一切办法也无法医治儿子的傻病，才出此下策。但他高估了我，也高估了诗歌。

"他懂得怎样写诗，只是不愿意写。你劝他写诗，用诗歌改变他。写诗能使正常人变傻，同时，也能让傻瓜变正常。"詹院长说，"否则，你们就不应该办诗社，就像如果不能治病救人，医院的大门也不应该开一样。"

詹院长的话并非没有道理。我答应他尽力而为，死马当活马医。

第二天下午，詹院长把詹天睿送到我的跟前。那时我在邮电所门口的书摊正翻开一本新到的《女友》杂志。詹院长对我说："你现在就可以劝天睿写诗。"天睿的身材矮矬，跟他爸一样，看上去还像一个孩子。

詹院长忙，留下天睿就回医院上班。天睿眼睛直勾勾地看着我，眼珠子一动不动，嘴角流着口水。街上的行人也看着我，他们肯定是惊讶于我为什么跟傻子待在一起。我拉起天睿往灯光球场跑。他很配合，紧紧地攥着我的手。我们穿过熙熙攘攘的街道，来到灯光球场靠瓦房的一头，那里没人。我们坐下来。

天睿傻乎乎地盯着我笑，好像我脸上有屎似的。

"天睿，你应该写诗。"我说，"所有人都知道，你是全镇最有才华的人，脑子里塞满了漂亮的诗句，像猪大肠里塞满了猪屎。你傻，是因为你脑子里塞的诗句太多了，像水一样，你应该倒出来，否则就很难受，让你抓狂。"

天睿说："什么是诗？我怎么没看见？我脑袋里什么都没有。"

我说："你所有的想法，包括胡思乱想，都是诗。"

天睿说："我不胡思乱想，我只想你，嘿嘿，姐姐，你的鼻子好好看，像一只非洲大蜗牛。"

我年龄比他小，他不应该称我姐姐，但我不跟傻子计较。

天睿憨笑着追问："诗是什么东西？长什么样子？有非洲大蜗牛好看吗？"

我刚想肯定他"你把说的话分行就是诗"，但我不想让他把"才华"浪费在我身上，改口说："你在沙洲、坟头、树上、太平间过夜时，想的那些问题，跟谁说过的话，包括你爸的梦呓，都是诗。很独特的诗。别人写不出来的，只有你能写。你有成为伟大诗人的潜质。"

天睿陷入沉思，好一会突然抬起头说："我跟鬼说话。鬼哭我也哭，鬼笑我也笑……"

我内心受到了惊吓，汗毛直竖，耳朵里有很多声音嗡嗡作响。

"我骗你的，我脑子没装乱七八糟的东西，什么也没有，空空的，不信你摸一下。"天睿把他硕大的脑袋向我伸过来，往我胸脯里顶。我赶紧退避。

此时金光闪远远看到了我，径直走过来。他是蛋镇诗社的社长，"全民写诗"运动的狂热倡导者和最坚定的推广人，口若悬河，激情四射，能蛊惑人心、催生豪情，是街头演讲的能手。他大概也好奇于我为什么跟一个傻子单独待在一起。我告诉他，我正在劝詹天睿写诗。

金光闪十分赞赏我的勇气和执着，再次强调"人人皆可成为诗人"。像佛家所说的"人人皆可成佛"。他上下打量詹天睿，满脸狐疑，却又试图说服自己。

"我不写诗。我要尿尿。"詹天睿对金光闪的到来很不满，翻着白眼瞧了他一眼，然后站起来，拂袖而去，在离我们三四米的地方，背对我们，贴着瓦房的墙壁撒尿。

金光闪说，如果能动员这个傻子写诗，对"全民写诗"运动将起到极大的榜样作用，他就是楷模，就是希望，就是诗歌的未来。

我刚想拒绝，他把喷着葱花味的嘴巴贴近我的耳朵说："你不用怀疑，真正能把诗写好的只有傻子。世界上傻子太多。劝傻子写诗这个活，今后由你全权负责。你大有可为。加油。"

我生气了，说："我做不到，此事还得你来。"

还没等金光闪再次张嘴说话，我便找了一个借口，逃之夭夭，把詹天睿留给他。

有一天，镇上一个万元户办喜酒，出资在灯光球场放露天电影，人多得把球场都挤得变宽了。电影是新片，中国台湾的电影《妈妈再爱我一次》，所有人都看得入迷，现场还哭声一片。我也沉浸其中，鼻子酸酸的。突然有人从背后伸出手给我揩鼻涕。第一下的时候，我并没有察觉，第二次时，我才觉得有人摸我的鼻子。我回头一看，是詹天睿。他傻乎乎地对我笑。

"姐姐，我摸一下你的非洲大蜗牛。"

他打断了我看电影的专注，我很生气，断喝一声："傻子，你干什么？"

旁边有一个高大的男人也发现了不对劲，对着詹天睿一声断喝："耍流氓！"

接着，男人抡起拳头向詹天睿打过去，正义的惩罚迅猛而凶狠，詹天睿发出狗叫一般的哭喊，现场一阵骚乱。我根本来不及阻止和解释。

"他袭女人的胸！伸手摸女人的奶！"

更多的人听信了男人的号召，纷纷加入了对詹天睿的殴打。看电影的脑袋一下子全朝我们这边包围过来。银幕突然黑白交替地闪动，"断片"了。灯光球场一片混乱。

詹天睿毁了一场好电影。

无数的拳头在我眼前晃。

"妈妈……"詹天睿哭喊着。

我想阻止，但正义的力量太汹涌了，我什么也做不了。他们还要我做证，甚至等待我向他们致谢。我想到了我妈患急性阑尾炎痛得满地打滚的样子，赶紧穿过人群逃之夭夭，沿着芒果大街往家里跑，仿佛我妈的阑尾炎又发作了，正在家里呼救。

第二天一早，我妈把我从床上轰起来。她撇下菜摊，从菜市场跑回来的。

"你这个忘恩负义的贱货！"我妈第一次用"贱货"这个词来骂我，很严重。

她生气，我也生气。因为我感觉受到了侮辱。

"詹院长求你，你为什么不帮忙？还找人把詹天睿打成了傻子？"我妈吼叫着。

我忍着气解释了一番。我妈的气消了许多，像肚子被捅了一刀子。

"无论如何，你得帮他。也是帮我们。劝一个人写诗难吗？难得过担粪种地？哪怕你劝我，我也可以写诗。"我妈说。

我说："劝一个傻子写诗，比劝人吃屎还难。你不如让我代替你患急性阑尾炎。"

我妈突然笑了。

我也笑了。仿佛世间所有的人都在笑。

"你还是再劝劝吧。傻子什么事做不出来呢？"我妈说，"失节事小，劝傻子写诗事大。你努力努力。实在不行的话，我亲自去劝。"

我在国营照相馆门口拍了拍正弯腰埋头凝视橱窗里女人照片的詹天睿。他回头看我，然后指着那幅带镜框的女人照片对我说："这个姐姐死了。"

他说的是事实。那幅照片是一个女知青的，很端庄，很漂亮，尤其是那哀愁而清澈的眼神，令人心碎。她喜欢看电影，但患了重病，走不了路，每个月由她的丈夫背着她从遥远的鹿山来到镇上，看完一场电影又由丈夫背回去。镇上的人都认得她。两年前她在照相馆照了相，但照片一直没取，估计是人已经去世了，照片成了照相馆的广告。

我说："你想什么呢？"

詹天睿说："我想摸一摸她的鼻子。"

她的鼻子也很好看，挺直，匀称，鼻孔窄小，不像本地女人的鼻子。照片在橱窗里，隔着一层玻璃。

詹天睿把自己的脸紧紧地贴到玻璃上，甚至要将脸贴到照片上去。我提醒他，别把玻璃挤破了，否则又会招人揍。他赶紧把脸收回来，玻璃上短暂留下了他的脸模。我觉得玻璃脏了，照片也脏了。

我还觉得他的鼻子歪了。应该是那天晚上被打歪的。脸上还有两三处明显的瘀青。我竟然有点愧疚，忍不住伸手想帮他扶正鼻子。然而，他一巴掌把我的手打掉："我不喜欢你了，非洲大蜗牛。"

我说："你喜欢谁？"

他说："我喜欢照片里的姐姐。"

我说："那你应该给她写一首诗。"

他陷入了沉思，又面露难色。

我说："你写诗告诉她，你喜欢她。你一定要写诗。"

他害羞而怯懦地躲开我，双手抱头，背部贴着橱窗和墙壁往前挪动，生怕我对他突然袭击。走到芒果大街，他突然加速，朝着电影院方向奔跑，一会便消失在行人中间。

那些天，我都在大街上寻找詹天睿，希望能遇到他，然后耐心地、苦口婆心地劝他写诗。我想好了很多符合他心智的劝辞，一句话：用哄骗的方式让他拿起笔，写分行的文字。只要他拿起笔，就成功了。我甚至为他准备好了漂亮的笔记本和圆珠笔。我从《女友》杂志上读到一篇文章，说傻子真的适合写诗；而且令人瞠目结舌的是，一些伟大的诗篇正是出自傻子之手；更匪夷所思的是，写了大量诗歌之后，傻子的心智变得与常人无异甚至比常人更睿智。这是科学和医学也无法解释的现象。

我为差点错失一个潜在的杰出诗人而自责。

但是我无法等到詹天睿。我主动去镇卫生院见詹院长。

詹院长说："天睿在家里闭门谢客，三四天了，谁也不见，也不吃饭。他说他想写诗，写一首伤心的诗。"

詹院长很欣慰，我也很欣慰。詹院长还亲切地询问了我妈的身体情况。我说很正常，没有什么问题。他说："那我就放心了，如果有不适请随时来就诊，身体要紧，不要怕麻烦。"那是一次愉快的会面。我们都在等待奇迹的发生。

见过詹院长后的第三天，是我妈的生日。我记得很清楚，那天早上我和我妈在家里酿豆腐，詹院长急匆匆地跑到我家里来，说天睿不见了。

同时消失的还有照相馆橱窗里的那幅女人照片。

橱窗的玻璃被砸烂了。事情应该是昨夜发生的。有人声称看到天睿抱着照片往电影院方向跑。詹院长发动了几十人，那天一早把电影院翻了个底朝天，没有找到天睿。他们找遍了镇上各种可能藏身的地方，包括他曾经躲藏过的蛋河之洲、坟头、太平间、水塔、榕树、废弃的疍家船，都没有找到。

我问："他没有留下什么吗？"

我指的是诗歌。

詹院长说："没有！什么也没有！"

我妈很着急，扔下手里的活，要跟随詹院长去寻找天睿。她也明示我一起去。我只能跟随他们一起走。

一路上，我妈质问我说："天睿就没写过一行诗？"

我说："应该没有。"

她斥责我说："你没劝动他吗？你办事怎么没谱？一点小事也做不来。"

　　詹院长为我开脱说："也不能说没效果，天睿已经同意写诗，可能写了，只是我们没有看到。第一次写诗总是羞赧的。天睿一直很羞赧。"

　　我妈还是喋喋不休地斥责我。然后詹院长忙着为我辩解。我插不上话。詹院长说已经派人去鹿山和陆川火车站，我能想到的他都想到了。

　　我们在汽车站分开。我妈随詹院长往粮所走，我往邮电所去。我一路寻思，天睿到底会躲到哪里去？我去了照相馆。那里的工作人员还窝着火骂詹天睿。我并非怀疑他躲藏在照相馆，而是看看那个习惯了摆放鹿山女人照片的橱窗。现在橱窗变得空荡荡的，像被掏空了内脏的躯体。仿佛这个世界一下子失去了美，我有些惆怅。

　　我还去了几个地方，包括中药铺、骑楼街、旧戏台和南洋大桥桥底。与意料中一样，没有发现詹天睿。我在安慰自己，同时也可以安慰詹院长：不用焦急，天睿只是躲在某个隐蔽的角落里，迟早会自己出现的。但我还是想有立功表现，好让我妈表扬我。

　　只有傻子和傻子才心灵相通。我想到了同样是傻子的宁则民。

　　于是我拐到了菠萝巷。宁则民正在他家的院子里看鸡打架，傻乎乎的样子跟詹天睿差不多。我猜想，所有的傻子都差不多。

　　我站在院子的墙外扔了一根香蕉给宁则民，然后跟他套近乎，他热情地响应，并将香蕉剥皮往嘴里送，像大熊猫啃竹笋。

我毫不客气，问宁则民："你认为詹天睿会躲到哪里？"

被尊重的宁则民突然变得睿智，像胸有百万雄兵的将军，用他流着口水的嘴和口齿不清的表达跟我分析"案情"。他的思维果然与众不同。

他说："你们搜过电影院屋顶没有？"

真是醍醐灌顶。我想真可能没有。他们只是对电影院翻了个底朝天，但未必爬到屋顶上去看。

我赶紧朝电影院跑。

在电影院门口，詹院长和我妈也在那里，正和守门的卢大耳探讨问题。我问卢大耳："你们到屋顶上瞧过了没有？"卢大耳愣了一下，说："没有梯子屋顶谁都上不去，除非会飞。多少年没有人上过电影院的屋顶了。天睿也上不去。"

我说："还是上去瞧一眼吧。"

卢大耳从仓库里搬出一架梯子。我自告奋勇率先爬上去。在屋顶的西北角，屋脊的尽头，赫然耸立着一幅硕大的女人照片。毫无疑问，就是照相馆橱窗那幅。天睿就躲在照片的后面。他看不到我，我能看到他的半截身子。我爬到了屋顶的排水沟上，给下面的人空出梯子。屋顶是砖瓦结构，比较结实，但年久失修，随处长着杂草和藤状物，还有许多鸟毛和鸟粪。

此时，詹院长也顺着梯子上来了。他急不可耐地叫了一声："天睿。"

天睿受到了惊吓，猛地坐起来。从照片的正上方小心翼翼地露出半截头颅。他双手紧紧抓住照片，并以照片挡住我们的目光，生怕自己受到伤害。

照片上的女人仿佛也受到了惊吓，颤巍巍地看着我们。

"你先下去，这里不安全。"詹院长对天睿说，然后从我身边猫着身子朝天睿爬过去。天睿大叫道："你不要过来！"

詹院长停住了。卢大耳和我妈都从梯子上来了。屋顶上站着太多的人，我担心会塌。

我妈对我说："你劝劝天睿……他听你的。"

詹院长也是这个意思。我不知道对天睿说什么，只好问："你写的诗呢？"

天睿把身子直了起来，指了指照片的鼻子处。我伸长脖子仔细看了看，那里果然有几行文字。阳光把鼻子和文字照射得闪亮，像电影里的镜头。但因为距离过远我无法看清楚。

詹院长也发现了文字，像发现了一种人类从没有过的文字一样，十分惊喜和自豪，回头对我说："天睿真的写诗了！"

我妈扯了扯我的衣角，没有言辞，却是赞赏的一种表达。

我们都沉浸在奇迹发生的欣喜之中。然而，身后的卢大耳突然不识时务地惊叫一声："他踩烂了电影院的十七块瓦片！"多么精准而触目惊心的数字。

天睿仿佛被吓破了胆，抱起照片沿着屋脊往后跑。我们提心吊胆，纷纷劝他停下来。因为前头无路可走了，是悬崖绝壁。

后来的事情大家都看到了。我就不多说了。

简而言之，詹天睿一脚踏空，从屋顶掉下来。脑浆把那幅照片淹没了，像涂上了一层油漆，什么也看不清。他写的是什么诗句，无从得知。

蛋镇失去了一个傻子，也失去了一个潜在的优秀诗人，大家并不觉得有什么，但詹永刚院长无比痛惜。几天后，他找到我谈论詹天睿。他把詹天睿跟去年在镇文化站上吊自杀的诗人段颂相提并论，说蛋镇最有才华的两个诗人相继离世，令人唏嘘。

"你们应该为他们做点什么。"

我们已经为段颂立了一个纪念碑，在即将出版的《蛋镇诗报》收录了几首段颂的遗作。

詹永刚院长脸上的悲伤逐渐弥漫开去，沉吟道："这样吧，纪念碑就不必了，你们总应该让《蛋镇诗报》收录天睿的作品。这是最低的待遇和要求了。"

看在我妈的情面上，我答应了。并且我说服了金光闪，在《蛋镇诗报》创刊号上刊登了一首署名詹天睿的诗作。不长，仅七八行，写得还行。只是没有人看得出来是我代写的。那时候每每读到这首诗，心里既欣慰又有不甘。但多年后再次重读，竟然觉得就是詹天睿写的，跟我毫无关系。

2016 年 2 月 1 日夜写于波士顿

（原载《北欧时报》2016 年 3 月 11 日）

浪漫派为什么重要

祝三易 [①]

那一天，我在邮电所门口撞见金光闪。他正在吆喝卖报。当然是《蛋镇诗报》。阳光打在报纸上，把诗报变得斑驳，像极了美钞或英镑。

金光闪穿着白色的T恤，戴着墨镜，头发遮住了半边耳朵。他兴高采烈，用灼热而充满期待的目光乞求着路过的每一个人。

"你在卖《纽约时报》还是《泰晤士报》？"我问他。

金光闪瞧了我一眼，拿起一份诗报对我说："五毛一份，比世界上任何一份报纸都好看。"

我接过报纸，打开看了看。版式设计就是中学生板报的水平，但看得出，全是诗歌，很端庄，也很有尊严。

我一目十行。字有点灼眼。有一些诗句还是打动了我。比如有一首是这样写的：

---

① 祝三易（1967.3—　）：蛋镇黄坡村人。蛋镇高中毕业后考干被录用，先是在蛋镇"南菜北运"办公室，后在蛋镇电影院工作。从放映员一直干到电影院经理。1995年辞职去深圳华易影业。

云朵是浪漫的

雨点是浪漫的

天空是浪漫的

大地也是浪漫的

只有你，站在浪漫的对面

用深情的眼神凝望着我

…………

浪漫派为什么重要

浪漫派当然重要

因为你可以通过梦的方式来娶我

而我们一生都不一定要互相抵达

　　这是一个叫焦糊①的作者写的。这首诗的标题就叫《浪漫派
为什么重要》。

　　就因为这首诗，我心甘情愿掏出口袋里仅有的五毛钱，扔给
金光闪，要了一份诗报。金光闪说："感谢你对《蛋镇诗报》的
支持，也欢迎你加入蛋镇诗社。"

　　我说："去你的，我只是单纯想买一份报纸而已。"

　　我跟金光闪并不算很熟。第一次认识他，是因为有一个晚
上他闯进蛋镇电影院的放映室，对我说，他也想当放映员。我

---

①　曾村人。当年投稿时为蛋镇高中二年级学生，高中毕业后去了上海，此后没
有音讯。

说："你以为放映员想当就能当呀？这是技术活，更重要的，你首先得是国家干部。我就是。"金光闪说："我单纯想放电影而已……"

我说："电影院并不是你想来就能来的，未经允许你不能进放映室。"

金光闪悻悻地说："这个破影院，你信不信将来我把它买下来，然后一把火烧了它？"

我说："我相信，只要有足够的钱，你能买下镇政府大院，自己当镇长。"

刚好守电影院大门的检票员卢大耳往放映室里探头，发现了金光闪："今晚三个逃票的，就差你没抓住。你竟然躲到这里来了。"

金光闪说："我是来谈收购电影院事宜的……等我收购了电影院，第一个开除的人就是你卢大耳。"

卢大耳怒火中烧："我今晚抓住你，你就得补票。明天你果真收购了电影院，我收拾东西滚蛋。"

我为金光闪开脱。我证明金光闪只是来跟我聊天，没有偷看电影。卢大耳才放过他，但警告他："下不为例。"

这个毛头小子懂得来事，巧舌如簧，在街头遇到我，总要拦住我套近乎，给我递万宝路香烟。烟盒和香烟都皱巴巴的，像被很多人踩蹭过。有时候从万宝路烟盒里抽出红梅或大白沙牌香烟。我并没有瞧不起他的意思，相反，我觉得他比普通的年轻人都聪明灵活，奇思怪想多，是一个将来能做大事的人。因此，我主动请过他吃簸箕炊和猪脚粉，就在电影院旁边的路边摊，电影散场后。但我不看好他写诗。诗歌是最没有用的东西。但他反对我的观点。

"一首好诗能挽救一个坏人。"他说。他拿自己举例，在差点变成一个坏人的危险时刻他读到了王勃的《滕王阁序》。他花了十个夜晚把它背了下来。那天晚上，在宵夜摊，我跟他打赌，要是他能当场背完《滕王阁序》，我请他吃猪脚，吃多少只都可以。结果我输了，他一口气吃掉了七只猪脚。从此以后，我不敢再招惹他。

"能不能在银幕上帮我们的《蛋镇诗报》做个公益广告？"金光闪拦住我，"每场电影，插播一下，就三十秒。像插播计划生育宣传广告那样，不耽误电影……"

我说："你们能为电影院做什么？一群买不起电影票的穷丁。"

金光闪说："电影院厕所的墙上、门上又增加了不少诗，虽然下流一些，但跟电影院很搭配，下一期诗报我们准备选发一些，也算给电影院做广告。"

我说："电影院厕所里还缺些擦屁股的报纸，你可以捐一些，让观众的屁股散发着诗意。"

金光闪说："你放心，我会动员更多的诗人在电影院里题诗。"

这里有一个梗。1988年5月，电影院内外的墙头上被人用铅笔密密麻麻地写满了诗——像蚂蚁一样细小却生机勃勃的分行文字。电影院厕所的墙和门也被木炭书写的诗歌占领了。诗歌良莠不齐，有些写得特别敏感，有些特别庸俗、下流，有些地方还画上乳房和生殖器的配图。这是群体作案，却无迹可查。电影院方只能把所有的墙重新粉刷一遍。此事是否跟金光闪他们有关，我们无从考证。金光闪也从未提起。

我把报纸带回了电影院，没有扔掉，后来把它寄给了梧州牙膏厂的一个素未谋面的朋友。她的回信是一篇三千字的读后感。毫无意外，她也谈到了《浪漫派为什么重要》那首诗。她说她经常一个人撑着小船在西江江面上漂。两岸青山，江面辽阔，碧波荡漾，她在天地间寻找真正的爱情。没过多久，她来到了蛋镇。她想认识一个叫焦糊的人。可是我并不认识焦糊。金光闪说是曾村的一个青年，擅长捕鱼和捕鼠。我同意带她去见焦糊，但还没有出发前往曾村，那天晚上，我们便在电影院放映室睡在一起。两个男女一旦睡在一起，再也没有什么事情比这更重要。第二天，她取消了去曾村的行程。她说她累，像在江面上漂了一宿。

第二天金光闪过问此事。他见过这个浪漫女孩，夸赞了一番。他还想向她嘘寒问暖，被我拒绝了。

"是《蛋镇诗报》引发的事故，我必须负责。"金光闪语气里充满了诗人才有的正义。

我说："现在她正在电影院放映室里，我的床上，你能进去吗？"

他果然进不去，卢大耳把他拦在电影院外面，他气得直跺脚，捶胸顿足地说："有人利用《蛋镇诗报》，只花了五毛钱，便睡了一个大美女，真是一本万利、不知廉耻啊！"

我看着他着急而无奈的样子，笑疼了腰。仿佛报了他一口气啃掉我七只猪脚的仇。

后来，我和这个牙膏厂女职工结婚生子。

事实已经证明，浪漫派当然重要。

几年以后，金光闪回到蛋镇，真的找到了政府，要收购电影院，但政府不愿意卖掉，而是要改造成家具城。彼时，我已经是电影院的经理，有名无实，电影院早已经"门前冷落鞍马稀"，连卢大耳都另找出路去了。金光闪问我："你为什么要改为家具城，不放电影啦？没有电影院，蛋镇的品位将断崖式下坠。"我说："当然是为了经济效益。全国都在搞钱，蛋镇不能一直扯淡。"金光闪说："取消电影院才是扯淡。"我说："现在电影院早不放电影，没事可干，我们闲得蛋疼，你能不能让我们有活可干？"金光闪财大气粗，大手一挥，对我们说："你马上把卢大耳找回来，告诉他电影院很快恢复营业！"

我把卢大耳找回来了。他已经到了东莞成为某电子厂的保安，虽然工资待遇不错，但被老板、高管呼来喝去，被工人漫骂，过得一点都不开心，听说蛋镇电影院重新营业，他连夜乘车回来了。可是，等了一个月、两个月、三个月，电影院根本没有动静。卢大耳在电影院门口见过一次坐在桑塔纳里的金光闪。金光闪摇下车窗喊"卢大耳"。卢大耳猜到了是金光闪。他很激动，跑过去向金光闪点头哈腰，递上万宝路香烟。金光闪把香烟横着放在鼻孔前闻了闻，满脸嫌弃地说："怎么有股蟑螂尿的味道？"

卢大耳尴尬地说："金老板，请赏脸……"

金光闪说："赏脸？说到赏脸，当年你为什么不赏我脸？我想看一场《芙蓉镇》，就因为没票，你把我活生生拦在外面，还赏了我一记耳光。"

卢大耳说："是我不对，但我从没有打过别人的耳光。金老板是你记错了。"

金光闪说："我怎么可能记错呢？我的右耳根还痛着呢。那巴掌留下的印痕还在，你仔细看看是不是你的？"

金光闪把右脸伸出去让卢大耳看。卢大耳悔恨地给自己掴了两记耳光，左右开弓，金光闪这才放过他，摇上车窗扬长而去。卢大耳捡起金光闪扔下的那根万宝路香烟重新放进烟盒里，轻轻拍了拍烟盒，闻了闻，从容地把烟盒放进口袋。

此事有人叫好，因为卢大耳在蛋镇电影院得罪过的人太多了。也有人为他鸣不平，因为确实没有其他人指证他曾经打过别人的耳光。还有人指责金光闪不应该跟一个老人怄气。

我们都以为电影院没戏的时候，有一天政府的领导告诉我，准备投入一笔巨款装修改造电影院，更新设备和座椅，把电影院升级为最好的影院。是金光闪投资承包电影院。除了投资，金光闪还有一个要求：继续留用卢大耳。同时对卢大耳也有一个要求：上班的时候必须西装革履，要像高级宾馆的服务生那样优雅。当然，电影院所有工作服都由金老板解决。

半年后，电影院焕然一新，重新营业。

重新营业那天，电影院举行了盛大的仪式。彩旗招展，锣鼓喧天。镇领导全部到位。金光闪还重金请来了香港艳星陈某莲，她丰满而挺立的胸部引起一阵阵骚动。那些在录像厅里看过她主演的三级片的男人面对真人的时候竟然不知所措，甚至有些害羞。而金光闪跟她来了一个熊抱，引发一阵惊叫。

卢大耳的月薪比原来翻了三番，超过他在东莞的收入。他很高兴。卢大耳每天西装革履，系着蓝色的领带，看起来像是一个离休干部，下班的时候去肉行闲逛，接受别人的仰视。金光闪很少到影院来，但有一次他来了，还到厕所看了看，要求我们：不仅要每天检查厕所的清洁卫生，还要检查厕所里有没有新题的诗，如果有，必须一律清除干净。

"厕所不需要浪漫派！"金光闪说，"况且，那些诗，一点也不浪漫。"

那时候，金光闪的生意做得很大，但他再也没有在蛋镇提过"全民写诗"运动。

他只是在我的耳边轻轻地、神秘地说了一句："这个世界，只有他妈的钱，才是浪漫派。"

我说："你未必讲真话，你肯定还对诗歌抱有感情，因为我看得出来，你的骨子里是一个浪漫派。"

"不，我是一个'蛋派'。"

金光闪用赞赏和敬佩的目光看着我，很认真地说："我知道现在的电影院赚不了钱，但你说我为什么花巨资改造蛋镇电影院？"

我说："我不好说。"

金光闪说："你大胆想象，勇敢说出来。"

我说："是不是因为我当年掏了五毛钱买了一份《蛋镇诗报》？"

金光闪不置可否，哈哈大笑：

"屌佢老母①，我发现蛋镇的人全是浪漫派！"

只可惜，即便改造升级，电影院还是没能热闹多久，看电影的人似乎心散了，再也难以回来。两年后，电影院难以为继。而金光闪的生意正好也遇到了困境，无力兼顾电影院。当初要投资改电影院为家具城的老板在新街口建了一座家具城，对电影院没了兴趣。而政府开始对肉行进行翻新改造，几乎封闭了整个街道，机械进场后，乱哄哄的，电影院暂时歇业。

想不到一歇业就是三年，金光闪的租期结束，电影院几乎倒闭。卢大耳回到了乡下，不久后便病故。在汹涌的"下海"狂潮中，我也不能免俗，去了广州干起贩卖盗版光碟的生意，小有所成，三年后到了深圳，进了一家民营影业公司，张罗拍摄制作影视剧。我们公司的作品上过珠江电视台黄金时段，在片尾"剧务"栏有我的名字。有一次，我突然接到金光闪的电话，他说他看过我们公司的剧，觉得不错，如果有机会，他也考虑投资影视行业。"毕

---

① 粤骂，意为"操他妈的"。

竟，影视才是人民群众最廉价的精神享受。"

　　我说："那诗歌呢？"

　　他沉默了一会，说："诗歌算哪根屌毛。"

（原载《江北文艺》2015 年第 3 期）

实名举报信

漆光明

政府：

　　我是本镇居民漆光明。我的父亲叫漆鸿运，是合山煤矿第三矿副矿长。我的母亲是镇供销社百货大楼的销售员屈晓曲。我热爱诗歌，也热爱蛋镇。蛋镇养育了我十八年，我对这里的每一寸土地和每一棵草木都饱含感情。我不允许有人损害蛋镇，哪怕在心底里嘲笑也不行。但偏偏有人正在伤害蛋镇。不，不是一个人，是一伙人。他们正在组建蛋镇诗社，印发宣传资料，粉刷反动标语，煽动全民写诗，妄图创建所谓的"蛋派"诗歌，乱举旗帜，妖言惑众，扰乱大家的思想，还密谋出版诗报，试图跟外国和我国台湾、香港的反动势力建立联系，造成国际影响，以达到沽名钓誉的目的。因此我冒着被他们打击报复的危险，举报他们，为民除害。

　　他们为首者金光闪，蛋镇高中学生，因高考无望，基本处于无所事事状态，无聊和迷茫让他产生了对社会的不满情绪。他是蛋镇诗社的策划者、组织者、煽动者，是野心家、阴谋家、新时

代的造反派，不学无术，不懂诗歌，却以诗人自居，大放厥词，
亵渎诗歌，还自我加冕，大张旗鼓吸收信徒，扩大势力，在蛋镇
建立非法组织——蛋镇诗社，自封社长。他们还到广大农村去发
动群众，名义上是发展会员，实际上是妖言惑众，拉拢不知真相
的农民上他们的贼船。虽然目前上当受骗加入诗社的群众不多，
但假以时日，他们通过发放鸡蛋等奖励和诱惑手段，会有越来越
多的群众加入他们，而且他们正在计划这样做。千万别让他们发
财，或成功拉到赞助，否则蛋镇的老百姓会因为他们免费发放鸡
蛋、面包、粉条、牙膏、火柴、洗洁精等卑劣手段而纷纷上当。
你们试想，如果全镇六万多人民都成为蛋镇诗社的成员，被他们
带上邪路，后果会怎么样？他们会拥兵自重，一旦有机会便会造
反，像历史上的邪教组织和割据诸侯。几年前平政镇发生的"何
文源称帝"事件①就是前车之鉴。不要让类似的闹剧和悲剧在蛋
镇上演。

　　我建议政府立即制止以金光闪为首的蛋镇诗社组织者们的
行为，并将这些人绳之以法，弘扬正气，还诗歌一个清白，还文
学以尊严，更还蛋镇以清静。我声明，我从没有参与他们的非法
结社活动，我坚持成为蛋镇文坛的一股清流，绝对不跟他们同流
合污。

　　虽然我阅历很浅，但深知江湖险恶。我担心因我这举报，

①　1983年，农民神棍何文源妖言惑众，组织数十名愚昧群众宣告成立所谓的
"中华文武国"，时值"严打"，结果不到一个月便被侦破捣毁。何文源被判死
刑立即执行。这场闹剧轰动一时。

他们会对我打击报复，乃至施以毒手，杀人灭口，让我不明不白地暴死街头（他们自称诗人，却毫无诗人之德，心狠手辣，完全有可能做出残暴之事），所以我这个举报信抄了四份，一份给政府，一份给派出所，一份寄给我的父亲，另一份交给了你们猜不到的远方朋友手上。一是为了给警察侦破案件提供线索，不至于让凶手逍遥法外；二是为了自保。

我相信政府，也相信群众。因为无论怎么花言巧语，骗子终究还是骗子。糊弄群众，得之一时，却不能得之永久。群众一旦觉醒，骗子们会原形毕露，丑态百出，一切靠谎言堆叠起来的海市蜃楼都将烟消云散。

金光闪们，总有作鸟兽散的一天。

敬礼！

漆光明

1988年5月20日

（本文稿由蝙蝠提供，未经作者审定）

追赶流水的谢敬安 [①]

谢敬逸

　　我的堂兄谢敬安比我大两岁。因为我从小读书不行，他一直瞧不起我，甚至经常欺负我，在众人面前嘲讽我，仿佛我跟他不是堂兄弟，而是毫不相关的陌生人。

　　当年，为了区区几块银圆，我父亲和谢敬安的父亲，也就是我的伯父，一起加入了昆仑关之战后的杜聿明部队。他们从钦州港乘船去了东北。后来的事情全村都知道：我父亲成了逃兵，从锦州一路逃回蛋镇，堪称"千里走单骑"；而伯父因受伤被解放军俘虏了，但他没有领取路费返乡，而是毅然决然换上了解放军的军装，伤愈后参加了抗美援朝，完成了自我救赎。他们都曾经被安排到贵州当煤矿工人，但两人因为"嫌离家太远"而辞了工，从此待在蛋镇，成为村里的骨干劳动力。虽是兄弟，但他们经常因"英雄所见不同"而吵得不可开交。我父亲是个顽固派，坚称杜聿明要比林彪更胜一筹。伯父当然不服气，据理力争，有

---

① 　谢敬安（1970.4—2006.1）：蛋镇镇南村人。蛋镇高中毕业后，复读四年考上广西师范大学中文系，大三时被校方勒令退学。曾在瓷县报社工作。

好几次酒后差点打起来。他们过去在军队都只是普通士卒，后来都一直在村里种地，一生难分伯仲，只好让他们的儿子决胜负。在蛋镇高中，我和谢敬安高低已决。在伯父面前父亲终于低下了高傲的头。谢敬安考上广西师范大学中文系那年，整个蛋镇都为之震动。因为他是从蛋镇高中考上的，虽然复读了四年。我读蛋镇高中的时候，他已经是高三。我读高三的时候，他跟我同一班。他比我聪明，平时考试成绩都名列全年级第一，每年高考都是蛋高的种子选手。我也看好他，但他每次过了预考都倒在正式高考的录取门槛上。他屡败屡战，目标坚定，而且志向远大。他说只读中文系，因为在他眼里，除了文学，世间没有其他事物值得一提。我从不认为他的执着只是狂妄，从不怀疑他的才华。他曾经在学校的黑板报上发表过三首诗，在右下角，是我抄上去的。他用了笔名：寒号鸟。高三那年，我自动放弃了毫无希望的高考，毅然报名当兵。他警告我说："你小心，对越自卫反击战随时有可能卷土重来，上了战场，你就有可能成为第二个谢树光。"谢树光是我的另一个堂兄，死在法卡山，被炸得血肉横飞，连他的母亲都认不出他来。

我体检的时候，身高和身体素质都没有问题，就是太瘦，体重没有达标，差三斤。是谢敬安从学校附近的香蕉地里偷来五斤半生不熟的香蕉，让我拼命吃完。香蕉的皮都剥不开，只能用刀削。那是我这辈子吃过的最难吃的香蕉。但我复检的时候体重达标了，成功入了伍。这是我欠下谢敬安的恩情。但他并非想帮助我谋一个好前程，只是不屑我跟他走同一条道路。

"你考不了大学的，不要跟我挤在一起。我希望通往大学的康庄大道上少一些闲杂人等，尤其是你。"他对我说，"你注定要走我们父辈的路，当兵，然后回家种地、养猪，将来死在地里，成为尸肥料。"

我在柳州当兵。开始的时候，连队安排我保管仓库，但很快调整，让我喂猪。因为我的普通话说得不标准，战友们都听不懂；他们说话，我也只听懂个大概。他们担心我把枪支弹药搞错。喂猪是我的强项，在家的时候我就伺候过猪。我把猪养得白白胖胖的，猪很喜欢我，领导也十分满意。杀猪的时候，我首先把最好的肉送给领导的夫人。因此，我在连队的口碑相当不错，当兵第二年我便转了干。我把我在部队里的情况写信告诉过谢敬安，尤其是转干的喜讯。他给我潦草地回了几行字："养猪而已，转了干也是养猪的，有什么值得炫耀的！"

彼时，谢敬安已经考上了大学。他用广西师范大学的信封给我寄的信。他说他当上了学校文学社社长，没有一个女同学能让他瞧得上的。从此以后，我便不再给他写信。柳州、桂林两地相隔不远。我当兵的第三年秋天，他从桂林乘坐火车回玉林，心血来潮竟在柳州下了车，到部队来找我。

我们在柳公祠附近的大街上吃螺蛳粉。他表情忧郁，颇有心事。我问他是不是在火车站遇到了扒手，丢了钱。柳州火车站治安很乱，全国出了名。他说不是。在我的再三追问下，他说出来了。

他被学校勒令退学，因为文学社的事情。具体什么事情他闭口不说。

"说了你也不会明白。"他说。

我大概猜到了七八成。

"你们部队还要人吗？我想当兵，我想上战场。哪怕跟你一起养猪也行。"他说。我很惊诧，因为一个向来孤傲的嘴巴竟说出如此谦卑的话。

当然不可能。部队怎么可能招一个有污点档案的人呢？况且，他的年龄也不合适入伍了。

我们沿着柳江走了一个下午。阳光太稀薄，江风阴冷。他称赞我的军装很合身，想不到我瘦得像猴的人穿起军装来竟然也人模狗样的。

我们站在一块水草丰美的滩涂上看江中的船。三两只船，并不大，黑麻麻的。"我们要顺从流水的方向。"谢敬安说。

我好像理解了他说的话，也好像没有理解。我怕理解错了，所以没有往下讨论。他一直比我强势，而我说话习惯于小心翼翼，防止出现破绽被他揪住反驳、抨击。

他突然沿着流水的方向跑。我莫名其妙，朝着他的背影喊他。他没有回过头来，直到跑到快消失的尽头，那些芦苇丛拦住了他的去路，他才回头。

"我差点赶上了流水。"他说。

他兴奋了一阵，汗水将他的头发贴在额头上。他两眼放光，仿佛刚干了一件了不起的事情，但很快便恢复了郁郁寡欢的神情。

我十分不能理解他的行为。后来我才知道他被学校退学的原因并不止一个，但"追赶流水"是其中之一。有一次他无缘无故从学校消失了三天，学校出动三十七名师生兵分六路搜寻了两天，结果在漓江的下游平乐县的江边找到了他。他累倒在那里的沙滩上，江水浸泡着他半个身子，像具尸体。类似的事情还不止发生一次。"那是一种病。"他们说。但作为一个写诗的人，我并不这样认为，只是觉得那是他的独特性格使然，不应该大惊小怪。当他们说到，谢敬安喜欢的文学社最漂亮、最有才华的那个淮安女生淹死在洪水时期的漓江，我才改变自己的判断。

谢敬安也很瘦，个子比我还高，胡子只长在下颌，虽然稀少，但有三四厘米长，乍看有点像柳宗元。

"你知道蛋镇高中的金光闪吗？"他突然问起一个我们从没有谈论过的人。

我说知道，我高三那年金光闪才读高一。我和他一起做过黑板报。这个小子很滑头，而且蛮狂的，比谁都早熟。他知道我偷偷写诗。成立诗社的时候，拉我入社。我要他答应我一个条件：秘密入社，不公开，像地下党员一样。金光闪不同意我的要求："我们开门办诗社，光明正大的，用不着偷偷摸摸，不仅要公开，还要大张旗鼓。"他封我一个"副社长"，并让我多为诗社干点活。我竟然被他说服了。

"我给金光闪写过信，谈论诗歌。但他没回我。这个不学无术、目中无人的家伙，我得回去亲自找他聊聊。"谢敬安说。

其实，当年我介绍过金光闪给他认识，可是见面的时候他根本没有正眼看过金光闪，一副很不屑和鄙视的样子，连招呼都不打，转身便跑了，甚至可能根本就没有记住金光闪的名字。我从没有告诉过他，我曾经也写过诗。我在部队转干并非因为养猪养得好，会拍领导马屁，而是我在《解放军文艺》发表了三次组诗，不仅被军区宣传部通报表扬，而且有一次首长到柳州下连队，点名要见我，跟我谈诗歌，把连长惊呆了。但这些情节我根本不会告诉谢敬安，怕伤他的自尊，更怕他妒忌我。

　　他没有在柳州停留太久，当天晚上，就要乘坐火车回去。我把他送到了火车站。分别时，他摆出兄长居高临下的姿态叮嘱我好好把猪养好，把领导伺候好，别把到手的干部身份弄丢了。

　　几个月后，我转业回乡，被安排在县文化馆工作，看守录像厅。那时候县城唯一的电影院已经冷冷清清，门口的台阶上摆满了卖衣服、鞋袜、玩具和家用小商品的小摊。偶尔电影院会放一场电影，更多的是外地歌舞团在此演出艳舞。白天和傍晚，那些女演员浓妆艳抹、尽最大限度裸露着身体的香艳部位，扭动着腰，向行人推销门票。那些商贩不断地提醒她们不要阻挡他们的摊位，不要随时随地喷香水。尽管如此，电影院的生意也只是偶露峥嵘，大部分时间是大门紧闭。相反，文化馆的录像厅红红火火。各单位创收的创意和手段五花八门，别出心裁。文化馆靠文化吃文化，把最大的办公室腾出来开了一家全县最好的录像厅，播映香港最新出品的录像电影。大都是粗制滥造之作，武打片、三级片、赌博片……看录像的大多是民工和社会青年，也有学生，都是男的，没有正经女人进录像厅。标价便宜，四块钱的票可以在录像厅里看一个通宵，中途不清场。有不少观众是为了省下住旅馆的钱来录像厅的。录像厅里乌烟瘴气，垃圾满地。有三五个被称为"鸡婆"的女人进录像厅总是心安理得、大摇大摆，不用买票，我们都认得她们。她们不是来看录像的，而是为看录像的人服务的，是"服务员"，跟K歌厅串场的陪唱歌手、陪酒女郎一样，对她们来说像是来正常上班，只是因为她们相对而言"年老色衰"才沦落至此。她们一般不卖淫，只是给摸胸。十块钱给摸十分钟。如果讨价还价，五块钱五分钟也是可以的。她们不是本地人，没谁认得，所以她们不害羞，不遮掩。她们只有清晨在大街的粉店吃早餐时，会被本地人鄙视，甚至不愿意跟她们坐在同一个店铺里。而那些进录像厅的人也并不光彩，他们自己心知肚明，别人也知道他们在录像厅里干什么。看通宵的人总是在黎明前趁行人稀少匆匆离去，甚至不好意思跟扫大街的妇女照面，似乎怕被认出来或被记住他们的脸。后来，县长在一次发展第三产业的大会上给这些录像厅里的观众起了一个名垂千古的称号：录像厅打波队。

我，一个当兵的人，一个写诗的人，转业后的第一份工作便是录像厅检票员，跟蛋镇电影院的检票员卢大耳没有差别。站长在外面吹嘘说，本馆用最文雅的人守护最肮脏之地，这才叫量才录用。挫败感让我工作一点也不专注，经常有漏网之鱼混进录像厅。有时候我中途进去逐一检票时，常常会发现他们正跟"服务员"动手。他们也不避嫌，腾出一只手来从口袋里掏出票据，另一只手争分夺秒，舍不得离开妇人的胸部。慢慢地，我也习以为常了。有一次，我在检票时，竟然发现谢敬安抱着一个胖女人，一边摸胸一边看录像，旁若无人，也不把检票员放在眼里。我让他把票拿出来时，他掏出来的票竟然是前天晚上的。我让他补票。他先认出了我。

"妈的，你看清楚一点。"他说。

我确定票是前晚的，红色的。而今晚的票是蓝色，而且票面上盖的日期也很清楚。

"我看清楚了，你的票不是今晚的。"我理直气壮。

"我让你看清楚我是谁。"他低吼道。

我用小手电照了一下他的脸。明白了。我笑了笑，说："不好意思，你请继续。"

这种状况后来还遇到几次。每次巡检的时候，我提醒自己，看到像谢敬安的人就算了，不检了，跳过去，免得尴尬。

谢敬安在白天也找过我，但我们从不谈录像厅遇见的事情。他是要借钱吃饭。白天我在睡觉，他就在文化馆大院里拍我的房门。他在县国营第二瓷厂工作。刚开始是在办公室当秘书，搞宣传和写材料，三个月后下放到车间，推泥车。用手推车把高岭土送到车间去给工人制碗碟坯子。那是厂里最辛苦的体力活。后来我才听说，他是整个瓷厂唯一穿着白衬衣推泥车的人。一个读过三年大学的人为什么落到这个下场？他对我说，是办公室主任公报私仇，整他。为何得罪了主任？他说因为同一个女人。说实话，堂兄身高一米七二，皮肤白皙，眉清目秀，斯斯文文，却傲骨铮铮，对女人是有一定吸引力的。他的工资比我高，有清凉补贴、夜班补贴等。为何要借钱？他说家里出问题了，母亲住院，父亲隔三岔五吃药……他的工资不够补贴父母，因此吃饭就成了问题。我每次都给他拿三五块。那是我拿得出来的最大数额了。有时候，他干脆留下来蹭饭。后来，他甚至留下来蹭床。我家有一间房，前厅后室，客厅也安放了一张简易床，除了堆放衣物等杂物外，有时候给进城的父亲睡觉用。谢敬安将床上的衣物往里推，空出一个身子的位置，然后躺下去。一般是，在我起床前，他已经悄然离开。有一次，父亲进城，我才知道，谢敬安的父母并没有生病，更没有住院一说。父亲让我提防他。因为他也向家里要过钱。

谢敬安在我们村已经从万人敬仰变成了反面教材。他的父母颜面扫地，在村里抬不起头，遇到村里人，必先骂一通谢敬安以博取别人的同情和原谅。他父亲甚至声称："如果他再不思悔改，我便和他断绝父子关系，不准他回来拜山，从族谱上删除他的名字，让他成为一个根本不存在的人。"伯父已经向我父亲认输，他说："谢敬安兵败如山倒，没有哪一点能跟你的儿子相比。"

其实父亲已经很少跟伯父争吵了。"没意思，无聊。"父亲说。

谢敬安从不和我谈他的家事，也不回老家。后来，他再向我借钱的时候，我借口说："我家扩建猪栏，多养几头猪，需要我投资，我手头拮据，也快吃不上饭了。"

"你不是还有稿费吗？我知道你还在写诗。"

我承认偶尔有点稿费，但诗歌的稿费很低，聊胜于无，杯水车薪，入不敷出。他便不再说话，阴着脸离开。

　　由于"扫黄打非"力度加强，文化馆录像厅经常被举报，举报信都到了省里的"扫黄打非"办和央视的《焦点访谈》。《南方周末》的记者卧底过录像厅，给站长拿出一沓照片作为"藏污纳垢"的证据，但记者说，类似的事情到处都是，我们没有太出格，算是好的了，不搞我们。然而，半年后，录像厅被迫停业整顿，相当于倒闭了。录像厅的倒闭，导致文化馆每月少了一千多块的创收，每个职工月收入少了五十块，大家伙怨声载道，甚至将矛头指向我，仿佛是我故意让录像厅倒闭的。

　　我被安排到文化馆台球室工作，也是向打台球的人收场地费。虽然比在录像厅工作体面得多，但风险也大得多。打台球的小混混经常赖账，甚至打完后不给钱，扬长而去。我上前拦截要账，他们转身对我就是一脚，或用力一推，将我吓阻。虽然我当过兵，练过军体拳，但我太瘦了，力气不足，打架不是我的强项。那些小混混并非不给我活路，对我说："如果你能赢，我们就给你场地费。"

　　我只能忍气吞声，默默练起台球。我竟然有打台球的天赋，很快打遍县城无对手，那些小混混服了，都尊称我"山哥"。收费的事情再也不用我动嘴皮，他们乖乖地掏钱，有时候输了还心甘情愿请我喝雪碧和健力宝。

　　有一次，谢敬安到台球室里来找到了我。他告诉我，举报录像厅的人是他。所有的举报信都是他写的。他还要我报销邮费。

　　"我实在不忍心看到你在那种肮脏的地方上班，毁了你的才华和气节。我是挽救你，也是挽救我自己。"他说。

这是最好的理由。我竟然无法反驳，反而好像要感谢他。但我骂了他一通，因为我要他还钱的时候，他拒绝了，因为他离开了瓷厂，连每月二百七十块的工资也没了。他还在外面租了房。奇怪的是，我骂他，他竟然不生气，嬉皮笑脸，一副厚颜无耻的样子。

"没有录像厅，我也感觉到了空虚。可能是我错了。杀敌一千，自损八百。空虚的时候我还是想在录像厅里待上一晚。"他说。

我还是请他吃了一盘炒粉，他多加了一个鸭腿，风卷残云一般，还吃了一大盆免费的白粥，而且极尽阿谀之词赞美白粥。

"这是我吃过的最好的白粥。"他说。

炒粉店的老板娘跟我认识。她是西门口最有名的炒粉高手，叫芳姐。说起来她还跟我有点特殊关系。她的老公是我的一个战友。她老公比我早一年退伍，去了深圳当运钞车司机，而她留在县城，儿子已经三岁了。有一次，她跟我吐槽说："你的朋友，他声称是你的堂兄，经常到我的店来蹭吃免费的粥，每次吃上三大盆，有时把粥和小菜吃个精光，小本生意，我都不好意思说他……"

芳姐人长得算不上漂亮，但腰板很结实，精明能干，热情大方，给人印象很好。

大约又过了半年，《瓷县报》创刊。很大气的一份报纸，对开四版，头版标题比省报的标题还大。创刊号让人精神振奋。头版是一篇气势磅礴的深度报道：《瓷县十年发展回顾和展望》。洋洋洒洒四千多字，还配了图，头版刊载不完转二版。文采斐然，不太像普通的新闻体。我好奇于作者是谁。县城有几个能写的，我都一清二楚。

令我震惊的是，作者竟然是"本报特约记者谢敬安"。

真让我刮目相看，也让我惊喜。那一瞬间，我满怀自豪，与有荣焉。

此后，我经常在《瓷县报》看到他的文章，而且几乎都是大块文章。似乎他不屑写豆腐块。与他相比，我的诗歌相形见绌。他成为瓷县的名记。我的父亲来到县城，说谢敬安的名声在村里重新崛起，在我们村，他被称为"全县第一记①"，排名在县委书记之前。他的父母恢复了当年谢敬安刚考上大学时的得意和骄傲，出门见人，必须等到大家对谢敬安的赞叹才愿意离开。他们在村里侵占集体土地，没有人敢站出来反对，村民敢怒不敢言，连镇政府都对他们敬让三分。

谢敬安并非忘恩负义的人。有一次他路过文化馆，特意找到我，请我吃饭。江滨路的春风酒家，上档次。他在一篇报道中表扬过这家酒家，所以他吃饭免单。

"随便吃。今后你在这里吃饭、请客，不用给钱，跟老板提我的名字就行。"谢敬安说。

吃完饭，他不仅没有买单，还向服务台要了发票。出了酒

---

① 记：指记者。

家，他对我说："我在瓷县报社有很大的话事权，你的诗歌，给我就行，我帮你发。如果你需要找县长、县委书记办事，比如想提拔当站长什么的，我也可以帮你。因为他们赏识我，关键是他们需要我。如果没有我帮他们吹捧，他们政绩再多也没有用。我不怕告诉你，书记很快要高升了，其中有我的功劳。"

现在我回头想想，那是谢敬安一生中最意气风发的时光。他肯定没有意识到，我也以为他从此走向人生的辉煌之路。

特此声明，我从没有打着谢敬安的名义在春风酒家免费吃过饭，也没有让他帮我在《瓷县报》发表过作品。他风光无限的时候，我默默无闻地待在文化馆，跟那些小混混赌台球。后来，台球衰落，改为电子游戏室。玩游戏机的仍然是那些小混混，我仍然跟他们混在一起。只是，我结婚了。我还尝试着做些小生意，比如跟另一些堂兄弟一起在玉林中药批发市场搞了一个档口。我给北京、四川的一些编辑寄去名贵中药，比如王八肉干，又称鳖肉，对气血两虚十分有效。那几年，我在北京、四川等地的刊物发表了不少作品，积攒了一些名气。同时，我的经济状况有了好转。

有一段时间，风传谢敬安跟芳姐关系暧昧。我很震惊，找芳姐求证。芳姐不置可否，只是说，她已经离婚了。我的战友在广州有了新的相好，而且有了一个私生女。我警醒她："谢敬安不靠谱。"她说："总比你的战友靠谱吧？"我说："你不要轻易上当受骗。"她说："我做了十年生意，什么人没见过，谁能骗我？"我再三提醒："还是小心一点好。"

　　有几个蛋镇诗社的"前成员"聚集县城，建议恢复蛋镇诗社，我坚决不参与。但他们找到谢敬安，希望借助他的声望重整旗鼓，把蛋镇诗社重新激活，并发扬光大。谢敬安同意了。他自告奋勇继任"社长"。他们在春风酒家举行盛大的"蛋镇诗社重建座谈会"，县里的文化名流都应邀出席并一起推杯换盏，《瓷县报》副刊做了大篇幅的报道。我没有参加，因为那天刚好儿子出生，我一整天待在医院，寸步难移。金光闪在广州，根本不知道此事，后来他并不承认谢敬安曾经担任过蛋镇诗社社长一职。

　　"那是非法篡位。无效。他顶多算是个伪社长。"金光闪说，"而且，蛋镇诗社已经成为一个历史名字，不能在现实中复活了。它成了一曲无法复制的绝唱。"

　　我同意金光闪的看法。

　　谢敬安注定是昙花一现的人物。他是报社的编外人员，却对正式记者编辑指手画脚。因为办报"理念"不合，他跟报社领导的矛盾越来越大。终于有一天他拍案而起，继而悲愤辞职，去了广州。并且，芳姐跟着他，拖家带口。芳姐的炒粉店转让后，我们再也吃不到最好的炒粉，而随着隔壁的猪脚粉店迅速崛起，人们也逐渐淡忘了芳姐。

　　两年以后，芳姐突然回来了。她重新盘回自己的店，可是，我们发现她炒的粉比过去的味道差了点意思，说不清楚。因而，她的生意一直恢复不到先前的兴隆。有一次，我压不住好奇心的驱使，私下问她："我的堂兄呢？"

　　她脸上有怨色，沉默了很久才淡淡地说："死了。"

我知道她说的是气话。果然，过了不久，我在环卫处的职工宿舍小区看到了他，面容枯槁，头发披脸，胡子拉碴。他手提一把青菜往小区里走，装作没看到我。我挡住了他的去路。

"谢敬安！"我叫他。

他抬眼看了看我，目光有些呆滞，嘴唇动了动，但没有吱声。

"回来竟然不告诉我一声。"我责备他说。

"有什么可说的！你是我什么人？你以为自己很了不起？"他说。然后挣脱我，走了，上了楼梯。

后来，我找环卫处的门卫了解，知道他的一些情况。他在那里租了一套两居室，跟一个女人住在一起。那个女人原来是在发廊干的，也有人认出，说她以前在录像厅当过"服务员"。总之是一个老女人，身上的香水味盖过了垃圾桶的臭。

而他的父亲即我的伯父，仍然在村里说谢敬安在广州，在《南方周末》当记者，是无冕之王，全国各地飞来飞去，大小官员都害怕他、巴结他，而且收入比在《瓷县报》高多了，正准备在那边买房、结婚，所以没给家里寄钱。

我也没有跟父亲说谢敬安躲在县城的事实。但不久他说，村里有人在鸡窝塘菜市场遇到谢敬安，跟他打招呼，他竟然不理会；拉扯他，他竟然说你认错人了。可是，那人从小看着他长大，他烧成灰我都认得出来，怎么可能认错人呢？尽管他穿着很邋遢，头发遮住了半边脸。

我的父亲是一个固执的人。进城的那几天，他竟然每天都潜伏在鸡窝塘菜市场，第五天傍晚，终于逮住了谢敬安。他正在青菜摊捡摊主丢弃的菜叶。他抬头看到了我父亲，想跑已经来不及。他怔怔地蹲在地上，黑色塑料袋里已经装满了种类不一样的青菜。

　　"敬安，你为什么不回家呀？这次你母亲真病了，在镇卫生院都住了一个月，快不行了。"我父亲说"住院"是真的，但夸张了一些。

　　谢敬安什么话也不说，也不多看我父亲一眼，甚至都没有叫他一声"叔"。以前不是那样的，在村里，不称呼长辈是很大的罪状，是要被骂没教养的。

　　谢敬安站起来要走。我父亲生气了，一把拉住他，质问道："你到底是不是谢敬安？"

　　谢敬安的表情很冰冷，非常坚定地回答我父亲："你认错人了。你是谁呀？我怎么不认识你？"

　　这句话让我父亲十分震惊和伤心，甚至很震怒。但等不到他进一步反应，谢敬安已经走远了。

　　第二天一早，我父亲便赶回村里，向伯父禀报了一切。伯父气得差点当场跌倒，跟我父亲一起踏上了来县城的班车。

　　在我的努力下，我找到了谢敬安藏身的准确位置：环卫处职工宿舍三幢701号房。这天晚上，晚餐时间，我带着父亲和伯父敲开了谢敬安的房门。

　　谢敬安吃了一惊，但很快恢复他冰冷而傲慢的表情。伯父上前推了他一把，要打他，幸好我父亲及时拦住。伯父只是骂了几句。房间里走出来一个女人，一头散发，满脸胭脂，肥胖而俗气。她要招呼我们坐下来，却被谢敬安制止，并命令她"滚回房间去"。那女人回房间并关上了门。

伯父坐在空荡荡的饭桌前，审问谢敬安。偶尔我父亲会插话归纳或提炼伯父问话的重点。然而，谢敬安并不回答，那副冷傲的表情已经告诉他们：你们根本就没有资格审问我。他偶尔从口袋里取出一根烟独自抽起来。伯父是一个烟瘾极重的人，但在一个多小时的父子对峙中始终得不到一根烟。

结果不出意料，不欢而散。谢敬安将我们三人驱逐出去，并警告我们说，未经他的允许，再也不要踏进他的门半步。

伯父是一个极爱面子的人。回到村里，绝口不提进城见谢敬安的事情。我父亲也不跟任何人提起。他们以为这样会隐瞒一辈子。但不久后，从县城传回同一条消息：谢敬安已经借遍所有亲戚朋友，而且根本不打算还钱。事实上也是如此，亲戚朋友包括熟人突然知道：谢敬安借遍了所有能借的人。多则三五百，少则几十块。他说孩子病了，要钱治。其实，他哪有孩子啊。

星星之火开始燎原。谢敬安迅速声名狼藉，臭名昭著，成为人人提防的对象。伯父承受不了压力，等不到年底便因跌了一跤去世了。谢敬安没有回家参加伯父的葬礼，使他彻底成为全族的敌人和弃儿，大家都表示，不准他回来，如果回来，必须打断他的双腿，让他跪在他父亲坟前认错。

然而，伯父去世一年后，谢敬安回来了。族人很震怒，但看到他疯疯癫癫的样子，大家也就没有为难他。他整天在家里除了自说自话，就是睡觉。他的母亲出院后不久患了老年痴呆症，根本认不出他来。我还有一个堂姐，嫁人了，平时偶尔回来照顾一下母亲。看到谢敬安回来了，她很愤恨，不愿意让母亲跟他生活在一起，带着母亲走了。谢敬安在家里既不干活也不做饭，饿得面黄肌瘦。我父亲和族人以为他家没米，心软了，给他送米。但他仍然宁愿不吃也不做饭。米在灶台上很快被老鼠吃光。谢敬安的清高和倔强让人叹为观止，即便快饿死也不会向族人讨吃，族人在一片叹息声中只好给他端上饭菜。

我父母年事已高，身体也不是很好。我把他们接到县城里生活。父亲放心不下自己的侄子，反复叮嘱族人帮忙照顾一下："你们把他当一条狗养起来吧。"堂姐曾经要带他走，跟她一起生活，但他坚决不愿意，像一个坚贞不屈、绝不投降的士兵。

谢敬安在他生命的最后三年，每天都到镇上去。有人经常在芒果大街、南洋大街看到他把头深埋垃圾桶半天不出来，好像在捞什么东西。更多的时候，他在蛋河边上徘徊，或静坐，看着流水。有时候一个人沿着河岸奔跑，还"哟哟"地呼喊着，像是赶着一群鸭子或鱼虾。他几乎不洗澡，不换衣服，臭气熏天。有时候，他躺在河边睡觉，过夜。他彻底成了一个无药可救的疯子。

有好事者好奇问过他："你整天在河边干吗？是不是在等待一个女人从水里钻出来？"

面对不少人的询问，谢敬安只回答过一次："我只是想看看流水。"

我在县城最后一次见到他也是在江边。他凭栏盯着江水，江风吹乱他的头发。他的表情冷峻而阴郁。我停车，靠近他，陪他看江水。良久，我都不知道该说些什么。他冷冷地瞧了我一眼："对你而言，流水有什么好看的？"

似乎是，全世界的流水，只有他才能看懂。

我依然不知道如何接他的话。他依然盯着流水。江面很阔，流水浩浩汤汤，我真没有看懂，也不知道他看的究竟是哪一段流水。趁他不注意，我悄悄往他的衣兜里塞了一些零钱，然后默默离开，生怕打扰到他。但当我回头再看他时，他正沿着江边往下游方向快速奔跑，嘴里发出"哟哟"的低号。

村里的人都认为谢敬安是中了女水鬼的邪才出现精神问题，曾经请蛋镇最好的法师帮他驱过魔，但收效甚微。法师推卸责任说："谢敬安沾的千年妖邪，根本不是小妖小邪可比，也不是我辈法力可降。"他又说："也只有像谢敬安这等百年一遇的俊杰才有资格招惹上这等妖孽。"

人们最后一次见到谢敬安是在蛋河碾米房。大冬天的清晨，寒风刺骨，河面结了一层薄冰，流水十分缓慢，仿佛停止了。谢敬安盘腿坐在一张破草席上，披着一张破被单，身体已经僵硬，有人用木棍轻轻推了一下，他便侧倒了。

在清理遗物的时候，我在他的房间抽屉里发现一本笔记本。

笔记本封面印着金色字体的"瓷县报社"。笔记本前半部分是他早年的采访记录，墨迹陈旧。后半部分是十几首诗。采访记录的字很潦草，乱糟糟的，诗却写得字迹清秀，工工整整，像一行行流水，而且每首的落款日期都是近三四个月。

（原载《城市文学》2016年第6期）

世界上最简陋的咖啡馆

薛彩云

三十年前我还在蛋镇国营照相馆工作。我不是本地人。我妈妈是蛋镇国营药店的配药员，我爸是药店的坐诊医生。我喜欢照相，但我不喜欢蛋镇。它太闭塞，太土，连一家咖啡馆都没有。我在上海喝过几回咖啡，舅妈带我去的。我十分怀念那种场景和味道。生活的高雅和庸俗之间只隔着一杯咖啡。有没有咖啡馆，是判断一个地方文明还是愚昧的标志。我的朋友从广州、深圳给我寄信，信中经常写道："我在咖啡馆里给你写信……"我很羡慕。我回信时只能写"我一边喝着咖啡一边给你写信"。咖啡是自己冲的，将就着喝。

我多么希望能在一个咖啡馆里安静地待上一个下午，品着卡布奇诺或美式，翻翻《知音》或《家庭》杂志，哪怕发个呆。暖和的阳光刚好照到咖啡杯的边上，想爬进杯里而不忍，像一个男人坐怀不乱那样优雅和自律。而那些粗鲁而麻木的农民和狡猾的商贩被拒之门外，咖啡馆内只有三五个人，各自安详。

谢天谢地，这个愿望还真的实现了。

1988年5月底，电影院隔壁（严格来说，隔了三个店铺）开了一间咖啡馆，叫"美丽的邂逅咖啡馆"。店牌是一块不规则的黑木头，银灰色的字。只有二十多平方米，装修简陋，只有七八张仿古的实木桌子，简单地分隔开来。墙壁上贴着欧美的电影明星和风光海报，还到处摆放一些有民族特色的饰品。门是玻璃门，隔音不是很好，电影院和菜市场的嘈杂声还是能乘虚而入。只有一台咖啡机，只有意式和拿铁，做不了我最喜欢的黑咖啡，甚至做的拿铁还比不上我自己做的。没有空调，只有一把吊扇，抽风机噪声比吊扇还大。墙体的粉刷过于粗劣，水泥地板跟肉行的过道差不多。房子的尽头，墙角里还堆放着多余而无用的装修边角料。有时候能看到蟑螂从咖啡机旁边出入。这是蛋镇史上第一家咖啡馆，也应该是世界上最简陋的咖啡馆了吧。简直就是。但我还是喜欢。蛋镇终于有了咖啡馆。我坐在那里写信告诉广州和深圳的朋友。还在信笺上洒上几滴咖啡，一下子荡漾开去，留下一小块淡黄色的印迹和芳香，以此证明我所言不虚。

老板是一个三十岁左右的男人，蛮英俊的，脸上长满了胡须，但修剪得很整齐，一点也不显得邋遢和粗野。事实上，他很温和憨实，说话轻声低气。人们叫他阿昌。

咖啡馆的生意并不好。喝咖啡的人不多。可能是因为咖啡有点贵。我也是在闲日才去咖啡馆里坐一下。有时候只有我一个顾客。我享受这份清静，但也觉得冷清和孤独，以至于认为咖啡馆是孤独者的去处，那里是唯一能装得下肉体也能装得下灵魂的地方。偶尔会遇到熟人。郭梅来的次数比较多。更多的时候她不点咖啡，只是跟阿昌打声招呼，然后小坐一会。我跟她不是很熟，阙振邦说她是一个神经病，少跟她说话。阿昌也不喜欢她。

"不找工作做，哪有钱喝咖啡？只能回家喝白开水。"阿昌说。

阙振邦正在和金光闪他们张罗诗社，忙得热火朝天，我可不关心诗歌，那些人瞎折腾——一群从没喝过咖啡的人也能写诗？阙振邦说，咖啡还比不上可乐好喝，而且可乐解渴，咖啡咸，喝了嗓子难受。他喝了一口赶紧吐了。

"谁告诉你咖啡是咸的？"我笑阙振邦是个土鳖。他从没喝过咖啡。

"像是洗锅底的水，还是那种烧焦了的锅底。说不定蟑螂曾经在水里洗过澡。"他说。

我跟他说咖啡的好，就像他跟我说诗歌的妙处，互不理解。他说他喜欢我，喜欢我身上淡淡的咖啡味。他说这是他迄今为止说过最勇敢、最肉麻的一句话。我心里也有点喜欢他。他身上有诗人的气质。但他太土鳖了，也太老实了，我更希望他身上多一点"流氓气"，趁我不注意，扑到我身上乱啃一顿。

阙振邦到照相馆找过我多回。我给他免费拍了一张照片，用进口的柯达胶卷，并晒出来了，效果非常好。他很喜欢，过塑了，爱不释手。很多年后，在县城，在他的办公室，我看到那张照片赫然摆在书架上。书架上只有两张照片，另一张是他和作家王蒙在北戴河的合影，两人呵呵地笑，像是一对忘年交的兄弟。他说，将来自己的遗体告别式就用我拍的这张照片。我说，这张照片太嫩了，用在遗体告别式上，亲友们会以为他是英年早逝呢。他说，那就不举办遗体告别式了。

但拍完那张照片后，我和阙振邦便很少来往了。他在蛋镇广播站工作，捣鼓文学，与现实格格不入。我的心思在广州。我经常往广州跑。他以为我在广州有了男朋友。他可能是对的。

阿昌在深圳待过三四年，在一家咖啡馆干过。因为要照顾家庭才回到蛋镇。他是河村人，据说他的老婆去年死了，死因不明，家里还有两个孩子。他会唱歌，会弹吉他，经常在咖啡馆弹。但只有在下午才弹唱。有时候只有我和郭梅两个听众。凭女人的直觉我看得出来，郭梅喜欢阿昌，多次邀请阿昌去她家观赏她收藏的"风"。

"风是世界上最神秘的东西。一旦理解了风，就洞察了所有的真相。你会爱上风的。"郭梅说。

阿昌对风不感兴趣。郭梅有些失望，来咖啡馆的次数越来越少。有一天下午，我在咖啡馆，郭梅进来对着阿昌破口大骂："妈的，装×昌，你是不是在她面前说我的坏话？"

她指了指我。

阿昌很镇静地鼓捣着咖啡豆，平静地对她说："没有呀，我从不说别人的坏话。"

郭梅愤怒地说："我中午做梦都听到你在咖啡馆里说我的坏话，败坏我的声誉，毁掉我的一切……"

阿昌说："没有，绝对没有。"

郭梅说："你跟她说我的乳房左边大右边小，一边像木瓜，一边像柚子。我要让你看看，事实是不是那样！"

郭梅说着要解开上衣给阿昌看。阿昌突然暴怒，隔着柜台伸手就扇了她一耳光。

郭梅蒙了，怔怔地站在那里。咖啡馆里除了我，还有两男三女。他们都惊呆了。

阿昌平时温文尔雅，发起飙来样子很吓人。

咖啡豆散落一地。

郭梅哭着转身离开。阿昌继续鼓捣剩下的咖啡豆，仿佛什么事情也没有发生过。

然而，这"惊悚"的一幕给我留下了心理阴影，我再也不去"美丽的邂逅咖啡馆"。甚至我觉得像蛋镇这种地方根本就不需要咖啡馆。不配。

事实上，咖啡馆也没有多久便倒闭了。大概是那年年底吧，先是在门的把手上挂出了"歇业"的吊牌，春节后"美丽的邂逅咖啡馆"的牌匾不见了。空荡荡的店铺门额，像是一个戴假发的人突然露出了秃头。我竟然有几分失落，也为没有给它拍一张照片而惋惜。如果外地的朋友到了蛋镇，没有见到咖啡馆，肯定会嘲笑我跟她们吹牛皮了。

而咖啡馆老板阿昌，竟然涉嫌谋杀妻子而被捕。这样的狗血剧情让人匪夷所思，以至于有一次郭梅跑到照相馆跟我说："现在你知道了吧，装×昌就是一个坏人。幸好，他没有到我家看'风'，很危险。当然，如果去了，我家的'风'会识破他。"

第二年春，我离开了蛋镇，到广州一家化妆品公司谋生。

阙振邦问我："好好的为什么要离开？"

那时候，他已经不追求我，也许另结新欢了。当然，我也不会接受他。我们都不是同一频道上的。

但我还是诚诚恳恳地回答说："为了能喝上一杯像样的咖啡。"

（原载《南方地理》2017 年第 8 期）

速记两则

欧杰记录

一个街头疯子的言辞速记

　　按：5月12日早上，南洋大街，一个四十岁光景的高个子疯子从守德药房往看相馆方向走去，蓬头垢面，喃喃自语，旁若无人。我好奇他说什么，跟在他的身后，并掏出记账用的小本子，速记了一段。语无伦次的部分删掉了，保留部分稍作了语法整理，但基本保留原貌。按照金光闪的"蛋派"诗歌原则和风格，完全可以将这些文字分行，让它成为诗的模样，但我拒绝这样做，因为会多多少少亵渎诗歌。

　　明天我就要去见省长了。你们有什么吩咐的？我的"三提五统"没交，你们都超生了。何洋生了三个女儿，为什么不罚？你们欺负人。我家梅芳，你们抓了又抓，一天抓三次。你们要折腾死她才甘心呀。我跟省长是亲戚，我喊他表舅，他给过我家三十斤粮票。上次他送我出门的时候交代过了，有事情到省城里找他。我从不告诉你们这些秘密，怕吓着你们这些"冚家铲^①"。你们欺负我家欺负到底了，不给我们活路了。我家六亩七分田，公购粮、"三提五统"大大几千斤，我拖欠过吗？我家五头猪，卖掉了，钱被你们抢走了。我们吃什么？

明天我去省城，跟我表舅说你们的凶残。要我们的钱，还想要我们的命。从蛋镇坐班车到陆川火车站，上了火车，直接就到省城了。省政府的路我知道怎么走，民族路，民主路，民生路，我经常走的，省政府的卫兵都认得我，知道我是省长的亲戚，客气得不得了，给我敬礼，递烟。每次表舅都说让司机专车送我回河村，我说不用麻烦，给我一些粮票就行。表舅又从口袋里轻轻松松掏出几十斤粮票给我。

你们这些狗东西，不知天高地厚，省长的亲戚也敢欺负。难道你们不怕杀头吗？你们的脑袋，咔嚓几下，就掉地上了，几条黑狗一下子扑上去叼走，派全村人都追不回来。我在旁边看着你们没有脑袋了还怎么欺负人。鸡的头被砍掉了，在地上扑腾几下，血喷几尺远，嚣张个屁呀。村干部有什么了不起的，我的祖上当过国民党的少校，我的一个姨妈是国军少将的姨太太。将来，我的儿子是要当县长的，乘八抬大轿回村里，你们一个都不要来巴结。我放狗咬你们。妈的，势利鬼，"冚家铲"。我去省城见省长，告你们的状，就告你们欺负我，往死里欺负，不给活路。你们就等着省长大人的圣旨到，等着杀头吧。你们不要跪着

---

① 粤骂，意思为全家死光。

求我，没有用，早知如此何必当初。后悔有什么用，你们欺负我的时候想过我有亲戚当省长没有？哼。

骂粤剧名角蓝月亮

　　按：蓝月亮本名蓝青，原是瓷县文工团的粤剧演员，代表作是扮演《帝女花》的女主角长平公主，曾赴广州参加粤剧表演获过奖，在县内名噪一时。因为偶尔精神错乱，三年前病休，回到蛋镇母亲身边。她母亲六十多岁了，从新华书店退休，住在御史路，一幢两层小阁楼，祖上遗产。蓝月亮三十多岁，离婚，无孩。长得白净，身材高挑，气质冷傲，很少出门，经常在楼上唱"长平公主"，声音高亢，不分昼夜，引起街坊的不满和投诉。有人还往她的窗台扔杂物，威胁她，让她安静下来。我经常经过她的楼下，听到蓝月亮母亲喋喋不休地骂她，凭印象记录了一些"经典名段、名句"，觉得好玩，像诗，所以我分行了[①]。供大家一乐。

1.长平公主已经死臭那么多年了，你为什么还好意思活着？你以为你像她？你的周世显（剧中男主）呢？他盼你早死，他另结新欢，比当皇帝快活。你要搞明白，世事不是戏中那样的。世事是世事，戏是戏。你死在戏里，活不出来了。你就埋在戏里算

---

① 　原文是分行的，考虑到阅读的习惯和排版的美观，编辑的时候做了适当的调整，以"段"示人。

了。你为什么要借尸还魂、不死不活呢?

2.文工团有一个好人吗?演艺圈有一个好人吗?你说说,你值得为他们唱、为他们哭?你心碎了,像一个鸡蛋被摔在石头上,他们只嘲笑鸡蛋,骂你臭烘烘的,臭东西。你就是臭,几天没洗澡了?你是粤剧界第一条臭咸鱼,都臭到广州城了,很快臭到美国去了。

3.世界上,所有的人类,没有任何一个男人值得你神经错乱。廖一宁除外。下辈子一定要记住,不要找错人了,否则还得懊悔。

4.你每天半夜唱戏,唱的不是戏,是闹鬼,整个蛋镇都以为鬼哭。瘆得连老鼠都不敢出来。我家的猫因为你离家出走了,它怀孕三个月了,造孽。

5.早年我就反对你唱戏,让你嫁给诗人廖一宁,你死活不愿意,非要嫁洪家兴,图他唱戏唱得好。唱戏能养你?廖一宁好歹还能写诗赚点稿费,还老实安分教书。姓洪的就是一个花花公子,靠一副皮囊睡了多少女人,迟早由天收了这个"冚家铲"。

6.现在谁还看戏?活人都不看戏了,只能演给鬼神看。鬼神喜欢你,你跟鬼神去吧,不要骚扰活人。昨晚半夜楼下聚集了一群喜欢听粤剧的鬼神,整条御史路被他们堵塞得水泄不通,鬼哭狼嚎,叫你跟他们一起走。你为什么不走?门开不了,你可以从窗台跳下去的,连夜走,不用让我知道的。我也不想知道。我知道得太多了。

7.全镇的人都厌恶你,恨不得炸了这幢阁楼,连我一起炸死。我愿意死了，你愿意吗？

8.天亮了。你倒是唱呀，为什么不唱了？没力气了？死透了？长平公主。

9.唱戏的人要有尊严。你的尊严在哪里？要唱，就堂堂正正地唱，光明正大地唱，对天唱，对地唱，唱出你的尊严来。唱戏又不是卖肉，有什么丢人的？你不是蓝月亮，你是长平公主，唱出你的精气神来，让路过的人敬你，连鬼神都赞你，说你的好。你躲躲闪闪干什么？你怕他们扒你的衣吃你的肉？

10.又闹了，癫婆。害人啊，造孽啊，鬼神附身啊。恨不得割了她的舌头。我也不知道她唱什么，肯定不是《帝女花》。烦死人。我不愿意活了。谁帮帮忙，把她送到广州精神病院。她向往广州。粤剧，把她害了，让她去害广州。用猪笼装着她，拉到广州去，让她唱翻珠江水，唱崩白云山。

11.前世不修阴德，让我生养了一个戏子。如果知道是哪个祖坟冒青烟保佑蓝家出了这个东西，我马上去刨了这个祖坟，把骨头挖出来喂狗。

12.粤剧是什么东西？你们不能全怪蓝月亮，是什么东西害了她，你们找它算账去。我骂都没有用，你们骂她有什么用？

13.她唱《帝女花》唱到广州城的时候，你们在哪里？她唱"长平公主"，在瓷县就她唱得最好。等她身体好了，恢复正常了，瓷县文工团还得靠她唱"长平公主"，谁也替代不了她。我骂她，是因为她是我身上掉下来的肉，我把它吃回肚子里也是合情合理的。你们凭什么骂她？你们受不了，可以用狗屎塞耳朵，可以绕道走，可以离开蛋镇。她天生是个艺术家，就是要唱，唱个天翻地覆，她愿意，我也愿意，天王老子、牛鬼蛇神都管不了。

郭梅六记

储风记

我家里有很多瓶子。各种各样的瓶子。装过蜜糖的、鱼肝油的、菠萝的、瓜子的、糖果的、药材的、烧酒的，还有装过汽水的，都是空瓶子。后来都被我装上了风。在我家的阳台，打开瓶盖，风便钻进瓶子里，然后我把盖子盖上，扭紧，封存起来。有时候，我去河边，去山上，去人群密集的街道，去高处，去隐秘的角落，去远方，去人迹罕至的乱坟岗……把风装进瓶子。给无家可归的风一个栖身之所，免受四处漂泊之苦。

我是蛋镇唯一的储风人。自从十三岁开始，我便开始收集并储存风。各种各样的风。不同季节的、不同年份的风。晨风，午风，晚风，夜风。雨天的风，台风，阳光烤过的风，带着花香的风。我把它们储存起来，像存钱一样。我还贴上标签。标签上写着日期、风的种类，还有其他标注。瓶子摆满了我的房子——床底、阳台、走廊，都是装满了风的瓶子。好壮观。

第一瓶风是台风。我记得那年的台风叫"巨鲸一号"，海面

13级，一路吹过来，中途风走失了不少，到蛋镇只剩下8级了。我用一个白色的瓶子装了一瓶最早到达的风。它很凶猛，像鲸鱼一样，但还是被我驱赶进了瓶子。后来，我发现无论多么凶猛的风一旦进了瓶子都变得很温顺。"巨鲸一号"台风早已经在世界上销声匿迹，但谁知道在蛋镇，在我这里，仍储存了一瓶子。我告诉它，你现在是无价之宝了。它含笑在瓶子里转了转身。它是这里所有的风中最年长的，经常以老大自居，对，像极一头巨鲸。

　　那些瓶子里的风一直活着。它们来自五湖四海，身上蕴藏着许多信息，有许多快乐和苦恼。它们经常在夜里窃窃私语，有时候会发出笑声，有时候也会哭泣。我能破译它们的话。它们的身世和秘密五花八门，真假难辨。它们喜欢夸夸其谈。按它们的说法，有的来自恐龙时代，有的来自美国，有的来自南太平洋，有的来自地心深处；有的见过喜马拉雅山，有的刮过金字塔，有的被鲸吞过、被鲨咬过；有的炫耀在伊丽莎白女王的寝室待过七年，有的声称知道路易十三的隐私，有的曾经发誓要为埃及艳后保守秘密，有的吹嘘说帮乾隆皇帝翻过奏折，有的说曾经亲自把玛丽·罗斯号葬送海底〔玛丽·罗斯号事故发生于1545年7月19日，亨利八世国王在南海城（Southsea）检阅他令人骄傲的舰队出海迎击法国入侵者。然而，他却目睹了一场灾难：满载的玛丽·罗斯号在一阵风浪里颠簸并迅速倾覆〕……就没有谁坦承自己来自肉行、厕所、臭水沟和穷乡僻壤。所谓旁观不语，我不忍心揭穿或反驳它们。热热闹闹的，像菜市场，像麻将室，也很好。我还把它们吹嘘的故事写到它们各自的标签上，一下子让它们的人生变得丰富和传奇，也给我增添了许多雅趣。它们从没有像现在这样安定，不再被别的风裹挟、撕碎、吹散，然后无影无踪。风一旦安居下来，不再漂泊，不再被陌生的风侵犯，是一件幸福的事情。只是没有了自由。像我一样。我有一个孩子了，但没有人愿意成为他的父亲。我已经把孩子送回乡下给外婆帮带，但我也离不开蛋镇，当夜深人静想孩子想得要死的时候，我翻身下床就往乡下跑，必须保证下半夜能待在孩子身边。在独处的时候，我让那些风陪我。不知不觉，我也成了一瓶风，被困住了，成了它们中间的一员。我跟它们说话，我向它们保证，等哪一天我自由了，它们也将获得自由。

可是，它们反问我："谁来解救你？"

我不知道，真的不知道。有时候，我想挣脱瓶子，逃逸而去，以风的姿态融入风中，随风飘逝。

段颂是唯一能理解我储风的人。他是一个诗人，知道风的意义。他写过很多关于台风的诗。我抄录过一些，每每读起，我都泪流满面。除了我，他是最理解台风的人。他热爱风带来的一切。他是属于台风的男人，也是让我心怀好感的男人。只是他喜欢"半边脸"李旦。他曾经送给我一个玻璃瓶子，说里面什么也没有。但他在瓶子上贴上了一张小标签：1987年8月17日，台风过后，段颂幡然醒悟，追随而去。这一天，天朗气清，风中飘荡着忧伤的气息。

他嘱咐我，明天把风装上。

第二天早晨，我听到的第一个消息便是段颂自杀了，吊死在文化站的凤凰树上。这是一个令人震惊的噩耗，比13级台风更唐突。那一天，风失去了它的歌唱者，万物从此静默。

我遵照段颂前一天的叮嘱，把瓶子的塞子打开，往里装满了风。

卖风记

我需要钱。我曾经要卖掉一些风。

我瓶子里的风有些价值连城。比如，两瓶来自西伯利亚的风，我愿意出售其中的一瓶。它们是我亲自到风的源头西伯利亚采撷的，千里迢迢。我标价三百元，向镇上十三个人推销过。无一例外，他们都说我疯了。

我试图说服国营药铺的老中医黎守仁，让他收藏这瓶子风，像古董一样，它会升值的。黎守仁给我开过许多药方，赚过我不少钱。他不愿意。还威胁我说，他手上有推荐去高州精神病院的名额指标，只要他填上我的名字，我就可能被强制送往高州。

我还在大街上摆过地摊，出售装满了风的瓶子。每个瓶子都有故事。比如，哪一瓶子的风曾经见识过海盗，哪一瓶子的风曾经被刘邦写进《大风歌》，哪一瓶子的风曾经为李嘉诚刮来一屋子港币……

然而，贫困限制了人的想象力，更限制了人的购买欲。他们拿起瓶子，反复端详，然后给出一致的结论：什么卵毛都没有。

看不见并不代表不存在。像鬼神一样，像你们心里想的东西。

"卖空气？你当我们是傻子呀？"

在风面前，蛋镇没有傻子。工商所的人还威胁我，不要在他们的眼皮底下行骗，否则不仅没收瓶子，还要抓我罚款。

我的第一个顾客是荣秋天。他花了三十块钱买了那瓶曾在伊丽莎白女王寝室待过七年的风。后来，他贴上了新的标签，以风的视角描述伊丽莎白女王的美貌和销魂的裸体，仿佛亲眼看过，仿佛抚摸过。我多次叮嘱他，要好好待它，不要把它放在阳台暴晒，不要靠近脏东西，不要在它面前说粗话。它出身好，爱干净，高冷，瞧不起别的风。在它面前，要像优雅的绅士，甚至学会像王储那样生活。荣秋天按我的话去做了。他很努力。可是，一只猫毁了它。它从桌面上掉到地上，咣一声碎了，风离开瓶子，被一阵饿汉一般的风掳走，从窗口逃脱，瞬间消失在空气中。我悔恨交加，跟荣秋天抱头痛哭。

有一天下午，金光闪突然出现在我的门口，摆弄我的风铃。当时我并不认识他。我问他："你是来买风瓶子的吗？"他说不是，就随便看看。

他通过窗户朝屋子里看。"瓶子真多。"他说，"你应该写诗。"

"我为什么要写诗？我不写诗。写诗的人都是傻子，或者是疯子。"我说。

他说："你知道蛋镇诗社吗？"

我说："不知道。"

他又说："现在正倡导一场'全民写诗'运动，你要参加。"

我说："你吃饱了没事干？想逼良为娼，还是要劝妓从良？"

他笑了，一脸青涩，还有些害羞，低着头，不敢抬头看我。兴许那时候我穿着睡衫，领子比较低，也没穿文胸。我有一间自己的房子，我有一处不需要穿文胸的小天地。我要使乳房和风保持最直接的关系。在清爽的夏夜，我解开衣服领口的扣子，敞开胸膛欢迎风。那天，有风。金光闪分明感受到了不一样的风。他在我的眼里，还没有男人的模样，就是一只小狗小猫。

我说："没经我的同意，你不能动我的风铃，否则就是要流氓。"

金光闪惊惶失措，转身撒腿便跑。后来我想到这个细节就想笑。他究竟害怕什么呢？

听说金光闪号召人人写诗，他却从没写过一行诗。但阙振邦告诉我，其实金光闪曾经口述过三句诗：

> 荡妇的胸前有两只瓜
> 一只是木瓜，另一只是冬瓜
> 品种不一样，不能成一家

标题是：致郭梅。

　　我一直没有机会把他们两人拉到一起对质。但我倒希望金光闪的诗是真的。两只瓜在风中摇晃，互相碰撞，却永远不能走到一起，孤独得让树都为它们可惜。虽然略显下流，但击中了要害。金光闪是坏小子。

　　我的第二个顾客是一个大款。陆川县来的包工头，全县第一个万元户，现在已经身家百万。他刚死了老婆，有两个孩子。他要买下所有的瓶子。但有一个条件，要我嫁给他。

　　这是一个多么庸俗、猥琐的男人：肥头大耳，又老又土，满嘴黑牙，像刚啃过牛粪。介绍人说："他就喜欢像你这种神经兮兮的女人，跟其他女人不一样，有文艺的味道，从上而下都洋溢着诗人的气息。"

　　我断然拒绝了他，无论他出价多么慷慨。他承诺，用一座大房子安放这些瓶子，还要给我很多很多漂亮的瓶子，让我收集到全世界的风。我说："我的风不同意。"

　　我绝对不能让它们落到一个俗不可耐的男人手里。如果那样，它们会死的。

　　它们只能跟我在一起。

　　后来，我没有卖出过一瓶子风。哪怕穷得走投无路，孩子饿得呱呱叫，我也不卖。

　　我心里告诉自己，宁愿自己卖身，也不能卖掉它们。

养风记

每一个瓶子都是密封的。瓶子有盖，有塞子。我还要用胶布缠紧瓶口。这些瓶子里的风，有旧的，有新的，一旦进了瓶子，就成了瓶子的主人。我得好好养着它们。夏天炎热的时候，我把它们泡在水里。冬天寒冷的时候，我用毛巾或布料缠绕着它们，给它们保暖。还得经常用湿毛巾擦拭它们，使得它们保持温润，用水分滋养着它们。这些水，是干净的，而且是雨水，从天空中直接掉到桶里，不经过流淌。每天午后，我打开收音机，让它们倾听音乐和新闻。风暴来临之前，我得提前预警。风暴来了，拍打门窗，惊吓到了它们，或唤醒了它们的某些记忆，这个时候是最难的，瓶子里发出狂躁的叫声，挣扎着要逃离，要跟随风暴去远方。我得安抚它们，让它们安静下来。

我有两瓶西伯利亚的风。几年过去了，我还能感受得到它们飕飕的寒气。它们像两头棕熊，对谁都不服气，在这里也水土不服，经常发出怒吼。有时候它们互撑，隔着瓶子张牙舞爪，龇牙咧嘴，要吃了对方。有时候，它们惺惺相惜，互诉乡愁，仿佛要挣脱，要越狱，然后抱作一团，连夜逃回西伯利亚。但我不允许，我怀念西伯利亚，它们寄托着我的无限哀愁和爱意，我需要它们的陪伴。我宁愿喂养它们，给它们最好的照料。你看，它们被我养得白白胖胖的，像一对鹤立鸡群的双胞胎。

北风呼啸的夜里，我也经常彻夜难眠。我也想着北方。

我养着风，也是风养着我。我们相依为命。我不会放它们出来的，自由并不一定都是好的。它们一旦逃逸，瞬间便稀释于风中，像一滴水消失于大海。灰飞烟灭，了无痕迹。我像一个严厉而负责任的母亲，不允许它们离家出走。

我在房间里、阳台上种上些花草，让瓶子里的风不至于那么孤独。我宁愿自己孤独，也不让它们寂寞。只有经历过孤独的人才理解风。

那些过往的风，熙熙攘攘，带不走它们。所有的花言巧语对它们都没有用。它们忠于瓶子。它们不应该认为瓶子是囚牢。我是一个善于倾听的人。我让它们说话，有什么要说的，直接说出来，不要遮遮掩掩。它们大多数对我感恩戴德，视若慈母。但也有喋喋不休埋怨我的，说无聊、压抑、痛苦，哀求我放它出去，回归自由。"风只有自由才有价值，风在瓶子里只是空气。"它说。我深以为然，但我不能给它自由。它是自由的种子，如果它自由了，就会传播自由，唤醒沉睡的风，解救被凝固、被封存了的风，给自然界带来更多的风暴。所罗门把魔鬼封存在瓶子里是对的。我不仅是一个慈母，也是一个暴君。我甚至认为自己像极一个诗人。

我愿意承受恶毒的骂，用爱、用心把风养活、养好。将来万一人世间的风都消失了，我会把它们放出来，让这个世界重新有风，让万物重新晃动。

放风记

我并非一个不讲理的人。

我也"放"过风，心甘情愿放它走。

那是一瓶满怀愁怨的风。三年前，我在蛋河边的一棵橄榄树下将它捕捉。当时，春风浩荡，风还有点潮湿，有点香气，很安静，很和畅。我将一股拂面而过的风截了一段，装进一个蓝色的瓶子。我感受得到它的重量和挣扎。它有桃花的味道，有女人的气息。

我给它贴上了标签，写了一段文字：1984年3月11日，蛋河水开始泛滥，像女人的经期，沉渣翻滚。岸边草木葳蕤，花瓣璀璨。一阵风吹过，带来窃窃私语。我将它捕捉，像把一只蓝色的蝴蝶装进了瓶子，因而把它命名为"蓝蝴蝶"。

"蓝蝴蝶"为我家带来了春天，满屋洋溢着春意，一下子让我烦乱的心情得到了平复。但好景不长，每当夜深人静时，我感觉到它在呼喊，声音充满了愁怨和哀求。开始的时候，我并不很懂，后来，我屏住呼吸，把耳朵贴着床板，终于听清楚。

它想念爱情了。

在这个春天里，它遇到了一场爱情，就在桃花和梅花混杂的河边，春风玉露喜相逢，一见钟情，在桃花和梅花的枝头缠绵，久久不愿分开。一阵风吹过来，它们分散了。它再回头已经找不到对方。它跟随一只蝴蝶来到了蛋河边上，准备在此等待爱情失而复得。想不到，它被我捕获。我听懂了它丰富而深情的内心，它对爱情很执着，哪怕爱情已经消失得无影无踪，它仍然坚持要寻找。它恳求甚至哀求我把它放出来，让它追寻爱情。我安慰它，如果爱是天意，爱会回来的，它只需要等待。但它不依不饶，每天都闹着要离开。我担心它离开我会粉身碎骨，被欺骗，被伤害，因而没有同意。

我从它身上理解了爱情，也憧憬着爱情。我羡慕它，悉心照料它。

那时候，我热烈地向往爱情。"蓝蝴蝶"效应把我内心的爱煽动起来了。它提示我说，爱情在北方。

"我的爱也在北方，它在等着我。"它说，"我愿意领着你，去寻找爱情。"

因此，我决定放了它，往北方。

1985年秋天，我离开了蛋镇，跟随着"蓝蝴蝶"前往西伯利亚，踏上了漫长而百感交集的寻爱之旅。

最终，我不知道"蓝蝴蝶"是否找到了丢失的爱情，因为出了蛋镇，它便加入了一阵疾风，在湖南境内我仍然能感受得到它的存在，过了黄河，我和它便分道扬镳失去了联系，从此再也没有它的音讯。

然而，"蓝蝴蝶"没有欺骗我。我在北方找到了爱情。在西伯利亚，寒风的故乡，我遇到了一个高大强壮的男人。而且，他蛮不讲理，让我怀孕了。

那年的北风，都怀孕了，无一幸免。第二年，在南方纷纷分娩。

如果不出意外，像我一样，"蓝蝴蝶"也当上了母亲。

捕风记

有些风放荡不羁。像野女人。也像野猫。有一年夏天，台风"桃红"光顾蛋镇，来得太急，让我措手不及。它夺走了我手中的瓶子，咣一声，瓶子碎了一地。风往西去，我沿着大街追赶。风将我摁倒在地上，脱我的衣服，仿佛要强奸我一样。我挣扎着站起来，风把我往前推。我双脚跟地面若即若离，像贴着地面飞翔。我感觉自己要飞起来了，有人拉了我一把。

"你不要命呀？"是一个男人。风雨交加，我的眼睛看不见，不知道他是谁。是他把我抓住，拖回到一个屋檐下。我擦亮眼睛，才看清自己离镇上很远了，而离蛋河很近。一旦掉到河里，我必将溺毙。

那个男人自己奔跑在风雨中，在香蕉大桥上折返跑，仰面大笑。狂风将他撕扯，几次要将他掀起扔到河里。我以为他是疯子，仔细分辨了许多次，我终于确定他是段颂段诗人。我认识他，但很少来往。我读过他的诗，写得很好。瘦小的他在风暴中像一头野马在旷野里放飞自我，自由奔跑，疯狂呼喊，挥臂怒吼，仿佛在跟风博弈，又已跟风暴融为一体，让我目瞪口呆，又心潮澎湃。他是一个真正的诗人。

我差点忘记了自己。还好，我手中的瓶子还在，已经装满了风。我把瓶子密封好，命名为"桃红"。我丢下段颂，抱着瓶子，返回的路上风暴摧枯拉朽，我逆风而行，树枝和飞扬的垃圾打在我的脸上，划伤了我的额头。我十分生气，又非常害怕。回到家里，我把门窗关得紧紧的，无论风怎么拍打我都不为所动。风唤起了风，房子里的瓶子开始骚动起来，我把它们摁在原地，等待外面风平浪静。

但旋即又后悔把段颂一个人留在风暴中。

后来的事情大家都知道了。在后来的一场风暴来临前，段颂自挂树上，死了。大家都为他的死遗憾或嘲笑。但我认为他曾经让生命彻底爆发、绽放过，已经足够了。我理解他。我也希望像他那样，让生命绚烂一次，哪怕像闪电那样只有一刹那。甚至我希望风将我撕碎，让我变成风，消失于风中。

我经常去野外捕风。菜地、稻田、树林、旷野、山顶，每处的风都不一样，气息完全不同。我像是一个猎手，把某个时段最好的风留下来。它们在我这里变得静止，不用四处漂泊，也没有四季和时间。它们成了风的标本。

在蛋镇，我成了人的标本。

骂风记

风骂过我。有时候它们怨恨我，把我骂得一文不值。骂我破鞋、婊子、毒蛇、女匪、癫婆、魔鬼，咒我不得好死，祝我出门撞车，死于风灾、水灾，希望这幢楼突然坍塌……

我听过最恶毒的咒骂。

我听多就习惯了，甚至有点得意。

"你们被我控制在手里。由不得你们。你们得听我的。我才是你们的主人。"我的权威不容侵犯。

它们以为我听不懂它们说什么。它们多少次密谋造反，想把那些瓶子打碎，然后逃之夭夭。可惜，它们没能力自救，只能寄希望于地震。蛋镇是一块福地，一千年来几乎从没有发生过3级以上的地震。我理解它们的绝望。

我并非一味忍让，我也会生气。它们骂多了，我也回骂，以最恶毒的语言。

我呼出来的气有毒，唾沫有毒，声音有毒，连满脑子的恶意都是毒。通过镜子可以看到一个真相：我发怒的时候，像一只巨大的蟾蜍，面目可憎，肚皮里吐出来的能量能引发10级台风。

我威胁它们："要让你们永远困在瓶子里，烂在瓶子里。让你们体会囚徒的痛苦。"

"你们怀念过去的自由了吧？你们为什么不珍惜自由？现在失去了才知道懊悔？"

我变成了一个虐待狂。在房间里播放乱七八糟的音乐，发出各种怪叫，骚扰它们，让它们担惊受怕，不得安宁，让它们做噩梦，痛苦得满瓶子翻滚，如坠深渊，万劫不复，"风欲静而树不止"，直到它们低头认错。

它们总会在我面前一败涂地，低下卑贱的头颅，恳求我的原谅。

此刻，它们明白了，我才是大自然的主宰，是风的女王。

我警告过它们无数次："我狠毒，千万别惹我！"

宇宙浩渺，世事纷繁。最好的结果是万物安生，各得其所。

我想要离开蛋镇，到广阔、热闹的世界去。但放心不下这些瓶子。它们像是我的宠物。直到有一天，蛋镇诗社宣布解散，像是砸碎了一个装满了诗意的瓶子，天空中顿时弥漫着自由而浪漫的气息，我突然冒出一个想法：是不是应该将所有的瓶子都打碎了？

然而，一想到它们对我的恶毒谩骂，我便收起了廉价的善心。

我宁愿不自由，也不给它们自由！

（以上均摘自本文作者提供的笔记本）

安德烈·伊万诺维奇 ① 在蛋镇的短暂停留

编者按：1988年11月，意大利作家、诗人和文化学者安德烈·伊万诺维奇从中国香港进入内地，考察西南"中国古代官员流放地"。26日，在去往北部湾的途中，因身体突然不适在蛋镇停留一天，下榻东风旅社。1994年在他的新书《寻找流放地》（汉译本）第七章第三节"粤桂边上的三个小镇"中记述了在蛋镇短暂停留的经历。本书收录该文时做了一些删节。标题是编者加的。

这天一早，我从广东高州沿着S205线省道往广西瓷县走。S205线省道是一条泥土路，平坦宽阔，砖瓦结构的民居成片或零星地散布在路两边。竹子和树木十分茂盛，一片竹林的后面往往隐藏着一个小小村落。香蕉园和甘蔗地随处可见，但跟南美洲相

---

① 安德烈·伊万诺维奇（1962.1—　）：意大利作家、诗人和文化学者，曾在联合国教科文组织任过职，当过意大利驻秘鲁、印度大使馆的文化参赞，现为耶鲁大学教授。主要作品有长篇小说《哥本哈根的雪》《宇宙深处的回响》和长篇散文《寻找流放地》。阿姆斯特丹国际诗歌节主要组织者之一。

比，它们显得太袖珍了。稻田里的谷子收割完毕，稻草被一束一束地竖立着，偶尔遇到被焚烧的稻草正在冒着黑烟。车辆很少，牛群在公路上大摇大摆地行走。我叮嘱司机把车开得慢一点，不要惊吓那些牛，也尽量不让车扬起浓烈的尘埃。司机是广州番禺人，开了十年的货车，跑遍了大半个中国，经验、见识都很丰富，懂得的方言也多，一路上给我说了许多他所知道的。

过了一个叫宝圩的镇，便是广西境内。景致跟高州差不多，但路两旁的杉树密集起来，山突然长高了，路也弯曲颠簸许多。本来蛋镇并不在我们的考察范围之内，一路上我打开车窗，可能是感染了风寒，我开始有点头晕、呕吐，加上车辆出了点状况需要检修，到达蛋镇时，我们停下休息。

司机带着我在东风旅社住了下来。我有外国人入住手续，没有遇到障碍。这是一个比较简陋的小镇，街道窄小，房屋破旧，没有多少商业气息，也几乎没有娱乐休闲之处。寥寥的行人表情纯朴而木讷，对我充满新鲜和好奇却不敢直视，只是默默地停下来侧着身让我经过。即便我主动跟他们打招呼，他们也只是对我友善地笑笑而已。

司机把车交给汽车总站旁边的一家汽车修理铺，便带我去看一个国营药店的门诊。给我看病的是一个老头，很瘦，牙齿脱落严重，剩下不到五颗了。司机问他："你懂不懂看外国人的病？"老头端坐着，冷眼瞧了一眼司机，然后骄傲地说道："生病都是一样的，外国人有什么了不起，外星人我也能治。"我喜欢这样的回答。老头让我把手伸给他把脉，还看了我的舌头，然后说我没大碍，没给我开药，只是给我擦点风油精。从药店出来，我便感觉舒服了不少。我一路回味这个老头，着灰色土布的衬衫，有点孤僻，虽然说话漏风，但不卑不亢，眉宇间有股睿智、脱俗之气，像通灵法师，也像极我见过的一个尼泊尔诗人。桌面上散落的处方便笺字体娟秀，颇有风骨，像诗。

　　中午时分，街头上的人逐渐多了起来。看上去多是农民，有的挑着担，箩筐里装着鸡、狗、猪，或者是瓜果和薯类。这让我想起了南美的集市，在智利、秘鲁的山区有类似的小镇，偏僻而寂静，仿佛与世隔绝。在骑楼街，司机领着我坐到一个路边摊，吃一种叫簸箕炊的米糕，表面撒满了白芝麻、橄榄菜，在意大利的米兰我吃过类似的食物，但这里的特制调料是一绝，蒜蓉酱、黄豆酱、韭菜油，根据口味随意添加。摊位只有三张小板凳，被先到者占用了，我和司机蹲在街边吃，竟然也津津有味。骑楼街也挺有特色，在香港和广州都有类似建筑。那里有一间破落的图书馆，很小，不显眼，没有开放，蛛网把门窗都堵住了。

　　我们在小镇转悠，竟然有三四个小孩跟随着我们，其中领头的男孩向我兜售他手里的水烟筒①。一根碗口粗的竹筒。司机说，这里的人都用这个东西抽烟。我向他们展示了我手上的烟斗，他们向我伸出三根手指，笑闹着说："刀哩。"经司机解释，我终于听明白了，他们说的是"dollar"，美元的中文发音。他们也并非推销，而是想让我这个外国人尝试一下水烟筒。

---

① 水烟筒：又称大碌竹，竹筒做的吸烟工具，在粤西桂南等地很普及。

我的中文还不错，我婉拒了他们。举着水烟筒的孩子自己把整张脸埋进筒口，吸了一口，虽然没有烟冒出来，但还是把他呛得直咳，同伴哈哈大笑。我也跟着笑了。

我们漫不经心地瞎转，竟然看到了文化站，是一个惊喜。一个叫李前进的负责人接见了我们。我向他了解当地的一些文化。好像因为受到压制几天不能说话把他憋坏了，有好多的话等待诉说，我向他提问时，他的嘴巴像是开闸泄洪，滔滔不绝地向我描述了蛋镇的掌故，比如古代有哪些被流放的名人经过这里，前往雷州半岛和交趾。但他说的所谓"史实"是经不起推敲的，因为只是口耳相传，没有任何实证。而且有些名人的流放路线图我已经核实过了，并没有经过这里。当然，这个老头很风趣，说这里是古代中国南方的一条"秘道"，逃亡的人为了避开官差的抓捕，经常经过蛋镇，往西走，然后消失得无影无踪。民间传说甚至官方也一度认为蛋镇真有一条能让人逃生的"暗道"，只有极少数人知道，而且绝对不会泄密。但此传闻从没有得到核实。李前进"讲古①"像做学术报告那样认真，像煞有其事，而且不容置疑。尤其是面对我这个外国人，他更有信心和劲头，他肚子里"洪水"滔天，但我慢慢失去了倾听的耐心。

我无意之间发现老头的办公桌子上面放着一张《蛋镇诗报》，报纸上堆放着烟头、面包屑和瓜子壳，有明显的茶水和烟灰留下的污迹。我打断他，好奇地问："这是你们办的报纸？"

---

① 讲古：粤语，意为讲故事。

他说："不是，是几个后生人弄的，用来擦屁股擦不干净，刚好可以用来垫桌面……"经他同意，我把报纸抖干净，仔细看了一下，是一张崭新的报纸，上面密密麻麻地印着诗歌，有些诗歌写得特别有意思。我说："我用一元人民币换取这张报纸。"老头十分惊讶，坚决不肯接受我的钱，当我把人民币换成一元美元塞给他时，他既惊喜又有些疑虑和警惕，做出左右为难的样子，但把钱牢牢地攥在手里。"会不会犯法？"他环顾一下四周，对那些围观的人咨询。有人回答他说："你跟钱有仇呀？是美元，美元啊，你傻呀？你不要，我们要。"老头还是有点犹豫、忐忑。我怕他后悔，拿着报纸"且战且退"，赶紧离开了文化站。

　　我们回到旅馆。我先是迫不及待地翻看完这张四开的《蛋镇诗报》，然后休息了一会，傍晚时分，我想采访一下蛋镇诗社的人，或者跟他们喝上几杯啤酒。通过阅读诗报，我觉得他们十分有趣、好玩，跟欧洲的年轻诗人们有相似之处——其实我想说的是，诗歌和诗人在全世界都是相通的，他们是最可爱最有趣的一群人。我让司机向周边的人打听一下蛋镇诗社的负责人金光闪。刚好，旅馆的一个官员说金光闪是她的侄子，可惜他前天刚出发去了广州。我又让司机打听诗社的骨干蝙蝠、阙振邦、谢敬逸等，司机出去片刻便回来告诉我说，因为有关方面的规定，不能安排没有采访手续的外国人采访本地任何人，不要给他们增添不必要的麻烦。那只能作罢。

　　夜晚下了一场小雨。街灯昏暗，小镇寂静而安详。司机累了，才入夜便倒头睡觉。我一个人出门，沿着芒果大街走。电影

院没有放映电影，大门是敞开的，我想进去瞧一眼，但被不知道
从哪里突然冒出来的保安断喝一声，吓了我一跳。他气势汹汹
地拦住了我。尽管我解释了，我只想进去看一眼电影院的模样，
但还是没有说服他，甚至他还威胁说，如果我搞事情，他会扭送
我去派出所。围观的人越来越多，保安越来越理直气壮。我只好
退了出来。五年前，我在赞比亚的一个小镇上就遇到了类似的状
况，结果身上的财物被乱哄哄的人搜刮一空，还被人用小刀划了
一刀屁股。

行走在蛋镇的街头，让我想起曾经在亚马孙原始大森林里度
过的那个晚上，完全无法想象世界离自己有多远，而自己又身在
何处。尤其是仰望漆黑的夜空，一颗星星也没有，深邃得可怕，
也孤独得可怕。古代那些被朝廷流放的中国官员，或者那些逃亡
的人，那时候经过这里时心境会不会跟此刻的我一样呢？

全镇仅有的一家咖啡馆歇业了，而且看上去歇业了很长一段
时间，门上贴满了小字条。借助昏暗的街灯，我仔细辨认出它们
到底写了什么：

"阿兰，我想你了，我们喝一杯卡布奇诺吧。"

"我要去广州，我憋疯了。我要喝咖啡。"

"我在这里遗失了一串钥匙。如有拾到，请送电影院卢大耳
处。酬谢三张电影票。"

…………

这些字条让我有些惆怅，对咖啡的渴望更加强烈，轻轻地拍
打了几下咖啡馆的玻璃门。里面漆黑一团，根本没有人，我当然

知道，只是心有不甘而已。我只好回旅馆睡觉。半夜里，李前进
闯进我的梦境中。他破门而入，斥责我是"间谍"，粗鲁地搜查
我的行李箱，要拿走《蛋镇诗报》。我对他一声断喝，却把自己
惊醒了。睁开眼睛，简陋的房间寂静得像大海深处的某个角落，
空荡荡的，什么也没有。窗外淡淡的月色，落在一棵玉兰树上。
树影婆娑，像是彻夜监视的眼睛。我无法再次入睡，起来，打开
灯，从行李箱里翻出那张《蛋镇诗报》，小心翼翼地打开，反复
看这些由农民和商贩等普通人写的诗，竟然觉得意味深长。其中
一个叫萧萧雨①的诗人写的几句诗让我睡意全无，肃然起敬。她
写道：

> 不知道谁点亮了昨夜的星辰
>
> 有人去偷，有人去抢
>
> 有人通宵数钱，有人连夜登基
>
> 我只是趁着星光
>
> 在遥远的天际
>
> 种下几亩荷兰豆
>
> 一半留给儿子
>
> 一半留给女儿

---

① 萧萧雨（1967.2—　）：女，本名伍秀莲，黄坡村人，农民，育有一儿一
女。1989年初去了广东，进虎门制衣厂当工人。此后再也无她确切的消息。有镇
上的人说曾经在去东莞樟木头收容所的大卡车上见过她一次，她在另一辆车，擦
肩而过，对了一下眼神，但还不能确定就是她，只是容貌高度相似。

列夫·托尔斯泰：

"很累。不想爱了。

也不想劳动。"

我还不行

我不累。我想爱。也想劳动

明天一早，我就去广州

做牛，做马，做所有母亲应该做的

至死，方休

这些诗句值得玩赏。我读到了这块土地沉默和躁动的力量，犹如巨蟒过境，无声地宣示着自尊与威严。永远不要轻视诗句。我把它抄写到一页信笺上，并将它翻译成英文，下次给欧洲朋友寄信的时候一并附上——我曾给他们寄过潘帕斯草原的三叶草和安第斯山的野花。

不知不觉中天色渐亮，窗外传来鸡鸣和人声。世界重新活过来了。这是一个漫长得像一首史诗的夜晚。

还没等镇上的人都醒过来，我们便匆匆收拾东西驾车离开了蛋镇，跟随古代流放犯的足迹一路向西。

对"蛋镇诗社"街头巷尾的随机采访

《瓷县报》记者王国华

　　《瓷县报》编者按：越来越多的人已经认识到文化是一个地方的灵魂。地方再小，也得有灵魂。近年来，瓷县县委、县政府高度重视文化建设，挖掘和弘扬地方文化，扶持地方广泛开展文化活动，加大以文育人、以文塑城的力度，取得了明显成绩。根据县委的要求，为了深入了解和掌握全县的文化生态，倾听群众对文化建设的意见，本报派出记者分头到全县部分乡镇进行街头随机采访。下面是本报记者王国华从蛋镇发回来的报道。

　　本报记者王国华：蛋镇诗社作为我县最早成立的民间诗人组织，经常被人提起，影响深远。因此我们到蛋镇随机采访，集中于一个问题，就是：二十年前，1988年，在蛋镇曾经存在过"蛋镇诗社"，你记得吗？还有印象吗？

　　以下是部分被采访对象的回答。

　　邮电所门口报摊老板娘（五十多岁的样子）：记得。他们是一群年轻人，经常光顾我的报摊，喜欢买《参考消息》《读者文摘》《辽宁青年》《南风窗》……他们特别能折腾，在灯光球场搞过演讲、嘉年华，让我代销过《蛋镇诗报》。还跟我谈过诗歌什么的，我就一个卖报刊的，什么都不懂。他们热闹一下也挺好的，显得蛋镇有文化。这些小孩，后来都离开了，不知道去了哪里。对，我知道金光闪。他买《参考消息》欠下我的十七块五毛钱，直到两年前他才还给我，并多给了我一百块钱作为利息。这小子有良心。听说他发财了，嘚瑟了，年轻人就应该去闯，去见大世界。在蛋镇瞎折腾有什么出息呢？你看我，卖报卖了一辈子，人越来越老，报摊越来越小，揾食①越来越艰难……

灯光球场的管理员（中年大叔）：怎么不记得他们呢？当年他们在灯光球场搞活动结束后不打扫卫生，我还骂过他们，还想扇他们。金光闪损坏了球场的一张桌子，那是裁判员桌、记分桌，他说一定赔给我们的，直到现在还没有赔偿。但我也没有记仇，又不是我家的桌子。什么狗屎诗社，乱七八糟的，乌合之众，瞎闹，果然很快就消停了。他们比不上马戏团耍猴的，马戏团还给场租，懂得塞我一包红梅②。他们不懂做人，还给我们添乱，现在想起来还来气。

芒果大街78号杂货店老板（男）：知道一点点，他们向我推销过什么诗歌报，还鼓动我的女儿写诗。那时候我女儿才15岁，

---

① 揾食：粤语口头禅。意为谋生。
② 红梅牌香烟，当年比较受大众欢迎。求人办事的见面礼经常就是一包红梅香烟。

正在读初中，平时帮我看店。我把他们轰出去了。（老板娘在旁边插话，撑老板道：你管那么多干什么，年轻人的事情，他们又不杀人放火，况且，你小学没毕业，你懂什么诗歌？）

电影院对面肉行卖肉的老板（中年男人）：诗……社？不知道，不懂，没听说过。从1988年开始，我一直在这里卖猪肉。（转头问隔离肉台的老板：你知道吗？回答：有点印象……有人给我发过传单，动员我写诗。）我没有收到过传单。你们问问其他人吧。

骑楼街一间簸箕炊店老板（老大妈）：是关于读书的吧？我没印象。蛋镇诗社？我想不起来。应该有过吧。我卖了二十多年簸箕炊，两耳不闻窗外事，也不读书看报。况且我根本不认得几个字。

供销大楼门前的钟表匠：好像……有吧。对，有过一个年轻人对我说，钟表匠是跟时间打交道的人，最有诗人气质，劝我写诗。我让他去劝旁边修鞋的丁师傅写诗。他真去劝了。他对丁师傅说，人两腿走路，每走一步都分行，他是跟鞋打交道的人，最有诗人气质。丁师傅举起修鞋的锤子要砸他，怒骂：狗四条腿走路，也同样分行，为什么你不劝狗写诗？结果他逃得比狗还快。你去采访一下狗吧。上了点年纪的狗都记得很多事情。

南洋大街路人甲：不知道，不懂，没听说过。（有几个受访者都是这样回答，尤其是年轻人对这个问题更是一脸懵懂、惘然。）

珍珠大街路人乙：没印象。镇上天天都有新鲜事，什么样的人都有。跟算八字的、卖膏药的、拉皮条的、造假洗发水的一样，写诗的，也应该有吧。

汽车站一女环卫工（犹豫了一会）：二十年前，我想想，那时候我就在车站扫地了。有点印象，知道诗社。诗社的人在灯光球场搞过活动，是一群年轻人。他们犯王法了吗？是特务组织？坏蛋？拐卖妇女了？（记者回答：不是，没犯什么法。）我觉得他们挺好的，不是坏人，也没做坏事。他们是搞文化的嘛。我没有文化，挺羡慕他们的。他们回来了？

菠萝巷39号院一居民（老奶奶，正在院子里喂鸡）：蛋镇诗社？好呀，诗社好。有报社、人民公社，还有信用社、供销社，就应该有蛋镇诗社。我觉得没问题，我支持。（记者再次提问：你对蛋镇诗社有印象吗？）有，有印象，太有印象了。我是老街坊，从蛋镇解放开始就居住在这里了，镇上发生过什么事情我都一清二楚，从"土改"、"四清运动"、公私合营、人民公社、"大跃进"、知青下乡、"文化大革命"到打倒"四人帮"、改革开放，哪件大事我都知道，都看在眼里记在心上。（记者：你能具体说一下蛋镇诗社的事吗？）蛋镇诗社什么来头？什么社都必须坚持党的领导，具体……具体我就说不上，反正有印象。诗社，多有文化的名字。蛋镇就是一个有文化的地方，好事情多着呢，一件接着一件，活到老，好事跟着到老。

锯木厂一老头（退休职工，住在一间小平房里）：我知道他们，搞诗社的嘛。他们经常来厂里闹腾，还在我们锯木厂门口挂了一个牌匾，一直挂着。几年前厂里有人要拆它，厂长说还是保留它吧，反正是一个破厂，多挂一个牌匾显得没那么冷清。牌匾上长蘑菇甚至长草了，我还帮它清理过。

文化站原站长李前进（七十多岁了，在文化馆门口的一间铺面写对联摆卖）：我太熟悉他们了。这帮粪箕掘①，当年我瞧不上他们，不允许他们把蛋镇诗社的牌匾挂在文化站。我反对他们写现代诗和读外国诗，几万首唐诗宋词还不够他们学？所谓的朦胧诗他们读得懂吗？每个字都认识，就不知道写了些什么。我不懂，肯定他们也不懂，在我面前装什么高深呀。不过，现在想起来，我的观点也不一定对。我最烦的是他们经常到文化站来搞事情，翻箱倒柜，没少偷我的烟、蹭我的饭，看到厨房里有好吃的，不打招呼就啃个精光，一点也不给我留下，经常把我气得追着他们骂娘……蛋镇诗社，虽然只存在了短短几个月，成员最后也作鸟兽散了，像一场电影结束了，但还是有意义的。现在再想恢复蛋镇诗社也不可能了，时过境迁，物是人非，不是那个味了。诗人这东西，不是召之即来挥之即去的临时工。写诗也不像

---

① 粪箕掘：粤西方言，骂小孩的恶毒语言。粪箕是一种用竹篾编的农具，用来装牛马猪的粪便。按照习俗，夭折的小孩子是不可以进祖坟的，大人便将小孩的尸体用破凉席一裹，装在粪箕里，提到山坡上去埋掉。所以用"粪箕仔""粪箕掘"咒骂小孩是很恶毒的说法，意思是小小年纪就死了，用破凉席一卷，再用粪箕挑出去埋了。然而，乡下长辈并不忌讳，常常在暴怒或嗔怒时用来骂小孩，意思是骂得越狠越毒，小孩子的运气就越好。后来好朋友之间也常用"粪箕仔""粪箕掘"称呼对方，相当于"浑蛋""卵仔""狗屁"，有亲昵的意思了。

写书法，我写对联，重复写一万遍肯定能写好，但诗歌不行，写诗要靠天赋靠才华。我不懂行，还得让年轻人去干这个事。蛋镇诗社，我看挺好，不要随便否定他们。如果你们见到那些卵仔，告诉他们，我想念他们，我也想聊聊诗歌了。我在文化站等他们，我能等到一百岁。

蛋镇高中（原址，现已更名为"蛋镇第二中学"）门卫室宋姓保安（男，五十岁左右）：怎么不知道，我就是蛋镇诗社的成员。那时候我也写诗，还在《蛋镇诗报》发表过一首诗。（他在保安室里翻箱倒柜，取出一张发黄的报纸，正是《蛋镇诗报》。）你看，第四版右下角，《未来的天空》这首就是我的。那时候我就是这个学校的学生。我就喜欢看到当年蛋镇诗社的那些伙计回母校——蛋镇高中是蛋镇诗社的"黄埔军校"。这份《蛋镇诗报》我珍藏了二十年，我送给你吧，请你交给博物馆保管。我们都快被忘记了，你们报社就应该多报道报道我们。（记者问：你现在还写诗吗？）诗歌很重要……我早不写诗了。当门卫太忙了，每分每秒都必须盯紧大门，连一只苍蝇飞进来、飞出去都必须清楚，我连眨眼的工夫都没有，哪有空写诗？

镇南村村口榕树下，七八个老人（面对记者的提问他们面面相觑，然后七嘴八舌）：记得有年轻人来过村里，动员农民写诗，有这回事，跟村干部动员村民交公购粮、动员超生妇女去引产结扎差不多……我以为是骗子，推销什么东西，想骗农民的钱。有人以为是小偷，白天来探路，晚上来偷鸡。（再次核实问题是"诗社""写诗"后）写诗，当然好呀，李白，太白金星，

"天子呼来不上船"，多威风呀。蛋镇有这种人也好呀，哪个村的孩子呀？

（原载《瓷县报》2008 年 4 月 21 日第四版，

本集子收录时做了删节）

第五部分　我们的"新浪潮"①："蛋派"诗歌

——《蛋镇诗报》作品选

社论：从"蛋"开始，塑造"镇"的未来

——热烈庆祝蛋镇诗社成立

本社评论员 [1]

今天，蛋镇诗社宣告成立了。我们庆祝、享受、铭记这个将载入蛋镇史册的重要时刻。

壮阔征程和伟大事业往往是从"蛋"开始的。蛋，在蛋镇，就是一个"0"。它寓意深长，既可以是结束，也可以是开始，就看我们的选择。我们选择开始。

一个"蛋"被打破，碎的只是壳。

我们生于斯，长于斯，也将死于斯，这是宿命，也是荣耀。我们不逃避、不嫌弃、不将就，而是无限热爱这块蛋一样大小的土地。哪怕它是一枚沉睡已久、奄奄一息的蛋，我们也得激活它，建设它，装扮它，让它变得越来越好，而最轻易、最有效、最长久的方式就是诗歌。让一个地方繁荣富裕需要漫长的时间，

---

[1]　社论由阚振邦写第一稿，金光闪、蝙蝠、谢敬逸参与修改，最后由贺林芳定稿时把一些过于激昂、极端之词删改了，尤其是用了一条最没有诗意的标题。金光闪说，太像官方大报的社论了。

而让它充满诗意一天就够了。只要人人都热爱诗歌，人人写诗，一夜之间，蛋镇就将变得世所罕见地美好。但事情得有人去做，于是，蛋镇诗社应运而生。天降大任，舍我其谁。

诗歌是诗人的冲锋号；诗社是诗人的集结号。我们冲锋在时代的前列，我们集结在诗社的周围。浩浩荡荡，所向披靡。

蛋镇诗社是民间社团。我们的力量和希望在民间。我们努力创建一种自由表达、书写日常、无拘无束的"蛋派"诗歌。生而为人，就应该写诗；只要是人，就是诗人。在诗歌面前，所有人都是平等的，没有高低贵贱之分，没有贫困富裕之别。上下五千年，寰宇百万里，这是一个属于诗歌的伟大时代。躬逢盛世，整装待发，蛋镇诗社一定会踔厉奋发、勇毅前行，永葆赤子之心，砥砺振兴之志，在推进全镇诗歌大业的道路上气势如虹，健步如飞。

依靠人民，发动人民，让人民参与到蛋镇诗社中来，是我们今后努力的方向。人民，也只有人民，才是诗歌最可靠、最持续、最忠诚的书写者、阅读者、传播者。因此，我们将广泛发动全镇人民，开展"全民写诗"运动，深入千家万户，唤醒、激发人民的创作灵感和创作热情，动员人民投入写诗、读诗、爱诗的火热事业中去。在诗歌面前，"群情激昂"不是贬义词。写诗不是少数人的特权，诗歌属于所有人。我们站在诗歌和人民一边，坚决捍卫人民写诗的权利，充分发挥他们的聪明才智和书写激情，创作出蛋镇的伟大诗篇和经典杰作。

诗歌是人类的共同语言。蛋镇诗社从成立之日起就属于全世界。我们必须有担当，有理想，有目标，志存高远。站在蛋镇看世界，站在世界看蛋镇。要敞开胸怀，接受世界，拥抱世界，与世界同行一道，结成诗歌共同体，关心人类命运，思考和平、发展两大主题，倡导文明，弘扬正义，以诗歌为引领，推动世界大发展、大繁荣、大融合。我们不奢望以一镇之力改变世界，但确有此野心。毫不讳言，我们就是要旗帜鲜明地为人类进步做出自己的贡献。

诗歌是崇高的事业，值得我们日夜操劳。诗歌是文明的播种机，蛋镇诗社是播种机的驾驶员。我们在大地上播撒诗歌的种子，耕耘，呵护，坚守。诗歌是文学的王冠。只要爱诗、写诗、传播诗，与诗歌待在一起，把诗歌装进心底，我们就是自己的君王，再也不必向谁俯首称臣。正因如此，我们愿意承受"王冠"之重，背负可能随之而来的质疑、谩骂、委屈，昂首挺胸，把诗歌进行到底。

我们既要解放诗歌，让诗歌获得自由，又要捍卫诗歌的神圣和尊严。我们从"蛋"开始，就是从诗歌开始。从今天开始，蛋镇的天空每天都飘荡着诗意，一草一木都按着诗歌的模样生长，每一条河流都流淌着诗的汁液，每一个人都蘸着诗的酱料下饭。一切都将变得美好，一切美好都将以分行的面目呈现。在可以预见的未来，蛋镇将成为世界上诗意最浓、诗人最多、诗歌产量最大的地方。蛋镇的蝴蝶一振翅，将在大洋的四岸掀起波涛。我们用实际行动去迎接这个崭新而坚硬的现实。

从"蛋"开始，一个生机勃勃、前程万里的诗社诞生了。我们是一群人，是无数人；是一个蛋，也是无数个蛋。这些"蛋"破土而出，会成长，会变强，会创造奇迹。大地已经苏醒，万物蓬勃疯长，时代的车轮以"蛋"的方式滚动。让我们凝聚磅礴力量，斗志昂扬，咬定青山，锲而不舍，共同谱写光辉绚丽的诗篇。

创刊词 ①

春去夏来，大地炽热。热气腾腾的诗意冲破厚土像蘑菇云一样扩散。蛋镇的天空迎来了诗歌的芬芳。作为回应，今年3月，蛋镇诗社成立了，它将成为蛋镇"全民写诗"运动的策划者、组织者和推动者。作为蛋镇诗社最重要的平台，《蛋镇诗报》今天创刊了。创刊，意味着创世，意味着万物苏醒，意味着我们也可以发现诗意、制造诗意，成为人类文明进步的推动力量。

今年，戊辰年，注定成为蛋镇的诗歌元年。

在地球上，在宇宙中，蛋镇微乎其微；我们每一个人，有近乎无。那么，我们为什么要活在这个世界？我们存在的意义是什么？如果我们是一只只蝼蚁，能否放声呼喊，让我们的声音在宇宙深处回荡，永不消失？答应是：能。蝴蝶效应原理告诉我们，没有一个举动是白费的。蛋镇虽小，却可以影响世界。我们仰天长啸，可以推动一片云朵走向另一片云朵。我们写下的每一首诗，都是对万物的回应。诗可以让我们昂首俯瞰世界。

---

① 创刊词由金光闪执笔，谢敬逸、阙振邦修改。修改过程中为"蛋派"诗歌的表述发生过激烈争吵。

是的，我们需要诗歌。所有人都需要，像吃饭、睡觉、说话。

在通往诗歌的路上，我们不会丢下任何一个人。

我们呼吁：蛋镇的每一个人，请你们拿起笔，写下你们最伟大的诗行。诗歌是记述生活的一种方式。我们主张用最简单实用易懂的文字写诗。自由地书写。主张全民写诗，不分老少男女，跟贫富贵贱没有关系，跟学历没有关系，跟认不认得字没有关系。耕地的、砍柴的、养猪的、扫大街的、聋子、哑巴、瞎子、半身不遂者、走投无路者……都可以写诗。诗歌只跟情怀有关，跟爱和尊严有关，跟选择和勇气有关。我们倡导创作风格鲜明的"蛋派"诗歌。这是我们的"新浪潮"。

所谓"蛋派"诗歌，就是连狗都能看得懂、连猪都会写的诗歌。哪怕全世界不承认你们，"蛋派"都会毫无保留地接纳你们，给你们赞美。请为一个崭新的前途无量的诗歌流派写作。《蛋镇诗报》没有边际，像太平洋那样宽阔，能将你们的作品承载，直挂云帆济沧海。"蛋派"诗歌的旗帜将在山河大地上高高飘扬。

我们创刊了。我们的一声吼，将在世界诗坛的此岸和彼岸掀起惊涛骇浪。我们正向漆黑的宇宙深处投去一根划亮了的火柴，遥远的无数星球也将燃起一行一行的篝火。

蛋镇开始了。请你们跟随，让诗歌陪伴我们从荒芜走向茂盛，从闭塞走向辽阔，从角落走向世界，从现在走向未来。

诗选登

段颂五首

所有的电影院都要灭绝

当然包括蛋镇电影院
那些观众，不是真正热爱电影
他们只想看到接吻和性交
有录像厅就够了
回到自家的床上不更好吗
舒适，隐秘，而且不花钱

电影也越来越不好看了
越来越差劲
我讨厌那里乱哄哄的
汗臭和精液的味道很浓
台风有多久没有来了

台风过后的天空真干净

洪水正在来的路上

赶紧清理最污秽的地方吧

所有的电影院都会灭绝

要观看最艺术的影像

请仰望天空

一部没有尽头的电影

每天都在上映

台风云

一堆云吞食另一堆云

一堆云驱赶另一堆云

一堆云谩骂另一堆云

一堆云憎恨另一堆云

一堆云压迫另一堆云

像极了人世

像极了我们

风卷走了一切

天空变得干干净净

人间变得清清爽爽

傍晚降雨

这场雨是给李旦下的
从早晨开始我便祈祷
中间经历了酷热、烈焰、旱雷
南面只出现过一小块黑色的云朵
我以为宣告失败
但终于在入夜前
雨降了下来

李旦需要这场雨烘托她的生日
她的皮肤遭遇了百年不遇的干旱
连汗毛都不继续长了
她的眼眶干涸见底
那两条游来游去的鱼
消失得了无踪迹

傍晚真好
雨下半宿
所有的容器都会饱满
李旦胸前两只小小的球状物
也将略有膨胀

勇气

如果不敢赞美邪恶
你的才华是多余的
每一个词语
落在你的手里都是无辜的

就像一树黄叶
不落在地上
而是死在枝头
一根熬过冬天的萝卜
腐烂在泥土里

而且，赞美必须绝对忠诚
像贬损残花败柳
用尽你一生的力气

蛋镇早晨即景

从汽车站开始
用力吸食班车的尾气（做出饥饿的样子）
环顾四周，倾听街头的嘈杂声和毫无缘由的谩骂
辨认出哪一句是骂皇帝的，哪一句是骂扫地扬尘的清洁工

踮起脚尖眺望粮所的仓库，谷子溢出窗户

流淌的却是农夫的汗水，发霉的那部分，他们的脚毛在长

雄发单车修理铺，简陋，杂乱，一地油渍

朝天的车轮子咣啷咣啷地转动，是空转，是空

邓丽君的歌声泼洒得满大街都是

根本无法捡拾起来递给另一些耳朵

东风旅社有一张被无数人睡过的床

此刻正躺着一个倦客，身份不明，赤裸裸地躺着

有可能是好人，也有可能是坏人

像每一个迎面走来的人，如果不躲闪，便穿过你的身体

观察每一个走进邮电所的人

他们把本来仅属于蛋镇的秘密寄给了远方

看他们的神色，尤其是跳动的眉毛、烫热的耳垂

像变节后的贞妇，夜晚里的间谍，清晨等待蒸发的露珠

随地吐痰的男人，赤脚挑担的男人，抽万宝路香烟的男人

是一组无法组合的词语，他们在天空中的倒影在晃荡

你无法描述。因此也无须描述

历史有无数空白，责任不在你

躲在暗处驻足张望的非洲大蜗牛，墙头上的宣传标语

电线杆上的"牛皮癣"，店铺里的画像，它们互相点头示意

臭水沟里像鼻毛一样茂盛的水菖蒲、凤眼莲

沿着排水口一直往政府大院里蔓延

如果不阻拦，它们会爬到镇长的床底安营扎寨

游手好闲的几个流氓还没形成帮派

还没有瓜分地盘，还没有盛行帝国主义

他们只是好色，欺负乡下人

但他们也害怕肉行案板上的杀猪刀

手扶拖拉机满载香蕉驶过芒果大街往北奔跑

算命的瞎子侧身避让的工夫能计算出司机的寿命

此路一头通往陆川县境，一头通往高州

对瞎子而言，道路毫无意义，一切都在掌握中

几个少女陆续走过，她们心中有火、眼里有光

往前走，往后走

往昨天的方向走，往未来的目标走，往清晨走，往黄昏走

只有少女的道路没有尽头

云彩剪辑师

檀久香[1]

我妈妈是一个裁缝

除了做衣裳

还能剪辑云彩

替别人做过很多衣裳

那天，妈妈在院子

专门给我做了一套裙子

有七种颜色

很漂亮

但我穿不上

因为它在天空中

对，它由七朵云彩剪辑而成

妈妈把它做得比真的还好看

这是穷人家孩子的盛装

我特别喜欢这套裙子

---

①   蛋镇初中二年级女生。初中毕业后在村小学当过两年代课老师，后嫁往
高州。

一整天我都仰望天空
直到被别的云穿走它

不久，妈妈离开了我上了天
从此，天空中经常悬挂着新衣裳
五彩缤纷，镶满金边
每一件都是为我量身定制
我穿着它们，像高傲的公主
一边走着，一边哭

我的通信地址（外二首）

阙再三 [1]

宇宙

拉尼亚凯亚超星系团

室女座超星系团

银河系

本星系群

银河系旋臂

猎户臂

本地泡

本星际云

奥尔特云

太阳系第三行星

地球

亚洲中国

广西瓷县

---

[1] 那排村人，青年农民、泥水匠。曾经参与蛋镇供电所办公楼、医院门诊大楼的建设。当年目睹过金光闪的"全民写诗"动员演讲，一直心怀诗人梦想，砌砖的时候经常想着写诗。跟随施工队走南闯北，闲暇之时参加当地的诗歌活动，直到36岁那年因为想到一句好诗而激动得手舞足蹈，从脚手架上掉下来，大难不死，只是断了一条腿，从此在家种地养猪，不再写诗。育有三儿，有瓦房三间。因为认为"被金光闪误导，被诗歌耽搁"，曾经写信要求金光闪赔偿他的损失。而金光闪竟然给他寄了八千块钱，"给孩子交学费，别耽搁孩子"。

蛋镇那排村朱山坡组

粤桂酒家[①]菜谱

白斩鸡，盐焗鸡

柠檬鸭，红烧鹅

蜜汁叉烧，蒜香排骨

梅菜扣肉，菠萝咕噜肉

清蒸罗非剁椒鱼头

土法酿豆腐，蒜蓉炒时蔬

阙达明家的财产清单

七间瓦房，八只鸡

一头牛，三头猪

单车一辆，缝纫机一台

四亩六分田，旱地五亩三

山岭八大块，果树十七棵

存粮一千四百斤

存款九百六十元

----

① 　粤桂酒家在蛋镇建筑公司二楼。在20世纪80年代末是蛋镇比较好的酒家。

1986 年的秋季学费

顾长宪 [1]

父母去了深圳

四年了，音讯全无

可能是死了，也可能还活着

家里只剩下爷爷和一条老黄狗

开学那天

爷爷把老黄狗杀了

送校长一半，自己留一半

他们把我唯一的伴侣

吃掉了

那只狗头，在校长的锅里熬了一个星期

他对着我抱怨说

汤水一天一天寡淡下去

这笔交易亏大了

---

[1] 骆驼村人。蛋镇初中一年级学生。

不可能一条活路也不给

张绍进 [1]

1983年，我种法国豆

1984年，我种灯笼椒

1985年，我种泰国蕉

1986年，我种大肉姜

1987年，我种地菠萝

全都亏了。政府说好了兜底的

贱卖了。有些还烂在地里

我欠了很多债

今年，我又种了七亩甘蔗

老婆给我准备了敌敌畏

到了年底，如果再亏

她就让我整瓶喝下去

如果仁慈一点，她会往农药里加点白糖

喝的时候不至于那么苦

别人家的女人也是这样干的

但我相信

---

[1]　水冲村人。种植能手。生养了五个孩子。1992年赴东莞租地种菜养鱼，并在那里安居乐业。

不可能一条活路也不给

每天我还是像过去那样起早摸黑

把每一滴汗水都洒在田头里

哪怕一滴血都不会浪费

现在，我的甘蔗长势很好

粮所

鹿京城 [1]

我们用牛车，翻越十七公里山路

送上最好的谷子

它却嫌谷子不够饱满

我们在粮所的水泥地上

让别人给我们挤出一点空间

我们也把谷子再晒一晒

日落时分，再过三遍风柜

此时的每一颗谷子都很饱满

它却嫌谷子不够干净

有沙子，有石子，有鸟粪

我们瞪着眼睛，将杂质拣选出来

在毛的海洋里求疵

然后求爷爷求奶奶

给检验员，那个肥头大耳的矮仔

一包万宝路

我家的谷子终于进了仓

回家的路上，牛车空荡荡

---

[1]　协保村人。蛋镇初中毕业后去深圳打工。近年在昆明动物园工作，为去世的著名动物写讣告和悼词。这是他十五岁时写的诗歌处女作。

我家的粮桶早已空荡荡

我的心，也空荡荡

我想把谷子要回来

父亲说，种田纳粮，天经地义

不许胡思乱想

我家的牛，对着昏暗的天空哞了一声

响彻群山

他想成为大人物

高迁 [①]

一个叫金光闪的人

自称将成为大人物

至少，将成为蛋镇首富

与世界最富有的人相提并论

在联合国与首脑们称兄道弟

他亲手创办的蛋镇诗社

是他撬动地球的支点

别被他普通的外表蒙蔽

他用诗歌把野心伪装成球状的花簇

他想当官，想发财，想出人头地

年纪轻轻，就想拥有一切

没有人看透他的内心

连他自己也不能

我们要警惕这样的人

他跟诗歌不搭界，却盗用了诗人的头衔

[①]　数年后才知道是漆光明的化名。编者尊重作者的意愿，本册子收录此作时保留了原署名。

像戴上窃取得来的皇冠

他一定会胡作非为

他要创立"蛋派"诗歌

人人按他的想法去写诗

可是，谁会为一个流派去写作

他在祸害蛋镇，祸害诗歌

他在胡闹

尽管我们很谨慎，很清醒

但也无法阻止他成为大人物

世界给坏人留下的空间太宽了

我绝对不跟野心家为伍

尽管我也热爱诗歌

我写下的每一行文字

都是对他的嘲讽和抵制

我让他在我的诗里成为小丑

苍蝇，粪蛆，鼻涕虫

和下水道里的老鼠

醒醒，到你发财了

银必成 ^①

一天早晨，我在床上睡觉

阳台对面的女人对我喊叫

"醒醒，到你发财了"

我一骨碌从床上爬起来

往大街外面跑去

我跑过了芒果大街

南洋大街和珍珠大街

最后在进士街累倒了

我回到房间，质问阳台对面的女人

为何要惊醒我的美梦

她回答说，我没有错，是到了你发财的时候了

她是一个少妇，微胖，略有姿色

我见过她忘记着衣在阳台吹口哨的样子

我一直想告诉她的是，我从没有嫌弃过她

但就这样我离开了家乡

---

① 食品站职工子弟，1988年11月入伍。退伍后进入柳州钢铁厂工作，不久辞职在柳州开饭店，现在经营一家螺蛳粉加工厂。

晨跑使得我强壮

如果没有人叫醒

我不可能那么强壮

到哪里找回阿秀（外一首）

骆骑士 [①]

石牌是广州的一个城中村

1993年的春天

我寄居在这里

在鲜花全部凋谢的时候

我在楼下的发廊认识了阿秀

她温柔的手指

如平缓的珠江河水

一叶小舟在河水上徜徉

爱情在南粤大地泛滥

不需一分银两

阿秀走进了我的梦乡

在我越陷越深的时候

阿秀才说

她曾是一个妓女

十七岁走出贵州山区

在广州为一家人的生存打拼

① 　那排村人。蛋镇高中毕业后进入南方某媒体工作。擅长写纪实通讯，曾经报道山西、贵州等地特大矿难和化学品污染事故，在全国轰动一时。

我抱住阿秀

我说我不在乎

我将以一生的努力给她幸福

阿秀号啕大哭，广州下起滂沱大雨

我逢人便说我爱阿秀

但广州留不住腰包渐丰的阿秀

在冬季的一个夜里

她从我的枕边悄悄逃走

此后的三年

我找遍了广州的大街小巷

和贵州省六盘水市的每一个乡村

我爱广州

我爱广州每一个带贵州口音的女子

打工的九凤

乡下的黄麻地

将九凤抱在怀里、压在身下

就这样度过了我的童年

现在什么都变了

我学会了写诗,居高临下地做着诗人

九凤在深圳低声下气地端着菜盘

我的回忆在九凤的娇喘里鲜活

九凤的好梦在我的诗里枯萎

深圳是什么地方

好多人的梦遗在那里

九凤就带着梦想

结果前后让三个男人捣得支离破碎

那些男人我将一个也不放过

他们将在我的诗里受尽煎熬

那次我在深圳

九凤在我的怀里痛哭了三天三夜

我的诗歌在深圳找不到水土

便种在九凤的泪眼里

往日的黄麻地已经变成了楼房

乡下的日子如芝麻开花

九凤我们一起回乡下过日子

乡下很快就会变成繁华的深圳

九凤说等不到乡下变深圳了

在深圳开片黄麻地吧

我抚掌大笑

我的诗歌地深圳顿时泪雨纷飞

（终）

2023 年 4 月—2025 年 2 月，广州番禺大学城

　　我用一只鸭的羽毛交换到了这本书。此后的日子里，我每天都在读它，如饥似渴。不到一个月，我便能背下所有的文字。我太喜欢它了。它比所有的山加起来还要雄伟广阔。

　　天睿把身子直了起来，指了指照片的鼻子处。我伸长脖子仔细看了看，那里果然有几行文字。阳光把鼻子和文字照射得闪亮，像电影里的镜头。

　　他突然沿着流水的方向跑。我莫名其妙，朝着他的背影喊他。他没有回过头来，直到跑到快消失的尽头，那些芦苇丛拦住了他的去路，他才回头。"我差点赶上了流水。"他说。

蛋镇早晨即景。

后　记

这是后记。不是小说的一部分。

我的文学创作是从写诗开始的，也是从"蛋镇"开始。

1987年前后，我还在镇上读初中，镇上一个叫谢夷珊的诗人告诉我，他和镇上几个年轻人成立了一个诗社，铅印了一张诗报，合适的时候邀请我加入。那时候对我来说，是天大的事情。我十分期待，希望成为诗社的得力干将，撑起一方诗意的天空，从此步入传说中的文坛并呼风唤雨、威震四方。然而，我从没见过诗报，诗社我还来不及加入便很快解散了，那些成员各奔东西，后来再也没有见过他们，只是从谢夷珊口中知道他们的点点滴滴。然而，正是这些碎片式的信息让我对他们充满了想象。三十多年了，我一直把他们"养"在脑海里，他们像鱼一样游来游去。

后来，2000年前后，我加入了县城的"漆诗社"，跟伙计们"玩"起了诗歌，经历了热热闹闹的"诗歌论坛"和"诗歌民刊"蓬勃发展的短暂时光，参与组织了不少人数多寡不一的诗歌活动，狂热甚至疯癫地迷恋与诗歌有关的一切。因此我是诗歌

"在场"者。几年前应《南方周末》的邀请，我曾经写过一篇纪实《一个地方诗社的兴衰——漆诗社纪事》①，记录了跟伙伴们"玩"诗歌的那段往事。

诗歌是诗人的冲锋号；诗社是诗人的集结号。没"玩"过诗歌，永远不知道诗人的幼稚和疯狂。在别人眼里，甚至事后在自己看来，我们多么荒唐可笑。诗人是傻子和疯子的结合体。任何荒诞不经的事情发生在诗人身上都是合理的，任何人都可以嘲笑和轻蔑诗人。但是，我们一点也不觉得可笑，相反，现在经常对年轻时干过的蠢事津津乐道，每一件都无法复制，而且金光闪闪。

有些事情，注定要等到我们老去甚至濒临死亡时才觉得美好。

20世纪80年代是一个热情奔放、野气横生的时代，是一个催发诗情的时代，是一个宏大的时代。

然而，宏大的时代只是墙上的钉子，用来悬挂小人物的故事。小人物像遍地爬行的蝼蚁，浩浩荡荡，却默默无闻。他们被裹挟、被掩盖、被遗忘，平淡地、毫无意义地走完短暂的一生。无数的灵魂提醒我们这些从事写小说行当的人：平凡的大多数才是人世间的主体，他们微不足道的故事也许根本不值一提，但在他们看来却如此轰轰烈烈且波澜壮阔。

比如早已经被遗忘的"蛋镇诗社"和那些捣鼓诗社的人。文

_____

① 见《南方文学》2017年第5期。

学的一个重要使命就是让沉渣泛起，犹如从大粪坑里淘金子。而恰好的是，我还想从中拧出一点诗意来。

诗歌是高雅的艺术，高雅到必须用粗俗而坚固的底盘高高托起，像泥塘上挺拔的荷花，像波德莱尔在《恶之花》中所言："啊污秽的伟大！啊卑鄙的崇高！"所以你将看到很多类似"粪便"的东西，那不是真正的污秽，也很可能是养分，是生命之根茎，是被漠视和嫌恶的隐喻。

《蛋镇诗社》采用资料选编的结构与形式，通过参与者的回忆文章（包括但不限于散记、书信、诗歌、讲稿、笔录、便笺、供词、随想等）多角度探究蛋镇诗社的全貌，以一个地方诗社的兴衰再现20世纪80年代南方小镇青年群体的精神风貌和命运沉浮，立体式反映改革开放对每个人生活和内心产生的深刻影响，描绘雄心勃勃的南方奋斗青年的众生相，呈现大时代背景下的社会变迁和鲜活个体。这个世界是由无数的人和无数人的人生边角料组成的。把一群相关的人拢在一起，以他们的人生边角料凑成一幅粗粝斑驳的拼图，也是大时代里的真实风景。

这一群生而庸碌、微不足道，却理想饱满、兴致勃勃的人，即便前途迷茫、命运多舛，却一直怀揣梦想。把他们一生中平淡无奇的破砖烂瓦拼凑在一起，才发现原来它们竟如此斑驳、独特，每一块都金光闪闪。

在写内容提要和推荐语的时候，我说，这本资料选编是一群默默无闻者的集体回忆录，一堆杂乱无章的文字碎片的组合和芝麻琐事的汇总，一部小地方的野史杂记、小人物的心灵秘密档案。还有一些断章残篇，堪为吉光片羽。这里面也许没有一件事、一个人可以登大雅之堂，载入诸如县志、镇史之类的正史，但是它的价值和意义是打捞、唤醒、备忘。

因此，这是一部对平淡人生的灿烂回忆录。

写作是一场绝对的冒险，苦乐都在险中求。《蛋镇诗社》不是一部传统意义上的长篇小说，是一部由众人从不同视角写成的"资料选编"。它通过一群诗社参与者的视角和经历来反映时代和世界，强调"瞬间"和"片断"的意义，以"点穴"和"提示"的方式唤醒彼此。而这些看似个人化、碎片化的经历却是一代人的集体记忆，也是我对诗歌的一个交代。

我并非不屑线性叙事，只是有时候对严格遵守"公序良俗"和小说规范的写作感到厌倦。我试图用一种蓬松、杂芜、不规整的方式讲述一段过往，像经营一块菜园，菜苗固然重要，但对杂草也很珍惜，让它们各自生长，彼此映衬，一枝一叶皆是春色。

如果说这种写法也算早已经不受待见的"先锋"，那么我并不介意成为"先锋余孽"。

2016年出版《风暴预警期》，2019年出版《蛋镇电影院》，之后，我便开始写《蛋镇诗社》。这是三部相对独立、自成体系的短篇小说集，但同时集子中的篇章与篇章、集子与集子之间的人和事都有着枝枝蔓蔓的互为观照的联系，因此也可以看作是三部由众多短篇构建起来的长篇小说，并称为"蛋镇三部曲"。蛋镇不仅有台风，有电影院，从此也有了诗社。这才是一幅相对完整和色彩斑斓的图景。

毕飞宇说："不好的作家可以将长篇写成短篇，好作家可以把短篇集子写成长篇。"这句话深深吸引了我，鼓励了我，安抚了我。

谨以此书献给曾经一起捣鼓诗社的伙伴们。

致敬所有给世界带来诗意的人。

朱山坡

2025 年 3 月